위쳐

5 호수의 여인 하

5 | 호수의 여인 (하)

초판 1쇄 | 2022년 1월 24일
초판 3쇄 | 2024년 8월 21일

지은이 | 안제이 사프콥스키
옮긴이 | 이지원

펴낸이 | 서인석
펴낸곳 | 제우미디어
출판등록 | 제 3-429호
등록일자 | 1992년 8월 17일
주소 | 서울시 마포구 독막로 76-1 한주빌딩 5층
전화 | 02-3142-6845
팩스 | 02-3142-0075
홈페이지 | www.jeumedia.com

ISBN | 979-11-6718-105-3
        978-89-5952-511-9(set)
• 파본은 본사나 구입하신 서점에서 교환해드립니다.

제우미디어 트위터 | twitter.com/Jeumedia

만든 사람들
출판사업부 총괄 손대현 | **편집장** 전태준 | **책임 편집** 안재욱 | **기획** 신한길, 양서경, 황진희
디자인 총괄 디자인수 | **제작** 김용훈 | **영업** 김금남 | **도움주신 분** 강신후, 이민수, 임예원, 최광민

위쳐

5 호수의 여인

안제이 사프콥스키 지음 · 이지원 옮김

하

THE WITCHER

제우미디어

맹렬한 전투가 벌어졌던 그 벌판에서 멀지 않은 곳, 북쪽 국가들의 거의 모든 전력과 닐프가드 침략군대 전체가 맞붙었던 곳은 두 어촌 마을이었다. 스타레 푸피*와 브렌나. 이때 브렌나는 거의 불타 폐허가 된 상태였기 때문에 이 전투는 '스타레 푸피 전투'라고 불렸다. 하지만 오늘날 그렇게 부르는 경우는 거의 없고 '브렌나 전투'라고만 일컬어지는데 그 이유는 두 가지이다. 첫 번째는 현재 브렌나에는 크고 융성한 도시가 세워졌고, 스타레 푸피는 시간과 함께 쇠락해 무성히 자란 쐐기풀과 잔디, 야생 우엉으로 뒤덮여 있을 뿐이다. 두 번째 이유는 마을 이름 자체가 역사적으로 유명하고 또한 비극적이었던 전투와 어울리지 않기 때문이다. 무려 3만 명의 목숨이 희생된 이 전투에 '엉덩이'가 웬 말인가. 게다가 '늙은'이라는 형용사까지.

그러한 이유로 역사서와 전쟁 기록 문서에서는 항상 '브렌나 전투'라고 쓰게 되었으며, 우리뿐 아니라 우리보다 훨씬 더 많은 닐프가드 기록에서도 역시 이 명칭이 사용되고 있다.

엘란더의 현인 쟝, 〈테메리아 왕국의 역사 분석〉

---

* 스타레 푸피(stare pupy): 폴란드어로 늙은 엉덩이라는 뜻.

제 8 장

"피츠—오스터렌 생도, 불합격. 자리에 앉으시오. 고국의 역사에서 중요하고도 유명한 전투들에 대한 무지는 애국자로도 시민으로도 자격이 없는 일이지만, 사관학교 생도로는 그야말로 수치스러운 일이오. 피츠—오스터렌 생도에게 한 가지 더 말하자면, 사관학교 교육자로 20년을 일하며 시험에서 브렌나 전투와 관련된 문제가 나오지 않는 걸 단 한 번도 본 적이 없소. 이 정도의 무식함이라면 앞으로 군대에서의 경력은 포기하는 게 맞겠군. 하지만 남작 작위가 있으니 꼭 장교가 될 필요는 없소, 정치를 해볼 수도 있으니까. 아니면 외교나 그 비슷한 분야로 시도해보기를 진심으로 충고하오, 피츠—오스터렌 생도. 그럼 다시 브렌나 전투로 돌아가서, 푸트카머 생도!"

"네!"

"지도 앞으로 나오시오. 피츠—오스터렌 남작이 설명하지 못한 부분부터 설명해보시오."

"네! 메노 코에훈 야전 사령관이 서쪽으로 빠른 행군을 명령했던 이유는 북부 왕국인들*이 포위된 마예나 성을 수복하기 위해 전진한다는 정찰대의 정보를 받았기 때문입니다. 메노 코에훈 사령관은 북부 왕국인들의 진로를 가로막고 그들과 싸워 전쟁을 종결지으려고 했습니다. 그러한 목적으로 중부 특수부대를 나누어 일부는 마예나 성 아래에 남겨놓고 나머지 부대를 이끌고……."

"푸트카머 생도! 우리는 지금 전쟁 소설을 쓰고 있는 게 아니오. 앞으로 장교가 될 교육을 받고 있단 말이오! 도대체 '일부'라는 게 무슨 말이지? 메노 코에훈 사령관이 동원했던 부대들의 정확한 이름을 밝히시오! 군대 용어를 사용해서!"

"네! 대위님! 메노 코에훈 야전 사령관은 휘하에 두 개의 부대를 두었습니다. 저희 사관학교 홍보대사인 마르쿠스 브라이반트 소장이 지휘하는 기마 4부대와……."

"아주 좋소, 푸트카머 생도."

"아첨이나 떠는 자식."

피츠−오스터렌 생도가 자기 자리에 앉으며 낮게 뇌까렸다.

"……레츠 드 멜리스−스토크 중장이 지휘하는 제3부대입니다. 기마 4부대는 2만 명으로 구성되어 있으며 '베넨달' 사단, '마그네' 사단, '프룬스버그' 사단, 제2 '비코바로' 여단, 제7 '데어란' 여단, '나우시카' 여단, '브리헤드' 여단이 속합니다. 제3부대에는 '알바' 여단, '데이스웬' 그리고…… 그리고……."

"'아드 피엔' 여단. 물론 헛소리를 한 게 아니라면 말이지. 깃발에 커다란

---

* 북부 왕국인들: 닐프가드에 대항하는 북쪽 나라 연합 또는 북쪽 나라 사람들을 지칭하는 말.

은색 태양이 그려져 있는 게 확실한가?"

줄리아 아바테마르코가 물었다.

"네, 대령님. 절대 잘못 봤을 리 없습니다."

정찰대장이 대답했다.

"'아드 피엔'이라……."

달콤한 변덕쟁이라는 별명의 줄리아 아바테마르코가 중얼거렸다.

"흥미롭군. 그렇다면 자네들이 확인한 진군하고 있는 부대가 기마부대 전체뿐 아니라 제3부대 일부도 포함되어 있다는 말인데…… 하, 그럴 리가! 도저히 믿을 수 없군! 내 눈으로 직접 확인해야겠어. 대위! 내가 없는 동안 부대를 맡아주게. 판그라트 대령에게 연락 장교를……."

"하지만 대령님, 직접 가서 보시는 게 현명한 일인지……."

"움직여!"

"네!"

"대령님! 하지만 너무 위험합니다! 그러다 숨어 있는 엘프 부대라도 만나면……!"

정찰대장이 달려 나가는 와중에도 만류했다.

"입 닥치고 안내해라!"

소규모 부대는 재빠르게 이동한 뒤 협곡 아래의 시냇가로 돌풍처럼 숨어 들어 숲속에 이르렀다. 여기서부터는 속도를 늦춰야만 했다. 나무로 빽빽한 숲에서 말을 달리는 건 힘들 뿐만 아니라 닐프가드에서 보냈을 선발부대나 정찰대와 갑자기 마주칠 위험이 있기 때문이다. 용병부대는 적을 정면이 아니라 측면에서 공격하기도 하지만, 측면 역시 방어하고 있을 것이다. 그러니 직접 가서 확인한다는 생각은 위험천만한 것이었다. 하지만 달콤한 변덕쟁이는 이런 걸 좋아했다. 그리고 용병부대에서 줄리아를 따라나서지 않을 병사는 단 한 명도 없었다. 지옥 끝까지라도.

"저 탑입니다."

정찰대장의 말에 탑을 응시하던 줄리아 아바테마르코가 고개를 저었다. 탑은 기울어진데다가 폐허였고 무너진 서까래 사이엔 구멍이 듬성듬성 나 있었으며 구멍 사이를 통과하는 바람 소리는 피리 소리처럼 울리고 있었다. 도대체 누가 이런 허허벌판에 무슨 목적으로 탑을 세웠는지 알 수 없었다. 하지만 아주 오래전에 세워진 것만은 확실했다.

"저 탑은 안 무너지나?"

"무너지지는 않습니다, 확실합니다, 대령님."

용병부대의 용병들 사이에서는 여자나 남자를 지칭하는 다른 호칭은 쓰이지 않았다. 오로지 계급명으로만 불렀다.

줄리아 아바테마르코는 탑 꼭대기까지 날듯이 올라갔다. 정찰대장은 1분 후에나 겨우 도착해서는 암소를 덮친 황소처럼 씩씩거렸다. 기울어진 창틀에 몸을 기댄 달콤한 변덕쟁이는 탄탄한 엉덩이를 쑥 내민 채 망원경을 들고 계곡을 살피며 입술 사이에 혀를 내밀어 핥았다. 정찰대장은 이 모습에 온몸으로 흥분이 훑고 지나가는 것을 느꼈다. 하지만 곧 정신을 차렸다.

"'아드 피엔'이 확실하군. 엘란 트라헤의 데어란인들도 보여. 우리가 마리보와 마예나에서 만났던 엘프 여단인 '브리헤드'도 있군…… 하! 해골 깃발이 있네. 저건 유명한 '나우시카' 여단이야. 기갑여단인 '데이스웬'의 불꽃 무늬 깃발도 있군…… 그리고 흰 바탕에 날개를 편 검은 독수리는 '알바' 사단이야."

"어떻게 알아보십니까? 아는 친구도 아니고……."

정찰대장이 조심스럽게 질문하자 달콤한 변덕쟁이가 딱 잘라 말했다.

"난 사관학교를 졸업했으니까. 자격증이 있는 장교라고. 좋아, 내가 확인하고 싶었던 것은 이미 확인했다. 부대로 돌아가자."

"제4기마부대와 제3부대가 오고 있어."

줄리아 아바테마르코가 말을 이었다.

"다시 말하지만 제4부대 전체와 제3기마부대 일부까지. 깃발로 하늘을 가릴 만큼 먼지가 피어오르고 있다고. 저 세 개의 기둥 뒤로 내가 보기엔 대략 4만 명의 기마부대가 오고 있어. 어쩌면 더 많을지도 몰라. 아니면……."

"아니면 메노 코에훈이 중부 특수부대를 반으로 나눴을지도 모르지."

용병부대를 지휘하는 아담 '아듀' 판그라트가 줄리아의 말을 받았다.

"제4부대와 제3부대 중 빨리 이동하기 위해서 보병만 제외하고 데려온 거겠지. 하, 내가 만약 나탈리스 장군이나 폴테스트 왕의 입장이라면……."

"알지, 어떻게 했을지 나도 알아. 정찰대는 보냈어?"

줄리아 아바테마르코의 눈이 빛났다.

"당연하지."

"나탈리스는 바보가 아니야. 어쩌면 내일이라도……."

"어쩌면 내일이라도 올지 모르지. 말을 좀 달려봐, 줄리아. 할 말이 있으니까."

둘은 말을 빨리 달려 다른 부대원들과 몇 스타예쯤 앞서며 거리를 두었다. 태양은 이미 서쪽 언덕에 낳았고 계곡에 긴 그림자를 드리우고 있었다. 하지만 '아듀' 판그라트가 보여주고자 하는 것을 줄리아는 정확히 볼 수 있었다. 판그라트가 줄리아의 짐작이 맞다는 듯 말했다.

"여기야. 여기서 내일 전투가 일어나는 거지. 만약 내가 이 전쟁을 지휘한다면…….."

"좋은 장소야. 평평하고, 딱딱하고, 부드럽고…… 작전을 펼칠 만한 여지도 있고. 흠, 저기 언덕에서 저쪽 늪으로, 저기까지 한 3마일 정도 되겠는데…… 저 언덕은 지휘하기에 이상적인 장소가 되겠…….."

"맞아. 그리고 저기, 저 중간 지점을 봐. 호수인지 양어장인지 반짝거리는 곳, 저곳을 이용해서…… 강 역시 경계선을 짓기에 좋을 거야. 크지는 않지만 그래도 늪지대니까…… 저 강 이름이 뭐였지, 줄리아? 어제 저기를 지나왔잖아, 기억해?"

"잊어버렸는데. 이름이 국자*였나, 그 비슷한 이름이었는데."

그 지역을 아는 이라면 그 단순한 지형을 금방 떠올릴 수 있을 테지만, 그곳을 잘 모르는 사람들을 위해 군대의 왼쪽 날개가 오늘날 브렌나가 자리한 지역에 도착했다는 사실부터 밝히도록 하겠다. 그 전투가 일어났을 때는 지금의 도시 브렌나가 형성되기 이전이었다. 왜냐하면 바로 전해, 엘프 다람쥐부대들에 의해 이 지역은 바닥까지 불타 폐허가 되었기 때문이다. 군대의 왼쪽 날개 부분에는 루이터 공작이 이끄는 르다니아 왕국 군대가 자리하고 있었다. 그 군대는 8천 명에 이르는 보병과 최전방을 맡은 기마병으로 구성되어 있었다.

중심 부대는 후에 '교수대'라는 이름이 붙은 언덕에 주둔했다.

---

* 국자는 폴란드어로 호흘라(Chochla)이며 본문에 나오는 강의 이름은 호틀라(Chotla)이다.

언덕에는 선봉장인 폴테스트 왕과 존 나탈리스 장군이 전장 전체를 내려다보며 자리했고, 이곳에 우리 부대 인원 대부분이 집중되어 있었다. 1만 2천 명에 이르는 용감한 테메리아와 르다니아의 보병이 커다란 사각형 대열을 이루어 열 개 기마부대의 호위 아래 이 지역 사람들이 '황금의 호수'라고 부르는 호수의 북쪽 끝까지 늘어서 있었다. 이 중심 부대의 후방에는 비지마와 마리보에서 온 3천 명의 보병들이 지사인 브로니보르의 지휘하에 있었다.

황금의 호수 끝인 남쪽에서부터 이어지는 양어장들과 1마일에 이르는 호틀라 강의 가장자리에 우리 군대의 오른쪽 날개가 주둔하고 있었다. 마하캄의 드워프들로 이루어진 지원부대와 용맹한 여덟 개 중대의 경기마부대 용병들로 구성되었는데, 오른쪽 날개의 지휘는 용병인 아담 판그라트와 드워프인 바클리 엘스가 맡았다.

메노 코에훈 야전 사령관이 이끄는 닐프가드 군대는 맞은편, 약 1~2마일 떨어진 곳에 숲을 뒤로한 들판에 주둔한 상태였다. 마치 검은 벽처럼 빈틈없이 무장한 채로, 연대에서 연대로, 중대에서 중대로, 대대에서 대대로, 눈길이 닿는 곳까지 끝도 없이 펼쳐져 있었다. 숲처럼 빽빽이 늘어선 깃발들과 창들 사이로 보이는 군대는 옆으로 넓게 펼쳐져 있을 뿐 아니라 뒤쪽까지 깊숙이 퍼져 있다는 것을 알 수 있었다. 닐프가드 군대의 규모는 총 4만 6천 명이었는데, 이때는 그 사실이 거의 알려져 있지 않았다. 오히려 다행이었을지도 모르겠다. 닐프가드 군대의 규모를 눈으로 보기만 해도 심장이 내려앉는 이가 한둘이 아니었기 때문이다.

가장 용맹한 이들의 심장 역시 갑옷 속에서 망치처럼 쿵쿵 울렸다. 곧 피비린내 나는 힘겨운 전투가 시작되리라는 것을, 그리고 지금 줄지어 서 있는 이들 중 많은 이들이 오늘 저녁의 석양을 보지 못하리라는 것을 알고 있었기 때문이었다.

코끝에서 흘러내린 안경을 붙든 채 쟝은 다시 한 번 지금까지 쓴 글을 읽어보고는 한숨을 쉬고 대머리를 쓸어 넘긴 후, 스펀지를 집어 들어 꾹 짜서 마지막 문장을 지웠다.

보리수나무 잎새들이 바람에 스치고, 벌들이 윙윙거렸다. 아이들은 당연히 그렇듯 목소리로 벌들을 이기려고 소리를 지르고 있었다.

벽을 따라 굴러온 공이 노인의 발아래에서 멈추었다. 힘겹게, 그리고 서툴게 몸을 굽히기도 전에 손자들 중 한 명이 새끼 늑대처럼 어딘가에서 나타나 공을 들고 전속력으로 달렸다. 부딪친 책상이 옆으로 흔들리는 바람에 쟝은 잉크병이 엎어지려던 것을 오른손으로 간신히 붙잡고, 왼팔 끝으로 종이를 고정시켰다.

아카시아의 노란 꽃가루를 온몸에 뒤집어쓴 벌들이 계속해서 웅웅거렸다. 쟝은 다시 글쓰기를 시작했다.

아침은 흐렸으나 구름 사이로 떠 있는 해의 높이를 보고 시간을 짐작할 수 있었다. 바람이 불어오자 깃발들은 마치 비상하려는 새 떼들의 날개처럼 펄럭였다. 닐프가드 군대는 같은 자리에 계속 머문 채로 대열을 갖추고 있었다. 나중엔 모두들 메노 코에훈 사령관이 도대체 왜 이렇다 할 명령을 내리지 않는지 의아하게 여길 지경이었다.

"언제? 언제 명령을 내릴 것인지 그걸 물었나?"

메노 코에훈은 지도에서 머리를 들어 장군들에게 눈길을 돌렸다.

아무도 대답하지 않았다. 메노 코에훈은 재빨리 자신의 장군들을 훑어보았다. 후방 부대에 배치된 이들이 가장 긴장하고 불안해하고 있는 것 같았다. 제7 '데어란' 부대의 장군 엘란 트라헤와 '나우시카' 여단의 장군 키스 반로였다. 전투에 적극적으로 참여할 기회가 거의 없어 보이는 부관 우더 데빈갈트 역시 신경이 곤두선 것이 역력했다.

하지만 막상 선두에 서서 공격을 시작할 이들의 얼굴은 편안, 아니 지루해하고 있는 것 같았다. 마르쿠스 브라이반트는 하품을 했다. 레츠 드 멜리스-스토크 중장은 새끼손가락으로 귀를 후비다가 그 손가락에서 뭔가 값나가는 것이라도 찾는 듯 짬짬이 들여다보았다. '아드 피엔' 부대를 지휘하는 젊은 연대장인 라몬 타이어코넬은 조그맣게 휘파람을 불며, 지평선 위 본인만 아는 장소에 시선을 고정시키고 있었다. '데이스웬' 연대의 연대장인 리암 아엡 위르 모스는 언제나 들고 다니는 시집의 책장을 넘기고 있었다. 중기갑부대인 '알바'의 티보르 에게브라흐트는 꼬아 만든 채찍 끝으로 목덜미를 긁는 중이었다. 메노 코에훈이 말을 이었다.

"공격은 정찰대가 돌아오면 바로 시작한다. 저기 북쪽에 있는 언덕이 뭔가 불안하군, 장군들. 저 언덕 뒤에 뭐가 있는지 공격을 시작하기 전에 알아야겠어."

라마르 플라우트는 겁이 났다. 엄청나게 겁이 났다. 공포는 창자를 타고 기어 올라오고 있었다. 창자 속에서는 최소한 열두 마리쯤 되는 미끈미끈한 점액으로 뒤덮인 뱀장어가 밖으로 튀어나갈 수 있는 입구만 미친 듯이 찾고 있는 것 같았다. 한 시간 전, 정찰대가 명령을 받고 움직였을 때 플라우트는 마음속으로 아침의 냉기가 걱정을 몰아내주기를, 이미 여러 번 겪은 익숙한 일상이자 딱딱하고 엄격한 군대의 의식이 공포를 목졸라버리기를 바랐다. 하지만 한 시간이 지나고 아군에게서 상당히 멀리, 대략 5마일 정도 떨어진 적진 깊숙이 다다른 지금에서야 공포는 자신이 무엇을 할 수 있는지 보여주고 있었다.

전나무 숲 가장자리에서 이동을 멈춘 것은 숲 끝에 자리한 거대한 주목나무 안쪽으로 들어가지 않기 위해서였다. 앞에는 작은 침엽수들 뒤로 넓은 분지가 펼쳐져 있었다. 잔디 위로 안개가 피어올랐다.

"아무도 없군. 개미 새끼 한 마리도 없어. 돌아가자. 이미 너무 멀리 왔어."

플라우트의 말에 중사가 곁눈질로 그를 바라보았다. 멀리라고? 고작 1마일 정도 왔을 뿐이었다. 게다가 다리라도 다친 거북이처럼 느릿느릿 말이다. 중사가 말했다.

"저쪽 언덕을 살펴보는 것이 좋을 것 같습니다, 중위님. 제 생각에는 저쪽에서 봐야 제대로 확인할 수 있을 듯한데요, 멀리 양쪽 계곡 전부 말입니다. 만약 저 뒤편에 누가 있다면 지금은 보이지 않으니까요. 어떻게 할까요? 가봐야 하지 않겠습니까? 몇 스타예만 더 가면 됩니다."

몇 스타예라고, 플라우트는 생각했다. 이렇게 뻥 뚫린, 프라이팬 속처럼 잘 보이는 곳에서? 배 속의 뱀장어들은 지금이라도 뚫고 올라올 것처럼 요동쳤다. 최소한 한 마리는 당장이라도 튀어나올 것만 같았다.

박차가 쩔렁거리는 소리가 들렸다. 말들이 히힝 하고 우는 소리도 들렸다. 저기, 어린 소나무들이 무성한 냇가의 모래사장 주변으로 지금 뭔가 움직인 건가? 사람?

우리를 이미 포위하고 있는 건 아닐까?

며칠 전에 자유 용병부대의 군인들이 잠복해 있다가 '브리헤드' 여단의 엘프 한 명을 산 채로 붙잡았다는 소문이 돌았다. 거세를 하고 혀를 뽑고 모든 손가락을 잘랐다고 했다. 그리고 마지막으로 눈알을 뽑았다고…… 그런 뒤에 웃으며, 이렇게 하면 이제 엘프 창녀와는 놀지 못하겠지, 라고 했다는 것이었다. 그 창녀가 다른 놈과 놀아나도 보지 못할 거라고.

"중위님, 언덕으로 가보시겠습니까?"

중사의 물음에 라마르 플라우트는 침을 꿀꺽 삼키며 말했다.

"아니, 이렇게 정처 없이 헤매며 다닐 수는 없다. 여긴 적이 없는 것으로 확인되었으니, 상부에 바로 보고를 해야 한다. 돌아가자!"

메노 코에훈은 보고를 들은 뒤 지도 위로 머리를 숙였다.

"진격. 브라이반트 소장, 멜리스−스토크 중장, 공격하시오!"

명령은 짧았다.

"황제 만세!"

타이어코넬과 에게브라흐트가 소리를 질렀다. 메노 코에훈은 의아하다는 듯한 눈으로 이들을 바라보며 다시 말했다.

"진격하시오. 위대한 태양이 여러분을 영광의 길로 인도하길."

러스티로 알려져 있는 야전 외과의사, 하플링 밀로 반데르벡은 콧구멍으로 천막 치료소에 떠다니는 요오드와 암모니아, 알코올과 에테르, 그리고 마법으로 만들어진 약들의 냄새를 탐욕스럽게 들이마셨다. 아직 오염되지 않고 의학적으로 깨끗한 상태일 때의 이 냄새를 한껏 즐기고 싶었다. 이러한 상황이 오래 지속되지 않으리라는 것을 알고 있었기 때문이다.

또한 눈처럼 깨끗한 수술대와 오염되지 않은 청결한 금속의 광택을 빛내며 아름다울 정도로 가지런히 놓인, 존경과 신뢰를 불러일으키고 차갑고도 위협적인 냉엄함을 자랑하는 수십 개의 수술 도구들 역시 가만히 바라보았다.

수술 도구 옆에는 그의 직원 세 명이 대기하고 있었다. 세 여자, 흠, 러스티는 다시 생각했다. 여자 한 명과 여자애들 두 명. 아니, 좀 더 정확히 말하자면 아름답고 젊어 보이지만 늙은 할머니와 두 명의 어린이들이었다.

치유의 힘을 가진 여자 마법사, 마티 소더그렌. 그리고 지원병들인 옥센푸르트에서 온 학생 샤니와 엘란더의 멜리텔레 신전에서 온 신녀 이올라.

마티 소더그렌은 알지, 러스티는 생각했다. 저 미인과 같이 일한 게 한두 번이 아니었으니까. 성욕이 조금 지나친 데가 있고 히스테리를 부리기도 하지만, 그건 아무것도 아니야. 마법이 제대로 발휘되기만 한다면 말이지. 마취의 마법, 소독의 마법, 그리고 지혈의 마법.

이올라, 신녀라기보다는 수련생. 마치 성글게 짠 리넨 천 같은 평범한 외모에 크고 힘센 손. 신전에서는 힘들고 더러운 밭일에 오염될 일이 없었겠지만, 그 손의 태생을 감출 수는 없었다.

아니, 러스티는 생각했다. 이올라 걱정은 하지 않아. 저런 농민의 손은 확실해, 믿을 수 있는 손이지. 그리고 신전에서 온 아이들은 우리를 실망시키지 않아, 절망의 순간에도 정신을 놓는 대신 그들의 종교에서 위안을 찾지, 그들의 신비한 믿음으로부터. 그것이 도움이 된다는 사실이 신기하지만.

러스티는 빨간 머리의 샤니를 바라보았다. 샤니는 솜씨 좋게 수술용 실을 휘어진 수술 바늘에 꿰고 있었다.

샤니. 냄새나는 도시, 골목길의 아이. 지식에 대한 갈망과 상상할 수도 없는 부모의 희생으로 마련한 등록금으로 옥센푸르트 대학에서 공부하던 처녀, 학생, 젊은이, 즐거운 청춘. 아는 것이 있을까? 수술용 실을 꿰는 것? 압박붕대를 감는 것? 고리를 붙잡고 있는 것? 하, 문제는 빨간 머리 의학도가 언제 고리를 떨어뜨리고 수술 중인 환자의 열린 창자에 코를 박고 기절할지, 그게 문제인 것 같은데?

인간은 정말이지 비위가 약해, 러스티는 생각했다. 엘프를 보내달라고 부탁했건만. 아니면 우리 종족인 하플링이나. 하지만 마음대로 되지 않았다. 신용하지 않았던 것이다.

나 역시 믿지 않겠지. 난 하플링이야. 인간이 아니니까. 다른 종족.

"샤니!"

"네! 반데르벡 선생님!"

"러스티라고 부르도록. 러스티 선생님이라고 하면 돼. 이건 뭐지? 무엇에 쓰는 도구지?"

"지금 저를 시험하시는 건가요, 러스티 선생님?"

"대답을 하라고!"

"이건 골막박리기*에요! 절단할 때 뼈의 나머지 부분을 없애기 위해서죠! 뼈가 톱날에 터지지 않도록 하려면 끝 부분이 깨끗하고 매끈해야 하니까요! 이제 만족하시나요? 합격인가요?"

"조용히 말해, 좀 조용히."

---

* 골막박리기: 괴사하거나 썩은 뼈를 으깨어 제거하는 도구.

러스티는 손가락으로 머리카락을 넘겼다. 희한하네, 러스티는 생각했다. 의사가 네 명인데, 머리가 죄다 빨간색이야! 이런 걸 두고 인연이라고 하는 거야, 뭐야?

"천막 앞으로 다들 좀 나와봐."

러스티의 말에 세 명 모두 콧김을 뿜었지만 시키는 대로 따르기는 했다. 콧김을 뿜는 방식은 세 명 모두 달랐지만.

천막 앞에는 위생병 몇 명이 모여서, 할 일이 아직 배당되지 않은 마지막 순간을 즐기고 있었다. 러스티는 매서운 눈길로 이들을 바라보며 혹시 술이라도 마시지 않았나, 코를 킁킁거렸다.

덩치가 큰 대장장이는 고문대를 연상케 하는 테이블 위에 갑옷과 사슬갑옷, 찌그러진 투구에서 부상자를 빼내는 기구들을 정렬했다.

러스티는 아무 도입부도 없이 들판을 가리키며 이야기를 시작했다.

"저곳에서 잠시 후에 학살이 시작된다. 모두들 자신이 해야 할 일과 책임, 그리고 자기 자리를 알고 있겠지. 모두가 자신이 지켜야 할 사항을 지킨다면, 잘못될 일은 없다. 알겠나?"

'여자애들'은 아무도 대답하지 않았다. 러스티는 다시 들판을 가리키며 이야기를 계속했다.

"저곳에서 잠시 후 10만 명 정도가 서로에게 부상을 입힐 것이다. 그것도 굉장히, 매우, 열과 성의를 다해서. 두 개의 다른 야전까지 합치면, 우리 의사는 모두 열두 명이다. 이 인원으로는 부상자 모두를 도울 수 없다, 절대로. 치료 가능한 부상자의 일부도 사실 도울 수 없다. 그리고 우리에게 그걸 기대하는 사람도 없다. 하지만 우리는 치료할 거다. 뻔한 소리를 해서 미안하지만, 그것이 바로 우리의 존재 이유니까. 치료 가능한 사람을 돕는 것.

그러니 뻔하게도 우리가 도울 수 있는 만큼의 사람을 돕는 것이다."

또다시 아무도 대답하지 않았다. 러스티는 고개를 돌렸다.

"우리가 할 수 있는 것보다 더 많은 것을 할 수는 없다. 하지만 할 수 있는 것보다 더 적게 하지 않도록, 모두 함께 노력하자."

러스티의 목소리는 작아졌고 더 따뜻해졌다.

"움직입니다, 폐하! 닐프가드가 움직입니다! 우리 쪽으로 오고 있습니다!"

존 나탈리스 장군이 보고를 올리며 땀이 난 손을 허벅지에 닦았다.

폴테스트 왕은 백합으로 장식된 마구를 찬 회색 말이 춤추듯 요동치는 것을 달래고, 나탈리스를 향해 동전에 새겨 넣어도 좋을 잘생긴 얼굴을 돌렸다.

"저쪽에서 그들을 맞이해야지. 장군! 장교들!"

"검은 군대에게 죽음을!"

아담 '아듀' 판그라트와 드 루이터가 한목소리로 외쳤다. 나탈리스는 그들을 보더니 몸을 쭉 펴고 폐에 숨을 한껏 들이마셨다.

"전진!"

멀리서 닐프가드의 전쟁 북과 나무로 만든 휘어진 나팔 소리, 상아로 만든 뿔피리와 전쟁의 피리 소리가 들려왔다. 수천 개의 달리는 말발굽에 의해 대지가 흔들리고 있었다.

"이제 시작이야, 이제 곧……."

하플링인 호송대장 앤디 비버벨트는 뾰족한 작은 귀 뒤로 머리카락을 쓸어 넘기며 말했다.

함께 모인 타라 힐데브란트, 디디 양조장 호프마이어와 다른 이들 모두 고개를 끄떡였다. 모두들 언덕과 숲 뒤에서 들려오는 일률적이고 먹먹한 말 발굽 소리를 들었다. 마치 등에의 웅웅거리는 소리를 연상케 하는 함성과 고함 소리가 점점 더 커지는 것도 들었다. 땅이 흔들리는 것도 느꼈다.

곧이어 함성이 우렛소리처럼 커지면서 훨씬 더 높은 소리가 더해졌다.

"궁수들의 첫 공격이야. 이어서 소리가 한 번 더 날 거야."

앤디 비버벨트는 전쟁을 본 것이, 아니 전쟁의 소리를 들은 것이 한두 번이 아니었다.

그리고 그의 말이 맞았다.

"이제는 서로 맞부딪치는 거지!"

"우…… 우리도…… 마, 마……마차 밑으로, 음…… 그러니까 우리도……."

'모모텍'이라는 별명의 윌리엄 하드보텀이 불안한 듯 몸을 꼬며 말했다.

비버벨트와 다른 하플링들은 모모텍을 한심한 듯 바라보았다. 마차 밑으로? 뭐 하러? 이곳은 전투가 벌어지는 곳에서 4분의 1마일이나 떨어져 있었다. 선발대가 이곳에 온다고 하더라도 이 뒤쪽, 수송로로 온다고 하더라도 마차 밑에 숨으면 살 수 있으려나?

고함 소리와 쿵쿵거리는 소리는 더욱더 커졌다.

"지금이야."

앤디 비버벨트가 중얼거렸고, 그 말은 또 맞았다.

4분의 1마일 떨어진 곳, 언덕과 숲 뒤에서 고함 소리를 뚫고 쇠와 쇠가 부딪치는 큰 소리와 함께 수송로 방향에서 머리카락이 쭈뼛 서는 끔찍하고도 분명한 소리가 들려왔다.

꿰엑 하는 비명 소리였다. 참혹하고 절망적이며 미쳐버릴 것만 같은 비명 소리, 상처 입은 짐승의 울음소리였다.

"기마부대…… 기마부대의 말들이 창에 찔려서……."

비버벨트가 바싹 마른 입술을 핥았다.

"어, 어떻게…… 도대체 마…… 말이…… 무슨 잘못을 했다고…… 나, 나쁜 놈들."

모모텍은 얼굴이 하얗게 질린 채 중얼거렸다.

쟝은 스펀지를 들고 이미 몇 번이나 지운 문장을 다시 지웠다. 눈을 감고, 그날을 다시 회상해보았다. 두 군대가 맞부딪쳤던 그 순간을. 미친 듯이 서로의 목을 향해 달려들어 죽음의 포옹을 했던 그 순간을.

쟝은 이를 표현할 만한 단어를 찾았지만, 도저히 찾을 수가 없었다.

기마부대 선봉이 가속을 붙여 사각형 대열과 부딪쳤다. 닐프가드 '알바' 연대의 상징 중 하나인 거대한 단검처럼 선봉대는 테메리아 보병대를 보호하고 있는 모든 것을 깨부쉈다. 창, 투창, 미늘창, 작살, 온몸을 막는 큰 방패와 작은 방패를 막론하고 마치 단검처럼 '알바' 연대는 이 모든 것을 뚫고 피를 흩뿌렸다. 그 피는 철벅거리며 말들의 몸뚱이 위로 흘러내리고 있었다. 그렇지만 단검의 날은 깊이 박혔는데도 불구하고 심장도, 그 어떤 중요 기관도 건드리지 못했다. '알바' 연대의 선봉은 테메리아의 사각형 대열을 싯이기고 소삭내는 대신 뚫고 늘어가 그 안에 갇히고 말았다. 그 안은 다수의 용병으로 구성된 테메리아 보병들로 가득했는데, 유연하면서도 끈끈한 타르 속 같았다.

초반에는 위협적으로 느껴지지 않았다. '알바' 연대는 머리부터 중무장을 한 엘리트 부대였고, 그들의 방패와 갑옷은 용병들의 칼날과 손도끼를 튕겨 냈다. 마치 모루에서 튕겨져 나오는 망치처럼. 게다가 사다리 위에 자리한 우두머리들에게는 닿을 방법이 없었다. 갑옷을 입은 자들이 어쩌다가 말에서 떨어지거나 말과 함께 쓰러지긴 했지만 칼, 손도끼, 창, 철퇴들이 덤벼드는 테메리아 보병들을 상대했다. 엄청나게 많은 사람들이 응집되어 있는 이 혼돈 속에서 알바의 칼날은 점점 더 안쪽으로 깊이 들어갔다.

"알바 부대!"

젊은 중위인 데블린 아엡 메아라는 쇳소리, 고함 소리, 비명 소리, 말들의 울음소리 너머로 알바 연대의 친위대장인 에게브라흐트의 외침을 들었다.

"진격하라, 알바! 황제 만세!"

모두들 격렬하게 움직이며 무기를 휘두르고 찌르고 베었다. 울부짖으며 발버둥 치는 말들의 발굽 밑에서 꿀렁거리고 철벅거리는 소리, 무언가가 찢어지고 부딪치는 소리가 났다.

"알바!"

선봉부대는 또다시 부딪쳤다. 용병들은 이미 병력이 줄었고 피투성이가 되었음에도 불구하고 물러서지 않은 채 버티며 닐프가드의 기마부대를 집게처럼 조였다. 소리를 내며 터질 때까지. 미늘창과 전투 도끼, 전투용 도리깨들의 공격을 받아 선두 전선의 무장 부대가 무너지기 시작했다. 꼬챙이와 창에 찔리고, 기자름*과 긴 창의 갈고리에 걸린 기수들이 안장에서 떨어졌다. 쇠로 된 뾰족한 철퇴와 손도끼의 무자비한 세례를 받고 '알바' 연대의 기

---

* 기자름(gizarm): 중세 유럽에서 사용된 창의 일종으로 창끝이 휘어져 있고 칼등에는 돌기가 있다.

마부대는 죽어가고 있었다. 조금 전까지만 해도 테메리아의 사각형 대열을 파고들던 위협적인 칼날, 살아 있는 맨살을 후벼 파던 그 칼날은 이제 농부의 크고 투박한 손아귀에서 녹고 있는 고드름 같았다.

"테메리아! 국왕을 위하여! 전진! 검은 군대를 공격하라!"

하지만 용병들 또한 쉽지 않았다. '알바' 연대는 흩어지지 않았고, 칼과 손도끼들이 치솟았다가 내리꽂히고 이리저리 휘두르며 베었지만, 안장에서 단 한 명의 기사를 떨어뜨리기 위해 용병들은 막대한 피의 대가를 치러야만 했다.

에게브라흐트 친위대장은 갑옷의 틈 사이로 바늘처럼 가는 창끝에 찔린 채 비명을 지르며 안장에서 흔들렸다. 누군가가 도움을 주기도 전에 전투용 도리깨의 무시무시한 일격이 그를 땅으로 떨어뜨렸고, 보병들이 그 위로 몰려들었다.

검은 바탕에 황금 페리소니움*이 그려진 깃발이 가슴 위에서 흔들리다 떨어졌다. 젊은 중위 데블린 아엡 메아라를 비롯한 갑옷을 입은 기사들이 고함을 지르며 무기를 휘두르고 베고 물리치며 그 방향으로 몰려들었다.

데블린 아엡 메아라는 테메리아 용병의 머리통과 엉망이 된 투구에서 칼을 뽑으며 생각했다. 제대로 알기나 했으면 좋겠군, 이번에는 그를 위협하는 쇠로 된 기자름을 쳐내며 생각했다. 제대로 알 수나 있으면 좋겠다니까, 이게 다 무엇 때문인지, 왜 이런 짓을 해야 하는지, 그리고 도대체 누구 때문에 이렇게까지 해야 하는지.

*　　　*　　　*

---

* 페리소니움(perizonium): 한쪽을 매듭으로 묶고 바지 대신 허리에 걸치는 천.

"에…… 그래서 그때 위대한 여자 마법사들의 회의가…… 우리의 존경하는 어머니들이……에…… 그들의 기억이 언제나 우리와 함께할…… 아니면…… 에…… 그러니까 첫 번째 회합의 위대한 여자 마법사들이…… 도와…… 도와줘서……."

"아본데 수련생! 전혀 준비가 되어 있지 않군. 불합격이야. 앉아."

"하지만 저 진짜로 공부했는데요……."

"앉아."

"이런 옛날 얘기를 뭐 하러 외워야 하는지 모르겠어요. 우리랑 도대체 무슨 상관이 있는지…… 이런 건 알아서 뭐에다……."

아본데가 자리에 앉으며 중얼거렸다.

"조용히 해! 니무에 수련생!"

"네! 출석했습니다, 선생님!"

"그건 나도 알아. 그럼, 질문에 대한 답은 알고 있나? 만약 모르면 너도 그냥 자리에 앉아, 시간 낭비하지 말고."

"압니다."

"말해봐."

"사기에서 배운 바에 따르면, 여자 마법사들의 회합이 민둥산에 자리한 성에서 이루어졌으며, 그 목적은 남쪽 나라의 황제와 북쪽 나라의 왕들이 벌인 이 해로운 전쟁을 어떤 방법으로 끝내야 하는지를 의논하기 위해서였습니다. 성스러운 순교자이시며 존경받아 마땅한 아시르 어머니께서는, 남북의 지도자들은 엄청난 양의 피를 흘릴 때까지 결코 싸움을 중단하지 않을 거라고 말씀하셨습니다. 역시나 성스러운 순교자이시며 존경받아 마땅한 필리파 어머니는 이렇게 답했습니다. '그럼 그들에게 피투성이의 무섭고도 잔인한 대 전투를 선사하도록 하죠. 그런 전투를 하게 만드는 겁니다. 황제의 군대와 왕들의 군대가 그 전투에서 피를 흘리도록 말입니다. 그 후에 우리 대 회합이 나서서 평화 협정을 맺도록 이끄는 거죠.' 그리고 실제로 그렇게 되었습니다. 존경받아 마땅한 어머니들은 브렌나 전투가 일어나도록 만들었습니다. 그리고 이후에 신트라 평화 협정이 맺어지게 되었고요."

"아주 좋아요, 니무에 수련생. 만점을 줄 수도 있었는데…… '배운 바에 따르면'이라는 말만 아니었다면 말이지. 그런 식으로 대답을 시작할 수는 없어. 자리에 앉도록. 그러면 신트라 평화 협정에 대해서는 누가…….."

쉬는 시간을 알리는 종이 울렸다. 하지만 수련생들은 바로 소리를 지르며 책상을 두드리는 행동 따위는 하지 않았다. 고요하고 엄숙하며 위엄 있는 평정을 유지했다. 이제 이들은 유치원생 따위가 아니었으니까. 무려 3학년이었다! 모두 열네 살이었던 것이다!

수련생들은 나이에 맞게 행동할 의무가 있었다.

"뭐, 여기서 더할 수 있는 것은 별로 없다."

러스티는 눈처럼 하얀 수술대를 새빨갛게 물들이고 있는 첫 번째 부상자의 상태를 살피며 말을 이었다.

"허벅지 뼈가 으스러졌고…… 동맥은 무사하군, 안 그랬으면 시체를 날라 왔을 뻔했는데. 이건 손도끼로 맞은 부상인 것 같아. 안장에서 단단하게 튀어나온 부분이 도마 같은 역할을 했고. 자, 여길 보라고."

샤니와 이올라가 몸을 굽히자 러스티는 손을 비볐다.

"내가 말한 바와 같이, 여긴 아무것도 더해서는 안 돼. 우리가 해야 할 일은 덜어내고 빼는 거지. 자, 시작. 이올라! 붕대, 더 세게 감아야지. 샤니,

칼. 그거 말고 날이 양쪽에 있는 칼, 절단수술용."

부상병은 마구 흔들리는 눈동자로 그들의 손에서 시선을 떼지 못하고 있었다. 덫에 걸린 짐승 같은 겁먹은 눈이었다.

"약간의 마법이 필요해요, 마티. 된다면 말이오. 자, 절단을 해야 한다, 얘야."

러스티는 환자의 시선 안으로 완전히 들어가기 위해 몸을 굽히며 말했다.

"안 돼! 절대로 안 돼!"

부상병은 고개를 세차게 젓고는 마티 소더그렌의 손길을 피하며 비명을 질렀다.

"만약 절단하지 않으면, 넌 죽어."

"죽는 게 나아요…… 죽는 게 나아, 장애인이 되는 것보다…… 그냥 죽게 내버려둬요, 제발…… 제발 그냥 죽게 해줘……."

부상병은 마티 소더그렌의 마취 마법의 영향으로 점점 더 천천히 말하고 있었다.

"그렇게는 못 해. 죽게 내버려둘 수는 없어. 내가 의사니까, 그렇게는 못 해."

러스티는 칼을 집어 들고 아직 오염되지 않은 깨끗한 금속 칼날을 바라보았다. 그는 결단력 있게 찌르고 깊이 베었다. 부상병은 비명을 질렀다. 인간의 목소리였으나, 인간의 소리는 아니었다.

정찰병이 말을 너무 몰아붙였는지 말발굽 밑의 토탄이 바스라지고 있었다. 두 명의 부관이 말의 입 가리개를 붙든 채 입에 거품을 문 말을 진정시켰다. 정찰병은 안장에서 뛰어내렸다.

"누가 보낸 건가?"

존 나탈리스가 외치듯 물었다.

"루이터 백작님이 보내서 왔습니다. 검은 군대를 저지하는 데 성공했습니다만…… 피해가 매우 큽니다. 루이터 백작님께서 지원 요청을……."

정찰병이 가쁘게 숨을 몰아쉬며 상황을 설명하자 잠시 침묵하던 존 나탈리스가 말했다.

"지원은 없다. 그곳의 병력으로만 버텨야 해! 그래야만 한다고!"

"그리고 여기, 다들 여기를 보게. 배에 굉장한 개복 자국이 있군…… 누가 우리보다 앞서서 아마추어 개복술을 했어. 좋아, 그래도 환자가 조심스럽게 이송되어 다행이군. 중요 기관이 없어지지는 않았어…… 내 생각에 없어지지 않은 것으로 보인다는 거지. 샤니, 자네 생각은 어떤가? 왜 그런 얼굴을 하고 있지? 지금까지 남자는 겉모습만 보았나?"

러스티는 자신의 소장품을 자랑하는 수집가 같은 얼굴로 말했다.

"창자가 다쳤어요, 러스티 선생님……."

"정확한 진단이군, 당연하지만! 이건 쳐다볼 필요도 없이 냄새만 맡아도 알지. 손수건, 이올라. 마티, 여기 피가 너무 나는데, 당신의 귀중한 마법을 조금만 더 사용해줘요. 샤니, 죔쇠 좀 줘. 동맥 겸자, 아니 보고도 모르나? 피가 나고 있잖아. 이올라, 칼."

"누가 이기고 있어요? 말해줘요…… 누가…… 누가 이기고 있는지……."

발음이 정확하진 않지만 갑작스럽게 수술대 위의 환자가 멀쩡한 사람처럼 눈을 크게 뜨고 물었다. 러스티는 개복된 상태로 피를 흘리고 있는 환자의 배 위로 고개를 숙이며 말했다.

"애야, 그건 말이다, 내가 네 처지라면 걱정해야 할 일의 목록 중 맨 마지막에 있을 게다."

　　……이때 군대의 왼쪽 날개와 중앙부에서는 잔인하고도 피 튀기는 싸움이 진행 중이었으나, 닐프가드 군대의 맹렬함과 가속도, 추동력에도 불구하고 기마대의 공격은 마치 파도가 바위에 부서지듯 흩어지고 말았다. 이곳에는 특별히 뽑힌 정예부대들이 있었는데, 용맹한 마리보와 비지마, 트레토고르의 기갑부대, 그리고 기마대에도 겁먹지 않는 사나운 테메리아의 용병들이었다.
　　그리하여 마치 육지의 바위와 바다의 파도가 맞붙은 것처럼 도대체 누가 우세한지 짐작도 할 수 없는 치열한 전투가 벌어졌다. 파도는 바위를 계속해서 때리며 절대로 사그라들지 않았고, 다만 다시 밀려오기 위해서 뒤로 물러설 뿐이었다. 그러나 바위는 바위이기 때문에 거센 파도 속에서도 계속해서 그 자리를 지키고 있었다.
　　전투의 양상이 다른 것은 오른쪽 날개에 있던 왕들의 군대였다. 어디로 낙하해서 죽음의 일격을 가해야 하는지 잘 알고 있는 늙은 새매 같은, 야전 사령관 메노 코에훈은 어디를 쳐야 하는지 잘 알고 있었다. 강철의 정예부대인 창을 든 '데이스웬'과 기갑부대인 '아드 피엔'을 움켜쥔 주먹처럼 집결시킨 뒤 황금 연못 바로 위쪽의 전선을 쳤는데, 이곳에는 브뤼헤에서 온 부대가 있었다. 브뤼헤인들은 영웅적으로 맞서 싸웠지만, 결국 이들의 무장은 정신적인 면에서나, 물리적인 면에서나 충분치 않았던 것으로 밝혀졌다. 부대는 닐프가드의 압박을 견디지 못했다. 이들을 구하고자 늙은 아담 판그라트가 지휘하는 두 용병부대가 뛰어들어 닐프가드군을 저지했지만, 엄청난 피의 대가를 치루고 말았다. 오른쪽 옆구리를 지키고 있던 드워프 자원부대는 무시무시한 포위 상태에 직면했으며 왕들의 군대들은 대열이 흩어지기 직전이었다.

쟝은 펜을 잉크에 적셨다. 과수원으로 들어가 놀고 있는 손녀들은 빽빽거리며 소리를 질렀고, 웃음소리는 마치 유리로 만든 종이 울리는 것 같았다.

그러나 조심성 많은 두루미 같은 존 나탈리스는 직면한 위협을 바로 알아차리고, 어떻게 해야 할지 대번에 깨달았다. 그는 지체 없이 드워프들에게 급히 파발을 보내 엘스 대령에게 명령을······.

기수(旗手) 오브리는 열일곱 살다운 순진함으로 오른쪽 날개 지점까지 가서 명령을 전달하고 언덕으로 돌아오는 데는 최대 10분이면 될 거라고 생각했다. 더 오래 걸리는 일은 절대로 없을 것이다! 그것도 사슴처럼 날렵하고 재빠른 암말 치키타를 타고 말이다.

그러나 황금 연못에 다다르기도 전에 오브리는 두 가지 사실을 깨달을 수밖에 없었다. 첫째, 오른쪽 날개에 언제 다다를지 모른다는 것과 둘째, 과연 언제 돌아올 수 있는가 하는 것이었다. 하나를 더 보태자면 치키타의 재빠름이 아주 유용하다는 사실 정도였다.

황금 연못을 중심으로 동쪽 평야에서는 선투가 한창이었고, 검은 군내는 보병대의 대열을 호위하는 브뤼헤의 기마부대에 맞서 싸우고 있었다. 오브리의 눈에 뒤엉켜 있는 전장에서 갑자기 불꽃처럼, 마치 깨진 스테인드글라스의 유리 조각처럼 초록색, 노란색, 빨간색의 망토를 두른 형체들이 호틀라 강 쪽으로 마구 도망치는 것이 보였다. 그 뒤로는 검은 강처럼 보이는 닐프가드 군대가 펼쳐져 있었다.

오브리는 암말의 고삐를 홱 잡아채며 도망치는 자들과 쫓는 자들로 가득한 길에서 달아나려고 했다. 그러나 책임감이 고개를 들었다. 오브리는 말의 목에 바싹 붙어 위험할 정도로 빠르게 말을 달렸다.

주위는 비명과 말발굽 소리들, 만화경처럼 번뜩번뜩 지나가는 형체들, 칼들의 번쩍임, 부딪치는 소리, 쿵 하고 떨어지는 소리로 가득했다. 황금 연못까지 밀려난 어떤 브뤼헤 군인들은 끝이 닻 모양으로 된 십자가가 그려진 깃발을 중심으로 뭉쳐 처절하게 저항하고 있었다. 들판에서는 검은 군대가 지원군 없이 흩어진 보병들을 닥치는 대로 베어버리고 있었다.

그 순간 은색 태양 무늬가 있는 검은 망토에 의해 시야가 가려졌다.

"에브기르! 북부 왕국인들!"

오브리는 비명을 질렀고, 그 소리를 듣고 흥분한 치키타는 닐프가드의 칼이 닿지 않는 곳까지 그야말로 사슴처럼 풀쩍 뛰어 오브리의 목숨을 구했다. 머리 위에서는 화살들이 휙휙 지나가는 소리가 들렸고 눈앞에서는 또다시 형체들이 번뜩이며 지나갔다.

여기가 어디지? 우리 편은 어디 있지? 적은 어디에 있는 거지?

"에브기르 모르브, 북부 왕국인들!"

쿵쿵거리는 소리, 쇠가 부딪치는 소리, 말들이 우는 소리와 비명 소리.

"멈춰! 이 멍청아! 거기가 아니라고!"

여자 목소리였다. 검은 수말을 타고 무장을 한 여자, 얼굴은 피를 뒤집어쓴 채 머리카락을 흩날리고 있었다. 그 옆에는 무장한 기사들이 있었다.

"넌 누구냐?"

여자는 칼을 움켜쥔 손으로 얼굴의 피를 닦아내며 물었다.

"기수 오브리입니다…… 나탈리스 장군님의 부관이며…… 판그라트와 엘스 대령님께……."

"아듀가 싸우고 있는 저곳까지 넌 못 가. 드워프들이 있는 곳으로 같이 가자. 난 줄리아 아바테마르코다. 말에 올라, 제길! 포위당하겠어! 빨리!"

오브리는 뭐라고 반대하지도 못했다. 그럴 수도 없었고…….

먼지 속에서 미친 듯이 말을 달리자 잠시 뒤 보병들과 대열, 거북이 등껍질 같은 커다란 방패들의 벽에 바늘꽂이처럼 쇠붙이가 잔뜩 꽂혀 있는 것이 보였다. 대열 위로는 교차된 망치가 그려진 거대한 황금빛 깃발이 나부꼈고, 그 옆으로는 말총과 사람의 해골이 매달린 장대가 있었다.

닐프가드 군대는 지팡이를 휘두르는 노인네를 공격하는 개떼처럼 물러섰다가 다시 달려들며 대열을 공격하고 있었다. 망토에 새겨진 커다란 태양 무늬 때문에 절대로 착각할 수 없는 '아드 피엔' 연대였다.

"싸워라! 용병들이여! 나가서 돈을 벌어야지!"

여자가 칼을 풍차처럼 휘두르며 외쳤다.

기수 오브리도 포함된 상태로 기사 무리들은 닐프가드군에게 덤벼들었다.

부딪친 것은 짧은 시간에 지나지 않았지만, 끔찍하기는 이루 말할 수 없었다. 이윽고 커다란 방패의 벽이 그들 앞에서 열렸다. 이미 대열 안으로 들어선 것이다. 사슬갑옷을 입고 어깨까지 내려오는 무쇠 투구나 뾰족한 투구를 쓴 드워프들과 르다니아의 보병들, 브뤼헤의 기병대와 부장한 용병들 사이에 끼어버린 상태가 되었다.

달콤한 변덕쟁이, 용병 대장 줄리아 아바테마르코잖아, 오브리는 그제야 알아보았다. 줄리아 아바테마르코는 오브리를 끌어당겨 화려한 깃털로 장식된 뾰족한 투구를 쓰고 닐프가드군에게서 빼앗은 무장한 말 위에 불편하게 앉아 있는 배 나온 드워프에게로 향했다. 드워프는 보병들의 머리 너머를 살펴보기 위해 말 위로 올라가 창기사의 안장에 앉아 있었다.

"바클리 엘스 대령님이십니까?"

드워프는 기수 오브리와 그의 암말에 튀긴 핏자국을 인정한다는 듯 깃털 장식이 되어 있는 투구를 쓴 채 머리를 끄떡였다. 오브리는 자신도 모르게 얼굴이 붉어졌다. 그 피는 자기 바로 옆에서 용병들이 닐프가드군을 해치우며 튀긴 피였다. 자신은 지금까지 칼을 뽑을 새도 없었던 것이다.

"저는 기수 오브리입니다……."

"안젤름 오브리의 아들인가?"

"예, 막내아들입니다."

"하! 네 아버지를 잘 알지. 나탈리스와 폴테스트가 나한테 보낸 전갈이 뭐지, 기수?"

"대열의 중심부가 무너지려 하고 있습니다…… 나탈리스 장군은 지원병들의 날개를 접고 황금 연못과 호틀라 강으로 후퇴하라고 명령하셨습니다. 중부 전선을 강화……."

오브리는 상황을 열심히 설명했지만 비명 소리와 날붙이들이 부딪치는 소리, 말의 울음소리 때문에 전달해야 할 명령이 제대로 전해지지 않았다. 오브리는 문득 자신이 얼마나 황당한 명령을 전달하고 있는지 깨달았다. 모든 방향에서 자신들을 에워싸며 밀려오는 닐프가드군 사이에서 망치가 그려진 황금빛 깃발을 중심으로 뭉쳐 있는 드워프 군대에게 이 명령은 얼마나 무의미한 것인가.

"제가 늦었습니다…… 너무 늦게 도착했습니다……."

오브리가 자책과 좌절감으로 말을 더듬자 달콤한 변덕쟁이는 코웃음을 쳤고, 바클리 엘스는 이빨을 드러내며 웃음 짓더니 말했다.

"아니다, 오브리. 네가 늦은 것이 아니라 닐프가드가 너무 **빨리** 온 것이지."

"숙녀 여러분, 그리고 나 또한 소장과 대장의 구역 절제와 비장 절제, 그리고 간을 봉합한 것을 축하해야겠군. 전장에서 우리 환자에게 이런 일이 일어나는 건 한순간 같겠지만 해결하는 데 얼마나 많은 시간이 걸리는지 다들 봤겠지. 철학적인 숙고를 위한 주제로 추천하지. 이제 샤니 양이 환자를 봉합하도록."

"하지만 전 아직 한 번도 봉합을 해본 적이 없는데요, 러스티 선생님!"

"언젠가는 해봐야지. 빨간 건 빨간 것끼리, 노란 건 노란 것끼리, 흰 건 흰 것끼리 꿰매. 그렇게 꿰매면 다 잘될 거야."

바클리 엘스가 수염을 쓰다듬고는 말했다.

"그래서 뭐라고? 지금 뭐라고 한 거지, 기수? 안젤름 오브리의 막내아들. 그러니까 우리가 여기서 헛짓거리를 하고 있는 거라고? 우리는, 씹할, 압박에도 꿈쩍하지 않았다고! 단 한 발자국도 물러서지 않았지! 브뤼헤인들이 못 버틴 건 우리 잘못이 아니야!"

"하지만 명령이……."

"명령 따위는 제길!"

"우리가 틈을 메우지 않으면, 검은 군대가 전선을 와해시킬 거다! 와해! 전열을 열어줘, 바클리! 공격할 거야! 뚫고 나갈 거라고!"

줄리아 아바테마르코가 소란 속에서 목소리를 높여 말했다.

"연못까지 가기도 전에 우리 모두를 죽여버릴 텐데! 아무 의미도 없이 개죽음을 당할 거야!"

"그럼 뭘 어떻게 하라는 거야?"

드워프는 욕을 하며 투구를 벗더니 땅바닥에 내동댕이쳤다. 핏발 선 눈은 번들거리며 무섭게 빛났다.

고함 소리에 겁을 먹은 치키타는 오브리 아래서 공간이 허락하는 한 몸부림을 쳤다.

"야르펜 지그린과 데니스 크란메르를 데려와! 빨리!"

얼핏 봐도 그 두 드워프는 전투가 가장 치열한 곳에서 싸우고 있었다. 두명 모두 온통 피로 뒤덮인 상태였다. 그중 한 명의 쇠로 된 팔 가리개는 완전히 갈라져서 금속 끝이 밖으로 드러나 있었다. 다른 한 명은 머리를 타고 줄줄 흐르는 피를 넝마로 감싼 상태였다.

"별일 없지, 지그린?"

"흥미롭군, 왜 다들 똑같은 질문을 하나?"

드워프가 귀찮다는 듯 대답했다.

바클리 엘스가 고개를 돌렸다. 오브리의 시선이 자신에게 쏠려 있는 것을 보고 오브리를 응시한 채 바클리 엘스는 쉰 목소리로 말했다.

"그래서 어쩔까, 안젤름의 막내아들? 왕과 장군이 우리더러 자신들의 진영으로 와서 도와달라고 명령했다고? 자, 눈을 똑바로 뜨고 보라고, 오브리. 볼 만한 게 아주 많을 테니까."

"염병할! 왜? 도대체 왜? 왜 이래야 하지?"

러스티가 수술칼을 휘두르며 소리쳤다.

아무도 대답하지 않았다. 마티 소더그렌은 양쪽 팔을 아래로 떨어뜨렸다. 샤니는 고개를 숙였고, 이올라는 코를 훌쩍였다.

조금 전에 죽은 환자는 천장을 쳐다보고 있었다. 생기가 빠져나간 눈이 번들거렸다.

"죽여! 죽여라! 망할 놈들의 숨통을 모조리 끊어놔라!"

바클리 엘스가 소리쳤다.

"나와 발을 맞춰! 발맞추어 전진! 대열을 유지하라! 모여! 흩어지지 말고!"

내 말을 믿지 못할 거야, 기수 오브리는 생각했다. 내가 이 이야기를 해도, 아무도 믿지 않을 거야. 완전히 포위된 곳에서 싸우는 이 대열…… 모든 방향이 기마대에 의해 완전히 포위된 채로 흔들리고 부서지고 난도질당하고 찔리면서…… 하지만 대열은 앞으로 가고 있다. 간다, 열을 맞추고, 흐트러짐 없이 빽빽하게 모여서, 방패와 방패를 맞대며 가고 있다. 시체들을 밟고 넘어가면서 기마부대를, '아드 피엔' 정예부대를 밀어내면서…… 간다.

"싸워라!"

"발맞춰서! 발맞춰서! 줄을 맞춰! 노래! 씹할! 노래! 우리 노래를 불러! 전진, 마하캄!"

바클리 엘스가 다시 한 번 있는 힘껏 소리를 질렀다.

수천 명의 드워프들의 목에서 그 유명한 마하캄의 군가가 터져 나왔다.

호우우우우우! 호우우우우우우! 호우!

모두들 기다리라고!

곧 우리가 갈 테니까!

이 난리도 이제 끝,

바닥까지 파버리겠다고!

호우우우우! 호우우우우! 호우!

"싸워라! 용병들!"

드워프들의 우레와 같은 함성 위로 마치 삐쭉 튀어나온 단검의 날처럼, 줄리아 아바테마르코의 높은 소프라노 목소리가 울려 퍼졌다. 용병들은 대열에서 벗어나 공격하는 기마부대를 역습했다. 드워프들의 미늘창과 창, 방패의 보호도 받지 못하는, 자살행위나 다름없는 공격이 닐프가드의 압박과 공격 속도를 완전히 늦추었다. 쿵쿵거리는 소리와 고함, 말들의 비명 소리에 기수 오브리는 반사적으로 안장 위에서 몸을 움츠렸다. 누군가 등을 치는 것이 느껴졌는데, 무엇엔가 끼인 채로 말과 함께 가장 혼란스럽고 가장 끔찍한 살육이 벌어지는 곳으로 떠밀려 가는 것이 느껴졌다. 오브리는 칼자루를 꼭 움켜쥐었는데, 미끈거리면서 잘 잡히지 않는 듯한 기분이 들었다.

어느새 방패의 방어선보다 더 앞으로 떠밀려 나간 오브리는 주위를 향해 미친 듯이 칼을 휘두르며 악마에게 사로잡힌 듯 소리를 지르고 있었다. 그때 어디선가 줄리아 아바테마르코의 단호한 외침이 들렸다.

"한 번 더! 조금만 더 힘을 내! 버텨야 한다! 죽여! 죽이라고! 황금의 태양 같은 우리의 돈을 위해! 나에게로 오라, 용병들이여!"

투구를 쓰지 않은 닐프가드 기사가 은빛 태양이 새겨진 망토를 입고 대열로 진입하더니 안장 위에 서서 손도끼를 들고 무서운 기세로 방패를 든 드워프 한 명의 목을 날리고 있었다. 오브리는 곧장 안장에서 몸을 돌려 그 닐프가드 기사를 대각선으로 베었다. 닐프가드 기사의 두피가 상당 부분 날아가고 그는 땅바닥으로 쓰러졌다. 바로 그 순간 오브리 역시 무언가로 머리를 맞고 몇 초 동안 하늘과 땅과 두 마리 말의 옆구리 사이에 매달린 채 신음했다. 그러나 두려움이 목까지 차올랐음에도 불구하고 진짜 고통은 맛보지 못했다. 땅바닥으로 떨어지자마자 말의 발굽이 오브리의 두개골을 으깨버렸던 것이다.

65년이 지난 지금에도 바로 그날, 브렌나의 전장에서 황금 연못을 향해 전우와 적들의 시체를 밟으며 전진하던 대열에 대한 질문을 받으면 늙은 여인은 말린 자두처럼 쭈글쭈글한 얼굴에 더 많은 주름을 잡으며 웃었다. 참을 수 없다는 듯, 아니 어쩌면 참을 수 없는 척하는 것인지도 모르겠으나, 어쨌든 뼈만 남은 채 관절염으로 흉하게 꺾인 떨리는 손을 휘저으며 말했다.

"어느 쪽도 우세하지 않았지. 우리는 한가운데 있었어. 완전히 포위된 상태였지. 그들은 바깥에 있었고. 그렇게 서로 죽고 죽인 거야. 그들은 우리를, 우리는 그들을…… 콜록, 콜록, 커억…… 그들은 우리를, 우리는 그들을……."

늙은 여인은 간신히 발작적인 기침을 억눌렀다. 듣고 있던 이들 중 가까이 있었던 이들은 여인의 주름과 오래된 상처 사이에서 갈 곳을 잃은 눈물을 보았다.

"그들 역시 우리와 마찬가지로 용감했지. 콜록, 콜록…… 우린 똑같이 용감했어. 우리도, 그들도."

젊었을 때에는 자유 용병대를 이끌었던 달콤한 변덕쟁이로, 줄리아 아바테마르코로 불렸던 할머니가 중얼거리며 말했다.

줄리아 아바테마르코는 침묵했다, 오랫동안. 듣는 이들도 늙은 여인이 회상하며 미소 짓는 것을 보고 함부로 재촉하지 않았다. 늙은 여인은 영광의 기억을 떠올리며 미소 짓고 있었다. 안개 속에서 흔들리는 듯한 얼굴들을 회상하면서. 영광스럽게 스러져간 이들의 얼굴들, 영광스럽게 전투에서 살아남은 이들의 얼굴들, 결국 보드카와 마약과 폐결핵으로 죽어간 이들의 얼굴들을 기억하면서.

"우리는 똑같이 용감했어. 어느 쪽도 더 이상 용감할 수는 없었지. 하지만 우리가…… 우리가 1분 정도 더 용감했던 거야."

줄리아 아바테마르코가 이야기를 마쳤다.

"마티, 제발, 당신의 귀중한 마법을 조금만 더! 약간만 더, 100그램이라도! 이 불쌍한 자의 배 속에 거대한 굴라슈*가 들어 있어, 게다가 사슬갑옷의 철사 양념으로 가득하단 말이야! 배 갈린 생선처럼 이렇게 요동치면 난 아무것도 할 수가 없어! 샤니, 젠장, 갈고리를 꼭 잡으라고! 이올라! 지금 자는 거야, 뭐야! 쬠쇠! 쬠쇠에에에!"

이올라는 무거운 한숨을 내쉬고는 입속에 고여 있던 침을 힘겹게 삼켰다. 기절할 것 같아, 이올라는 생각했다. 더는 못 견딜 것 같아, 도저히…… 이 냄새, 피와 구토와 분비물과 오줌, 내장의 내용물, 땀, 공포와 죽음이 섞인 이 냄새. 계속해서 비명을 지르는 저 울음소리, 피투성이가 된 손들, 나를 붙잡는 미끈거리는 저 손들, 내가 정말 자신들을 구해주기라도 할 것처

---

* 굴라슈(goulash): 양파나 파프리카 등 여러 야채들과 소고기를 넣고 끓인 헝가리식 스튜 요리.

럼, 이곳이 피난처라도 되는 것처럼, 목숨을 살려주기라도 할 것처럼……
이런 의미 없는 일을 계속해야 한다니 참을 수 없어, 여기서 우리가 하고 있
는 일은 아무런 의미도 없다고. 완전히 아무것도 아닌 헛짓을 하고 있는 거
야. 이렇게 힘들고 피곤한 것도 더는 못 참겠어. 끊임없이 새로운 부상자들
을 날라 오니까…… 끊임없이…… 더 이상은 무리야. 토할 것 같아, 기절할
것 같아, 정말 그렇게 되면 창피하겠지…….

"손수건! 솜! 제일 큰 죔쇠! 그거 말고! 부드러운 죔쇠로! 조심 좀 해! 또다
시 실수했다간 빨간 머리를 한 대 칠 거야! 알아들었어? 그 빨간 머리를 한
대 칠거라고!"

오, 멜리텔레 여신님, 저를 도와주세요, 도와주세요, 여신님.

"자, 그래! 바로 좋아졌군. 한 번 더 조여, 신녀! 동맥을 누르고! 좋아! 좋
아, 이올라, 그렇게 계속! 마티, 이올라 얼굴이랑 눈 좀 닦아줘요, 그리고 나
도 좀……."

이 고통은 어디서 온 것일까, 존 나탈리스 장군은 생각했다. 왜 이렇게 아
플까?

아하, 주먹을 너무 꽉 쥐어서 그렇군.

"다 끝장내버리자! 다 죽여버리는 겁니다, 사령관님! 대열이 무너지고 있
습니다, 공격합시다! 지체 없이 공격하면 위대한 태양에 맹세코, 무너질 겁
니다! 산산이 흩어질 거라고요!"

손을 문지르며 키스 반 로는 소리를 질렀다.

메노 코에훈은 신경질적으로 손톱을 물어뜯다가 다른 이들이 모두 쳐다

보고 있다는 것을 깨닫고 얼른 입에서 손을 뗐다. 키스 반 로가 조금은 안정을 되찾고 차분히 말했다.

"공격합시다. '나우시카' 연대는 준비가 되어…….."

"'나우시카'는 기다려. 데어란 부대 역시 기다리고. 파올리타나!"

메노 코에훈이 날카롭게 소리쳤다.

강철의 늑대라는 별명이 붙은 '브리헤드' 여단의 아이센그림 파올리타나는 사령관을 향해 이마와 눈썹, 양미간과 뺨까지 이르는 상처로 일그러진 얼굴을 돌렸다.

"공격하라. 테메리아와 르다니아의 접점 지점인 저곳을."

메노 코에훈이 지휘봉으로 가리키며 말했다.

엘프는 경례를 붙였다. 상처로 일그러진 얼굴은 조금도 떨리지 않았고, 커다랗고 깊은 눈에는 어떤 감정도 없었다.

연합군, 메노 코에훈은 생각했다. 동맹. 우리는 함께 싸우는 거야. 공동의 적에 대항해서.

하지만 난 저들을 절대 이해하지 못하겠어, 저 엘프들을.

우리와는 다른 이들이야. 완전히 다르다고.

"흥미롭군."

러스티는 얼굴을 팔꿈치로 닦으려고 해봤지만 팔꿈치도 피범벅이었다. 이올라가 얼른 러스티의 얼굴을 닦아주었다.

"희한하다고. 쇠스랑이나 그와 비슷한 종류의 날이 두 개 달린 기자름에 찔렸어…… 날 하나는 심장을 뚫고 들어갔고, 자, 여길 보라고. 심방이 완전히 찔리고 대동맥이 거의 떨어진 상태지. 하지만 이 환자는 조금 전까지만 해도 숨을 쉬고 있었어, 여기 수술대 위에서. 심장이 찔린 상태로 수술대까지 살아왔다고……."

러스티는 환자를 가리키며 중얼거렸다.

"지금, 죽었다고 하시는 겁니까? 그럼 전장에서 여기까지 우리가 쓸데없이 옮겨온 건가요?"

경기사단의 기사 한 명이 우울한 목소리로 물었다.

"쓸데없는 건 없어요. 그리고 대답을 하자면, 맞아요, 죽었지, 불행히도 떠났어. 데려가요. 에, 젠장…… 이봐, 이것 좀 보라고."

마티 소더그렌과 샤니와 이올라는 시체 위로 몸을 숙였다. 러스티는 시체의 눈꺼풀을 잡아당겼다.

"이런 거 본 적 있나?"

세 명 모두 몸을 떨었다.

"네."

세 명이 입을 모아 대답했다. 그리고 좀 놀란 듯 서로를 바라보았다.

"나도 본 적이 있지. 위쳐야. 돌연변이지. 그래서 이렇게 오랫동안 살아 있을 수 있었군…… 같이 싸운 동료요? 아니면 어쩌다 우연히 실어 온 거요?"

러스티가 물었다.

"우리 전우였습니다, 의사 선생님. 우리 중대 소속이었고, 저희 같은 자원병이었죠. 칼솜씨가 아주 좋았는데! 이름은 코엔이었어요."

머리에 붕대를 감은 꺽다리가 말했다.

"위쳐였고!"

"그렇죠. 하지만 그것 빼고는 아주 괜찮은 사람이었습니다."

"하, 유감이군…… 그것 빼고는 아주 괜찮았던 이 위쳐를 해부해보면 좋겠는데. 굉장히 궁금하단 말이지. 위쳐를 속에서부터 들여다보면 논문도 쓸 수 있을 텐데…… 하지만 시간이 없군! 시체는 수술대에서 치우고! 샤니, 물. 마티, 소독. 이올라, 그것 좀…… 왜 또? 왜 또 눈물 바람이야? 이번엔 뭔가?"

러스티가 한숨을 쉬며 이올라를 다그치고 있는데 네 명의 병사들이 피가 뚝뚝 떨어지는 젖은 망토에 누군가를 실어 왔다. 가는 목소리로 비명을 지르는 것으로 보아 어린 병사를 실어 오는 모양이었다. 그러자 이올라는 눈물을 닦으며 말했다.

"아니에요, 러스티 선생님. 아무것도 아니에요. 괜찮아요."

"기분이…… 마치 누가 내게서 뭔가를 훔쳐간 것만 같아요."

트리스 메리골드가 되풀이해 말했다.

네네케는 오랫동안 대답하지 않은 채 테라스에서 신전 정원을 내다보았다. 수련생들과 신녀들이 봄에 해야 할 작업들을 수행하고 있었다.

"선택을 한 거니까. 네 길을 선택한 거지, 트리스. 네 자신의 운명을. 네가 원해서. 그러니 후회해서는 안 되지."

네네케가 마침내 대답했다.

"네네케, 내가 말한 것보다 더 자세한 이야기는 할 수 없어요. 하지만 믿어주고 날 용서해주세요."

트리스 메리골드는 눈을 내리깔았다.

"내가 널 용서하다니, 내가 뭐라도 되니? 그리고 내가 용서하고 말고가 무슨 의미가 있지?"

"당신이 날 어떤 시선으로 보는지 아니까요! 당신과 당신의 신녀들이. 그 눈길로 나에게 어떤 질문을 하고 있는지 알아요. 여기서 뭘 하는 거지, 여자 마법사? 왜 지금 이올라, 에우르네이드, 카티에와 미라, 쟝이 있는 곳에 있지 않고?"

트리스는 폭발하고 말았다.

"트리스, 그건 너무 과장된 생각이야."

트리스 메리골드는 신전의 벽 뒤에서 파랗게 빛나는 숲을, 멀리서 일어나는 화재의 연기를 바라보았다. 네네케는 아무 말도 하지 않았다. 생각도 먼 곳에 가 있었다. 전투가 벌어지는 그곳, 피가 넘치는 그곳에. 그곳으로 보낸 아이들을, 수련생들을 생각했다. 그러든 말든 트리스는 말을 이었다.

"나의 제안은 모두 거절당했어요. 그렇게 현명하고, 그렇게 이성적이고, 논리적인 그들이…… 더 중요한 일과 덜 중요한 일이 있다고 설명하는데, 어떻게 안 믿을 수가 있겠어요. 그리고 그 덜 중요한 일들은 고민도 하지 말고 포기해야 한다고, 더 중요한 일을 위해 고민 없이 포기해야 한다고 말하더군요. 알지도 못하고, 사랑하지도 않는 사람들을 구하는 건 아무 의미도 없다, 왜냐하면 그건 그냥 개인들일 뿐이고, 그런 개인들의 운명은 세상의 운명 앞에서 아무런 의미도 없으니까요. 기억과 명예와 이상을 위해 싸우는 것이 아무 의미도 없다, 왜냐하면 그런 건 모두 텅 빈 개념일 뿐이니까? 세상의 운명이 걸린 진짜 전쟁터는 다른 곳에 있는데, 왜 엉뚱한 곳에 가서 싸우냐고요! 하지만 난 도둑맞은 듯한 기분이 들었어요. 미친 짓을 할 수 있는 기회를 도둑맞은 기분이 들었다고요. 시리를 구하기 위해 서두를 수도 없어요. 미친 듯이 뛰어가 게롤트도, 예니퍼도 구할 수 없어요. 지금 일어나고 있는 전쟁뿐만 아니라, 당신이 아이들을 보낸 그 전쟁에서도…… 쟝도 도망쳐서 지원한 그 전쟁에, 나는 소든에서처럼 언덕에 설 기회마저 빼앗긴 거예요. 또다시 말이에요. 이번에야말로 내가 내린 결정에 충실하다는 것을 스스로에게 맹세하며 설 수 있는데."

"누구나 자신의 결정이 있고, 자신의 언덕이 있는 것이지, 트리스. 누구나 말이야. 너 역시 그 앞에서는 도망칠 수 없어."

대제사장 네네케가 차분하면서도 단호한 목소리로 말했다.

천막 안으로 들어가는 입구는 붐비고 있었다. 또 부상자가 실려 왔는데, 기사 몇 명이 따라왔다. 한 명은 온몸을 갑옷으로 두른 채 소리를 지르며 사람들을 재촉하고 있었다.

"움직이라고, 들것! 더 빨리! 여기에 올려놔, 여기! 자, 의무병, 어이!"

"지금 바쁩니다."

러스티는 시선을 돌리지도 않고 대답을 이었다.

"부상병을 들것에 다시 올려놔요. 이쪽 치료가 끝나면 바로……."

"지금 당장 이 사람부터 치료하라고, 이 멍청아! 이분은 고귀하신 가라모네 백작님이시다!"

"이 야전병원은 민주적인 장소가 아닙니다. 여기에는 주로 높으신 분들이 오죠. 남작, 백작, 공작, 그런 류들 말입니다. 신분이 더 낮은 사람들에 대해서는 다들 신경 쓰지 않죠. 그래도 최소한의 평등과 원칙은 있습니다. 여기, 내 수술대에서는!"

러스티는 목소리를 높였다. 부상자의 창자에 꽂힌 화살촉이 또다시 겸자에서 미끄러지자 화가 나 있었다.

"엉? 그게 대체 무슨 말이야?"

"중요하지 않아요. 지금 내가 창자에서 쇳조각을 빼내고 있는 이 부상자가 농부건, 시민이건, 유서 깊은 귀족 집안이건, 대귀족이건 전혀 중요하지 않다고. 지금 심각하게 부상당한 환자가 내 수술대에 누워 있단 말이지. 나에겐 왕자도 광대도 다 똑같아요."

러스티는 다시 한 번 부상자의 상처 깊숙이 겸자를 집어넣었다.

"그래서?"

"당신네 백작님도 순서를 기다리라는 겁니다."

"이 망할 하플링이!"

"나 좀 도와줘, 샤니. 겸자를 하나 더 줘. 동맥 조심하고! 마티! 출혈이 심하니 마법을 조금만 더 써줘요."

기사는 무장을 절그럭거리며 이를 악문 채 앞으로 한 발짝 나섰다.

"당신을 교수형에 처하라고 할 거야! 교수형에! 이 인간도 아닌 하플링이!"

기사가 고래고래 악을 썼다. 그때였다.

"조용히, 파페브록. 조용히 하고 자네는 날 여기 놔두고 전장으로 다시 돌아가."

부상당한 백작이 힘겹게 입술을 깨물며 간신히 말했다.

"안 됩니다, 백작님! 절대로!"

"명령이다."

천막 뒤로 쿵쿵거리는 소리와 쇠붙이들이 부딪치는 소리, 말들이 헐떡이는 소리와 처절한 비명 소리들이 들려왔다. 야전병원의 부상자들은 여러 소리로 울부짖고 있었다.

"여기 좀 봐. 이런 이쁜 물건을 어떤 장인이 만들었겠지, 그 덕분에 가족 여럿을 먹여 살릴 테고, 그러면서 소상공업 발전에 기여했겠지. 그게 바로 전체 사회의 번영과 모두의 행복을 위한 일이었을 테고. 그리고 이 신기한 물건이 사람의 창자에 박히는 방식은, 분명 특허로 보호되고 있을 거야. 발전이란 좋은 거지."

러스티는 겸자를 들어 깨진 화살촉을 보여주었다.

러스티는 아무렇지도 않게 피에 물든 쇳조각을 쓰레기통에 던져버리더니 이 연설을 하는 동안 기절해버린 부상자를 바라보았다. 러스티는 고개를 끄떡였다.

"꿰매고 데려가. 재수가 좋으면 살겠지. 다음 환자를 데려와, 저기 머리가 깨진 사람."

"그 사람은 순서를 양보했어요, 좀 전에."

마티 소더그렌이 차분하게 말했다.

러스티는 숨을 들이켠 뒤 내쉬고는 쓸데없는 말 따위는 하지 않고 수술대에서 물러나 부상당한 백작 앞에 섰다. 러스티의 손은 피에 물들어 있고 앞치마에는 피가 튀어 마치 도살장의 백정처럼 보였다. 가라모네의 백작 다니엘 에체베리의 얼굴이 아까보다 더욱더 창백해져 있었다.

"네, 이제 자리가 났네요, 백작님. 수술대로 옮겨. 여긴 뭐지? 하, 이 관절에선 살릴 부분이 남아 있지 않군. 곤죽이 되었어! 죽이라고, 죽! 백작님, 도대체 뭘로 그렇게 서로의 뼈를 바스러뜨리는 건가요? 하, 조금 아플 겁니다. 약간요. 하지만 겁내지 마세요. 전투에 나가는 것과 똑같으니까요. 붕대! 칼! 절단합니다, 백작님."

러스티가 숨을 몰아쉬었다.

지금까지는 평정을 유지하고 있던 가라모네의 백작, 다니엘 에체베리가 늑대처럼 울부짖었다. 고통으로 턱을 완전히 다물기 전에, 샤니가 재빨리 이빨 사이에 보리수 나무토막을 끼워 넣었다.

"폐하! 장군님!"

"보고하라!"

"드워프 부대와 자유 용병부대가 황금 연못 주위의 좁은 길에서 버티고 있습니다…… 드워프들과 용병들이 엄청나게 피를 흘리고 있지만 굳세게 버티고 있다가 '아듀' 판그라트도, 프론티노도, 줄리아 아바테마르코도 죽었다고 합니다…… 모두, 모두 죽었습니다! 이들을 도와주러 온 도리안 부대 역시 학살당하고……."

"예비부대를, 장군. 내 의견을 묻고 싶다면, 나는 지금이 예비부대를 투입할 때인 것 같소. 브로니보르에게 보병을 이끌고 가 검은 놈들을 밀어버리라고 하시오! 바로! 지금 당장! 안 그랬다간 대열이 완전히 흩어질 것이고, 그랬다간 모든 게 끝장이오."

폴테스트 왕은 작지만 명확한 목소리로 명령을 내렸다.

존 나탈리스는 대답하지 않고 멀리서 또다시 입에 거품을 문 말을 타고 달려오는 다음 연락병을 바라보았다.

"숨 좀 돌리고. 숨부터 돌리고 제대로 보고해!"

"전선이…… 붕괴…… 되었습니다. '브리헤드' 연대의 엘프들이…… 드루이터 장군께서 전하시길……."

"뭐라고 전했나? 말해라, 어서!"

"목숨을 보전할 때라고 하셨습니다."

"블렌케르트, 블렌케르트 장군을 오게 하라. 아니면 밤이 오든가."

시선을 하늘에 둔 존 나탈리스의 목소리가 먹먹했다.

천막 주변의 땅은 말발굽으로 울리고, 천막 안은 고함 소리와 말들의 울부짖음으로 가득 찬 것만 같았다. 병사 한 명이 달려 들어오고 두 명의 위생병이 따라왔다.

"다들 도망쳐요! 목숨을 보전해요! 닐프가드가 우리 군을 치고 있어요! 학살! 학살입니다! 우린 질 거예요!"

병사가 외쳤다.

"집게! 눌러! 솜! 눌러, 샤니! 마티, 제발, 어떻게든 저 피 좀……."

러스티는 동맥에서 살아 있는 생명처럼, 냇물처럼 흘러나오는 피를 지혈하던 중 얼굴을 돌렸다.

누군가 이미 천막 옆에서 짐승처럼 짧고 끊어지는 듯한 소리로 울고 있었다. 말은 울부짖고, 무언가가 쇳소리와 함께 쿵 하고 바닥에 떨어졌다. 곧이어 석궁의 화살촉이 야전병원 천막에 꽂히기 시작했다. 그 화살들은 쉭쉭거리는 소리를 내며 반대편에서 날아왔다. 다행히 들것에 누워 있는 부상자들을 위협하기에는 타점이 너무 높았다.

"닐프가아아아드!"

또다시 병사가 헐떡이며 비명을 지르듯 외쳤다.

"의사 선생님! 제 말이 안 들리십니까? 닐프가드가 전선을 뚫었습니다, 이제 곧 여기까지 와서 모조리 죽일 겁니다! 도망치세요, 어서!"

러스티는 마티 소더그렌에게 바늘을 받아 첫 번째 땀을 떴다. 수술대 위에 누워 있는 환자는 아까부터 전혀 움직이지 않았다. 하지만 심장이 뛰고 있는 것이 보였다.

"난 죽고 싶지 않아!"

아직 의식이 있는 부상병 중 한 명이 소리를 질렀다. 병사는 욕설을 내뱉으며 입구로 뛰어가다가 갑자기 비명을 지르더니 피를 뿜으며 뒤로 넘어져 먼지투성이 바닥으로 쓰러졌다. 들것 옆에서 몸을 숙이고 있던 이올라가 황급히 뒤로 물러섰다.

야전병원 천막 안은 갑자기 조용해졌다.

좋지 않군, 러스티는 누군가 천막으로 들어오는 것을 보고 생각했다. 엘프들이야. 은빛 번개, '브리헤드' 연대. 그 유명한 '브리헤드' 연대의 엘프들이었다.

"여기서 부상병을 치료하지."

키가 크고 늘씬하고 아름다운, 선이 뚜렷한 얼굴에 커다란 수레국화 빛 푸른 눈을 반짝이는 첫 번째 엘프가 말했다.

"치료?"

그 누구도 대답하지 않았다. 러스티는 손이 떨리는 것을 느꼈다. 얼른 마티에게 바늘을 넘겼다. 샤니의 이마와 콧등이 하얗게 질리는 것을 보았다.

"그럼 이게 뭐지? 이렇게 치료를 할 거라면 저기 밖에서 뭐 하러 상처를 내지? 우리가 전장에서 상처를 내는 건, 죽으라고 그러는 거잖아. 하지만 여기서 치료를 한다고? 그건 논리적으로 말이 안 되는데. 이해가 충돌하는 거잖아."

엘프는 불길하게 말끝을 늘이며 말했다. 그러더니 몸을 굽히고 조금의 힘도 주지 않은 채 들것 위에 누워 있던 부상병의 가슴팍에 칼을 꽂았다. 이어서 다른 엘프가 두 번째 부상자에게 짧은 창을 꽂았다. 세 번째 부상자는 아직 의식이 있어 왼팔과 붕대에 칭칭 감겨 있는 절단된 오른팔로 단검을 막으려고 버둥거렸다.

샤니는 비명을 질렀다. 비명 소리는 가늘고, 나사처럼 박히는 듯했다. 그 비명이 살해당하는 부상병의 짐승 같은 처절한 신음 소리를 덮었다. 이올라는 들것 앞으로 뛰어가 자기 몸으로 다음 부상병을 막아섰다. 얼굴은 붕대처럼 새하얘졌고, 의지와는 달리 입술이 떨리고 있었다. 엘프는 눈을 깜빡거리며 잠시 바라보다가 소리쳤다.

"바 보르트! 베안나! 저 도'이네와 함께 너도 죽여버릴 거야!"

"여기서 나가!"

인간의 걸음으로 세 걸음 정도 되는 거리를 러스티가 부지런히 뛰어온 끝에 이올라의 몸을 가리며 막아설 수 있었다.

"내 천막에서 나가, 이 살인자 놈들. 저 밖으로 나가라고, 전장으로. 저기가 네놈들 자리다. 다른 살인자들한테 가라고. 저기서 너희들끼리 죽고 죽여, 그리고 싶으면! 하지만 여기서는 나가!"

엘프는 아래를 내려다보았다. 공포로 온몸을 떨고 있는 하플링의 붉은 곱슬머리는 엘프의 허리띠 바로 위까지밖에 닿지 않았다.

"블레데 페리안. 인간의 하인! 비켜라!"

엘프는 씩씩거리며 소리쳤다.

"그럴 순 없어, 절대로."

러스티의 이빨은 맞부딪치며 떨고 있었지만 목소리는 분명했다.

다른 엘프가 앞으로 뛰어나와 짧은 창의 손잡이로 러스티를 밀쳐냈다. 러스티는 무릎을 꿇으며 쓰러졌다. 키가 큰 엘프는 이올라를 부상병에게서 사납게 밀쳐내더니 칼을 쳐들었다.

그때 둘둘 말린 검은 망토에 감싸여 있는 부상병의 머리 아래 닐프가드 기갑여단 '데이스웬' 연대의 은빛 불꽃 문장과 대령 계급장을 보고 그대로 얼어붙었다.

"야에빈! 카엠, 벨로에! 에스'에브기리아드 아도'이네 아엔 바! 에스'테드!"

천막으로 뛰어 들어온, 검은 머리를 길게 땋은 여자 엘프가 소리를 질렀다.

키가 큰 엘프는 잠시 동안 상처 입은 대령을 내려다보다가 공포에 질려 눈물이 맺힌 러스티의 눈을 바라보았다. 엘프는 아무 말 없이 그대로 발길을 돌려 나가버렸다.

천막의 벽 뒤로는 또다시 말발굽 소리와 고함 소리, 쇠붙이의 쩔렁거리는 소리가 들려오고 있었다.

"검은 놈들을 끝장내자! 죽여!"

수천의 목소리가 고함을 질렀다. 곧이어 누군가가 짐승 같은 비명을 질렀고 그 비명 소리는 갈라지는 쉿소리로 바뀌었다.

러스티는 자리에서 일어나려 했지만 다리가 말을 듣지 않았다. 손도 마찬가지였다.

울음을 참느라 심한 경련을 일으키고 있던 이올라가 부상당한 닐프가드인이 누워 있는 들것 옆에 쭈그리고 앉았다.

샤니는 눈물을 감추지 않고 울고 있었다. 하지만 손에 쥔 갈고리를 놓지 않은 채 들고 있었다. 마티는 차분히 상처 봉합을 계속하고 있었지만 입술은 들리지 않는 혼잣말을 하며 달싹이고 있었다.

아직도 자리에서 일어서지 못한 러스티는 바닥에 그대로 앉아버렸다. 그러다 문득 천막 구석에 처박힌 채 웅크리고 있는 위생병에게 시선이 닿았다. 러스티는 힘겹게 입을 열었다.

"술 좀 줘봐. 없다고 말하지 마. 너희들을 잘 아니까. 항상 갖고 있잖아."

블렌하임 블렌케르트 장군은 안장에 발을 딛고 서서 학처럼 고개를 빼고는 전장에서 들려오는 소리에 귀를 기울이고 있었다.

"전열을 정비해라. 그리고 저 언덕을 넘어서면 바로 달리는 거다. 정찰병들의 말에 따르면 저곳을 기점으로 곧장 내달리면 검은 놈들의 우측을 칠수 있을 테니까."

블렌하임 블렌케르트 장군은 부하들에게 지시했다.

"그리고 혼내주는 겁니다!"

중위 중 한 명이 새된 목소리로 외쳤다. 비단결 같고 숱이 아주 적은 수염을 간신히 기른 코흘리개였다. 블렌케르트는 곁눈질로 중위를 바라보았다.

"깃발을 든 기수들이 앞장서라. 그리고 기마 장교들은 '르다니아!'를 외쳐라! 가슴에 남아 있는 모든 힘을 쥐어짜서! 폴테스트 왕과 나탈리스의 병사들이 멀리서도 지원군이 오고 있다는 걸 알 수 있도록!"

블렌하임 블렌케르트는 칼을 뽑아 들며 외쳤다.

코부스 드 루이터 지사는 이미 40년 전, 열여섯 살 때부터 이런저런 전장에서 전투를 경험했다. 뿐만 아니라 여덟 세대를 거쳐온 군인 집안의 혈통이 유전자에 새겨진 듯, 누구에게나 무섭고 혼란스러운 전장의 소음들이 코부스 드 루이터에게는 교향악 연주회처럼 들렸다. 그리고 드 루이터는 그 연주회에서 새로운 음표와 화음과 음색을 발견해냈다.

"만세, 병사들아! 르다니아! 르다니아가 오고 있다! 독수리! 독수리가 오고 있어!"

드 루이터는 지휘봉을 휘두르며 소리쳤다.

북쪽, 언덕 뒤에서 말을 탄 기사들이 전장을 향해 달려오고 있었다. 기사들의 머리 위로는 진홍빛의 깃발과 르다니아의 은색 독수리가 그려진 거대한 깃발이 나부끼고 있었다.

"지원군이다! 지원군이 온다! 만세! 검은 놈들을 해치워라!"

드 루이터가 있는 힘껏 외쳤다. 여덟 세대를 이어온 군인 혈통의 소유자는 닐프가드군이 곧바로 날개를 접고 대열을 정비하면서 르다니아 지원군을 향해 공격하려는 것을 보았다. 또한 그렇게 하도록 놔둬서는 안 된다는 것도 잘 알고 있었다.

"나를 따르라! 나를 따르라! 트레토고르인들이여! 나를 따르라!"

드 루이터는 기수의 손에서 깃발을 빼앗아 들고 소리쳤다.

공격, 자살과 다름없는 끔찍한 공격이었다. 하지만 효과는 있었다. 닐프가드 '베넨달' 사단의 대열이 흐트러지자마자 르다니아의 기수들은 가속도를 더해 덤벼들었다. 엄청난 함성 소리가 하늘에 울려 퍼졌다.

코부스 드 루이터는 이미 아무것도 보이지도, 들리지도 않았다. 길 잃은 석궁의 화살촉이 관자놀이에 정확히 명중한 것이었다. 코부스 드 루이터 지사는 안장 위에서 휘청거리다가 말에서 떨어졌고, 깃발은 마치 관을 덮는 천처럼 그를 감쌌다.

이 전투를 지켜보고 있던, 전장에서 희생된 루이터 가문 여덟 세대의 영혼들이 코부스 드 루이터를 인정하듯, 대견해하듯 고개를 끄떡였다.

"그날 북부 왕국인들에게는 기적이 일어났다고 말할 수 있을 것입니다. 아니면 아무도 예상하지 못한 우연일지도 모릅니다…… 물론 레스티프 드 몽톨롱이 자신의 저서에서 밝혔듯, 코에훈 장군이 적군의 규모와 의도를 파악하는 데 실책을 저질렀다고 볼 수도 있습니다. '중부' 특수부대를 반으로 나누고 적진 깊숙이 기마대를 보낸 것은 지극히 위험한 판단이었다고 봅니다. 적보다 병력이 최소한 세 배 정도 더 많았을 때나 그런 모험이 가능한 것입니다. 그런 후에도 정황 판단을 게을리했고 지원군으로 오는 르다니아군을 알아채지 못했습니다."

"푸트카머 생도! 드 몽톨롱의 신빙성 없는 저작은 우리 학교 교육과정에는 없는 책이다! 그리고 황제 폐하께서도 그 책에 대해서 비판적으로 말씀하신 바가 있다! 생도는 그러므로 앞으로는 그 책을 인용하지 않길 바란다. 희한한 일이군. 지금까지 대답은 아주 마음에 들었고 거의 만점이나 다름없는데, 여기서 갑자기 기적이니 우연이니 하다가 마지막엔 우리 황국군 역사상 가장 뛰어난 지휘자였던 메노 코에훈 장군의 지도력을 감히 비판하다니. 푸트카머 생도와 다른 모든 생도들은 시험에 통과하고 싶은 생각이 있다면 이 말을 잘 듣고 명심하길 바란다. 브렌나 전투에서는 어떤 기적도, 어떤 우연도 일어나지 않았다. 그건 음모였다! 적군의 사보타주 작전, 전복적인 상황, 비열한 반항자들, 국제주의자들, 부패한 정치인들, 배신자들과 나라를 팔아먹는 놈들! 후에 달군 쇠로 지져 없애버린 종양 같은 놈들! 하지만 그렇게 되기 전에 자신의 조국을 팔아먹은 이 비열한 배신자들은 거미줄을 치고 모략을 꾸몄던 것이다! 코에훈 사령관이 전장에서 최선을 다하는 동안 이들이 배신하며 그를 기만하고 실책을 저지르도록 종용한 것이다! 국가를 존경하는 마음도 믿음도 없는 악당들⋯⋯."

"개자식들. 그야말로 개자식들이군. 찾아내고야 말겠다. 기다려라, 수색이 무엇인지 내가 가르쳐주지. 데 빈갈트 부관! 북쪽 언덕 뒤로 정찰을 갔던 장교를 책임지고 찾아내! 정찰대 전원을 교수형에 처하도록!"

메노 코에훈이 눈에서 망원경을 떼지 않은 채 소리쳤다.

"알겠습니다!"

사령관의 부관인 우더 데 빈갈트가 발꿈치를 붙이고 절도 있게 대답했다. 하지만 데 빈갈트는 알지 못했다. 그 순간 정찰대 장교 라마르 플라우트 중위는 자신이 발견하지 못했던 북부 왕국 비밀 선발대, 즉 닐프가드 군대의 측면을 치고 들어온 르다니아군의 말발굽에 밟혀 죽어가고 있다는 것을 말이다. 또한 데 빈갈트는 자신의 목숨이 두 시간밖에 남지 않았다는 사실도 알지 못했다.

"적군이 저쪽에 얼마나 있는 건가? 트라헤 장군, 장군의 추측에 따르면?"

코에훈은 아직도 눈에서 망원경을 떼지 못하고 있었다.

"최소한 만 명은 되는 것 같습니다. 주로 르다니아군이지만 에이단 깃발도 보입니다. 유니콘 깃발도 있는 것으로 보아 케드웬도 있군요. 최소한 중대 규모는……."

제7 데어란 연대의 지휘관 트라헤가 냉정하게 대답했다.

중대는 빠르게 말을 달렸고 말발굽 아래로 모래와 자갈이 흩어졌다.

"돌격, 앞으로! 붉은 군대! 죽여! 전부 죽여라! 캐드웨에에에엔! 캐드웨에에엔!"

언제나처럼 취해 있는 100인 대장 푸그라니에츠가 외쳤다.

젠장, 오줌이 너무 마려운걸, 지빅은 생각했다. 전투가 시작되기 전에 다녀왔어야 했는데…… 이제 갈 틈이 없네.

"돌격, 앞으로! 붉은 중대!"

허구한 날 붉은 중대로구만. 안 좋은 일이 있을 때마다 붉은 중대지. 테메리아로 정찰대를 보내야 하는데 누굴 보내지? 그렇지, 붉은 중대지. 언제나 말이야. 아우, 오줌 마려워.

드디어 도착했다. 지빅은 고함을 지르며 안장에서 몸을 돌리더니 은빛 별이 새겨진 검은 망토를 두른 기사의 팔 보호대와 목을 온 힘을 다해 내리쳤다.

"붉은 군대! 캐드웨에에엔! 죽여! 죽여라!"

쿵쿵 소리와 말발굽 소리, 그리고 쇠붙이의 쩔렁거리는 소리와 인간이 지르는 함성 소리, 비명 소리와 함께 붉은 중대는 닐프가드군과 맞붙었다.

"멜리스-스토크와 브라이반트는 북부 왕국인들의 지원군을 잘 막아낼 겁니다. 병력 규모도 비슷하고, 아직까지는 어떤 나쁜 일도 일어나지 않았습니다. 타이어코넬 장군의 '아드 피엔' 여단은 왼쪽 날개와 같은 병력이고, '마그네'와 '베넨달'이 오른쪽 날개를 방어하고 있습니다. 그러니 우리가…… 우리가 상황을 바꿀 수 있습니다, 사령관님."

제7 데어란 연대의 엘란 트라헤 장군이 차분하게 말했다. 가만히 듣고 있던 메노 코에훈은 트라헤 장군의 말뜻을 금방 알아챘다.

"엘프군과 적들이 맞붙는 곳, 그곳으로 진격할 때 엘프군들 뒤에서 공격해 들어간다? 뒤쪽 전선으로 치고 들어가 공포를 일으킨다, 그건가? 바로 그거야! 그렇게 합시다, 위대한 태양에 걸고! 모두 진격! '나우시카'와 제7연대, 당신들의 시간이 왔소!"

"황제 만세!"

키스 반 로가 목청껏 외치자 메노 코에훈이 돌아서며 말했다.

"데 빈갈트 부관, 부관의 수하들과 호위대를 데려가라. 아무것도 안 한 지 너무 오래됐어! 제7연대와 함께 공격한다!"

메노 코에훈의 부관인 우더 데 빈갈트는 얼굴이 약간 창백해졌지만, 바로 평정을 되찾았다.

"황제 만세!"

우더 데 빈갈트는 우렁찬 목소리로 대답했다. 그의 목소리는 거의 떨리지 않았다.

러스티는 다리를 썰고 있었고, 부상병은 비명을 지르며 수술대를 쥐어뜯었다. 이올라는 두통을 간신히 참으며 붕대를 감고 죔쇠를 준비해주고 있었다. 야전병원 입구에서 샤니의 높아진 목소리가 들려왔다.

"어디로 가는 건가요? 지금 제정신이에요? 여긴 살아 있는 사람들이 치료받으려고 대기하는 곳이에요! 지금 시체를 싣고 밀고 들어오는 건가요?"

"이분은 안젤름 오브리 남작이십니다, 간호사님! 기수라고요!"

"남작님이었겠죠! 지금은 돌아가셨고요. 갑옷이 상하지 않아 그나마 한 덩어리로 싣고 온 수준이라고요! 데려가세요. 여긴 병원이에요, 시체안치소가 아니라!"

"하지만 간호사님……."

"입구를 막지 말아요! 저기, 아직 숨을 쉬고 있는 사람을 데려왔군요. 최소한 숨은 쉬고 있는 것처럼 보여요. 그냥 가스가 나오는 것일 수도 있겠지만."

러스티는 웃음이 터졌지만 곧 눈썹을 찡그리며 정색했다.

"샤니! 당장 이리 와봐!"

러스티는 절단된 다리 위에서 이를 악물고 말했다.

"명심해, 애송이. 외과의사 입장에서 비꼬는 소리를 하려면 경력이 10년은 되어야 하는 거야, 알겠나?"

"네, 알겠습니다, 러스티 선생님."

"골막박리기를 집어서 골막을 분리해…… 젠장, 이 사람 마취 좀 더 해줬으면 좋겠는데…… 마티는 어디 갔어?"

"천막 뒤에서 토하고 있어요. 고양이처럼요."

조금도 비꼬지 않고 샤니가 말했다.

"여자 마법사들 말이야, 무시무시하고 위대한 주문을 고안하는 대신, 실용적인 주문 한 개쯤 만들어내면 좋을 텐데. 소소한 마법을 걸 수 있는 그런 주문 말이지. 예를 들어 마취라든지, 별문제도 없고 토하지도 않는……."

러스티가 톱을 집어 들고 말했다.

톱이 서걱서걱 소리를 내며 뼈를 잘랐다. 부상병은 비명을 질렀다.

"붕대를 더 꽉 감아, 이올라!"

간신히 뼈가 잘려 나갔다. 러스티는 작은 톱을 들어 마무리를 하고 이마를 닦았다.

"혈관과 신경을 꿰매."

기계적으로 말했지만, 사실 말할 필요도 없었다. 지시가 끝나기도 전에 샤니와 이올라가 이미 봉합을 하고 있었기 때문이다. 러스티는 수술대에서 잘린 다리를 들어 구석에, 다른 신체 일부들이 쌓여 있는 곳에 던졌다. 부상병은 더 이상 소리도 비명도 지르지 않았다.

"기절한 건가, 죽은 건가?"

"기절했어요, 러스티 선생님."

"잘됐군. 절단된 부분을 정리해, 샤니. 다음 환자! 이올라! 가서 마티가 다 게워냈는지 보고 와."

이올라가 고개도 들지 않고 작은 목소리로 말했다.

"저, 궁금한 게 있는데요, 러스티 선생님은 경력이 몇 년이세요? 100년?"

*　　　*　　　*

십여 분 동안 힘겹게, 먼지 속에서 숨 가쁜 행군을 한 후에야 100인 대장과 10인 대장들의 외침이 마침내 잦아들었고 비지마군의 전선이 형성되었다. 쟝은 마치 공기를 마시려는 물고기처럼 헉헉대며 브로니보르 지사가 갑옷으로 둘러싸인 아름다운 종마를 타고 앞장서서 진두지휘하는 모습을 보았다. 지사 역시 갑옷으로 둘러싸여 있었다. 갑옷은 푸른 에나멜로 뒤덮여 있어서 브로니보르 지사는 거대한 깡통 고등어처럼 보였다.

"자, 바보들아, 어떤가?"

창을 든 병사들이 마치 멀리서 둥둥거리는 천둥 같은 목소리로 대답했다.

"소리가 방귀 소리만 하군."

브로니보르 지사는 갑옷으로 둘러싸인 종마를 돌려 병사들 앞에서 왔다 갔다 했다.

"아직은 살 만하다는 소리군. 그렇지 않았으면 들릴 듯 안 들릴 듯 대답을 하는 게 아니라 저주받은 자들처럼 비명을 지르고 고함을 질렀을 테니까. 표정을 보아하니 당장이라도 전장으로 달려 나가고 싶고, 싸우고 싶고, 닐프가드 놈들을 상대하고 싶어 근질근질한 모양이군! 어떤가, 비지마의 산적들! 내가 좋은 소식을 가져왔다! 너희들의 소원은 곧 이루어진다! 이제 곧, 아주 잠시 후에 말이다!"

창을 든 병사들이 다시 웅얼거렸다. 브로니보르는 전선 끝까지 말을 타고 갔다가 다시 방향을 틀더니 안장에 장식된 폭탄을 덜그럭거리며 연설을 이어갔나.

"기갑대 뒤에서 행군하는 동안 먼지를 잔뜩 마셨겠지, 보병들! 지금까지는 명예와 약탈품 대신 말 방귀 냄새나 맡으며 걸어왔다. 이제 여러분을 매우 필요로 하게 된 오늘까지도 하마터면 전장에 나가 명예를 드높이지 못할 뻔했다. 그러니 여러분들에게 주어진 이 기회를 진심으로 축하한다! 여기, 이름은 잊어버렸는데 이 시골 마을에서 드디어 여러분은 군인으로서 스스로가 얼마나 가치 있는지 증명할 수 있게 된 것이다. 저기 들판에 보이는 저 구름 떼는 우리 군대의 측면을 쳐서 저기 보이는 저 강, 이름은 잊어버린 저 강의 늪 속으로 파묻어버리고 싶어 하는 닐프가드의 기마대다. 비지마의 유명한 창기병대에 은혜롭게도 폴테스트 왕과 나탈리스 장군이 이 활 모양의 전선을 방어하라는 임무를 부여하셨다. 이 활 모양의 전선을 따라 닐프가드의 전진을 막아내는 것이 우리의 임무다. 기쁘지 않은가, 이 바보들아? 자부심으로 가슴이 터질 것 같지 않나, 응?"

창의 자루를 꼭 잡고 있던 쟝은 주위를 둘러보았다. 곧 닥칠 전투를 앞두고 병사들은 조금도 기뻐하는 것 같지 않았다. 저들이 자부심으로 가슴이 터질 것 같다면, 그런 기색을 잘도 감추고 있는 모양이었다. 멜피의 오른쪽 옆에 있는 농부는 웅얼거리며 기도문을 외우고 욕을 하면서 신경질적으로 기침을 했다.

브로니보르 지사는 말을 돌려 안장 위에서 똑바로 몸을 폈다.

"안 들린다! 자부심으로 가슴이 터질 것 같지 않나?"

브로니보르의 외침에 창을 든 병사들은 어쩔 수 없이 커다란 목소리로 그렇다고 대답했다. 쟝 역시 고함 소리에 합세했다. 다 같이 하는 거면, 다 같이 해야지.

지사는 병사들 앞에서 말을 세웠다.

"좋다! 이제 내 앞에서 제대로 대열을 정비하라! 100인 대장들, 뭘 꾸물거리나! 사각형으로 대열을 정비하라! 첫 번째 줄은 무릎을 꿇고 두 번째 줄은 선다! 창은 들고! 날을 아래로 향하는 게 아니라, 이 얼간이 자식! 그래, 그래, 너한테 하는 말이야, 거기 덩치 큰 못난이! 더 높이, 날을 더 높이 들라고, 창을! 더 붙어 서서, 다닥다닥, 바싹! 어깨를 서로 붙여! 그래, 이제야 제대로 된 것처럼 보이는군! 드디어 군대처럼 보인다고!"

쟝은 두 번째 줄에 서게 되었다. 창의 끝을 땅에 꾹 박고 공포로 땀이 밴 손으로 창대를 꽉 움켜쥐고 있었다. 멜피는 죽은 사람을 위한 기도문을 쉴 새 없이 중얼대고 있었다. 뒤슬락스는 알아들을 수 없는 소리를 지르며 여러 단어를 되풀이해 외치고 있었는데, 주로 닐프가드인들과 수캐와 암캐와 왕들과 대장들과 지사들과 그들의 어머니들 모두의 내밀한 사생활에 대한 것이었다.

전장의 구름 떼, 그러니까 닐프가드 기마대가 점점 더 거리를 좁혀오기 시작했다. 브로니보르가 외쳤다.

"저쪽을 향해 방귀를 뀌거나 이빨을 부딪치지 마라! 그런 소리로 닐프가드의 말들을 겁줄 생각이라면 틀렸다! 아무도 착각해서는 안 된다! 저기, 우리를 향해 오고 있는 것은 '나우시카'와 제7 데어란 연대다. 매우 훌륭하고 용맹하고 훈련이 잘된 정예부대란 말이다! 저들을 겁줄 수는 없다! 저들과 싸워서 이길 수도 없다! 그냥 죽여버려야 한다! 창을 더 높이 들어라!"

멀리서 작지만, 점점 커져가는 말발굽 소리가 들려왔다. 땅이 흔들리기 시작했다. 먼지구름 사이로 불빛처럼 칼날들이 번쩍이는 것이 보였다. 또다시 브로니보르 지사가 외쳤다.

"비지마, 너희들은 운이 좋다! 우리 보병의 최신화된 일반 창의 규격은 21피트다! 닐프가드의 칼은 고작 3피트 반이다! 이 정도 계산은 할 줄 알겠지? 물론 저들도 계산은 할 줄 안다. 하지만 닐프가드군은 너희들이 찌르지 않기를, 너희의 진짜 본성이 튀어나와 네놈들이 똥강아지이며 겁쟁이며 구역질나는 배신자임을 드러내주길 바라고 있다. 검은 군대는 너희들이 창을 던지고 꽁무니를 빼고 달아나기를 원하고 있다. 그러면 너희들을 쫓아가 등과 엉덩이와 목을 손쉽게, 아무 문제없이 칠 수 있을 테니까. 기억해라, 이 똥들아! 아무리 공포가 발뒤꿈치까지 차오른다 해도 기마대 앞에서는 절대로 도망쳐서는 안 된다. 살고 싶은 자는, 명예와 전리품을 원하는 자는, 일어나라! 일어나서 버텨라! 벽처럼 버텨라! 대열을 맞춰 서라!"

쟝은 주위를 둘러보았다. 창을 든 보병들 뒤에 서 있는 궁수들은 이미 석궁의 쇠뇌를 풀고 있었고, 사각형으로 줄을 맞춰 선 대열 안에서는 뾰족한 기자름과 창, 미늘창, 날이 넓은 창, 삼지창과 쇠스랑이 번뜩이고 있었다. 땅은 점점 더 확실하게 요동치듯 흔들렸고 돌격해오는 기마부대의 구름 떼 사이로 서서히 기사들의 형체가 보이기 시작했다.

"엄마, 엄마…… 엄마……." 떨리는 입술로 멜피가 중얼거렸다.

"……씹할." 뒤슬락스가 나직이 욕설을 내뱉었다.

쿵쿵거리는 소리는 점점 더 커졌다. 쟝은 마른 입술을 핥고 싶었지만 그럴 수가 없었다. 혀가 마치 남의 것처럼 딱딱하게 굳어 제대로 움직이지 않았고 톱밥처럼 말라버렸다. 쿵쿵거리는 소리가 더 커졌다. 그러자 브로니보르가 칼을 꺼내 들며 외쳤다.

"붙어라! 옆 사람의 어깨가 닿도록 붙어! 기억해라! 우리는 모두 함께 싸운다! 너희들이 느끼는 공포를 치유할 수 있는 단 하나의 처방은 손에 든 창이다! 전투를 준비하라! 말들의 가슴에 창을 꽂아라! 내가 어떻게 하라고 했지? 이 비지마의 악당들아, 내가 뭐라고 했지?"

"버텨라! 벽처럼 버텨라! 대열을 맞춰 서라!"

창을 든 병사들이 한목소리로 외쳤다.

쟝 또한 소리를 지르고 있었다. 다 같이 하는 거면, 다 같이 해야지. 뾰족한 삼각형 대열로 돌격해오는 기마부대의 말발굽 밑으로는 모래와 자갈과 토탄들이 날렸다. 달려오는 기마부대는 마치 악마처럼 소리를 지르며 무기를 휘두르고 있었다. 쟝은 창에 기대어 손으로 머리를 감싸고 눈을 감았다.

쟝은 글쓰기를 멈추지 않은 채 절단된 팔을 재빨리 휘둘러 잉크병 위를 날아다니는 말벌을 쫓았다.

메노 코에훈 사령관의 계획은 전혀 맞아떨어지지 않았다. 브로니보르 지사가 지휘하는 비지마 군대는 피투성이가 된 채로 메노 코에훈 장군의 측면 군대를 영웅적으로 막아냈다. 비지마 병사들이 버티고 있을 때 닐프가드의 왼쪽 날개가 무너지기 시작했다. 어떤 이들은 도망치기 시작했고, 어떤 이들은 완전히 포위된 채 무리를 지어 저항하기 시작했다. 똑같은 상황이 오른쪽 날개에서도 벌어지고 있었다. 드워프들과 용병들의 치열한 저항이 닐프가드의 가속을 약화시킨 것이다. 전선 전체에 커다란 승리의 함성이 울려퍼지자, 북부 왕국 기사들의 가슴에는 새로운 용기가 솟아났다. 반면에 닐프가드 군대의 사기는 떨어지기 시작했고, 힘이 빠져나가면서 우리 군은 닐프가드군을 마치 콩깍지를 까듯 격파하기 시작했다.

야전 사령관 메노 코에훈은 호위대들이 죽으며 흩어지는 것을 보고서야 전투에서 졌다는 사실을 깨달았다.

그러자 장교들과 기사들이 그에게 달려가 새 말을 내어주며 속히 몸을 피해 목숨을 구하라고 재촉했다. 그러나 닐프가드 사령관 메노 코에훈의 가슴에는 두려움을 모르는 심장이 뛰고 있었다.

"도망치지 않겠다." 메노 코에훈은 그에게 내밀어진 말고삐를 밀쳐내며 외쳤다. "그렇게는 못한다. 황제를 위해 이렇게 많은 용감한 군인들이 나의 명령을 받고 희생된 전장에서 내가 어찌 비겁자가 되어 달아날 수 있겠는가." 용감한 메노 코에훈은…….

"이제 더 이상 갈 데도 없군. 완전히 포위당했어."

메노 코에훈은 들판을 둘러보며 차분하게, 그리고 멀쩡한 정신으로 말했다.

"외투와 투구를 주십시오, 사령관님."

시버스 대위가 얼굴에서 땀과 피를 닦으며 말했다.

"제 것을 받으십시오! 종마에서 내려와 제 말을 타십시오…… 안 된다고 하지 마십시오! 사령관님은 살아남으셔야 합니다! 사령관님은 우리 황국에서 없어서는 안 될 인물이십니다…… 우리 데어란인들이 북부 왕국인들을 공격해 우리 쪽으로 유인하겠습니다. 그러니 사령관님은 저기 아래쪽으로, 양어장이 있는 방향으로……."

"자네, 그렇게 해서는 살 수 없을 텐데."

메노 코에훈은 자신에게 건네진 말고삐를 잡으며 중얼거렸다.

"영광일 뿐입니다. 저는 군인입니다! 제7 데어란 연대의 병사들! 나를 따르라! 나를 따르라!"

안장에서 시버스가 외쳤다.

"행운을 비네. 그런데 시버스?"

코에훈은 어깨에 검은 전갈이 그려진 데어란 연대의 외투를 걸치며 말했다.

"네, 사령관님?"

"아무것도 아니네. 행운을 비네."

"사령관님께도 행운이 함께하기를, 말에 오르십시오. 저를 믿어주십시오!"

메노 코에훈은 떠나가는 그들의 뒷모습을 오랫동안 바라보았다. 시버스의 병사들이 쿵쿵거리는 소리와 함성, 칼날이 부딪치는 소리와 함께 용병들과 맞붙을 때까지. 수적으로 훨씬 우세한 용병부대였고, 게다가 그 뒤로 다른 부대가 합류하고 있었다. 데어란인들의 검은 망토는 회색 용병부대 사이에서 점점 스러져갔고 모든 것이 먼지 속에 묻히고 있었다.

데 빈갈트와 부관들의 초조한 헛기침 소리에 메노 코에훈은 정신이 들었다. 메노 코에훈은 안장과 가죽끈을 고쳐 맨 뒤, 흥분한 말을 달랬다.

"말에 타라!" 메노 코에훈이 외쳤다.

처음에는 계획대로 잘되어가는 듯했다. 강으로 내려가는 협곡에는 아직 목숨이 붙어 있는 '나우시카' 연대의 병사들이 뾰족한 날을 세운 채 원형으로 뭉쳐서 북부 왕국인들과 맞서 싸우고 있었다. 북부 왕국인들은 전력을 집중해 이들과 싸우며 원형 대열에 구멍을 내는 중이었다. 이 역시 쉽지는 않았다. 문장으로 보아 브뤼혜에서 온 경기마 자원부대를 뚫고 가야만 했다. 싸움은 짧은 시간 동안 벌어졌지만 매우 잔혹했다. 메노 코에훈은 마지막까지 남아 있던 영웅적인 태도도 다 버리고 이제는 오로지 살아남는 데만 집중하고 있었다. 브뤼혜군과 싸우고 있는 본인의 호위부대가 어떻게 되고 있는지 돌아보지도 않고 말갈기에 바싹 붙어 부관과 함께 오로지 강 아래쪽으로 달릴 뿐이었다.

길에는 아무도 없었다. 강 건너, 휘어진 버드나무들 뒤로는 아무도 보이지 않는 빈 들판이 펼쳐져 있을 뿐이었다. 메노 코에훈 옆에서 말을 달리던 우더 데 빈갈트 역시 이를 보고 됐다는 듯 환호성을 질렀다. 그러기엔 너무 일렀지만.

물풀과 진흙으로 가득한 탓에 천천히 흐르는 강까지는 하얗고 푸른 마디풀이 잔뜩 자라난 들판이 있었다. 전속력으로 말을 달려 그 들판을 가로지를 때쯤 그곳이 평범한 들판이 아니라 늪지대라는 것을 알았다. 그 사실을 깨달았을 땐 말들이 이미 배까지 늪 속에 빠져버린 뒤였다.

메노 코에훈은 말의 머리를 타고 넘어 늪 속에서 허우적거렸다. 말들이 히힝 하고 울어댔고 진흙과 초록빛 개구리밥을 뒤집어쓴 사람들이 고함을 지르고 있었다. 이 난리 중에도 메노 코에훈은 다른 소리를 들었다. 죽음을 알리는 소리였다.

날아드는 화살들의 소리.

메노 코에훈은 재빨리 허벅지까지 오는 늪을 건너 강기슭으로 뛰어들었다. 바로 옆에서 따라오던 부관 중 하나가 진흙탕에 얼굴을 박고 쓰러졌다. 화살 깃이 등 뒤에 꽂혀 있었다. 바로 그 순간 메노 코에훈은 무엇인가가 엄청난 힘으로 자신의 머리를 치는 것이 느껴졌다. 비틀거렸지만 늪과 별반 다르지 않은 강기슭 진흙 속에 몸이 파묻혀 있어 쓰러지지는 않았다. 비명을 지르고 싶었지만 쉰 소리밖에 나오지 않았다. 난 살아 있어, 메노 코에훈은 걸쭉한 진흙탕에서 빠져나오려고 애를 쓰며 생각했다. 그때 발버둥 치던 말이 그의 투구를 걷어차 휘어진 금속판이 뺨으로 파고들며 이빨을 찌르고 혀를 갈랐다. 피가 나네…… 피는 삼키면 돼…… 하지만 아직은 살아 있어…….

또다시 활이 당겨지는 소리와 쉭 하고 날아오는 소리, 갑옷에 화살촉이 텅 하고 부딪치는 소리, 외침, 말들의 울음소리, 첨벙거리는 물소리와 함께 피가 쏟아졌다. 메노 코에훈은 주위를 돌아보다가 강둑에 서 있는 궁수들을 보았다. 끝이 뾰족하고 얼굴을 거의 가린 투구와 사슬갑옷을 착용한 작고 단단하며 퉁퉁한 형태들을 보았다. 드워프들이군, 메노 코에훈은 생각했다.

석궁이 당겨지는 소리, 화살이 날아오는 소리, 말들의 처절한 비명, 물과 진흙으로 먹먹해진 사람들의 고함 소리.

궁수들을 향해 돌아선 우더 데 빈갈트가 소리를 지르며 항복하겠다고, 째지는 듯한 목소리로 자비와 은혜를 구걸하며 목숨만 살려주면 보상을 하겠노라 약속하고 있었다. 아무도 자기 말을 못 알아듣는다는 것을 알고 머리 위로 칼날을 붙잡은 손을 들었다. 전 세계적인, 국제적으로 통용되는 항복의 표시였다. 하지만 이 몸짓이 이해가 되지 않았는지 아니면 오해를 산 것인지 두 발의 화살이 데 빈갈트의 가슴을 향해 엄청난 속도로 날아와 박혔다. 화살의 가속도 때문에 그의 몸이 그제야 진흙탕에서 빠져나왔다.

메노 코에훈은 머리에서 찌그러진 투구를 벗었다. 북부 왕국인들이 쓰는 공용어는 제법 잘 알고 있었다. 메노 코에훈은 피를 뱉으며 더듬거렸다.

"난 코에훈 당군…… 당…… 코에훈…… 나는…… 함복…… 함복……."

"저자가 지금 뭐라고 하는 거야, 졸탄?"

궁수 중 한 명이 물었다.

"뭐라고 하건 말건 무슨 상관이야! 저 망토 위에 자수 보이지, 먼로?"

"은색 전갈이야! 하! 애들아, 저 개자식을 죽여버려! 캘럽 스트래튼의 원수를 갚아야지!"

"캘럽 스트래튼의 원수를!"

활들이 삐걱거렸다. 화살 하나가 코에훈의 가슴에 정확히 명중하고, 다른 화살은 허벅지에, 또 다른 화살은 쇄골을 뚫고 들어갔다. 닐프가드의 야전 사령관 메노 코에훈은 뒤로 나자빠졌고 그 바람에 곤죽 같은 진흙과 개구리밥, 물풀들이 밀려났다. 빌어먹을, 대체 캘럽 스트래튼이 누구야, 캘럽인지 뭔지 그런 이름은 한 번도 들어본 적이…….

흙과 피가 뒤섞인, 진흙투성이 호틀라 강의 물이 메노 코에훈의 폐 속으로 파고들더니 이내 그를 완전히 집어삼켰다.

신선한 공기를 마시기 위해 야전병원의 천막 밖으로 나왔을 때, 대장장이의 긴 의자 옆에 앉아 있는 그의 모습을 보았다.

"쟝!"

쟝은 눈을 들었다. 그 눈은 텅 비어 있었다.

"이올라? 여기 어떻게……?"

쟝이 부어오른 입술을 힘겹게 떼자 이올라는 쟝의 말을 막으며 소리쳤다.

"그건 내가 할 소리지! 도대체 여긴 어떻게 온 거야, 말해봐!"

"우리 대장님을 실어 왔어…… 브로니보르 지사님…… 부상을 당하셨어……."

"너도 부상당했잖아. 손 좀 보여줘. 아, 여신들이여! 이게 뭐야, 피가 나잖아!"

쟝은 이올라를 멍하니 바라보았지만 이올라는 쟝이 자신을 정말 보고 있는지 의심스러웠다.

"전투야. 벽처럼 서서 버텨야 해…… 대열을 맞춰서. 부상이 심하지 않은 사람은 더 심한 부상자들을…… 야전병원으로 옮기라고 했어. 명령이야."

쟝은 작은 소리로 이빨을 떨며 말했다.

"손 보여줘, 말했잖아."

쟝은 짧게 비명을 질렀다. 부딪치던 이빨들이 점점 더 빨리 떨리고 있었다. 이올라는 얼굴을 찡그렸다.

"맙소사, 이게 뭐야…… 오, 쟝, 쟝…… 네네케 어머니가 엄청 화내실 거야…… 날 따라와."

쟝의 얼굴이 창백해진 것을 이올라는 바로 알아챘다. 야전병원 천막 안에 고여 있는 악취를 맡았을 때 쟝은 휘청거렸다. 이올라는 재빨리 쟝을 잡았다. 쟝은 피 묻은 수술대를 보고 있었다. 그리고 거기 누워 있는 사람을, 작은 하플링 외과의사를, 갑자기 자리에서 뛰어올라 발을 구르고 욕설을 내뱉으며 수술용 메스를 땅바닥에 내동댕이치는 모습을.

"젠장! 씹할! 왜 이러는 건데! 왜 이러는 거냐고! 대체 왜 이렇게 되는 거야?"

아무도 그 질문에 답하지 않았다.

"누구지?"

"브로니보르 지사님입니다. 우리 지휘관이셨죠…… 저희는 대열에 서서 버텼어요. 명령이었죠. 벽처럼. 그리고 멜피는 죽었어……."

쟝이 텅 빈 시선으로, 사그라들 것만 같은 목소리로 중얼거렸다.

"러스티 선생님, 얘는 제 친구예요. 부상을 당했어요……."

이올라의 부탁에도 러스티는 차갑게 말했다.

"제 발로 서 있잖아. 그리고 여기 두부절개술을 해야 할 환자가 기다리고 있어. 지금 친분 관계나 따지고 있을 때가……."

바로 그 순간 쟝은 혼신의 연기력인지 뭔지 알 수는 없지만 정신을 잃고 바닥에 쓰러졌다. 러스티는 코웃음을 쳤다.

"알았어, 알았다고. 수술대로 데려와. 하, 팔이 엉망이 되었군. 도대체 무슨 수로 아직도 붙어 있는 거지? 소매 때문인가? 붕대, 이올라! 더 세게! 울 생각은 하지도 마! 샤니, 톱!"

톱은 서걱서걱 끔찍한 소리를 내며 곤죽이 된 팔꿈치 위의 뼈를 잘랐다. 쟝은 다시 깨어났을 때 비명을 질렀다. 끔찍한 비명이었지만 짧았다. 뼈가 잘려나가자 다시 기절했기 때문이다.

바로 이렇게 닐프가드군은 브렌나의 들판에서 가루가 되어 전멸했고 북쪽으로 뻗어나가던 황국의 행진은 멈춰 서게 되었다. 브렌나 전투에서 죽거나 포로로 잡힌 황국의 군인은 4만 4천 명에 달했다. 기사의 꽃, 정예 기마부대도 희생되었다. 메노 코에훈, 브라이반트, 멜리스-스토크, 반 로, 타이어코넬, 에게브라흐트, 그리고 우리의 기록 보관소에 그 이름이 기록조차 되지 않은 수많은 장수들이 패배하거나, 포로로 잡히거나, 생사도 모른 채 실종되었다.

그렇게 브렌나는 끝의 시작이 되었다. 하지만 이 전투가 큰 건물의 작은 벽돌 한 장일 뿐이었으며, 그 승리의 열매가 현명하게 쓰이지 않았더라면 그 의미는 매우 작았을 것이라고 기록해야만 하겠다. 또한 월계관을 쓰고 자부심과 영예와 칭송을 기다리는 대신, 존 나탈리스가 숨 돌릴 틈도 없이 남쪽으로 향했다는 사실 역시 기록해야만 하겠다. 아담 판그라트와 줄리아 아바테마르코가 지휘하는 기마대는 메노 코에훈을 구하고자 도착한 지원군 제3군대의 두 연대를 쳐부쉈는데, 얼마나 완벽하게 쳐부쉈는지 그 패배의 소식조차 제대로 전해지지 않았다. 이 소식에 나머지 '중부' 특수부대는 비겁하게도 꽁지를 감추며 야루가 강을 건너 도망쳤고, 폴테스트와 나탈리스는 이들의 뒤꿈치를 바짝 추격했다. 결국 황국의 군대는 보급품 전부와 오만하게도 비지마, 고스 벨렌, 노비그라드를 포위할 때 쓰려고 했던 기계장비들을 모두 빼앗겼다.

이후에는 산 위에서 굴러 내려와 점점 더 불어나는 눈덩이처럼, 점점 더 커지는 눈사태처럼, 브렌나 전투는 닐프가드인들에게 점점 더 뼈아픈 결과를 가져왔다. 드 베트 공의 지휘하에 있던 '베르덴' 군에게는 힘든 시간이 찾아왔는데, 스켈리게의 해적들과 시다리스의 에타인 왕이 대규모 게릴라전을 일으켰기 때문이다. 드 베트 공은 이 소식을 듣자 바로 퇴각을 알리는 나팔을 불라고 명령했다. 그는 공포에 질려 강을 건넌 뒤 신트라로 도망치며 가는 동안, 그 길을 시체들로 가득 채웠다. 왜냐하면 닐프가드의 패배 소식에 베르덴에서 폭동이 다시 불붙었기 때문이었다. 나스트루그, 로즈루그, 보드루그 같은 함락되지 않은 성채에서 주둔하고 있던 병력들이 남아 있었는데, 이들은 신트라 평화조약 이후에야 명예롭게, 자신들의 깃발을 들고 자리를 떠났다.

브렌나 전투에 대한 소식이 들려오자 서로 반목하던 에이단의 데머번드 왕과 케드웬의 헨젤트 왕은 화해의 악수를 나누고 닐프가드에 대항하여 연합하기로 했다. 닐프가드의 아르달 아엡 다히 공작이 지휘하던 '동부' 부대가 폰타르 계곡으로 행진해왔으나, 이 두 왕의 연합부대와 힘을 겨루는 건 무리였다. 르다니아에서 보급한 식량과 메브 여왕의 게릴라 부대로 더욱더 강해진 두 왕국의 연합부대는 후퇴하는 닐프가드군의 후미를 격파하였으며, 데머번드 왕과 헨젤트 왕은 결국 아르달 아엡 다히를 알더스버그까지 몰아가는 데 성공했다. 아르달 아엡 다히 공작은 싸우고 싶어 했으나, 기구한 운명의 장난으로 뭔가를 먹고 갑작스러운 식중독에 걸려 복통과 지독한 설사에 시달리다가 이틀 만에 끔찍한 고통 속에서 죽고 말았다. 데머번드 왕과 헨젤트 왕은 여기서 속도를 늦추지 않고 알더스버그에서 닐프가드군을 공격하였으며 공정한 역사 서술을 위해 덧붙이자면, 닐프가드보다 수적으로 훨씬 열세였음에도 불구하고 치열한 전투를 거쳐 닐프가드군을 대파했다. 사실상 진작된 사기와 전투의 기술은 어리석고 잔인한 힘을 이기기 마련이다.

또한 다른 한 가지 사실 역시 기록해야 마땅한데, 그것은 브렌나 전투에서 메노 코에훈에게 무슨 일이 일어났는지 아무도 모른다는 사실이다. 어떤 이들은 메노 코에훈이 전장에서 죽었으나 시체가 구분되지 않은 상태에서 한꺼번에 다른 병사들과 묻혔다고 주장한다. 또 다른 이들은 전장에서는 살아남았으나 황제의 분노를 두려워한 나머지 닐프가드로 돌아가지 않고 드라이어드들이 살고 있는 브로킬론의 숲으로 피신하여 수염을 바닥까지 기른 은자가 되었다고도 한다. 참고로 덧붙이자면 근심 걱정에 시달리다가 곧 죽었다고 한다.

하지만 단순한 민중들 사이에서는 메노 코에훈 사령관이 밤마다 브렌나의 들판을 헤매고 무덤들 사이를 돌아다니며 '내 군대를 내놔라!'라고 소리치다가 언덕의 장대에서 목을 매어 죽었다는 전설도 떠돈다. 그래서 그 언덕은 훗날 교수대 언덕이라고 불리게 되었다고 한다. 밤이면 격전지였던 곳에서 흔히 만날 수 있는 다른 유령들 사이에서 이 유명한 사령관의 유령을 볼 수도 있다고 한다.

"할아버지! 쟝 할아버지!"

쟝은 종이에서 얼굴을 들고 땀이 송송 난 코에서 흘러내리는 안경을 고쳐 썼다.

"쟝 할아버지!"

고집이 세고 영리한 여섯 살 막내 손녀가 째지는 듯한 목소리로 쟝을 불렀다. 신들에게 감사하게도 손녀는 게으름뱅이인 사위보다 쟝의 딸인 엄마를 훨씬 더 많이 닮았다.

"쟝 할아버지! 루시엔 할머니가 저한테 이렇게 말하라고 시키셨어요. 쓸데없는 글쓰기는 이제 그만하고 저녁 식사가 상에 차려져 있으니 어서 오시라고요!"

쟝은 정성스럽게 지금까지 쓴 종이들을 모으고 잉크병의 뚜껑을 닫았다. 절단된 팔 끝이 저릿저릿했다. 날씨가 변덕을 부릴 모양이군, 쟝은 생각했다. 비가 올 것 같아.

"쟝 할아버지!"

"간다, 시리. 간다고."

마지막 부상자를 치료하기도 전에 이미 열두 시가 한참 지나 있었다. 마지막 수술은 진즉에 불을 켜고 해야 했다. 등잔불과 마법으로 만든 불. 마티 소더그렌은 위기를 넘기고 제정신을 찾은 듯했지만 백지장처럼 새하얗게 질린 상태였고 골렘처럼 뻣뻣했으며 부자연스럽게 움직였다. 하지만 마법은 제대로, 그리고 효과적으로 행하고 있었다.

모두가 천막에서 나왔을 때는 캄캄한 밤이었다. 네 명 모두가 천막을 등지고 밖에 앉았다.

평원은 불로 가득했다. 여러 종류의 불이었다. 노숙하는 자들의 옆을 지키는 움직이지 않는 불, 이리저리 움직이고 있는 횃불들. 멀리서 들려오는 노랫소리와 기도 소리, 외침 소리와 만세 소리로 가끔씩 시끄러웠다.

그들을 둘러싸고 있는 밤은 이어졌다 끊어졌다 하는 부상자들의 비명과 신음 소리로 가득했다. 죽어가는 자들의 애원과 한숨은 이미 들리지도 않았다. 모두들 고통과 죽음의 소리에 익숙해졌던 것이다. 그런 소리는 이제 완전히 일상이 되어 마치 호틀라 강변의 습지에서 밤중에 들려오는 개구리들의 노랫소리나 황금 연못의 아카시아 나무들 사이에 매달린 매미 소리처럼 자연스러웠다.

마티 소더그렌은 러스티의 팔에 기대어 아무 말도 하지 않았다. 이올라와 샤니는 서로를 껴안고서 가끔씩 이해할 수 없는 웃음소리를 내고 있었다.

천막 밖으로 나가기 전에 네 명 모두 컵에 보드카를 따라 마셨고, 마티는 자신의 마지막 마법을 선물했던 것이다. 보통 이를 뽑을 때 쓰는 웃음이 나는 마법. 러스티는 농락당한 기분이었다. 마법과 술이 합쳐져 긴장이 풀어진 게 아니라 멍청해진 것 같았고, 피로를 느끼지 못하는 게 아니라 더 노곤해진 것 같았다. 모든 것을 잊는 것이 아니라 기억이 되살아나는 듯했다.

술과 마법은 이올라와 샤니한테만 그 효과가 제대로 발휘되는 것 같군, 러스티는 생각했다.

러스티는 달빛 아래 두 아가씨의 얼굴에서 빛나는 은빛의 눈물 자국을 보았다.

"흥미롭군. 이 전투는 대체 어느 쪽이 이긴 거지? 누구 아는 사람 있나?"

러스티는 바싹 말라붙은, 더 이상 감각이 없는 입술을 핥으며 말했다.

마티는 러스티에게 얼굴을 돌렸지만, 계속해서 아무 말도 하지 않았다. 매미들은 아카시아 나무 사이에서 연주를 계속하고 버드나무와 오리나무는 언제나 그렇듯 황금 연못 주변을 지켰고 개구리들은 깔깔거리며 웃고 있었다. 부상병들은 신음하다가 애원하다가 옅은 한숨을 내쉬었다. 그리고 죽어갔다. 샤니와 이올라는 눈물을 흘리며 웃고 있었다.

마티 소더그렌은 전투가 끝나고 2주 후에 죽었다. 자유 용병대 장교와 만나기 시작했는데, 마티는 이를 별로 심각하게 생각하지 않았다. 하지만 장교의 생각은 전혀 달랐다. 변화를 좋아하는 마티가 테메리아의 사관과 만나기 시작하자 자유 용병대 장교는 질투로 눈이 멀어 마티에게 칼을 꽂아 넣었다. 이 일로 장교는 교수형에 처해졌지만, 치유 마법사였던 마티 소더그렌을 살릴 수는 없었다.

러스티와 이올라는 전투가 끝나고 1년 후에 마리보에서 죽었다. 대규모의 출혈성 열병이 돌았는데, '붉은 죽음' 또는 그 병을 옮기기 시작한 배의 이름을 따 '카트리오나 역병'이라고 불렸다. 대부분의 의사들과 사제들이 마리보에서 탈출했다. 러스티와 이올라는 당연히 그곳에 남았다. 의사였기 때문에 그 자리에서 사람들을 치료했던 것이다. '붉은 죽음'에 치료제가 없다는 사실은 그들에게 아무런 의미도 없었다. 러스티와 이올라는 곧 감염되었다. 러스티는 이올라의 팔에 안겨 죽었다. 힘세고 믿음직하며 커다랗고 못생긴, 시골 처녀의 손에서. 러스티가 죽고 이올라는 나흘 후에 죽었다. 홀로 외롭게.

샤니는 전투가 끝나고 72년 후에 죽었다. 옥센푸르트 의과대학에서 유명하고 존경받는 스승으로, 외과의로 살았으며 은퇴한 학장으로 생을 마감했다. 몇 세대 동안 외과의들은 샤니의 유명한 농담을 되풀이하곤 했다.

"빨간 건 빨간 것끼리, 노란 건 노란 것끼리, 흰 건 흰 것끼리 꿰매. 그럼 다 잘될 거야."

그 농담을 하고 나서 학장이 언제나 몰래 눈물을 닦아내는 것을 알아채는 학생은 거의 없었다. 거의.

개구리들은 깔깔거리고 매미들은 황금 연못의 아카시아 나무 사이에서 연주를 계속했다. 샤니와 이올라는 눈물을 흘리며 웃고 있었다.

"흥미롭군. 이 전투는 대체 어느 쪽이 이긴 거지?"

하플링인 밀로 반데르벡, 러스티라는 별명을 가진 야전병원의 외과의사가 물었다.

"러스티, 내 말을 믿어요. 내가 당신 처지라면 그건 당신이 상관해야 할 마지막 일일 거예요."

마티 소더그렌이 시를 읊듯이 말했다.

어떤 불꽃들은 높게 그리고 강하게 타오르며 주위를 환하고 생기 있게 밝혔고, 다른 불꽃들은 작고 흔들리며 떨리고 있어서 그 빛은 점점 어두워지며 사그라지고 있었다. 맨 끝에 아주 작고 너무나 약한 불꽃이 있었는데, 깜빡거리며 힘겹게 간신히 타고 있었고 금방이라도 꺼져버릴 것만 같았다.

"이 꺼져가는 불꽃은 누구의 것이오?" 위쳐가 물었다.

"네 것이다." 죽음이 대답했다.

플루오렌스 델라노이, 〈동화와 민담집〉

제 9 장

안개에 가려져 푸르게 보이는 먼 산 바로 앞까지 펼쳐진 평원은 돌로 가득한 바다처럼 보였다. 곳곳에는 언덕과 험난한 산맥이 있었고, 뾰족뾰족한 이빨이 나 있는 산호초도 있었다. 그러한 인상은 난파선의 잔해 때문에 더욱더 강렬하게 느껴졌다. 수십 척의 난파선, 갤리선, 범선, 외돛 상선, 작은 범선, 쌍돛대 범선, 거대한 감옥선, 좁고 긴 배들. 어떤 난파선들은 이곳에 온 지 얼마 되지 않은 것처럼 보였고, 어떤 배들은 알아볼 수도 없는 나무 토막과 뼈대에 지나지 않은 것으로 보아 이미 이곳에 수십 년은, 아니 어쩌면 수백 년 동안 있었던 것 같았다.

어떤 배들은 뒤집혀 용골을 위로 한 채 드러누워 있었고, 어떤 배들은 악마의 스콜과 폭풍을 만난 것처럼 옆으로 뒤집혀 있는 것도 있었다. 어떤 배들은 지금도 항해하고 있는 것처럼, 이 돌의 바다에 멀쩡히 떠 있는 것처럼 보였다. 똑바로 반듯하게 서 있는 뱃머리에는 자랑스럽게 가슴을 피고 있는 선수상*이 조각되어 있었고, 돛대는 하늘 끝을 가리키며 만개했고, 남아 있는 돛과 장막, 돛의 버팀줄이 펄럭였다. 유령 같은 선원들도 남아 있었다.

썩어가는 판자 사이에 낀 채로 줄에 얽혀 있는 해골들, 죽은 뱃사람들이 수 세기 동안 결코 끝나지 않는 항해를 계속하고 있었다.

돛대와 밧줄, 그리고 해골 위에 앉아 있던 새까만 새 떼들이 말에 올라탄 사람이 나타난 것을 경계하다가 말발굽 소리에 겁을 먹고 까악까악 울며 날아올랐다. 순식간에 하늘은 검은 점으로 가득해졌다. 새들은 벼랑 끝에서 무리를 지어 돌았다. 벼랑 아래로는 회색의 수은처럼 잔잔한 호수가 펼쳐져 있었다. 벼랑에는 난파선들보다 높이 솟아 있는 탑들이 보였는데, 호수 위 절벽에는 망루가 솟아 있는 어둡고 음울해 보이는 방어성이 있었다. 켈피는 몸부림을 치며 콧김을 뿜고 귀를 쫑긋 세운 채 난파선과 해골들, 이 모든 죽음의 풍경을 피하려 했다. 까악까악 우는 검은 새들은 이미 자리로 돌아와 무너진 돛과 돛대 꼭대기의 가로대와 장막, 해골 위에 다시 앉아 있었다. 새들은 혼자 말을 타고 있는 사람 따위는 무서워할 필요가 없다는 것을 깨달은 것이다. 만약 여기서 누군가 겁을 내야 한다면, 그건 말을 타고 있는 사람이었다.

"괜찮아, 켈피. 여기가 끝이야. 여기가 바로 우리의 장소와 우리의 시간이야."

시리가 변해버린 목소리로 말했다.

시리는 영문도 모른 채 문 앞에 서 있었다. 성문은 난파선 사이의 유령처럼 열려 있었다. 그 앞에 서 있던 경비병들이 까마귀들의 울음소리에 시리를 발견하고는 소리를 지르고 손가락으로 시리를 가리키며 다른 사람들을

---

* 선수상(船首像): 뱃머리에 인물이나 동물, 신화적, 전설적 존재 등을 조각해 달아둔 조각상.

부르고 있었다.

성문을 지나 켈피를 타고 가는 동안 그곳은 이미 난리였다. 흥분한 목소리들과 함께 모두들 시리를 바라보았다. 보레아스 문이나 다크레 실리판트처럼 이미 시리를 알고 있거나 그 전에 보았던 사람들도 있었다. 그러나 시리에 대해서 들어보기만 했던 사람이 훨씬 더 많았다. 스켈렌이 새로 뽑은 부하들, 용병들, 에빙과 근처에서 온 건달들, 이 모두가 놀란 표정으로 얼굴에 큰 상처가 있고 등에 칼을 멘 회색 머리의 여자아이를 바라봤다. 아름다운 검은 암말을 타고 고개를 높이 쳐든 채 말발굽 소리를 울리며 성의 앞뜰을 지나가는 여자아이를.

수군거리는 소리가 점차 잦아들더니 갑자기 조용해졌다. 켈피가 발레리나처럼 두 다리를 쳐들었다가 내리자 대장장이의 망치 소리처럼 말발굽 소리가 울렸다. 기자름과 삼지창이 길을 막아설 때까지 시리와 켈피는 꽤 오랫동안 계속 발걸음을 옮겼다. 누군가가 겁에 질린 손짓으로 켈피의 고삐를 향해 손을 내밀었다. 켈피가 히힝 하고 높게 울었다.

"날 이 성의 주인에게 안내해줘요."

시리가 낭랑하게 울리는 목소리로 말했다.

보레아스 문은 자신이 왜 그러는지도 모른 채 켈피의 고삐를 잡고 시리에게 손을 내밀었다. 다른 사람들은 발을 구르며 콧김을 내뿜는 켈피를 붙들고 있었다.

"나를 알아보겠어요, 아가씨? 우린 전에 만난 적이 있죠."

보레아스가 작은 목소리로 물었다.

"어디서요?"

"얼음판 위에서."

시리는 보레아스 문의 눈을 똑바로 바라보았다.

"그때는 당신들의 얼굴을 보지 않았어요."

아무 감정 없이 시리가 말했다.

"당신은 호수의 주인이었죠. 이곳에는 왜 온 건가요? 도대체 뭐 하러?"

보레아스 문은 심각하게 고개를 끄덕이더니 물었다.

"예니퍼, 그리고 내 운명 때문이죠."

"죽음을 향해 왔군요. 여긴 스티가 성이에요. 내가 당신이라면 지금 당장 여기서 멀리, 아주 멀리 도망칠 겁니다."

보레아스 문이 나지막이 속삭였다.

또다시 시리는 보레아스 문을 바라보았다. 보레아스는 시리가 그 눈길로 무엇을 말하려는지 알아챘다.

스테판 스켈렌이 모습을 드러냈다. 팔짱을 끼고는 오랫동안 시리를 바라보았다. 그러더니 마침내 자신을 따라오라는 듯 손짓했다. 시리는 아무 말 없이, 무장한 사람들에게 둘러싸인 채 그를 따라갔다.

"이상한 여자애야."

보레아스 문이 중얼거리며 몸을 떨자 옆에 있던 다크레 실리판트가 비꼬며 말했다.

"다행이군, 이제는 우리가 저 여자애를 맡지 않아도 되니까. 어떻게 저 여자애와 이야기할 생각을 했어? 저 마녀가 바르가스와 프립을 죽이고 그다음엔 올라 하쉐임도……."

"하쉐임을 죽인 건 올빼미야, 저 여자애가 아니고. 쟤는 우리 목숨을 살려줬어, 그 얼음판 위에서. 우리를 개처럼 죽여 물속에 빠트릴 수도 있었는데. 우리 모두를 말이지. 올빼미도 마찬가지고."

"뭐, 그럼 올빼미와 더불어 마법사도, 본하트도 다 같이 그 은혜에 보답하겠군. 문, 그들이 저 여자애를 어떻게 하는지 잘 보라고. 온몸에 가늘게 줄을 그어 껍질을 벗겨내겠지."

다크레 실리판트는 마당 블록 위에 침을 뱉었다.

"그렇겠지. 나도 알아. 잔인한 놈들이니까. 하지만 우리도 나을 건 하나도 없어. 우리도 그 밑에서 일하고 있으니까."

보레아스가 퉁명스럽게 대꾸했다.

"안 그러면, 뭐 다른 수라도 있나? 없잖아."

그때 스켈렌의 부하들 중 한 명이 갑자기 낮게 소리를 지르고, 이어서 다른 누군가도 그 비명을 되풀이했다. 어떤 이는 욕을 하고 또 어떤 이는 한숨을 쉬었다. 누군가는 아무 말 없이 손짓을 했다.

흉벽과 작은 탑들의 꼭대기, 처마와 창틀, 수호신의 상들과 물이 흘러내리는 홈통, 장식 조각상 등등 눈이 닿는 모든 곳에 검은 새들이 앉아 있었다. 아무 소리도 없이 난파선의 폐허에서 날아와 조용히 무언가를 기다리는 듯 앉아 있었다.

"죽음의 냄새를 맡은 거야." 누군가가 내뱉듯 말했다.

"시체 냄새도." 다른 누군가가 덧붙였다.

"무슨 수라도 있나?"

또다시 다크레 실리판트가 반문했다. 보레아스 문은 새들을 바라보았다.

"글쎄, 어쩌면 우리도 무슨 수를 찾아야 하지 않을까?"

보레아스 문은 작은 목소리로 대답했다.

세 개의 단이 나오는 커다란 계단을 따라 위로 올라간 뒤, 긴 복도에 줄지어 서 있는 조각상들을 지나치고, 현관으로 이어지는 통로를 지났다. 시리는 대담하게 걸었다. 공포를 느끼지는 않았다. 날카로운 무기도, 산적 떼 같은 무리들이 자신을 에워싸고 있는 것도 아무렇지 않았다. 얼어붙은 호수에서 만났던 사람들의 얼굴을 기억하지 못한다는 것은 거짓말이었다. 기억하고 있었다. 스테판 스켈렌, 자신을 이 끔찍한 성채 깊숙이 안내하고 있는 스켈렌이 어떻게 얼음 위에서 숨을 헐떡이며 이빨을 맞부딪치고 있었는지도 기억하고 있었다.

한시도 눈을 떼지 않고 쏘아보는 이 순간에도 스테판 스켈렌은 시리를 여전히 두려워하고 있었다. 시리는 깊이 숨을 들이마셨다.

기둥들이 받치고 있고, 별 모양과 갈빗대 모양의 궁륭 그 아래에 거미줄 같은 샹들리에가 늘어져 있는 커다란 홀로 들어갔다. 시리는 그곳에서 누가 자신을 기다리고 있는지 보았다. 공포가 긴 손톱이 되어 시리를 찌르며 파고들었고, 주먹을 휘두르며 몸을 잡아 흔드는 것만 같았다.

세 걸음 떨어진 곳에 본하트가 서 있었다. 두 손으로 시리의 웃옷을 잡고 들어 올리더니 번들거리는 물고기 같은 눈으로 시리의 눈을 응시했다.

"지옥, 네가 날 선택한 걸로 보아 지옥은 정말 끔찍한 곳인가 보군."

본하트가 쉰 목소리로 말했다. 시리는 대답하지 않았다. 본하트의 숨에서는 술 냄새가 났다.

"아니면 지옥이 널 싫다고 했나, 이 조그만 짐승아? 그 악마 같은 탑이 네 독 맛을 보고 구역질을 하며 널 뱉어낸 거냐?"

본하트는 시리를 더 가까이 잡아당겼다. 시리가 고개를 돌리자 낮은 목소리로 말했다.

"그래, 무섭겠지. 이곳이 네 길의 끝이다. 여기서는 더 이상 도망가지 못

해. 여기, 이 성에서 네 핏줄을 따라 흐르고 있는 피를 모조리 뽑아주겠다."

"이제 인사는 다 끝났나요, 본하트 씨?"

시리는 누구의 목소리인지 바로 알아챘다. 타네드의 성에서, 처음엔 수갑에 묶여 있던 죄수였고 그 후에는 갈매기 탑으로 자신을 쫓아왔던 마법사 빌게포츠. 그때 섬에서 봤을 때는 매우 잘생겼었다. 지금은 얼굴에 무슨 일이 생긴 모양인지 못생기고 흉측해 보였다.

"이제 비켜주시죠, 본하트 씨."

마법사는 마치 옥좌처럼 생긴 의자에서 미동도 없이 앉아 있었다.

"여기 이 스티가 성에서 신트라의 시릴라, 파베타의 딸, 칼란테의 손녀, 라라 도렌의 후손을 맞아들일 의무는 이 성의 주인인 나에게 있으니까요. 환영합니다. 이제 가까이 와."

마지막 말과 함께 공손함 속에 감춰져 있던 빈정거림 역시 사라졌다. 협박과 명령만이 남아 있었다. 시리는 이 명령을 듣지 않을 수 없다는 것을 깨달았다. 시리는 무서웠다. 온몸이 마비되는 듯한 공포였다.

"더 가까이."

빌게포츠의 숨이 거칠어졌다. 가까이 다가가자 빌게포츠의 얼굴에 무슨 일이 생긴 것인지 볼 수 있었다. 왼쪽 눈은 오른쪽보다 훨씬 더 작았는데 퍼렇게 멍이 든 주름진 눈알 자리에서 깜빡거리며 굴러다니고 있었다. 그 광경은 악몽 같았다.

"용감한 태도로군, 얼굴에는 겁먹은 티가 역력한데 말이지."

빌게포츠는 고개를 끄떡이며 말을 이었다.

"인정해야겠군, 어리석음에서 용기가 나오는 것이 아니라면. 일말의 희망이라도 품고 있었다면 바로 깨주는 게 좋겠지. 본하트 씨가 말한 것처럼,

여기서는 도망치지 못해. 텔레포트로도, 너의 특별한 재주로도."

시리는 빌게포츠의 말이 사실이라는 것을 알고 있었다. 그 전에는 만약 무슨 일이 생긴다면, 마지막 순간에라도 도망쳐서 시간과 공간 사이에 숨을 수 있다고 스스로에게 일렀다. 하지만 지금은 그것이 잘못된 희망이었고 환상이었다는 것을 알 수 있었다. 이 성은 정체 모를 사악하고 적대적인 마법으로 요동쳤고, 그 적대적이고 낯선 마법은 시리를 뚫고 들어와 마치 기생충처럼 내장 전체를 훑고 돌아다니면서 머릿속까지 기어들어 오는 것만 같았다. 아무것도 할 수가 없었다. 적의 세력 안에 들어온 것이다. 아무런 힘도 없이.

할 수 없지, 시리는 생각했다. 하지만 나는 내가 뭘 하고 있는지 알고 있어. 이곳에 왜 와야 하는지도. 나머지는 사실 환상이었겠지. 일어날 일은 일어나라고 해.

"훌륭하군. 상황을 아주 제대로 파악했어. 일어날 일은 일어나라고 해야지. 더 정확히 말하자면, 내가 결정하는 일이 일어나는 거지. 흥미로운 건, 넌 내가 뭘 결정할지 짐작할 수 있나?"

빌게포츠의 물음에 시리는 대답하려고 했지만, 쪼그라든 채 말려들어 가는 혀와 목을 풀기도 전에 빌게포츠가 시리의 생각을 읽어내고는 앞질러 말했다.

"물론 알고 있겠지. 세상들의 주인, 시간과 장소의 주인. 그래그래, 네 방문이 날 놀라게 하진 않았어. 난 네가 호수에서 어디로 도망쳤는지, 무슨 수로 그렇게 할 수 있었는지 알고 있어. 네가 거기서 누구를, 그리고 무엇을 만났는지도 알아. 어떻게 여기까지 오게 되었는지도 알지. 내가 모르는 건 단 하나야. 먼 길이었나? 여러 가지 흥미로운 경험은 많이 했나?"

빌게포츠는 또다시 시리보다 앞질러 말하며 흉측하게 웃었다.

"오, 대답할 필요는 없어. 흥미롭고 매혹적이었으리라는 건 알고 있으니까. 봐, 나도 직접 그걸 시험해보고 싶어서 안달이 났다고. 난 너의 재능을 아주 부러워하고 있어. 그러니 넌 나와 그걸 좀 나눠야만 해. 그래, 나눠야만 한다고. 그 말이 딱 맞아. 네가 그 재능을 나에게 나눠주기 전에는 내 손아귀에서 절대로 놓아주지 않을 거야. 낮이나 밤이나 내 손에서 절대로 놓아주지 않을 작정이라고."

시리는 이제야 알아챘다. 목이 조여드는 듯한 기분을 느낀 것은 단지 공포 때문만은 아니었다. 빌게포츠가 수를 써서 마법으로 시리의 목을 조르고 있었던 것이다. 시리를 비웃으면서. 모든 사람들 앞에서 시리를 능욕하고 있었다.

"놔줘…… 예니퍼를. 예니퍼를 놔줘…… 난, 당신 마음대로 하고."

시리는 힘을 쓰느라 몸을 굽혀야 했고 기침을 하며 간신히 말했다.

본하트가 웃음을 터뜨렸고 스테판 스켈렌 역시 건조하게 웃었다. 빌게포츠는 새끼손가락으로 자신의 끔찍한 눈 주위를 파고 있었다.

"네가 그렇게 바보일 리는 없을 텐데? 넌, 내가 하고 싶은 대로 할 수 있어, 얼마든지. 네가 그런 말을 하든 말든 상관없이 말이야. 네가 그걸 모를 리 없잖아? 그러니 네 조건은 말도 안 돼, 우스꽝스럽고 초라한 조건이야."

"날 필요로 하잖아…… 나와 아이를 갖기 위해서 말이야. 모두들 그걸 원하고 있어, 당신도. 맞아, 난 지금 당신의 힘 안에 있지만, 난 스스로 이곳에 왔어…… 당신은 세상의 절반을 쫓아다녔지만 결국 날 잡지 못했잖아. 난 여기 스스로 들어왔고 예니퍼를 대신해서 내 자신을 내놓는 거야. 예니퍼의 목숨과 바꾸려고. 그게 당신한테는 우스워? 그렇다면 날 힘과 폭력으로 어떻게든 해봐…… 그럼 웃고 싶은 생각이 바로 사라질 테니까."

시리는 견딜 수 없이 힘들었지만 꼿꼿하게 고개를 들었다.

본하트가 시리에게 채찍을 휘두르며 달려들었다. 빌게포츠는 살짝, 거의 아무것도 아닌 듯한 손짓을 했지만 채찍은 본하트의 손에서 날아가고 본하트는 석탄을 가득 실은 마차에 친 것처럼 비틀거렸다. 빌게포츠가 손가락을 문지르며 말했다.

"본하트 씨는 아직도 손님 역할을 어떻게 해야 하는지 이해하지 못하는 것 같군요. 기억해요, 손님은 가구나 예술 작품을 손상해서는 안 되고, 물건들을 훔쳐서도 안 되고, 양탄자나 닿기 힘든 곳을 더럽혀서도 안 됩니다. 다른 손님을 겁탈하거나 때려서도 안 되죠. 최소한 주인이 먼저 다른 손님을 겁탈하거나 때린 후에, 이제 겁탈도 구타도 가능하다고 허락하기 전까지는 안 되는 겁니다. 지금 내가 말한 것에 대해서는 너도 이제 내용을 알아들었겠지, 시리? 모른다고? 그럼 내가 설명해주지. 넌 스스로 항복해왔고 겸손하게 모든 일에 동의했으며 내가 원하는 것이라면 뭐든 너에게 요구해도 된다면서 아량을 베푸는 척하고 있어. 하지만 그건 너의 착각일 뿐이야. 왜냐하면 문제는, 내가 너와 함께해야 하는 일은 내가 꼭 해야 하는 일일 뿐, 내가 하고 싶은 일이 아니라는 거야. 예를 들어볼까. 타네드에서 있었던 일과 그 일에 대한 복수로 너한테서 최소한 눈 한 개 정도는 파내버리고 싶지만, 그럴 수는 없어. 그러면 네가 살아 있지 못할 것 같거든."

시리는 지금이 아니면 절대로 기회가 없으리라는 것을 알았다. 반회전하며 온몸을 돌려 칼집에서 제비를 꺼냈다. 그러나 갑자기 성 전체가 빙빙 도는 것 같더니 시리는 곧 무릎을 아프게 부딪치며 자신이 쓰러지는 것을 느꼈다. 시리는 바닥에 이마를 대고 몸을 웅크린 채 토하고 싶은 충동과 싸워야 했다.

굳어버린 손가락에서 칼이 툭 떨어졌다. 누군가가 칼을 집어 들고 있었다.

빌게포츠는 마치 기도하듯 모은 두 손 위에 턱을 괴고는 말했다.

"그래, 내가 어디까지 말했더라? 아, 그렇지, 네가 내세운 조건에 대해 말하고 있었지. 예니퍼의 목숨과 자유를 맞바꾼다라…… 무엇에 대한 대가로? 네 스스로 항복한 것에 대한 대가로? 폭력이나 강제성 없이 스스로 이곳에 걸어 들어온 것에 대한 대가로? 미안하군, 시리. 내가 너한테 해야 하는 일에는 폭력과 강제성이 제외될 수 없거든."

빌게포츠는 시리가 헉헉대며 침을 뱉고 토하려고 하는 것을 흥미롭게 바라보며 말을 이었다.

"그래그래, 폭력과 강제성 없이는 안 될 일이지. 내가 너한테 할 일은 네가 스스로 용납할 수 있는 일이 아니야, 확실히 해두자면 말이지. 그러니 네 조건이 얼마나 황당하고 우습고, 아무런 가치도 없는 것인지 이제 알겠나? 그러므로 난 그 조건은 받아들이지 않겠어. 자, 저 아이를 데려가, 실험실로."

실험실은 시리가 엘란더의 멜리텔레 신전에서 보았던 실험실과 크게 다르지 않았다. 밝게 조명이 밝혀져 있었고, 깨끗했고, 금속판이 씌워진 긴 탁자가 있었고 그 위에는 유리들, 병들, 레토르트, 마개, 샘플, 파이프, 전구, 쉭쉭 소리를 내며 끓고 있는 증류관과 여러 이상한 실험 기계들로 가득했다. 이곳 역시 엘란더처럼 에테르와 스피리투스, 포르말린 냄새, 그리고 뭔지는 모르겠지만 공포를 불러일으키는 냄새가 강하게 났다. 편안했던 신전에서도, 친절한 여제사장들과 예니퍼 옆에서도 시리에게 실험실은 언제나 두려운 장소였다. 엘란더에서는 그 누구도 시리를 억지로 실험실로 끌고 가지 않았고, 거칠게 의자에 앉히지도 않았으며, 어깨와 팔을 꽉 붙들고 있지도 않았다. 엘란더에는 실험실 한가운데에 기괴하게 생긴, 그 형태만으로도 잔인한 용도임을 충분히 짐작할 수 있는 쇠로 된 의자도 없었다. 흰 옷을 입고 머리를 빡빡 깎은 남자들도, 본하트도, 흥분한 얼굴로 홍조를 띤 채 신경질적으로 입술을 핥고 있는 스켈렌도 없었다. 그리고 정상적인 눈 옆에 작고 기괴하게 움직이는, 악몽 같은 의안을 한 빌게포츠도 없었다.

빌게포츠는 책상에서 몸을 돌리고 있었는데, 뭔가 위협적으로 보이는 기계들을 정리하고 있었다.

"자, 보이나, 고귀한 아가씨? 넌 나에게 힘과 권력의 열쇠지. 아무짝에도 쓸모가 없는, 곧 멸망해버릴 운명에 처한 이 세상을 지배할 권력뿐 아니라 모든 세상을 지배할 권력 말이야. 우주의 결합 이후에 생겨난 모든 시간과 공간을 지배하는 권능! 넌 내가 무슨 말을 하는지 알고 있어. 그중 어떤 시간과 공간은 이미 다녀왔으니까."

빌게포츠가 시리에게 다가오며 말했다. 그는 소매를 걷어붙이며 말을 이었다.

"말하긴 창피하지만, 난 권력에 매료된 사람이지. 별것 아니라 해도 난 권력자가 되고 싶어. 사람들이 인사를 하고, 그저 존재한다는 이유만으로도 모든 사람들이 축복하고, 자신들의 세상이 멸망하지 않은 것에 대해서 신에게 감사해하듯 똑같은 감사를 표하는 그런 권력자. 그저 변덕의 만족을 위해서라도 말이야. 아, 시리, 난 말이지, 날 믿는 이들에게는 후하게 상을 내리고, 내 말을 거역하는 자들에게는 무서운 벌을 내린다는 생각만 해도 가슴이 뛰어. 몇 세대를 걸쳐 인간들이 나를 위해 기도하고 또한 나에게 기도하는 모습을 상상해보라고. 나의 은총을 입기 위해, 나의 사랑을 얻기 위해 모든 세대의 인간들이, 모든 세상들이 기도한다는 생각만 해도 꿀처럼 달콤하게 느껴져. 시리, 잘 들어봐. 들리나? 빌게포츠 그분의 분노와 굶주림, 화재와 전쟁, 증오로부터 우리를 구하소서……."

빌게포츠는 시리의 얼굴 앞에서 손가락을 휘졌다가 갑자기 시리의 볼을 확 잡았다. 시리는 비명을 지르며 몸부림을 쳤지만, 너무 단단히 잡혀 있었다. 시리의 입술이 떨렸다. 빌게포츠는 그 모습을 보며 낄낄거리기 시작했다.

"운명의 아이, 아엔 헨 이하에르, 엘프의 신성한 오래된 혈통…… 이제는 전부 다 내 것이야."

빌게포츠는 신경질적으로 웃어댔고 입술 끝에는 거품이 하얗게 묻어났다. 그는 웃음을 멈추더니 갑작스럽게 몸을 쭉 펴며 입술을 닦았다. 그러고는 다시 냉정한 모습으로 돌아왔다.

"여러 바보들과 신비주의자들이 너를 동화와 전설과 예언에 맞추려고 했지. 네가 갖고 있는 유전자를 추적하고, 조상들에게 물려받은 것을 찾아내려고 했어. 그들은 별이 떠 있는 하늘을 별이 반사된 호수와 착각한 거야. 신비주의적으로 그렇게 전해 내려온 엄청난 가능성이 있는 유전자가 앞으로 더 진화할 거라고, 완벽한 힘은 네 아이나 네 아이의 아이가 가지게 될 거라고 생각했지. 그래서 네 주위에는 피워진 향의 연기처럼 신비한 오라가 존재하는 거야. 하지만 사실은 훨씬 더 단순하고 훨씬 더 평범했어. 설명하자면, 유기적으로 평범하다고 할 수 있지. 중요한 건, 네 피였던 거야. 하지만 그건 말 그대로 피라는 말이 가지고 있는 그 어떤 시적인 은유도 없이 그냥 피라는 사실이야."

빌게포츠는 책상에서 반 피트쯤 되는 유리로 된 흡입기를 집어 들었다. 흡입기의 끝에는 가늘고 약간 구부러진 관이 달려 있었다. 시리는 입안이

바싹 마르는 것을 느꼈다. 빌게포츠는 흡입기를 조명에 비추며 잠시 살펴보더니 차갑게 말했다.

"잠시 후 넌 옷을 벗고 지금 네가 흥미롭게 보고 있는 저 의자에 앉혀질 거야. 자세가 불편하겠지만, 그 위에서 약간의 시간을 보내야 해. 그리고 네가 흥미를 느끼는 이 기계의 도움을 받아서 넌 임신을 하게 될 거야. 뭐 그렇게 끔찍한 일은 아니야. 그러는 동안 착상을 돕고 자궁 외의 임신을 막기 위한 약 때문에 정신이 반 정도만 남아 있을 테니까. 무서워할 건 없어, 난 경험이 많거든. 수백 번은 해봤지. 물론 운명이 선택한 운명의 아이에게 직접 해본 적은 없지만 자궁과 난소가 보통 여자애들과 특별히 다를 것도 없겠지."

빌게포츠는 이야기를 즐기고 있는 게 분명했다.

"그리고 이제 가장 중요한 건, 네가 걱정을 하게 될지, 아니면 좋아하게 될지 그건 모르겠지만, 네가 아이를 낳게 되는 건 아니야. 누가 알겠나, 그 아이가 정말 엄청난 능력을 가지고, 세상을 구하고 모든 민족의 왕이 될 수도 있겠지. 하지만 그걸 보증할 수 있는 자는 아무도 없고, 난 그렇게 오랫동안 기다릴 생각이 전혀 없거든. 나한테 필요한 건 피야. 정확히 말하면 태반의 피지. 태반이 형성되기만 하면, 그걸 너한테서 빼낼 거야. 그 다음 나의 계획은, 너라면 지금쯤 이해하겠지만, 너와는 전혀 상관이 없어. 그러니 쓸데없는 걱정을 줄이기 위해서라도 미리 말해줄 필요는 없지."

빌게포츠는 효과적인 연출을 위해 잠시 말을 멈췄다. 시리는 입술이 덜덜 떨리는 것을 제어할 수 없었다. 빌게포츠가 연극적으로 고개를 끄떡였다.

"그러면 이제, 시리 양, 여기 이 의자로 초대하겠습니다."

"그 암캐 예니퍼, 그년이 이걸 보면 좋겠는데. 이걸 봐야만 하는데 말이야!"

내내 잠자코 있던 본하트가 수염 사이로 이빨을 드러내며 말했다.

"그야 물론이지. 수태라는 것은 그야말로 신성한 것이지. 장엄하고 공식적인 신비라서 다정한 가족이라면 그 옆에서 도와야 하는 거라고. 그리고 예니퍼는 엄마나 다름없으니까. 원시 문명에서도 어머니는 자기 딸의 임신에 관여하곤 했지. 자, 여기로 예니퍼를 데려와."

미소 띤 빌게포츠의 입술 끝에 또다시 흰색 거품이 묻어났다.

"그런데 그 임신 건에 대해 할 말이 있는데, 그냥 일반적인 방법으로는 안 되나, 빌게포츠? 자연스러운 방식으로 말이야?"

머리를 빡빡 민 빌게포츠의 부하들이 옷을 벗기고 있는 시리 위로 본하트가 몸을 굽히며 말했다. 그러자 스켈렌이 고개를 저으며 코웃음을 쳤다. 빌게포츠는 눈썹을 조금 찡그렸다.

"안 돼, 절대 안 돼. 본하트, 그렇게는 안 된다고."

빌게포츠는 차갑게 부정했다.

시리는 마치 지금에서야 상황의 심각성을 깨달은 듯 찢어질 듯한 목소리로 비명을 질렀다. 한 번, 그리고 또 한 번.

"그래그래, 고개를 빳빳이 쳐들고 칼을 쥔 채 사자 굴로 기어들어 올 때는 언제고 이제 와서 고작 이런 조그만 유리관에 겁을 내는 거야? 시리 양, 창피한 줄을 알아야지."

빌게포츠가 얼굴을 찡그리며 빈정거렸다.

시리는 조금의 창피함도 느끼지 못한 채 세 번째로 끔찍한 비명을 내질렀다. 그 비명 소리에 실험실의 유리관들이 흔들릴 지경이었다.

그 순간, 스티가 성 전체가 고함과 경고음을 내며 대답했다.

*   *   *

"이제 곧 큰일이 날 거야, 얘들아. 내 말을 들어, 이제 우린 큰일 났으니까."

자다를릭은 십자형 창의 날 부분으로 마당 돌 사이에 박힌 마른 똥을 긁으며 말했다.

그가 동료들을 바라보았지만, 경비대 중 그 누구도 대꾸하지 않았다. 성문에 경비대와 함께 서 있던 보레아스 문 역시 아무 말도 하지 않았다. 보레아스 문은 명령을 받아서가 아니라 자신이 원했기 때문에 그곳에 있었다. 다크레 실리판트처럼 올빼미를 따라갈 수도 있었고, 눈으로 직접 호수의 주인에게 어떤 운명이 닥칠지 확인할 수도 있었다. 하지만 보레아스 문은 보고 싶지 않았다. 여기 마당에, 여자아이를 데려간 성 위층의 방들로부터 멀리 떨어져 있고 싶었다. 여기라면 그 여자아이의 비명 소리가 들려오지 않으리라 확신했다.

"저 시커먼 새들은 불길한 징조야. 검은 암말을 타고 온 그 여자애도 나쁜 징조지. 우린 여기서 올빼미의 나쁜 짓거리에 가담하고 있는 거라고. 사람들이 그러는데 올빼미는 이미 검시관도 아니고 고귀한 귀족도 아니고, 우리랑 똑같은 범법자일 뿐이라더군. 황제가 올빼미에게 엄청 화가 났다던데. 우리도 같이 잡혔다간 정말이지 좋지 않을 거야, 좋지 않을 거라고."

자다를릭이 벽과 성벽 이곳저곳에 앉아 있는 까마귀들을 고갯짓으로 가리키며 말했다.

"에이, 에이! 꼬챙이에 꿰어 죽을 날이 멀지 않았구만! 황제가 화났다니 영 좋지 않은데."

먹황새의 깃으로 모자를 장식한 수염 난 다른 경비병이 말했다.

"쳇, 뭐라고 떠드는 거야? 황제가 우리한테 신경 쓸 시간은 없을 거야. 다른 복잡한 일들이 많거든. 북쪽에서 무슨 결정적인 전투가 있었다는데, 문제는 북부 왕국인들이 황국의 군대를 완전히 대패시켰다더군."

스티가 성에 온 지 얼마 되지 않은, 스켈렌이 최근에 부하로 뽑은 경비병이 말했다.

"그렇다면 이곳에서 올빼미랑 같이 있는 것도 꼭 나쁘지만은 않겠네. 이기는 쪽에 붙는 게 좋은 거잖아."

네 번째 경비병이 말했다.

"그거야 당연하지. 올빼미는 말이야, 상대가 누구든 이겨 먹을 거라고. 그러니까 우리도 그 옆에 붙어 있는 게 좋아."

새로 온 경비병이 말했다.

동료들의 이야기를 듣고 있던 자다를릭이 자신의 십자형 창에 기대며 중얼거렸다.

"허허, 너희들은 말똥만큼도 생각이 없군."

귀가 먹을 듯 시끄럽게 까악까악 울어대며 날갯짓을 하던 검은 새들이 불현듯 날아오르더니 성채 주위를 빙빙 돌기 시작하자 하늘이 새카맣게 변했다.

"이게 무슨 일이야?"

경비병 중 하나가 신음 소리를 냈다.

"문 좀 열어주시죠."

보레아스 문은 코를 찌르는 듯한 약초 냄새를 맡았다. 샐비어, 박하, 타임. 보레아스 문은 마른침을 삼키고 머리를 흔들었다. 눈을 감았다가 떠보았다. 아무 소용도 없었다. 백발에 바싹 마른, 마치 세금징수원처럼 생긴 어떤 남자가 불쑥 나타나더니 비켜설 생각을 하지 않았다. 그저 바로 옆에 서서 입을 다문 채 웃고 있었다. 보레아스 문의 머리칼이 쭈뼛 섰는데 모자를 들어 올릴 수 있을 지경이었다.

"문을 열어주세요, 지체 없이. 그게 좋을 겁니다."

웃는 얼굴의 남자가 다시 말했다.

자다를릭은 덜그럭거리며 십자형 창을 놓고 뻣뻣하게 그 자리에 서서 아무 소리도 내지 못한 채 입술만 달싹거리고 있었다. 그의 눈은 텅 비어 있었다. 나머지 다른 경비병들은 뻣뻣하고 부자연스럽게, 마치 자동인형처럼 성문 쪽으로 가고 있었다. 그러고는 문을 가로지르는 굵은 장군목을 벗겨내고 빗장을 풀었다.

곧이어 성의 안뜰에 시끄러운 말발굽 소리와 함께 말에 올라탄 네 명의 기수가 나타났다.

한 명의 머리는 마치 눈처럼 하얗고 손에 든 칼은 번개처럼 번쩍였다. 다른 한 명은 금발의 여자였는데 말을 달리는 동시에 활을 겨누고 있었다. 세 번째는 상당히 어린 아가씨였는데 끝이 휘어진 긴 칼을 커다랗게 휘둘러 자다를릭의 관자놀이를 베었다.

보레아스 문은 바닥에 놓인 십자형 창을 들고 마치 창 뒤에 숨듯이 움켜잡았다. 네 번째 말 탄 사람이 보레아스 문 앞으로 다가오더니 그를 지그시 내려다보았다. 투구 양쪽에 맹금류의 깃털이 꽂혀 있었고, 뽑아 든 칼이 번쩍였다. 그러자 하얀 머리의 남자가 날카롭게 말했다.

"놔둬, 카히르. 시간도 피도 아껴야 해. 밀바, 레지스, 이쪽……."

"아니, 그쪽이 아니오……."

보레아스 문은 스스로도 왜 이런 이야기를 하고 있는지 알지 못한 채 더듬거리며 말했다.

"그쪽은 막다른 벽만 있소. 저쪽, 저기 계단으로 올라가야 길이 나오지…… 성 위층으로 가야 할 거요. 만약 호수의 여인을 구할 생각이라면…… 서두르는 게 좋소."

"고맙소, 낯선 양반. 레지스, 들었으면 안내를!"

하얀 머리의 남자가 말했다.

잠시 후 성 안뜰에는 시체들만 널브러져 있었다. 보레아스 문은 아직도 십자형 창의 손잡이에 기대서 있었다. 다리가 너무 후들거려서 창을 놓을 수가 없었다.

까악까악 우는 까마귀들이 스티가 성 위를 돌며 검은 구름처럼 탑과 망루를 에워쌌다.

빌게포츠는 헐레벌떡 뛰어와 숨을 몰아쉬며 이야기하는 부하의 보고를 표정 변화 없이 들었다. 다만 마구 구르며 깜빡거리는 한쪽 눈이 그의 심경을 드러내고 있었다.

"마지막 순간에 지원군이 왔다고? 믿을 수가 없군. 그런 일은 생기지 않아. 싸구려 연극에서나 나오는 이야긴데, 이러나저러나 결론은 똑같지. 이봐, 그냥 심심할까봐 꾸며낸 이야기라고 말해봐."

빌게포츠는 이를 갈았다.

"아닙니다! 사실을 얘기한 겁니다! 이곳에 어떤…… 무장한 무리가 들어왔다니까요……."

병사는 버럭 화를 내다 말고 말꼬리를 흐렸다.

"알았어, 알았다고. 농담한 거야. 스켈렌, 이건 당신이 좀 알아서 해결해야겠는데. 내 돈으로 산 당신네 군대가 과연 돈값을 하는지 증명할 기회가 왔군."

그러자 올빼미가 자리에서 벌떡 일어나 신경질적으로 팔을 휘저으며 소리쳤다.

"상황을 너무 가볍게 보는 것 아닌가, 빌게포츠? 지금 보니 상황의 심각성을 전혀 모르는 것 같군! 만약 이 성이 공격당한 거라면 그건 에미르의 군대라고! 그리고 그 의미는……."

"아무런 의미도 없지. 하지만 당신이 뭘 걱정하는지는 알겠어. 좋아, 내가 당신 뒤에 있는 게 안심이 된다면 그렇게 하자고. 갑시다. 그리고 당신도, 본하트."

스켈렌과 본하트를 번갈아 보던 빌게포츠가 끔찍한 눈으로 시리를 바라보며 말했다.

"희망 따위는 가지지 않는 게 좋아. 난 이곳에 싸구려 희극처럼 구원자로 누가 나타났는지 알고 있어. 말해두지만 그 싸구려 희극을 내가 곧 비극으로 만들어주지. 어이, 거기! 여자애를 디메리티움 수갑을 채워서 감옥에 가둬, 자물쇠를 세 개 채워서. 그리고 단 한 발짝도 문 앞을 떠나서는 안 돼. 잘못됐다가는 목이 날아갈 줄 알라고. 알겠나?"

"네, 알겠습니다."

게롤트 일행은 복도를 지나 석고상이 가득한 방으로 들어왔다. 길을 막는 사람은 없었다. 시종 몇 명과 마주쳤지만, 일행을 보더니 바로 도망쳤다.

모두 계단을 뛰어 올라갔다. 카히르는 문을 걷어차 열었고 앵글로메는 전사의 함성을 지르며 안쪽으로 뛰어 들어가 휘어진 긴 칼로 경비병이라고 생각한 갑옷의 투구를 쳐서 떨어뜨렸다. 그러고는 경비병이 아니라는 것을 알고 깔깔거리며 웃었다.

"헤헤헤, 이것 좀 봐."

"앵글로메! 서 있지 말고, 앞으로 가!"

게롤트가 앵글로메를 조용히 시켰다.

그들 앞에서 문들이 더 열리고, 그 안쪽에서는 어떤 형체가 어른거렸다. 밀바는 고민 없이 바로 활을 당겨 화살을 쏘았다. 누군가 비명을 질렀다. 문이 닫히고 게롤트는 빗장을 지르는 소리를 들었다.

"더, 앞으로! 서 있지 말고!"

게롤트의 외침에 레지스가 차분히 말했다.

"게롤트, 이렇게 뛰어다니는 건 아무 의미가 없어요. 내가 가서…… 날아가서 정찰을 해보죠."

"좋으실 대로."

뱀파이어는 마치 바람에라도 날려간 것처럼 자리에서 사라졌다. 게롤트는 그걸 보며 이상하게 여길 틈도 없었다.

사람들이 몰려왔는데 이번엔 무장한 병사들이었다. 카히르와 앵글로메가 그들에게 함성을 지르며 달려들자 병사들은 바로 도망쳤다. 아마도 카히르의 활약과 멋진 깃이 꽂힌 카히르의 투구 때문인 것 같았다.

일행은 전정을 둘러싸고 있는 통로로 들어갔다. 성 안쪽 깊숙한 곳으로 들어가는 포르티코까지 스무 걸음 정도 근접했을 때, 반대편에서 사람들이 나타났고 함성 소리가 울려 퍼졌다. 곧이어 화살들이 바람을 가르며 날아왔다.

"숨어!" 게롤트가 외쳤다.

화살이 우박처럼 쏟아졌다. 화살 깃은 작은 새의 날갯짓 같은 소리를 냈고, 바닥에 떨어진 화살촉은 불꽃을 튀겼으며 석고 장식들은 가루를 날리며 무너졌다.

"뒤로! 난간 뒤로 엎드려!"

모두들 나뭇잎 무늬로 장식된 기둥 뒤에 숨어 최대한 바싹 엎드렸다. 하지만 완전히 숨지는 못했다. 게롤트는 앵글로메의 새된 비명을 듣고 돌아보았다. 앵글로메는 팔을 꽉 움켜잡고 있었는데 소매가 새빨갛게 피로 물들고 있었다.

"앵글로메!"

"아무것도 아니야! 살을 뚫고 지나간 것뿐이야!"

앵글로메가 조금 숨이 찬 목소리로 대답했다. 만약 화살촉이 뼈를 으스러뜨렸더라면 앵글로메는 쇼크로 기절했을 것이다.

복도에 자리한 궁수들은 쉼 없이 활을 쏘며 화살을 더 보충해달라고 소리치고 있었다. 어떤 궁수들은 더 좋은 각도에서 일행을 공격하기 위해 옆으로 달려갔다. 게롤트는 아치에서부터 자신들이 얼마나 떨어져 있는지 계산해보고는 욕설을 내뱉었다. 상황이 좋지 않았다. 하지만 여기 이렇게 계속 있다가는 화살에 맞아 죽을 수밖에 없었다. 게롤트가 외쳤다.

"뛰자! 조심해서! 카히르, 앵글로메를 도와줘!"

"공격해올 텐데!"

"뛰자! 가야 해!"

"안 돼!"

밀바가 활을 들고 일어나며 외쳤다. 몸을 곧게 펴고 궁수의 자세로 활을 들고 있는 밀바는 마치 아마존 여전사의 조각상 같았다. 복도에 자리한 궁수들은 고함을 질렀다.

밀바가 활시위를 당겼다가 놓았다. 그러자 궁수 중 한 명이 뒤로 날아가더니 벽에 등을 쿵 부딪쳤다. 벽에는 커다란 문어 같은 핏자국이 남았다. 복도에서는 분노와 위협이 담긴 고함 소리가 울려 퍼졌다.

"위대한 태양이시어……."

카히르가 신음 소리를 내며 작게 중얼거리자 게롤트는 카히르의 팔을 꽉 잡았다.

"뛰자! 앵글로메를 도와줘!"

복도의 궁수들 모두가 밀바를 겨냥하고 있었다. 밀바는 화살이 꽂힌 주위의 벽과 깨진 대리석 조각들로 인해 먼지가 일고 있음에도 꿈쩍하지 않았다. 또다시 차분하게 활시위를 당겼다 놓았다. 이어서 비명 소리가 들렸고 두 번째 궁수가 옆에 있는 사람들에게 뇌의 일부와 피를 쏟으며 헝겊 인형처럼 쓰러졌다.

"지금이야!"

절대 실수하지 않는 밀바의 화살을 피해 궁수들이 복도에서 도망치며 밑으로 쏟아져 내려오는 것을 보고 게롤트가 외쳤다. 제일 대담한 궁수 셋만 여전히 그 자리에서 활을 쏘고 있었다.

화살촉이 기둥에 명중하자 밀바에게 석회 가루가 쏟아져 내렸다. 밀바는 얼굴로 흘러내리는 머리카락을 후 하고 불고는 다시 활을 당겼다.

"밀바! 놈들은 놔두고 이제 피해!"

게롤트와 앵글로메, 카히르는 어느새 아치에 도착해 있었다.

"한 발만 더."

밀바가 화살을 입에 물고 말했다.

활이 삐걱거리는 소리를 냈고, 뒤이어 대담한 세 명의 궁수 중 한 명이 비명을 지르며 몸을 난간에 기대더니 안뜰 바닥으로 추락했다. 나머지 두 명은 이 광경을 보고 완전히 의지를 잃고서 바닥에 납작 엎드린 채로 꼭 붙어 있었다. 활을 들고 달려오던 이들도 완전히 질려버렸는지 밀바에게 활을 쏠 생각은 하지도 못하고 있었다.

한 명만 빼고.

밀바는 그를 바로 알아보았다. 키가 크지 않고, 마르고 얼굴이 가무잡잡한 궁수였다. 왼쪽 팔에 반들반들 닳아버린 보호대를 착용하고 오른손으로 활을 잡고 있었다. 밀바는 그가 여러 나무의 합판으로 만들어진 날렵한 활을 수직면에 어떻게 놓고, 얼마나 매끈하게 활을 당기는지 보았다. 완전히 당겨진 활이 그의 가무잡잡한 얼굴에 어떤 자국을 내는지, 빨간색 깃이 달린 화살이 그의 뺨에 어떻게 닿는지 보았다. 그리고 자신을 향해 제대로 겨냥하는 것도 보았다.

밀바는 물이 흐르는 듯한 동작으로 능숙하고 유연하게 활시위를 당겨 겨냥했다. 활시위는 얼굴에, 화살 깃은 입술 끝에 닿았다.

"더 세게, 더 세게, 마리아! 얼굴까지! 활은 손가락으로 돌리는 거야, 화살이 자리에서 떨어지지 않게. 손바닥을 뺨 쪽으로 더 세게. 이제 겨냥해. 두 눈 똑바로 뜨고! 이제 숨을 멈추고, 쏴!"

활은 양모로 된 보호대에 싸여 있었음에도 불구하고 왼쪽 팔을 아프게 찔렀다.

아버지는 무슨 말을 하려고 했으나, 기침 발작 때문에 말을 잇지 못했다. 무겁고 고통스러운 마른기침이었다. 기침이 점점 더 심해지는 것 같아, 마리아 베링은 활시위를 놓으며 생각했다. 점점 더 심하게, 점점 더 자주 기침을 하잖아, 어제 산양을 겨냥했을 때도 기침이 났었지. 그래서 저녁에는 명아주 삶은 것밖에 못 먹었어. 명아주 삶은 요리는 정말 싫어, 굶는 것도 싫어, 가난한 것도 싫어.

늙은 베링 씨는 숨을 크게 들이마시고는 쌕쌕거리며 내쉬었다.

"이년아, 화살이 중앙에서 한 뼘 반은 비껴갔잖아! 한 뼘 반이라고! 활시위를 놓을 때는 꼼짝하지 말라고 내가 말했지! 그런데 넌 엉덩이에 달팽이라도 기어가는 것처럼 꿈지럭거렸단 말이야. 그리고 너무 오랫동안 겨냥했어. 팔에 기운이 하나도 없이 쐈단 말이다! 화살만 낭비하고 있네!"

"하지만 과녁은 맞췄잖아요! 그리고 한 뼘 반은 아니에요, 중앙에서 반 뼘 정도지."

"말대꾸하지 마! 젠장, 신들이 날 벌주신 건가, 왜 남자애 대신 바보 같은 계집애가 태어나서."

"난 바보가 아니에요!"

"바보인지 아닌지 어디 보자고. 한 번 더 쏴봐. 그리고 내가 말한 걸 꼭 기억해라. 땅에 박힌 것처럼 꼼짝 말고 서 있어야 한다. 겨냥하고 바로 쏴, 빨리. 왜 얼굴을 찡그리지?"

"아버지가 말을 너무 심하게 하니까요."

"부모면 그렇게 말해도 돼, 쏴."

밀바는 화살을 당겼다. 얼굴은 퉁퉁 부어 울기 직전이었다. 늙은 베링 씨도 그것을 보았다.

"마리아, 사랑한다. 그것도 기억해라."

베링 씨가 부드럽게 말했다.

밀바는 화살 깃이 입술 끝에 닿자마자 활을 쏘았다.

"좋아. 잘했다, 딸아."

베링 씨는 또다시 숨을 쌕쌕거리며 무겁고 고통스러운 마른기침을 했다.

얼굴이 가무잡잡한 궁수는 그 자리에서 즉사했다. 밀바의 화살이 궁수의 왼쪽 겨드랑이에 명중했고 화살촉이 깊숙이 박혀 갈비뼈를 부수고 폐와 심장을 뭉개버렸다.

그러나 얼굴이 가무잡잡한 궁수가 쏜 화살은 밀바의 배 아래쪽에 맞아 골반을 부수고 내장과 동맥을 헤집으며 뒤쪽으로 튀어나왔다. 밀바는 서까래로 얻어맞은 것처럼 바닥에 쓰러졌다.

게롤트와 카히르는 짐승처럼 소리를 질렀다. 밀바가 쓰러지는 것을 본 복도에 있던 궁수들이 다시 활을 잡았지만 이를 아랑곳하지 않고 게롤트와 카히르는 몸을 피하고 있던 아치에서 달려 나와 화살이 우박처럼 쏟아지는 가운데 밀바를 끌고 나왔다. 카히르의 투구에 화살 하나가 텅 소리를 내며 튕겨나갔고, 다른 화살은 머리카락을 스치고 지나간 것 같았다.

밀바 뒤로 번들거리는 피가 강을 이루었다. 밀바를 내려놓은 자리에는 눈 깜짝할 사이에 거대한 피 웅덩이가 생겼다. 카히르는 욕설을 내뱉었다. 손이 떨리고 있었다. 게롤트는 절망이 덮쳐오는 것을 느꼈다. 그리고 걷잡을 수 없는 분노가……

"이모! 이모! 죽으면 안 돼!"

앵글로메가 비명을 질렀다.

마리아 베링은 무거운 기침을 토해내며 피를 쏟았다.

"나도 아버지…… 사랑해요."

밀바의 목소리는 또렷했다.

그리고 밀바는 죽었다.

머리를 빡빡 민 조수들은 몸부림을 치며 비명을 지르는 시리를 당해낼 수가 없었고 결국 시종들까지 도우러 뛰어왔다. 한 명은 시리의 발길질에 정통으로 맞아 몸을 웅크린 채 양손으로 사타구니를 감싸더니 숨을 헐떡이며 무릎을 꿇고 쓰러졌다.

하지만 이 광경은 다른 이들을 흥분시킬 뿐이었다. 시리는 목에 주먹으로 일격을 당하고, 손바닥으로 따귀를 맞았다. 이어서 누군가가 시리의 허벅지를 세차게 걷어차고 누군가는 종아리 위에 앉았다. 머리를 빡빡 민 놈 중 초록빛과 황금빛으로 번쩍이는 못된 눈을 한 놈이 시리를 엎어놓고 머리카락 속으로 손을 파묻어 머리채를 힘껏 잡아당겼다. 시리는 비명을 질렀다.

하지만 그놈 역시 비명을 질렀다. 그리고 눈이 튀어나왔다. 시리는 놈의 머리에서 하얀 뇌수와 함께 핏줄기가 흘러나오는 것을 보았다.

다음 순간 실험실은 지옥으로 변했다.

쓰러지는 가구들이 엄청난 소리를 냈다. 귀가 찢어질 듯한 부딪치는 소리와 터지는 유리 소리가 사람들의 고통스러운 비명과 함께 쏟아졌다. 책상과 바닥에 탕기와 필터, 미약과 진액, 다른 마법의 액체들이 섞이고 합쳐졌다. 어떤 것들은 섞이면서 쉭쉭거리고 노란 연기를 뿜어내며 뭉쳐지더니 곧이어 실험실은 악취로 가득 찼다.

연기와 악취 속에서 눈물을 흘리던 시리는 공포에 질린 채 거대한 박쥐를 연상케 하는 무언가가 실험실 안을 날아다니는 팡경을 보았다. 날아다니는 박쥐처럼 사람들을 공격하는 모습과 그렇게 공격당한 사람들이 비명을 지르며 쓰러지는 모습도 보았다. 시리의 눈앞에서 도망치려던 시종 하나가 질질 끌려가더니 책상에 처박힌 채 몸부림치며 부서진 플라스크와 탕기, 샘플과 유리관 사이에서 피를 뿜으며 컥컥거리는 모습도 보았다.

쏟아진 액체들이 섞여 등잔에 쏟아졌다. 쉭쉭 소리를 내며 지독한 냄새를 풍기더니, 실험실 안에서 밝은 불길을 일으키며 폭발했다. 열기의 파도가 연기를 사방으로 밀어내며 실험실 안을 매캐한 연기로 가득 채웠다. 시리는 비명을 지르지 않으려고 이를 악물었다.

시리를 앉히기 위해 설치된 금속 의자에는 마르고 머리가 센, 우아한 검은 옷을 입은 남자가 앉아 있었다. 남자는 무릎 위에 머리를 빡빡 깎은 조수를 올려놓고 여유롭게 그 목을 물어 피를 빨고 있었다. 조수는 가느다란 소리로 비명을 지르며 경련을 일으켰는데, 힘이 빠진 팔과 다리는 박자를 맞추듯 움직이고 있었다.

시체처럼 푸른 불꽃이 금속판으로 덮인 책상 위에서 춤추고 있었다. 시험관과 유리관들이 소리를 내며 차례차례 폭발했다.

뱀파이어는 끝이 뾰족한 이빨을 희생자의 목에서 떼고 마노처럼 새카만 눈으로 시리에게 시선을 고정했다.

"이런 기회가 가끔 있답니다. 도저히 마시지 않을 수 없는 그런 기회 말이죠."

마치 무언가를 설명하듯이 이야기하던 뱀파이어가 입술에 묻은 피를 빨며 말했다.

"겁내지 말아요. 겁낼 것 없어요, 시리. 당신을 찾아서 기쁘군요. 내 이름은 에미엘 레지스. 이상하게 보일지 모르지만, 난 게롤트의 친구예요. 당신을 구하려고 게롤트와 함께 이곳에 왔죠."

레지스는 시리의 얼굴을 지그시 바라보며 미소를 지었다.

불타는 실험실에 무장을 한 용병이 뛰어들었다. 레지스는 그를 향해 얼굴을 돌리더니 쉭쉭거리며 이빨을 드러냈다. 용병은 찢어질 듯한 비명을 질렀다. 하지만 비명 소리는 점점 잦아들더니 곧 사라졌다. 에미엘 레지스가 말했다.

"누가 생각이나 했을까요, 이런 쓸데없는 놈에게 이렇게 좋은 피가 흐르고 있을 줄. 이런 걸 두고 숨겨진 가치라고 하는 거겠죠. 자, 시리, 게롤트에게 안내할게요."

"싫어요." 시리가 말했다.

"날 무서워할 필요는 없어요."

"무서워하는 건 아니에요."

시리는 딱딱거리며 맞부딪치는 이빨을 간신히 억누르며 용감하게 말했다.

"그게 문제가 아니라…… 이곳 어딘가에 예니퍼가 갇혀 있어요. 내가 가서 예니퍼를 구해야 해요. 그렇지 않으면 빌게포츠가…… 그러니까…… 아저씨……."

"에미엘 레지스."

"아저씨, 게롤트에게 조심하라고, 여기 빌게포츠가 있다고 말해주세요. 그는 마법사예요, 아주 강한 마법사. 게롤트에게 조심하라고 꼭 전해주세요."

"조심하라더군요. 왜냐하면 빌게포츠는 아주 강한 마법사니까. 자기는 예니퍼를 구하러 가겠다고 했어요."

레지스가 밀바의 시체를 내려다보며 시리의 말을 전하자 게롤트가 욕설을 내뱉었다.

"가자! 당장!"

게롤트는 모두의 사기를 돋우려는 듯 목소리를 높였다.

"가요, 당장 가자고요! 씹할, 몇 놈 해치워야겠네!"

앵글로메가 눈물을 닦으며 일어났다.

"난 기운이 펄펄 나는군요. 이 성 전체를 휘저어놓을 수도 있을 것 같은데."

뱀파이어가 소름 끼치는 웃음을 지었다.

게롤트는 레지스를 수상한 듯 바라보며 말했다.

"그렇게까지 할 필요는 없고. 놈들의 주의가 분산되도록 위층만 어떻게 좀 해줬으면 좋겠군. 난 시리를 찾으러 갈 테니…… 좋지 않아, 좋지 않다고, 시리를 혼자 두고 온 건."

"시리가 그렇게 하라고 시켰어요. 말투와 태도에서…… 뭐랄까요, 토를 달 수 없더군요. 솔직히 말해서 놀랐습니다."

레지스가 태연하게 설명했다.

"알고 있소. 다들 위층으로 가. 조심하고! 난 시리를 찾으러 가겠어. 아니면 예니퍼를."

마침내 찾았다. 그것도 상당히 빨리.

그들을 만난 것은 갑작스러웠다. 복도를 달리고 있다가 전혀 예상치 못한 순간에 찾아낸 것이다. 그 광경에 손등의 핏줄에서 아드레날린이 튀어나올 것만 같았다.

몇 명의 덩치들이 복도를 따라 예니퍼를 질질 끌고 가고 있었다. 예니퍼는 머리를 산발한 채 쇠사슬에 묶여 있었지만, 몸부림을 치고 발버둥을 치며 부두 노동자처럼 거친 욕설을 내뱉고 있었다.

게롤트는 덩치들이 놀랄 틈도 주지 않았다. 단 한 번, 단 한 명을 짧게 팔꿈치로 쳤을 뿐이었다. 덩치는 개처럼 비명을 지르며 비틀거리더니 쿵 소리와 쩔렁거리는 소리와 함께 벽 안에 들어 있는 갑옷에 머리를 박고는 피범벅을 만들며 쓰러졌다.

나머지 세 명은 예니퍼를 놓고 옆으로 물러났다. 한 명만이 물러서지 않은 채 예니퍼의 머리채를 휘어잡더니 단단히 채워진 디메리티움 목줄 바로 위에 칼을 겨누었다.

"가까이 다가오지 마! 목을 따버릴 거야! 장난이 아니라고!"

"나도 장난하는 건 아니야."

게롤트는 칼을 풍차처럼 휘두르며 덩치의 눈을 똑바로 바라보았다. 덩치는 더 이상 견디지 못했다. 예니퍼를 놓고는 나머지 무리에 합류했다. 모두들 어느새 무기를 들고 있었다. 한 명은 벽면 조각상에서 골동품이지만 위협적으로 보이는 미늘창을 집어 들었다. 모두들 몸을 낮추고, 공격할지 방어할지 고민하고 있었다.

"당신이 올 줄 알았어. 저놈들한테 위쳐의 칼이 얼마나 끝내주는지 보여줘."

예니퍼가 자랑스러운 듯 몸을 쭉 펴며 말했다.

예니퍼는 묶인 팔을 높이 쳐들어 수갑의 쇠사슬을 팽팽하게 당겼다.

게롤트는 두 손으로 시힐을 쥐고서 머리를 약간 갸우뚱하며 수갑 사이의 거리를 가늠했다. 그러고는 시힐을 위에서 아래로 내리그었다. 너무 빨라서 칼날이 움직이는 것을 본 사람은 없었다.

수갑이 쩔렁거리며 바닥으로 떨어졌다. 덩치 중 한 명이 한숨을 쉬었다. 게롤트는 칼자루를 꽉 잡고 십자로 갈라지는 곳에 집게손가락을 올렸다.

"가만히 있어, 옌. 머리만 약간 옆으로."

예니퍼는 떨지도 않았다. 시힐의 칼날이 디메리티움을 내리쳤지만 금속음은 거의 나지 않았다.

디메리티움으로 만든 목줄이 수갑 옆으로 떨어졌다. 예니퍼의 목에는 단한 방울, 아주 작은 핏방울이 맺혔을 뿐이다.

예니퍼는 팔목을 문지르며 웃어 보였다. 그리고 덩치들을 향해 돌아섰다. 그들 중 누구도 예니퍼의 눈길을 견디지 못했다.

미늘창을 들고 있던 놈은 미늘창이 소리를 낼까봐 걱정인 듯 조용히 그 골동품을 바닥에 내려놓으며 중얼거렸다.

"저런 사람과는…… 올빼미가 직접 나와서 상대하라고 해. 난 목숨이 소중하니까."

"우리한테…… 우리한테…… 시킨 거예요…… 우린 어쩔 수 없이…….""

다른 놈이 뒤로 물러서며 웅얼거렸다.

"우리가 아가씨를…… 힘들게 한 건 아니잖아요…… 거기 감옥에서…… 그렇게 말해주세요……."

세 번째 놈은 바싹 마른 입술을 핥으며 더듬거렸다.

"꺼져."

예니퍼가 말했다. 디메리티움 목줄에서 벗어나 몸을 쭉 펴고 당당하게 고개를 치켜든 예니퍼는 마치 거인처럼 보였다. 엉망이 된 검은 머리는 천장에 닿을 것 같았다.

덩치들은 그대로 도망쳤다. 재빨리, 뒤도 돌아보지 않고. 정상 크기로 돌아온 예니퍼는 게롤트의 목을 끌어안았다.

"날 찾으러 오리라는 걸 알고 있었어. 무슨 일이 있어도 반드시 올 거라는 걸 말이야."

예니퍼의 입술이 게롤트의 입술을 찾으며 중얼거렸다.

"가자. 이제 시리를 찾아야 해."

게롤트가 잠시 후, 공기를 깊이 들이마시며 말했다.

예니퍼의 눈동자에서 위협적인 보랏빛 불꽃이 이글거렸다. 예니퍼가 말했다.

"시리. 그리고 빌게포츠."

모퉁이 뒤에서 석궁을 든 덩치 한 명이 튀어나와 고함을 지르며 예니퍼를 겨냥해 쏘았다. 게롤트는 칼을 휘두르며 용수철처럼 튀어나갔고 칼에 맞은 화살촉이 궁수의 머리 위로 날아가자 궁수는 몸을 웅크렸다. 하지만 웅크린 몸을 다시 펼 수는 없었다. 게롤트가 달려가 그를 잉어처럼 토막 낸 것이다. 복도에는 아직도 두 명이 더 있었고 역시 석궁을 들고 있었다. 놈들은 예니퍼와 게롤트를 향해 화살을 쏘았지만, 손이 너무 떨린 나머지 전혀 맞추지 못했다. 다음 순간 게롤트는 그들 옆에 있었고 두 명의 궁수는 그 사실을 알아채기도 전에 베어졌다.

"어디로 가지, 옌?"

예니퍼는 눈을 감고 집중했다.

"이쪽, 이 계단으로."

"이 길이 확실한 거지?"

"확실해."

장식 아치가 달린 입구를 지나 복도가 휘어지는 지점에서 적들이 공격해 왔다. 열 명이 넘는 규모였고 창과 십자형 창, 장대로 무장하고 있었다. 또한 앞서 만난 놈들과 달리 호락호락하지 않았고 사나웠다. 그래도 싸움은 빨리 끝났다. 한 명은 예니퍼가 손바닥에서 만든 불꽃의 날을 가슴 한가운데 박아서 해치웠다. 게롤트는 빙글빙글 돌며 나머지 놈들 사이로 파고들어 갔고 드워프의 시힐은 번쩍이며 뱀처럼 쉭쉭거렸다. 네 명이 쓰러졌고, 나머지는 도망쳤다. 쩔렁거리는 소리와 쿵쿵 울리는 발소리가 복도에 메아리쳤다.

"괜찮지, 옌?"

"물론이지."

그때 아치 아래 서 있는 빌게포츠의 모습이 눈에 들어왔다.

"아주 인상적이군. 정말 인상적이야, 위쳐. 넌 순진한데다가 한심할 정도로 바보 같지만 전투 기술은 인상적이군."

빌게포츠는 차분하고 낭랑한 목소리로 말했다.

"네놈 부하들은 널 우리 손에 남겨두고 가버렸군. 시리를 내놔, 그럼 목숨은 살려주지."

예니퍼 역시 차분한 목소리로 대구하자 빌게포츠가 이빨을 드러냈다.

"아는지 모르겠는데, 예니퍼, 오늘 난 두 번이나 후한 제안을 받았어. 고마워, 고맙다고. 내 대답은 이거야."

"조심해!"

예니퍼가 옆으로 재빨리 비켜서며 소리쳤다. 게롤트도 옆으로 뛰어 몸을 피했다. 적절한 순간이었다. 앞으로 내민 빌게포츠의 손에서 뻗어나온 불기둥이 조금 전까지 둘이 서 있던 자리를 검은 곤죽으로 만들어버렸다. 게롤트는 그을린 눈썹과 재를 닦아냈다. 그리고 빌게포츠가 다시 한 번 손을 앞으로 뻗는 것을 보았다. 옆으로 납작 엎드려 기둥 받침 뒤편, 바닥에 붙었다. 귀를 찢는 듯한 쿵 소리가 나더니 성 전체가 바닥부터 흔들렸다.

*　*　*

쿵 소리는 성 전체에 메아리치며 벽이 흔들리고 샹들리에는 쩔렁거렸다. 쾅 소리를 내며 금칠된 액자에 들어 있던 커다란 유화 초상화가 바닥으로 떨어졌다.

입구 쪽에서 달려온 용병들의 눈은 본능적인 공포로 가득했다. 스테판 스켈렌은 이들에게 위협하는 시선을 보내며 심각한 표정과 목소리로 대열을 유지하라고 명령했다.

"거기 뭐라고? 보고해!"

"검시관님…… 무서운 일이 일어나고 있습니다! 저들은 악귀예요, 악마라고요…… 화살을 단 하나도 빗맞히지 않고 쏩니다…… 무섭게 베고…… 온 사방에 죽음이…… 피바다가 됐단 말입니다!"

한 명이 쉰 목소리로 말했다.

"열 명도 넘게 쓰러졌습니다…… 어쩌면 더…… 거긴…… 근데 이 소리, 들리십니까?"

또다시 쿵 소리가 나더니 성이 흔들렸다.

"마법이야. 빌게포츠가…… 흠…… 두고 보자고. 누가 누구를 이길지."

스켈렌이 중얼거렸다.

또 다른 병사가 뛰어왔다. 얼굴은 창백하게 질린 채 횟가루를 뒤집어쓰고 있었다. 한동안 말문이 막힌 채 떨고 있다가 간신히 입을 열었는데, 손을 마구 휘젓는 병사의 목소리가 잔뜩 겁에 질려 있었다.

"저기…… 저기…… 괴물이…… 검시관님…… 거대한 검은 박쥐가…… 제 눈앞에서 사람들의 머리를 뜯어냈습니다…… 피가 철철 흐르는데, 그놈은 쉭쉭거리며 날아다니면서 웃더라고요…… 으…… 이빨이 정말!"

"우린 살아서는 여길 못 나갈 거야……."

스켈렌의 등 뒤에서 누군가 작은 목소리로 중얼거렸다.

"검시관님, 저들은 유령이 분명합니다. 제가…… 카히르 엡 셀락를 봤습니다. 하지만 그는 이미 죽지 않았습니까."

보레아스 문이 결심을 하고 입을 열었다.

스켈렌이 보레아스 문을 빤히 쳐다보았지만, 아무 말도 하지 않았다.

"스테판 님…… 여기서 저희가 싸워야 하는 저놈들의 정체는 대체 뭡니까?"

다크레 실리판트가 내뱉듯 물었다.

"그들은 사람이 아니야. 마법사들이야! 지옥에서 온 유령이라고! 그런 놈들을 사람이 상대할 수는 없어……."

용병 중 어떤 이가 신음하며 중얼거렸다.

스테판 스켈렌은 가슴 위에 두 팔을 모으더니 용맹한 지도자의 시선으로 용병들을 훑어보았다.

"그럼, 지옥에서 올라온 악귀들의 싸움에 우린 끼어들지 않기로 한다! 악마는 악마끼리, 마법사는 마법사끼리, 무덤에서 살아나온 유령은 유령끼리 싸우라고 해라! 우리는 끼어들지 않을 것이다! 우린 여기서 싸움의 결과가 어떻게 되는지 기다린다."

스테판 스켈렌이 쩌렁쩌렁한 목소리로 외치자 용병들의 얼굴이 밝아졌다. 갑자기 분위기가 확 좋아졌다.

"저 계단이 밖으로 나오는 유일한 출구다. 우리는 여기서 기다리기로 한다, 누가 저기로 나오는지."

스테판 스켈렌이 단호한 어조로 말했다.

위쪽에서는 머릿속까지 울리는 쿵쿵거리는 소리가 이어졌고, 천장에서는 찌지직거리는 소리를 내며 석회 장식이 떨어졌다. 사방에서 유황과 탄 냄새가 진동하고 있었다.

"여긴 너무 어둡다! 빨리, 손에 잡히는 건 다 가져와서 태워라! 횃불도, 타르를 바른 나뭇가지도 가져와! 누가 저 계단에 나타나는지 봐야만 한다! 저기 화톳불에 태울 것을 채워라!"

스테판 스켈렌이 용병들의 기운을 돋우기 위해 큰 목소리로 대담하게 외쳤다.

"뭘로 말입니까?"

스테판 스켈렌은 말없이 뭘 태워야 할지 가리켰다.

"그림들을요? 저 액자들 말입니까?"

용병이 믿을 수 없다는 듯 물었다.

"그렇다, 뭘 쳐다봐! 예술은 죽었다!"

스테판 스켈렌은 콧방귀를 뀌며 소리쳤다.

액자는 박살이 나고, 그림은 찢어졌다. 잘 마른 액자의 나무틀과 아마인 기름에 흠뻑 젖은 캔버스는 순식간에 타오르며 환한 불빛으로 주위를 밝혔다.

보레아스 문은 그 광경을 바라보았다. 이제 완전히 결심이 섰다.

쾅 소리를 내며 번쩍하는 기둥 뒤에서 게롤트와 예니퍼는 마지막 순간에 뛰어올라 몸을 날렸고, 기둥은 곧장 바닥으로 무너져 내렸다. 기둥뿌리는 부서지고, 아칸투스 잎으로 장식된 기둥머리는 바닥으로 떨어지며 부딪쳐 테라코타로 된 모자이크를 가루로 만들었다. 두 사람 쪽으로 쉭쉭 소리를 내며 둥글게 뭉쳐진 번개가 날아왔다. 그러자 예니퍼가 주문을 외우고 손짓으로 튕겨냈다.

빌게포츠가 그들 쪽으로 다가오고 있었다. 외투가 검은 날개처럼 펄럭였다.

"예니퍼가 이러는 건 이해가 가. 진화가 덜 된 종이고 호르몬의 영향을 받는 여자니까. 하지만 게롤트, 넌 남자일 뿐만 아니라 돌연변이고, 감정 따위는 없을 텐데 대체 왜?"

빌게포츠는 두 사람을 향해 다가오며 말했다. 그러고는 손을 까딱거렸다. 또다시 쿵 소리가 나며 번쩍이는 번개가 날아들자 예니퍼가 마법으로 만들어낸 방패가 번개를 튕겨냈다.

빌게포츠가 이쪽 손에서 저쪽 손으로 불꽃을 옮기며 말했다.

"이성적임에도 불구하고 한 가지 점에서는 바보 같은 일관성이 있군. 물결의 흐름과는 반대로 노를 젓고, 바람이 불어오는 방향으로 오줌을 싸는 것 말이지. 그랬다간 결과가 좋지 않을 거야. 특히 오늘, 여기 이 스티가 성에서는 폭풍에 대고 오줌을 싸는 바보짓을 하고 있군."

아래층에서는 싸움이 불길처럼 일어나고 있었고, 누군가는 끔찍한 비명을 지르고 고통에 신음하고 있었다. 뭔가 타고 있어. 시리는 연기 냄새와 타는 악취, 뜨거운 바람이 불어오는 것을 느꼈다.

무언가가 엄청난 힘으로 폭발해서 천장을 받치고 있는 기둥들이 흔들리고 벽에서는 석고 장식들이 가루가 되어 떨어졌다.

시리는 조심스럽게 구석에서 밖을 내다보았다. 복도는 텅 비어 있었다. 시리는 빨리, 그리고 조용히 오른쪽과 왼쪽의 벽감 안에 늘어선 조각상들을 지나쳐 복도를 걸었다. 언젠가 이 조각상들을 본 적이 있었다.

꿈에서였다.

그렇게 복도를 따라 계속 걷던 중 장대를 들고 있는 남자와 마주쳤다. 시리는 옆으로 몸을 피해 회전할 준비를 했다. 하지만 그 순간 마주친 사람이 남자가 아니라 마르고 머리가 하얗게 센, 등이 굽은 여자라는 것을 알아차렸다. 들고 있던 장대는 빗자루였다.

"여기 어딘가에 머리가 까만 여자 마법사가 갇혀 있어요. 거기가 어디죠?"

시리가 갈라지는 목소리로 물었다.

빗자루를 든 노파는 마치 무언가를 씹는 것처럼 입을 오물거렸다.

"내가 그런 걸 어떻게 알겠니, 꼬마야? 난 여기서 청소만 하는데. 모른다, 그런 건. 난 사람들 뒤를 치우고 청소하는 일만 해."

노파는 시리를 쳐다보지도 않고 말했다.

"아무리 치워도 또 어지럽히지. 이것 좀 봐라, 아가야."

시리는 노파가 가리키는 곳을 보았다. 바닥에는 지그재그로 핏자국이 나 있었다. 핏자국은 몇 걸음 더 계속되었다가 벽에 기대 있는 시체 아래서 끝났다. 그 옆으로 시체 두 구가 더 있었는데, 한 구는 몸을 둥글게 말고 있었고 다른 한 구는 대자로 뻗어 있었다. 그 옆에는 석궁이 놓여 있었다.

"계속 어지럽힌다니까. 더러워, 정말. 언제나 더럽지. 치우고 치우고 또 치워도 말이다. 이 어지럽혀지고 더러워진 꼴들이 끝나는 날이 있을까?"

노파는 물통과 걸레를 들고는 무릎을 꿇고 바닥을 닦기 시작했다.

"없어요, 절대로. 이 세상이 이미 그런 걸요."

시리가 먹먹한 목소리로 말했다.

노파는 문득 걸레질을 멈추었다. 하지만 머리는 들지 않았다.

"난 여기서 청소를 한단다. 다른 건 몰라. 하지만 너한테는 말해주마, 아가. 여기서 똑바로 쭉 가거라. 그런 다음에 왼쪽으로 꺾어서 들어가면 된다."

"감사합니다."

노파는 여전히 머리를 들지도 않은 채 걸레질을 계속했다.

시리는 혼자였다. 홀로 복잡하게 뒤엉킨 복도 사이에서 헤매고 있었다.

"예니퍼 선생님!"

지금까지는 빌게포츠의 부하들에게 들킬까봐 조용히 하고 있었다. 하지만 이제 더는…….

"예니퍼!!!"

무슨 소리가 들린 것 같았다. 그래, 분명히!

시리는 복도를 뛰어나가 가느다란 기둥들이 늘어선 커다란 홀로 들어갔다. 또다시 악취가 느껴졌다.

그 순간 유령처럼 벽감 사이에서 본하트가 튀어나와 시리의 얼굴을 쳤다. 시리는 균형을 잃었고, 본하트는 마치 매처럼 시리에게 덤벼들어 목을 잡고 팔 앞쪽으로 시리를 압박하며 벽으로 밀었다. 시리는 물고기처럼 번들거리는 본하트의 눈을 보고 심장이 아래로, 배 밑으로 떨어지는 듯한 기분이 들었다.

"소리를 지르지 않았다면, 널 발견하지 못했을 거야. 하지만 네가 불렀어! 날 보고 싶어서 그렇게 불렀나, 이쁜이?"

본하트가 고함을 치며 말했다.

시리를 계속 벽으로 밀치던 본하트가 시리의 목덜미 위 머리카락 속으로 손을 넣었다. 시리가 머리를 세차게 흔들자 본하트는 이빨을 드러냈다. 그는 시리의 어깨까지 쓸어내리더니 가슴을 꽉 쥐었다가 거칠게 사타구니를 움켜쥐었다. 그러더니 시리를 놓고 거칠게 벽으로 밀쳐내며 시리의 발밑으로 칼을 던졌다. 시리의 제비였다. 시리는 본하트가 무엇을 원하는지 알 수 있었다.

"경기장 위였다면 더 좋았을 거야. 마치 대관식처럼, 수많은 멋진 공연의 피날레처럼 말이지. 여자 위쳐 대 레오 본하트! 아아, 그걸 보려고 사람들이 돈깨나 냈을 텐데! 자, 칼을 뽑아!"

본하트는 웃어 보였다.

시리는 시키는 대로 했다. 하지만 칼을 칼집에서 뽑지 않고 언제든 원하는 순간에 칼을 뽑을 수 있도록 등 뒤, 칼자루가 손에 잘 닿는 곳에 제비를 둘러맸다.

본하트가 뒤로 한 발짝 물러나며 말했다.

"난 그렇게 생각했지. 널 위해 빌게포츠가 마련한 여러 이벤트들을 지켜보는 것으로 난 충분할 줄 알았어. 하지만 그건 내 착각이었지. 난 네 목숨이 내 칼 위에서 어떻게 스러지는지 봐야지만 직성이 풀릴 것 같아. 마법도, 마법사들도, 운명도, 예언도, 모두 무시하겠어. 오래된 피인지 새로운 피인지 그딴 것도 전부 다. 점쟁이들의 예언과 주문이 나에게 무슨 의미가 있지? 그게 나와 무슨 상관이야! 아무 상관도 없지. 이런 쾌감과는 도저히 비교도 할 수 없는……."

그러더니 말을 끊었다. 시리는 본하트가 입술을 깨물며 불길하게 눈을 빛내는 것을 보았다.

"네 핏줄에서 피를 뽑아주지, 위쳐 계집애. 그리고 네 몸이 식기 전에 너와의 결합을 축하하도록 하지. 넌 내 거야. 그리고 내 것인 채로 죽는 거야.

자, 칼을 들어."

멀리서 쿵쿵거리는 소리가 들려오고 성이 흔들렸다.

"빌게포츠가 저기서 너를 구하러 온 위쳐 구조단을 박살 내고 있군. 좋아, 계집애, 어서 칼을 들어."

본하트가 석상 같은 표정으로 말했다.

도망치자, 시리는 생각했다. 공포로 온몸에 소름이 돋았다. 다른 장소, 다른 시간으로 도망쳐, 어디든 본하트에게서 멀리, 아주 멀리. 그런 생각을 하면서 시리는 부끄러웠다. 그런데 어떻게 도망쳐? 예니퍼와 게롤트를 놔두고? 하지만 이성의 목소리가 속삭였다. 여기서 죽는 건 예니퍼와 게롤트를 돕는 게 아니야……

시리는 주먹을 관자놀이에 가져다 대고 집중했다. 본하트는 시리가 무엇을 하려는지 알아채고 시리에게 덤벼들었다. 하지만 너무 늦었다. 시리의 귓속에서 쉭쉭거리는 소리가 나고 무언가 번쩍했다. 됐어, 시리는 승리감에 도취되어 생각했다.

하지만 너무 빨리 승리감에 취했다는 것을 깨달았다. 분노에 찬 외침과 욕설이 들려왔기 때문이다. 실패의 원인은 아마도 이 성에 도사리고 있는 적대적이고 사악한, 사람을 마비시키는 기운 때문인 것 같았다. 시리는 이동했지만 멀리 도망치지는 못했다. 여전히 본하트의 시선이 닿는 곳에, 고작 복도 맨 끝으로 이동했을 뿐이다. 본하트에게서 그리 멀지 않았다. 하지만 본하트의 손과 칼이 닿을 수 없는 곳이었다. 잠시 동안이지만.

본하트의 고함 소리를 듣고 시리는 돌아서서 달리기 시작했다.

시리는 길고 넓은 복도를 달렸다. 아치를 지탱하고 있는, 바구니를 머리에 인 여인의 형상을 한 앨러배스터 기둥의 텅 빈 시선을 받으며 달렸다. 한 번 옆으로 꺾었다가 다음에 한 번 더. 시리는 본하트를 따돌리고 길을 잃게 만드는 동시에, 싸우는 소리가 들려오는 쪽으로 향하고 있었다. 그곳, 싸움이 일어나는 그곳에 자신의 편이 있을 것 같았다.

널찍한 둥근 홀에 다다르자 대리석으로 된 받침대 위에 얼굴을 가린 여자의 조각상이 보였다. 아마도 어떤 여신을 모델로 삼은 조각상이지 않을까 생각했다. 홀에서 나가는 출구는 두 개였는데, 두 개 다 상당히 좁았다. 시리는 아무 곳이나 골랐다. 물론 잘못된 선택이었다.

"그 계집애다! 여기 있어!"

빌게포츠의 부하 중 한 명이 외쳤다.

복도가 아무리 좁다고 해도 맞서 싸우기에는 너무 많았다. 그리고 본하트도 이미 가까이 왔을 것이다. 시리는 돌아서서 달아나기 시작했고, 다시 여신상이 있는 홀에 다다랐다. 그리고 그 자리에서 몸이 굳어져 멈춰 서고 말았다.

시리의 눈앞에는 커다란 칼을 든 기사가 검은 망토를 입고 맹금류의 깃으로 장식된 투구를 쓰고 서 있었다.

도시는 불탔다. 시리는 불이 타오르는 소리와 불길이 이글거리는 광경을 보고 불의 뜨거움을 느낄 수 있었다. 귓가에는 말들이 우는 소리와 살해당하는 사람들의 비명 소리가 들려왔다······ 검은 새의 커다란 날개가 갑자기 펄럭이며 모든 것을 가려버렸다······ 살려줘!

신트라, 시리는 정신을 차리며 생각했다. 타네드 섬. 나를 여기까지 쫓아온 거야. 저건 악마야. 난 악마들에게, 나의 악몽들에게 둘러싸여 있어. 내 뒤로는 본하트가 쫓아오고 있고, 내 앞에는 투구에 맹금류의 깃털을 꽂은 검은 기사가 있어.

시리는 고함 소리와 뛰어오는 시종들의 발소리를 들었다.

맹금류의 깃으로 장식된 투구를 쓴 기사가 한 걸음을 움직였다. 시리는 두려움을 극복하려 애쓰며 제비를 칼집에서 꺼냈다.

"넌 날 건드리지 못해!"

검은 기사가 또다시 한 걸음을 옮기자 시리는 그의 망토 뒤로 휘어진 칼을 들고 있는 금발의 여자아이가 숨어 있는 것을 보았다. 여자아이는 마치 스라소니처럼 어느새 시리 옆으로 다가와 휘어진 칼로 시종 한 명을 쳐서 쓰러뜨렸다. 그리고 검은 기사는 시리를 공격하는 대신 황당하게도 두 번째 시종을 강한 일격으로 베었다. 나머지 시종들은 복도 뒤로 물러났다.

금발의 여자아이는 놈들이 더는 들어오지 못하도록 문을 닫기 위해 달려갔지만, 그렇게 하지는 못했다. 휘어진 칼을 위협적으로 휘두르며 소리를 질렀지만 시종들이 기둥 쪽으로 몰아붙이고 있었다. 시리는 시종들 중 한 명이 투창을 던지자 금발 여자아이가 무릎을 꿇고 쓰러지는 것을 보았다. 시리는 뛰어올라 제비를 꺼내 내리쳤고, 반대편에서는 긴 칼로 휙휙 소리를 내며 검은 기사가 합세했다. 금발의 여자아이는 아직도 무릎을 꿇고 있었지만 허리춤에서 손도끼를 꺼내 들더니 누군가를 향해 세차게 던졌고 적들 중 한 명의 얼굴에 명중했다. 금발의 여자아이는 곧장 문으로 달려가 쾅 하고 문을 닫았고, 검은 기사는 빗장을 걸어 잠갔다.

"휴, 참나무와 무쇠네! 저놈들이 부수고 들어올 때까지 조금은 버티겠지!"

금발 머리의 여자아이가 말했다.

"그렇게 시간 낭비를 하진 않을 거야, 다른 길을 찾겠지."

검은 기사가 그렇게 결론을 지으며 말하다가 불현듯 얼굴이 어두워졌다. 금발 여자아이의 바짓단을 적시는 검붉은 피를 보았기 때문이다. 여자아이는 아무것도 아니라는 듯 손을 휘휘 저었다.

"여기서 빠져나가자, 앵글로메. 난 셀락의 아들 카히르 모르 디플린 엡 셀락, 이곳에 게롤트와 함께 왔습니다. 시리, 당신을 구하려고. 믿기 힘들 거라는 건, 나도 압니다."

검은 기사는 투구를 벗고 시리를 바라보았다.

"더 믿기 힘든 일도 봐왔죠. 먼 길을 왔군요, 카히르…… 게롤트는 어디 있죠?"

시리가 퉁명스럽게 대꾸하며 물었다.

카히르가 시리를 바라보았다. 시리는 타네드에서 보았던 그의 눈을 기억했다. 어두운 푸른색에 비단처럼 부드러운 시선. 예쁜 눈이었다.

"여자 마법사를 구하러 갔습니다. 그……."

"예니퍼 선생님. 네, 가요."

"맞아! 몇 명은 더 해치워야 해! 우리 이모의 복수를 위해서!"

금발 머리 여자아이는 피가 흐르는 허벅지를 대충 싸면서 말했다.

"갑시다."

검은 기사가 다시 말했지만 너무 늦었다. 시리는 복도에서 누가 오고 있는지 보고 말았다.

"도망쳐요. 저건 인간의 모습을 한 악마예요. 하지만 저자가 원하는 건 나 하나뿐이에요. 당신들을 쫓아가진 않을 거예요. 뛰어요…… 가서 게롤트를 도와요."

시리의 말에 카히르는 고개를 저었다. 그리고 저음의 부드러운 목소리로 말했다.

"시리, 이상한 소리를 하는군요. 난 세상 끝에서, 당신을 다시 찾아내고 구해내려고 여기까지 왔습니다. 그런데 지금 나더러 도망치라는 겁니까?"

"저자가 어떤 자인지 몰라서 그래요."

카히르는 소매를 걷고 망토를 찢더니 왼쪽 팔을 감았다. 그리고 칼을 윙윙 소리가 나도록 휘둘렀다.

"곧 알게 되겠죠."

본하트는 세 명이 함께 있는 것을 보더니 걸음을 멈췄다. 하지만 그건 잠시뿐이었다.

"아하! 지원군이 왔나? 위쳐 계집애의 친구들인가 보군? 좋아. 두 명이 더해지나 덜해지나, 아무 차이도 없으니까."

본하트가 말했다.

시리는 불현듯 어떤 생각이 떠올랐다.

"죽을 준비나 해, 본하트! 이게 너의 마지막이니까! 잘 드는 낫이 이제 바윗돌을 만난 거라고!"

너무 과장한 것인지 본하트는 시리의 목소리에서 거짓을 감지해낸 것 같았다. 그는 동작을 멈추고 수상한 듯 바라보았다.

"거기 젊은이도 위쳐인가?"

카히르는 칼을 들고 준비 자세를 취했지만, 본하트는 꿈쩍도 하지 않았다.

"여자 마법사가 연하 취향인가 보군. 여길 보라고, 젊은이."

본하트가 빈정거리며 셔츠 앞섶을 헤쳐 보였다. 그 사이로 은빛 메달들이 빛났다. 고양이, 그리핀, 그리고 늑대 매달이었다.

"만약 네놈이 정말 위쳐라면 이제 곧 너의 마법 메달 역시 내 수집품 중 하나가 되리라는 걸 명심해둬. 만약 네가 위쳐가 아니라면, 넌 눈 깜짝할 새도 없이 바로 시체가 되겠지. 그러니 내 앞에서 꺼져. 지금이라도 도망치는 편이 좋을 거다. 난 저 계집애를 원할 뿐, 너한테는 볼일이 없어."

본하트가 악문 이빨 사이로 말했다.

"말은 잘하는군. 다른 것도 잘하는지 한번 보자고. 앵글로메, 시리, 도망쳐!"

카히르가 칼을 풍차처럼 돌리며 차분한 목소리로 말했다.

"카히르……."

"빨리 가, 게롤트를 도와주러."

시리와 앵글로메는 더 이상 지체하지 않고 뛰었다. 시리는 절뚝거리는 앵글로메의 손을 잡았다.

"네놈 스스로 자초한 짓이야."

본하트는 희멀건 눈을 번뜩이며 앞으로 나서서 천천히 칼을 돌렸다.

"내가 자초했다고? 아니야, 운명이 이걸 원한 거지."

카히르가 먹먹한 목소리로 말했다.

둘은 서로를 향해 달려들어 빠르게 맞부딪쳤다. 맹렬한 칼날의 움직임이 두 사람 주위를 감쌌다. 복도는 쇠가 부딪치는 소리로 가득 찼고, 그 소리에 대리석 석상들조차 떨면서 흔들리는 것 같았다.

"나쁘진 않군. 나쁘진 않아, 젊은이. 하지만 넌 절대로 위쳐는 아니야. 그 독사 같은 년이 날 속였군. 이제 넌 끝이야. 죽을 준비나 해."

두 사람의 거리가 떨어졌을 때 본하트가 쉰 목소리로 말했다.

"말은 잘하는군."

카히르는 깊이 숨을 들이마셨다. 잠시 겨룬 것만으로도 물고기 눈을 가진 이 남자와의 대결에서 승리할 가능성이 없다는 것을 알 수 있었다. 너무나 빠르고 너무나 강했다. 희망이라고는 그가 시리를 쫓아가기 위해 서두르고 있다는 점밖에 없었다. 좀 더 보태자면 신경이 지나칠 정도로 곤두서 있다는 것 정도였다.

본하트가 다시 공격해 들어왔다. 카히르는 칼을 막고 몸을 굽혔다가 뛰어올라 본하트의 허리띠를 잡고 벽으로 몰아붙여 무릎으로 사타구니를 걷어찼다. 본하트는 카히르의 얼굴을 움켜잡고 칼등을 이용해 무서운 힘으로 관자놀이를 내리찍었다. 한 번, 두 번, 세 번. 세 번째 내리찍었을 때 카히르가 휘청거렸다. 그 순간, 번쩍이는 칼날이 보였다. 카히르는 그 번쩍임을 본능적으로 막았다.

너무 늦게.

디플린 집안의 엄격한 전통은 가족의 일원이 전투에서 죽게 되면 성의 무기고에 그의 시신을 안치하고 집안의 모든 남자가 낮밤 동안 하루 종일 침묵의 추도식을 하며 지키는 것이었다. 여자들은 남자들을 방해하거나 집중을 흩트리거나, 그들이 깊은 상념에 빠지는 데 장애가 되지 않도록 성의 다른 곳에 모여 울거나 경련을 일으키거나 기절하거나 했다. 그러다 다시 정신을 차리면 또다시 울다가 경련하다가 혼절하기를 반복했다.

여자들의 경련이나 눈물은, 아무리 비코바로 귀족 집안의 여자들이라 해도 그것은 실례이며 불명예로 간주되었다. 하지만 디플린 집안에서는 이것이 전통이었고 누구도 그 전통을 바꾸지 않았다. 그리고 바꿀 생각도 없었다.

나자이르에서 죽어 지금 무기고에 안치된 아일릴. 그의 막내 동생인 열 살의 카히르는 전통에 따르면 아직은 남자가 아니었다. 그래서 카히르는 관 뚜껑을 열어놓고 모여 있는 남자들 사이에 들어가지 못했고, 그루피드 할아버지와 아버지 셀락, 형인 데란과 삼촌들, 사촌들 사이에 낄 수 없었다. 또한 엄마와 여자 형제들, 고모와 이모들, 여자 사촌들과 함께 울다가 경련을 일으키고 기절하는 것 역시 허락되지 않았다. 그래서 디프라 성에 추모의례와 장례식, 추도식에 참석하러 온 다른 아이들과 함께 카히르는 성벽에 낙서를 하고 장난을 치며 놀았다. 그리고 나자이르 전투에서 가장 용감했던 이가 아일릴 엡 셀락이 아니라 자기 아빠와 자기 형들이라고 주장하는 아이들과 주먹질을 하며 싸웠다.

"카히르! 이리 오렴! 아들아!"

안뜰에는 카히르의 엄마인 모르와 엄마의 언니인 시네드 바 아나히드 이모가 서 있었다. 엄마의 얼굴은 새빨갛고 카히르가 무섭다는 생각이 들 만큼 울음으로 인해 심하게 부어 있었다. 자신의 엄마처럼 아름다운 여인도 울음이 얼굴을 이렇게까지 상하게 할 수 있다는 사실에 카히르는 놀랐다. 카히르는 앞으로 절대로, 절대로 울지 않겠다고 다짐했다.

"기억해라, 아들아. 오늘을 기억해. 네 형 아일릴의 목숨을 누가 앗아갔는지 기억해. 사악한 북부 왕국인들이 네 형을 죽음으로 몰아넣었다는 것을. 그들은 너의 적이란다, 아들아. 넌 그들을 언제나 증오해야 한다. 그 범죄자 민족을!"

엄마 모르는 어린 카히르를 숨이 막힐 정도로 꽉 끌어안으며 말했다.

"증오할게요, 엄마."

카히르는 조금 놀라며 대답했다. 우선 형 아일릴은 전쟁터에서 명예롭고 칭송받아 마땅한, 질투가 날 정도로 엉예로운 선사를 했고, 엄마의 엄마인 에비바 할머니가 북부 왕국 출신이라는 사실도 알고 있었기 때문이다. 한번은 아버지가 화가 나서 외할머니를 '북쪽에서 온 여자 늑대'라고 말한 적이 있었다. 물론 외할머니의 등 뒤에서.

뭐, 하지만 엄마가 그렇게 하라고 한다면…….

"미워할게요. 그들을 이미 증오해요! 제가 커서 진짜 칼을 가지게 되면, 전쟁에 나가 그들의 목을 베겠어요! 엄마, 두고 보세요!"

카히르는 열성적으로 대답했다.

엄마는 폐에 한껏 공기를 들이마시고 또다시 경련을 일으키기 시작했다. 시네드 이모가 엄마를 붙들었다.

카히르는 작은 주먹을 꼭 쥔 채 증오로 온몸을 떨었다. 아름다운 엄마의 얼굴을 이토록 흉하게 만든 그들에 대한 증오로.

본하트의 일격은 카히르의 관자놀이와 뺨, 입을 베었다. 카히르는 칼을 떨어뜨리며 비틀거렸고, 본하트는 반회전을 하며 카히르의 목과 쇄골 사이를 찔렀다. 카히르는 대리석으로 만든 여신상 아래 쓰러졌고, 그의 피는 마치 이교도들의 희생 제물처럼 여신상의 받침 아래 흥건히 괴었다.

쿵 소리가 나며 바닥이 발밑에서 흔들리고 벽에서는 장식용 방패가 떨어졌다. 복도가 어두워지더니 매캐한 연기가 가득 찼다. 시리는 얼굴을 닦았다. 시리가 부축하고 있는 금발의 여자아이가 물레방앗간의 돌처럼 무거워졌다.

"더 빨리…… 더 빨리 가야 해……."

"난 더 이상 빨리 못 가."

여자아이가 말했다. 그러고는 털썩 바닥에 주저앉았다. 시리는 공포에 질려, 여자아이의 피에 젖은 바짓단 주변으로 빨간 피 웅덩이가 생겨나는 것을 보았다.

여자아이의 얼굴은 시체처럼 창백했다.

시리는 여자아이 옆에 무릎을 꿇고 앉아 여자아이에게서 목도리와 허리띠를 벗겨 압박 붕대 같은 걸 만들어보려고 노력했다. 하지만 상처가 너무 컸다. 그리고 사타구니와 너무 가까웠다. 흐르는 피는 그칠 기미가 없어 보였다.

여자아이는 시리의 손을 잡았다. 손가락이 얼음처럼 차가웠다.

"시리……."

"응."

"내 이름은 앵글로메야. 난…… 사실 믿지 않았어…… 우리가 널 찾아낼 거라고는…… 하지만 난 게롤트를 따라왔어…… 왜냐하면 게롤트를 따라오지 않을 수 없었거든, 뭔지 알지?"

"알아. 그 사람은 그런 사람이야."

"우린 너를 찾았어. 그리고 널 구했어. 하지만 프린질라는 우리를 비웃었어…… 시리……."

"말하지 마."

"말해줘…… 말해봐, 넌 여왕이잖아…… 신트라에서…… 우린 너의 보답을 받겠지? 그치? 그럼 날…… 공작으로 만들어줄래? 하지만…… 거짓말은 안 돼…… 해줄 거지? 그치?"

앵글로메의 입술은 점점 더 무겁게 천천히 움직였다.

"아무 말도 하지 마, 힘을 아껴."

앵글로메는 한숨을 쉬더니 앞으로 몸을 숙이고 시리의 팔에 이마를 기대었다.

"이럴 줄 알았다니까……."

앵글로메의 목소리는 또렷했다.

"이럴 줄 알았어…… 씹할, 투생에 유곽을 차리는 게 훨씬 더 나을 뻔했는데."

한참, 아주 한참이 지나서야 시리는 자신이 죽은 여자아이를 껴안고 있음을 알았다.

시리는 그가 아치를 받치고 있는 텅 빈 눈길의 앨러배스터 기둥 조각상들을 따라오고 있는 것을 보았다. 불현듯 더 이상 도망치는 것은 불가능하다는 것을, 그를 피할 수 없다는 것을 깨달았다. 그와 맞서야만 했다. 시리는 그 사실을 알고 있었다.

하지만 그러기에는 그가 너무 두려웠다.

시리는 칼을 꺼냈다. 제비의 칼날이 조용히 노래를 불렀다. 시리는 이 노래를 잘 알고 있었다.

시리는 넓은 복도로 물러났고, 본하트는 양손으로 칼을 잡은 채 시리를 쫓아왔다. 칼날을 타고 흐르던 피가 굵은 핏방울이 되어 손잡이에서 뚝뚝 떨어지고 있었다.

"죽었군. 잘됐어. 아까 그자도 이미 흙을 먹고 있어."

본하트는 앵글로메의 시체를 내려다보며 말했다.

시리는 절망감이 자신을 덮쳐오는 것을 느꼈다. 손에 고통이 느껴질 만큼 칼자루를 꽉 움켜잡았다. 시리는 뒤로 물러났다. 그러자 본하트가 시리를 천천히 쫓으며 이빨 사이로 말했다.

"날 속였더군. 그자는 메달도 없었어. 하지만 지금 이 성 안에 메달을 건

자가 있다는 느낌이 들어. 이 늙어버린 본하트가 머리를 걸 만한 그런 자가 말이야. 마녀 예니퍼 근처에 있겠지. 하지만 그 전에 볼일부터 먼저 마쳐야 지, 독사 년아. 우선은 너와 나, 우리의 결합 말이다."

시리는 결심이 섰다. 제비를 짧게 휘두른 후 자세를 잡았다. 반원을 그리 며 점점 더 빨리 돌기 시작하자 본하트는 자리에서 조금 비켜설 수밖에 없 었다. 하지만 그는 비웃으며 말했다.

"지난번에도 그 작전이 딱히 너에게 도움이 되진 않았던 것 같은데? 과거 의 실수에서 배우는 것도 없나?"

시리는 발걸음을 빨리했다. 흐르는 듯한 부드러운 칼날의 움직임으로 적 을 혼란스럽게 만들고 집중력을 흩트리며 최면을 걸고 있었다.

본하트는 칼을 쉭쉭거리며 풍차처럼 돌리기 시작했다.

"그딴 건 나한테 안 통해. 그런 건 지겹다고!"

본하트가 소리치며 크게 두 걸음을 움직여 시리와의 거리를 좁혔다.

"음악, 시작!"

본하트는 풀쩍 뛰어 날카롭게 칼을 휘둘렀고, 시리는 몸을 회전시켰다가 안정감 있게 왼발로 착지하며 자세를 갖추지도 않은 상태에서 바로 내리쳤 다. 본하트의 방어에 두 칼날이 맞부딪쳐 소리를 내기도 전에 시리는 주위 를 빙글빙글 돌며 쉭쉭거리는 칼날 사이로 매끄럽게 들어갔다. 또다시 큰 힘을 들이지 않고, 부자연스럽고 이상하게 구부러진 팔꿈치를 이용해 칼을 찔러 넣었다. 본하트가 이를 막아내면서, 그 반작용을 이용해 곧장 왼쪽으 로 칼을 휘둘렀다. 시리는 그 공격을 예상하고 있었기 때문에 무릎을 살짝 굽히고 몸을 흔들어 1인치 차이로 칼날을 피했다. 그리고 바로 역습을 가하 며 짧게 쳤다.

하지만 이번엔 본하트가 시리의 공격을 기다리며 페인트 동작으로 속였다. 미처 방어하지 못한 시리는 균형을 잃을 뻔했지만 번개처럼 옆으로 비켜서며 간신히 공격을 피했다. 그럼에도 본하트의 칼날이 시리의 팔에 닿았다. 처음에 시리는 칼날이 솜을 누빈 소매만 갈랐다고 생각했는데, 겨드랑이와 손에서 따뜻한 액체가 떨어지는 것이 느껴졌다.

앨러배스터로 만든 기둥 조각상들은 아무래도 상관없다는 눈으로 둘을 지켜보고 있었다.

시리는 뒤로 물러났고 본하트는 몸을 낮춘 채 칼을 낫처럼 크게 휘두르며 다가오고 있었다. 신전에서 보았던 해골 모양을 한 죽음처럼. 해골들이 추는 죽음의 춤이야, 시리는 생각했다. 해골이 다가오고 있어.

시리는 또다시 뒤로 물러났다. 따뜻한 액체가 팔과 손에 흥건했다.

"나를 위한 첫 번째 피로군. 두 번째 피는 누구를 위한 걸까, 이쁜아?"

별 모양으로 바닥에 흩뿌려진 핏방울을 보며 본하트가 말했다.

시리는 다시 한 번 뒤로 물러났다.

"뒤를 봐, 거기가 끝이니까."

본하트의 말이 맞았다. 복도는 그렇게 끝나고 있었다. 더는 물러설 곳이 없었고 그 이상 물러섰다가는 아래층의 먼지 쌓인 더러운 마룻바닥으로 떨어지게 된다. 마룻바닥 여기저기 부서진 곳들이 보였다. 성의 이 구역은 폐허나 다름없어서 제대로 된 바닥이 없었다. 위로 뻗어 올라가는 버팀대들만 듬성듬성 있었는데, 기둥과 박공, 그리고 서까래의 격자무늬만 보였다.

시리는 오래 망설이지 않았다. 서까래로 올라가 그 위를 걸으며 시선에서 본하트를 놓치지 않고, 한 동작 한 동작을 감시하며 뒤로 물러섰다. 그 덕분에 시리는 목숨을 부지할 수 있었다. 왜냐하면 본하트가 서까래 위로 뛰어올라 짧고 빠르게 십자형으로 칼을 휘두르면서 번개 같은 위장 전법을 구사하며 시리에게 덤벼들었기 때문이다. 시리는 본하트가 어떤 의도를 가지고 공격해왔는지 알아챘다. 제대로 방어하지 못하거나 속임수 동작에 속아 넘어가 균형을 잃고 서까래에서 떨어지면, 바닥도 없는 아래층으로 추락하게 된다는 계산이었을 것이다.

이번에는 속임수 동작에 속지 않았다. 정반대였다. 시리는 날렵하게 몸을 피해 본하트의 오른쪽을 쳤다. 1초도 안 되는 순간, 본하트가 잠시 망설이는 사이 시리는 엄청나게 빠른 속도로 왼쪽을 세차게 쳤다. 본하트는 이 공격을 방어하느라 온몸이 흔들렸다. 키가 그렇게 크지만 않았더라면 떨어졌을 것이다. 위로 왼손을 뻗었는데 박공에 닿아 간신히 균형을 유지할 수 있었다. 하지만 그러는 동안 아주 잠시, 집중력이 흩어지고 말았다. 그 시간이면 충분했다. 시리는 지체 없이 정면을 향해 팔을 뻗으며 세차게 칼을 찔러 넣었다.

본하트는 제비의 칼날이 쉭 소리를 내며 가슴과 왼쪽 팔을 관통할 때도 꿈쩍하지 않았다. 그가 엄청난 기세로 반격하지 않았더라면, 그래서 시리가 뒤로 물러나며 공중제비 돌기를 하지 않았더라면, 아마 칼날에 몸이 반으로 갈라졌을 것이다. 시리는 옆 서까래로 펄쩍 뛰어 칼을 수평으로 든 채 무릎을 꿇고 착지했다.

본하트는 자기 팔을 내려다보더니 뱀 같은 주홍빛 피가 선명히 흐르고 있는 왼쪽 손을 들어 올렸다. 아래쪽 바닥으로 뚝뚝 떨어지는 찐득한 핏방울들을 바라봤다.

"호오, 과거의 실수에서 뭔가 배우긴 하나 보군."

본하트의 목소리는 분노로 떨리고 있었다. 하지만 시리는 그를 너무나 잘 알고 있었다. 본하트는 여전히 차분하고, 냉정하며, 싸울 준비가 되어 있었다.

본하트는 시리가 있는 서까래로 풀쩍 뛰어 칼을 낫처럼 휘두르며 폭풍이 몰아치듯 달려왔다. 발걸음은 확실했고 다리를 보고 있지 않았음에도 전혀 흔들리지 않았다. 서까래는 삐걱거리며 먼지와 가루가 쏟아져 내렸다.

본하트는 계속 십자로 칼을 휘두르며 시리를 밀어붙였다. 시리가 뒷걸음 질을 칠 수밖에 없도록 거칠게 공격했다. 그의 공격이 너무 빨라서 시리는 다른 서까래로 건너뛰거나 공중제비를 돌 수조차 없었다. 계속해서 칼을 방어하며 피하는 데 급급했다.

시리는 본하트의 물고기 같은 눈이 번뜩이는 것을 보았다. 왜 그런지도 알았다. 본하트는 시리를 박공 아래의 십자형 기둥으로 몰아붙이고 있는 것이었다. 더 이상 도망갈 곳이 없는 장소까지.

무언가 해야만 했다. 그 순간 시리는 무엇을 해야 하는지 깨달았다.

케어 모헨. 움직이는 추.

움직이는 추에서 튕겨 나와 그 반동을, 추의 힘을 이용하는 거야. 튕겨 나오면서 반동을 받는 거라고, 알았지?

알았어요, 게롤트.

시리는 먹잇감을 공격하는 독사처럼 엄청난 속도로 공격에 나섰다. 제비의 칼날이 신음 소리를 내며 본하트의 칼날과 부딪쳤다. 바로 그 순간 시리는 용수철처럼 뛰어올라 옆의 서까래로 건너뛰었다. 제대로 그리고 기적적으로 균형을 잃지 않고 착지했다. 가볍게 몇 걸음을 더 뛰더니 이번에는 본하트가 서 있는 서까래로, 본하트의 등 뒤로 뛰었다. 본하트는 제때 몸을 돌려 크게 칼을 휘둘렀는데, 본능적으로 아무렇게나 휘두른 칼이었지만 시리가 뛰어서 착지하려던 자리로 칼이 들어왔다. 머리카락 하나 차이로 빗나갔는데, 그 무리한 공격에 본하트가 흔들렸다. 시리는 번개처럼 덤벼들었다. 앞으로 쭉 뻗어 무릎으로 넘어지며 칼날을 찔러 넣었다. 제대로, 그리고 강하게.

시리는 칼을 든 채 그대로 멈춰 섰다. 그리고 본하트의 윗옷 위에 생긴 긴 사선을, 매끈하게 난 칼자국이 점점 더 커지면서 검붉은 핏방울이 뚝뚝 떨어지는 모습을 바라봤다.

"너…… 네년이…….."

본하트가 시리에게 덤벼들었다. 하지만 그의 움직임은 느렸고, 정확하지 못했다. 시리는 뒤로 뛰어 몸을 피했고, 본하트는 균형을 유지하지 못했다. 휘청거리며 앞으로 주저앉던 본하트의 무릎이 서까래에 제대로 닿지 않았다. 서까래는 이미 피에 젖어 미끄러웠다. 본하트는 아주 잠시 시리를 바라보았다. 그리고 추락했다.

시리는 본하트가 아래층의 먼지 구덩이와 회벽 가루와 피 사이로 추락하는 것을, 그의 칼이 저 멀리 날아가는 것을 보았다. 본하트는 꿈쩍도 하지 않고 대자로 뻗은 채 누워 있었다. 무기도 없이, 상처 입은 채로. 그럼에도 그는 여전히 위협적이었다.

시간이 조금 지나자 마침내 몸을 움직였다. 그리고 신음했다. 머리를 들어보려고 안간힘을 쓰고 있었다. 손을 움직였다. 발도 움직였다. 기둥까지 기어가듯 다가가 기둥에 등을 기댔다. 또다시 신음하며 양손으로 피투성이가 된 가슴과 배를 문지르고 있었다.

시리는 서까래에서 뛰어내렸다. 무릎을 굽힌 채 본하트 옆에 착지했다. 고양이처럼 부드럽게. 본하트의 물고기 같은 눈이 공포로 커지는 것을 보았다.

"네가 이겼군…… 네가 이겼어, 위쳐 계집애. 경기장이 아니라 아쉽 군…… 상당한 볼거리였을 텐데…….."

본하트는 제비의 칼날을 보며 쉰 목소리로 말했다.

시리는 대답하지 않았다.

"내가 너에게 그 칼을 준 건 기억하지?"

"난 모든 걸 기억하고 있어."

"아마도 날…… 날 죽이진 않겠지? 넌 그렇게는 안 할 거야…… 이미 무 기도 없이 쓰러진 자를…… 난 널 알아, 시리. 넌…… 그런 짓을 하기엔 너 무…… 착하지."

본하트는 말을 더듬었다.

시리는 본하트를 오랫동안 바라보았다. 아주 오랫동안. 그리고는 몸을 숙였다. 본하트의 물고기 같은 번들거리는 눈이 더 커졌다. 하지만 시리는 본하트의 목에서 메달들을 잡아 뜯었을 뿐이었다. 늑대와 고양이, 그리핀 의 메달을. 시리는 그대로 돌아서서 출구 쪽으로 향했다.

본하트는 소리 없이 일어나 저만치 떨어져 있던 칼을 집어 들고 시리에게 달려들었다. 간악하고 섬뜩하게, 박쥐처럼 조용히. 칼이 시리의 등을 뚫고 들어가려던 순간에 이르러서야 고함을 질렀다. 그 고함 소리 안에는 지독한 증오가 담겨 있었다.

시리는 재빠른 반회전과 점프로 칼을 피하고, 다리를 교차하며 세차게 칼 을 내리쳤다. 제비가 쉭 하는 소리를 냈고, 뒤이어 비릿한 소리와 함께 본하 트가 자신의 목을 부여잡았다. 물고기 같은 눈이 튀어나왔다.

"내가 말했잖아, 난 모든 걸 기억한다고."

시리가 차갑게 말했다.

본하트의 눈은 점점 더 밖으로 떠밀려 나왔다. 그는 이내 쓰러졌다. 뿌연 먼지를 일으키면서. 거대하고 해골처럼 바싹 마른 그의 몸은 부서지고 더러운 나무판자 위에 뻗어 있었다. 경련을 일으키는 중에도 양손으로 자신의 목을 부여잡고 있었다. 하지만 있는 힘을 다해 꽉 잡고 있는데도 불구하고, 소중한 목숨은 그의 손가락 사이로 빠져나갔다. 그의 머리 주위로 크고 검붉은 후광 같은 피 웅덩이가 생기고 있었다.

시리는 본하트 위에 섰다. 아무 말도 없이. 하지만 본하트가 자신을 잘 볼 수 있도록. 그가 가는 곳으로 가져갈 것은 오로지 시리의 모습뿐일 것이다.

본하트는 생기를 잃고 흐려지는 시선으로 시리를 바라보았다. 경련하며 컥컥거리던 그는 발뒤꿈치로 바닥을 긁으며 몸부림쳤다. 그러고는 깔때기에서 모든 것이 빠져나올 때 나는 이상한 소리를 냈다.

그리고 그것이 본하트가 낸 마지막 소리였다.

갑자기 큰 소리가 나더니 쨍그랑 소리와 함께 스테인드글라스가 산산조각 났다.

"조심해, 게롤트!"

둘은 사력을 다해 뛰었다. 번쩍거리는 번개가 바닥을 갈며 지나가고 공기 중에는 날카로운 테라코타 조각과 모자이크 조각이 휘날렸다. 두 번째 번개는 게롤트가 숨어 있던 기둥에 명중했다. 기둥은 세 조각으로 갈라졌다. 천장에서는 아치의 반이 떨어져 나오면서 무시무시한 소리를 내며 바닥으로 떨어졌다. 게롤트는 바닥에 납작 엎드려 손으로 머리를 가리고 있었는데, 스스로도 수십 킬로그램의 천장재가 떨어져 내리는 마당에 이런다고 보호될 리 없다는 걸 알고 있었다. 게롤트는 최악의 사태에 맞설 준비가 되어 있었지만 이것은 최악이 아니었다. 게롤트가 바닥에서 일어나자 머리 위에 마법으로 만든 빛나는 방패가 보였다. 예니퍼의 마법 덕분에 목숨을 구한 것이다.

빌게포츠는 예니퍼 쪽으로 돌아서더니 예니퍼가 숨어 있던 기둥을 완전히 산산조각 내버렸다. 분노의 함성을 지르며 연기와 먼지구름을 불의 실로 꿰어 합치고 있었다. 예니퍼는 뛰어서 몸을 피하고 빌게포츠 쪽으로 자신의 번개를 날려 보내는 것으로 답했지만, 빌게포츠는 힘들이지 않고 무시하듯 예니퍼의 번개를 쳐냈다. 빌게포츠가 다시 번개를 날리자, 예니퍼는 방어조차 못하고 바닥에 엎드려야 했다.

게롤트는 얼굴에 묻은 회반죽을 닦아내며 빌게포츠에게 덤벼들었다. 빌게포츠가 눈과 손을 게롤트에게 향하자 손에서는 소리가 나며 불꽃이 일었다. 게롤트는 본능적으로 칼로 방어했다. 드워프의 칼날은 신기하게도 불꽃을 막아내며 반으로 갈라 게롤트를 보호했다.

"하! 대단한데, 위쳐! 그럼 이건 어때?"

빌게포츠가 소리를 질렀다.

게롤트는 마치 성문을 부술 때 사용하는 거대한 나무기둥에 맞은 것처럼 바닥에 쓰러져 미끄러졌고 간신히 기둥 받침을 붙들었다. 하지만 기둥은 터져서 산산조각 났고 받치고 있던 천장 부분이 무너졌다. 이번엔 예니퍼도 마법의 방패를 만들어주지 못했다. 아치의 커다란 조각이 게롤트의 목덜미에 명중했다. 고통 때문에 게롤트는 잠시 동안 꼼짝도 하지 못했다.

예니퍼는 주문을 외우며 빌게포츠에게 계속해서 번개를 쏘아대고 있었다. 하지만 단 한 개도 목표물에 명중하지 못하고 마법으로 만든 보호막에서 튕겨 나오고 있었다. 빌게포츠는 갑자기 손을 뻗더니 두 손을 문질렀다.

예니퍼는 고통에 비명을 지르며 공중으로 떠올랐다. 빌게포츠는 젖은 수건을 짜듯 손을 비틀었다. 그러자 예니퍼는 귀가 찢어질 듯한 비명을 지르며 몸을 비틀기 시작했다.

게롤트는 고통을 억누르며 바닥에서 일어났다. 하지만 게롤트보다 레지스가 더 빨랐다.

레지스는 도대체 언제, 어디서 나타났는지도 모르게 거대한 박쥐의 모습을 하고 나타나, 빌게포츠를 향해 소리 없이 날아가 덮쳤다. 빌게포츠가 마법으로 방어막을 만들기 전에 레지스가 발톱으로 빌게포츠의 얼굴을 할퀴었는데, 눈이 그렇게 작지만 않았더라면 눈에 명중했을 것이다. 빌게포츠는 비명을 지르며 손을 휘둘렀다. 자유의 몸이 된 예니퍼는 비명을 지르며 부서진 잔해 위에 쓰러졌고, 코에서 흘러나온 피가 얼굴과 가슴에 온통 묻어 있었다.

게롤트는 이미 가까이 다가와 시힐을 휘두르고 있었다. 하지만 빌게포츠는 물러설 생각도, 질 생각도 없었다. 게롤트를 향해 엄청난 힘의 파도를 날려 보내고, 공격하는 뱀파이어에게는 눈부신 하얀 빛을 쏘았는데, 뜨거운 칼이 버터를 가르듯 기둥을 갈랐다. 레지스는 날렵하게 빛을 피하고 사람의 모습으로 돌아와 게롤트 옆에 섰다.

"조심하라고, 레지스……."

게롤트가 예니퍼 쪽을 살펴보려고 애쓰며 말했다.

"조심? 나한테 하는 말인가요? 이곳에는 조심하려고 온 게 아닌데요!"

레지스는 큰 소리로 외치며 믿을 수 없을 성노로 빠르게, 호랑이처럼 뛰어올라 빌게포츠에게 덤벼들어 목을 움켜잡았다. 그의 이빨이 번뜩였다.

빌게포츠는 분노와 공포로 괴성을 질렀다. 잠시 동안이었지만 빌게포츠도 그렇게 끝날 것만 같았다. 하지만 그것은 착각에 불과했다. 빌게포츠는 모든 종류의 공격에 대비한 무기를 가지고 있었다. 그리고 모든 종류의 적에 대비한 공격도 갖추고 있었다. 뱀파이어도.

레지스를 붙잡은 빌게포츠의 손이 달군 쇠처럼 빛났다. 레지스는 비명을 질렀다. 빌게포츠가 레지스를 조각내는 것을 보고 게롤트 역시 소리쳤다. 도우려고 뛰어갔지만, 이미 늦었다. 빌게포츠는 조각난 뱀파이어를 기둥으로 밀쳐내며 양손에서 하얀 불을 뿜어냈다. 레지스는 괴성을 질렀는데, 그 괴성이 너무나 지독해서 게롤트조차 손으로 귀를 막아야 할 지경이었다. 쿵 소리와 깨지는 소리가 나더니 남아 있던 스테인드글라스가 폭발했다. 그리고 기둥은 녹아버렸다. 뱀파이어 역시 기둥과 함께 녹아버렸고 형체를 알 수 없는 눈사람처럼 변했다.

게롤트는 모든 분노와 절망을 담아 욕설을 내뱉었다. 그리고 시힐로 베어버릴 준비를 하며 달려들었다. 하지만 베지 못했다. 빌게포츠가 몸을 돌려 게롤트에게 마법의 에너지를 발사한 것이다. 게롤트는 홀 끝까지 나가떨어졌고 가속도가 붙은 채 벽에 세차게 부딪치며 나뒹굴었다. 물 밖으로 잡혀 나온 물고기처럼 숨을 쉬려고 안간힘을 쓰던 게롤트는 뻗어 있는 채로 어디가 부러졌는지가 아니라, 어디가 멀쩡한지 생각하고 있었다. 빌게포츠가 게롤트에게 다가왔다. 그의 손에서 6피트 정도 되는 쇠막대가 나타났다. 빌게포츠가 말했다.

"마법을 써서 네놈을 잿더미로 만들 수도 있지. 조금 전에 나타난 저 괴물처럼, 너 역시 녹여버릴 수도 있어, 곤죽처럼. 하지만 넌 위쳐니까 다른 방식으로 죽어야겠지. 싸우면서 말이야. 딱히 공평한 싸움은 아니더라도."

게롤트는 자신이 자리에서 일어설 수 있다는 사실이 믿어지지 않았다.

하지만 일어섰다. 찢어진 입술 사이로 피를 뱉었다. 그리고 칼을 꽉 움켜잡았다. 그 모습을 가만히 지켜보던 빌게포츠가 기다란 쇠막대를 풍차처럼 휘두르며 가까이 다가왔다.

"타네드에서는 너의 뼈를 아주 조금만 부러뜨렸어. 왜냐하면 교훈만 줄 생각이었거든. 그게 다 아무 소용없게 됐으니, 이번엔 널 작게 산산조각 낼 거야. 누구도 네놈을 다시 붙여놓지 못하도록."

빌게포츠가 덤벼들었다. 게롤트는 도망치지 않고, 싸움을 받아들였다.

쇠막대는 번쩍이며 쉭쉭 소리를 냈고 빌게포츠는 춤추듯 방어하고 있는 게롤트의 주위를 빙글빙글 돌았다. 게롤트는 쇠막대를 막아내고 공격했지만, 빌게포츠 역시 제대로 막아내고 있었다. 철과 철이 서로 부딪치며 음울한 소리가 울려 퍼졌다.

빌게포츠는 마치 악마처럼 빠르고 민첩했다.

몸을 비틀어 게롤트를 혼란에 빠트리고 왼쪽에서 칠 것처럼 움직이다가 아래쪽에서 갈비뼈를 공격했다. 게롤트가 다시 균형을 잡고 숨을 가다듬기도 전에, 목덜미를 너무 세게 맞아 무릎이 푹 꺾였다. 옆으로 재빨리 비켜선 덕분에 머리가 깨지는 것은 막을 수 있었지만, 허벅지 위로 찔러 들어오는 공격은 막을 수 없었다. 게롤트는 비틀거리다가 벽에 등을 찧었다. 그래도 아직은 정신을 잃지 않아서 바닥 쪽으로 웅크릴 수 있었다. 제때 잘 엎드린 것이었는데, 왜냐하면 쇠막대가 게롤트의 머리카락을 스치며 불꽃이 튈 만큼 엄청난 힘으로 벽을 때렸기 때문이다.

게롤트는 굴렀고, 쇠막대는 불꽃을 내며 게롤트의 머리 바로 옆 바닥을 때렸다. 그렇게 첫 번째 공격은 피했지만 두 번째로 내리친 쇠막대에 어깨뼈를 맞았다. 온몸이 마비되는 듯한 끔찍한 통증이 다리까지 흘러내렸다. 빌게포츠는 다시 쇠막대를 들었다. 그의 눈은 승리감으로 도취되어 있었다.

게롤트는 프린질라가 준 메달을 손에 꼭 쥐었다.

쇠막대가 쩽 하는 소리를 내며 바닥을 쳤다. 게롤트의 머리에서 1피트 떨어진 곳이었다. 게롤트는 몸을 굴렸다가 재빨리 한쪽 무릎으로 일어섰다. 빌게포츠가 쫓아와 다시 내리쳤다. 이번에도 쇠막대는 목표물에서 몇 인치쯤 벗어나 있었다. 빌게포츠는 믿을 수 없다는 듯 머리를 가로저으며 잠시 망설였다.

그러더니 무슨 상황인지 알아차린 듯 한숨을 쉬었다. 빌게포츠의 눈이 빛나고 있었다. 다시 달려들어 공격했다. 하지만 너무 늦었다.

게롤트가 빌게포츠의 배를 벤 것이다. 빌게포츠는 비명을 지르며 쇠막대를 떨어뜨리고 몸을 웅크린 채 뒤로 물러났다. 게롤트가 어느새 바로 옆에 다가와 있었다. 게롤트는 빌게포츠를 걷어차며 무너진 기둥 조각 사이로 몰았다. 그리고는 시힐을 높이 쳐들어 빌게포츠의 쇄골에서부터 허벅지까지 대각선을 그리며 내리그었다. 피가 소리를 내며 쏟아져 나왔고 사방은 순식간에 검붉은 피로 물들었다. 빌게포츠는 비명을 지르며 무릎을 꿇었다. 머리를 떨구고 배와 가슴을 바라보았다. 그는 자신의 몸에서 오랫동안 시선을 떼지 못했다.

게롤트는 천천히 시힐을 들어 언제라도 내려칠 자세로 기다렸다.

그때 빌게포츠가 찢어질 듯한 괴성을 지르며 머리를 들었다.

"게롤……."

게롤트는 빌게포츠가 말을 끝내도록 허락하지 않았다.

오랫동안 아주 조용했다.

"몰랐어…… 몰랐네, 정말."

예니퍼가 폐허 속에서 가까스로 기어 나오며 말했다. 모습은 처참했다. 코에서 흐른 피가 턱은 물론 가슴까지 흥건히 적시고 있었다. 예니퍼가 게롤트의 의아한 시선을 보고 다시 말했다.

"당신이 환영 마법을 구사할 줄은 몰랐어. 그것도 빌게포츠를 속일 수 있을 정도로……."

"내 메달이 한 거야."

예니퍼가 의심스럽다는 듯 게롤트를 바라보았다.

"아하, 신기하네. 하지만 이러나저러나 우린 시리 덕분에 산 거야."

"뭐라고?"

"빌게포츠의 한쪽 눈 말이야. 양쪽이 제대로 움직이지 못한 거야. 그래서 자꾸 놓친 거지. 하지만 내 목숨은 사실 이 사람 덕분에……."

예니퍼는 인간의 형체가 조금 남아 있는 녹아버린 기둥을 보고 말했다.

"누구였지, 게롤트?"

"친구. 그를 매우 그리워하게 될 것 같군."

"인간이었어?"

"인간의 성정을 가진 자였지. 예니퍼, 괜찮아?"

"갈비뼈가 몇 대 부러지고, 뇌진탕 증상이 있고, 골반과 척추를 다쳤어. 그 외에는 다 좋아. 당신은?"

"나도 거의 비슷해."

예니퍼는 아무런 감정 없이 바닥의 모자이크 위에서 나뒹구는 빌게포츠의 머리를 바라보았다. 마법사의 유리알 같은 작은 눈이 아무 말 없이 두 사람을 원망스럽다는 듯 바라보고 있었다.

"보기 좋군."

예니퍼가 말했다.

"그래. 하지만 이미 볼 만큼 봤어. 걸을 수 있겠어?"

게롤트가 동의하며 물었다.

"물론이야, 당신이 도와준다면."

그리고 모두는, 그러니까 셋은 아치 아래, 앨러배스터로 만든 조각 기둥들의 텅 빈 시선 아래서 만났다.

"시리."

게롤트가 시리를 부르며 눈을 문질렀다.

"시리."

게롤트의 부축을 받으며 예니퍼가 말했다.

"게롤트."

시리가 말했다.

"시리, 다시 만나니 좋구나."

게롤트는 목이 메어오는 느낌을 간신히 떨쳐내며 말했다.

"예니퍼 선생님."

예니퍼는 게롤트의 팔 아래에서 벗어나 할 수 있는 모든 노력을 다해 몸을 곧게 폈다.

"너 꼴이 그게 뭐니? 네가 지금 무슨 꼴인지 좀 봐야 할 텐데. 머리는 단정히 하고, 구부정하게 서 있지 말고. 이리 오렴."

예니퍼가 엄하게 말했다.

시리는 기계처럼 뻣뻣하게 다가갔다. 예니퍼는 시리의 옷깃을 고쳐주며 소매에 말라붙은 피를 떼어내려고 했다. 그리고 시리의 머리카락을 매만졌고, 머리카락을 넘겨 뺨의 상처를 드러냈다. 예니퍼는 시리를 강하게 끌어안았다. 아주 강하게. 게롤트는 시리의 등을 감싼 예니퍼의 손가락을 보았다. 형태가 뭉그러진 손가락. 게롤트는 증오도, 슬픔도, 분노도 느껴지지 않았다. 그저 피곤했다. 그리고 이 모든 것이 끝났으면 하고 진정으로 바랐다.

"엄마."

"딸아."

한참이 지난 후, 게롤트가 말했다.

"가자."

시리는 큰 소리로 코를 훌쩍거리며 소매로 닦고 있었다. 예니퍼는 시리를 엄한 눈길로 쏘아보고는 눈에 뭐라도 들어갔는지 손으로 눈을 닦아냈다. 게롤트는 시리가 나온 복도를 응시했다. 마치 누군가를 기다리는 듯 아무 말 없이 바라보고 있었다. 시리는 그런 게롤트를 향해 고개를 가로저었다. 게롤트는 이해했다.

"여기서 나가자."

게롤트가 다시 말했다.

"그래, 어서 나가자. 하늘을 보고 싶어."

예니퍼가 고개를 끄덕이며 말했다.

"이제 절대로 잃어버리지 않을 거예요, 절대로."

시리가 먹먹한 목소리로 말했다.

"여기서 나가자, 시리, 옌을 부축해다오."

"날 부축할 필요는 없어!"

게롤트의 말에 예니퍼가 발끈했다.

"엄마, 내가 하게 놔두세요."

그들 앞에는 계단이 있었다. 쇠로 만들어진 바구니 모양 받침대의 흐릿한 불과 횃불의 연기 속에 잠겨 있는 커다란 계단이었다. 시리는 몸을 떨었다. 이 계단을 본 적이 있었다. 꿈과 환상에서.

저 아래 멀리, 무장한 사람들이 보였다.

"난 지쳤어요."

시리가 속삭였다.

"나도."

게롤트가 시힐을 꺼내며 말했다.

"죽이는 건 이제 지쳤어요."

"나도 그렇다."

"여기 다른 출구는 없어요?"

"없어, 저 계단뿐이야. 다른 출구는 없어. 옌이 하늘을 보고 싶대. 나도 하늘과 너와 옌을 보고 싶어."

시리는 주위를 둘러본 뒤 쓰러지지 않기 위해 난간에 기댄 예니퍼를 보았다. 시리는 본하트에게서 가져온 메달들을 꺼냈다. 고양이 메달은 자신이 걸고, 늑대 메달은 게롤트에게 주었다.

"이런 건 그저 상징일 뿐이라는 건, 너도 알고 있겠지?"

게롤트가 물었다.

"모든 것이 상징일 뿐이에요."

시리는 제비를 칼집에서 꺼냈다.

"가요, 게롤트."

"가자. 내 옆에 가까이 붙어 있어라."

계단 아래에서는 스테판 스켈렌의 부하들이 땀에 젖은 손으로 무기를 붙든 채 서 있었다. 올빼미는 빠른 손동작으로 첫 번째 무리를 계단으로 보냈다. 박차가 달린 병사들의 군화들이 바닥을 쿵쿵 울렸다.

"천천히, 시리. 서둘지 말고, 내 옆에서."

"네, 게롤트."

"그리고 차분하게, 시리, 차분하게. 분노도, 증오도 없어야 한다는 걸 기억해. 우리는 여길 나가서 하늘을 봐야 한다. 그리고 우리 길을 가로막는 자들은 죽어야 하고. 망설이지 마."

"망설이지 않아요. 난 하늘을 보고 싶어요."

첫 번째 층계참까지는 아무 방해 없이 갈 수 있었다. 그들 앞의 병사들은 하얀 머리의 남자와 잿빛 머리 여자아이의 차분한 태도에 당황하고 충격을 받은 것 같았다. 하지만 잠시 후 병사 세 명이 고함과 함께 칼을 휘두르며 달려들었다. 물론 세 명의 병사는 바로 죽었다.

"가서 죽여라!"

밑에서 올빼미가 소리를 질렀다.

다음 차례인 듯한 세 명이 달려왔다. 게롤트가 바로 앞서 나가 페인트 동작으로 그들을 혼란스럽게 만든 후 한 명의 목을 아래에서 위로 베어냈다. 게롤트는 그대로 돌아서서 시리를 오른쪽 팔 아래로 통과하게 했다. 시리는 유연하게 덩치 큰 두 번째 병사의 겨드랑이 아래를 찔렀다. 세 번째 병사는 난간을 뛰어넘어 목숨을 부지하려고 했지만 너무 느렸다.

게롤트는 얼굴에 튄 피를 닦았다.

"차분하게, 시리."

"차분해요."

그 다음 차례인 세 명이 계단을 뛰어 올라왔다.

번뜩이는 칼날, 비명, 그리고 죽음.

진한 핏줄기가 계단을 타고 아래로 흘러내리고 있었다. 구리로 된 조끼 형태의 갑옷을 입은 병사가 긴 창을 들고 게롤트 앞으로 뛰어들었다. 마약으로 충혈된 눈은 야생동물처럼 번뜩이고 있었다. 시리는 대각선으로 전진해 긴 창을 쳐냈고, 게롤트는 병사를 베었다. 두 사람은 얼굴에 튄 피를 닦아내고는 뒤도 돌아보지 않고 계속 걸었다.

두 번째 층계참이 이미 가까워졌다.

"죽여라! 저놈들을 죽여! 돌격! 죽여어어어!"

스테판 스켈렌이 목이 찢어질 듯 악을 쓰고 있었다.

계단을 울리는 쿵쿵 소리, 고함, 번뜩이는 칼날, 비명, 그리고 죽음.

"좋아, 시리. 하지만 좀 더 차분하게, 도취되지 말고. 그리고 내 옆에 딱 붙어라."

"항상 옆에 딱 붙어 있을 거예요."

"팔로 베지 마라, 할 수 있으면 팔꿈치를 사용해. 조심하고."

"조심할게요."

번뜩이는 칼날, 비명, 죽음.

"잘했다, 시리."

"하늘을 보고 싶어요."

"널 사랑한다."

"나도요."

"조심해, 미끄럽다."

번뜩이는 칼날, 비명. 계단으로 흘러내리는 피를 따라갔다. 아래로, 계속 아래로, 계단을 따라 스티가 성 아래로.

공격해오던 병사가 피투성이의 계단을 밟고 미끄러져 두 사람의 발아래로 납작하게 자빠졌다. 그는 양손으로 머리를 감싸 쥐고 자비를 구했다. 둘은 쳐다보지도 않고 옆으로 지나쳤다.

세 번째 층계참에 이르렀을 때는 아무도 그들의 길을 막으려고 하지 않았다.

"활을 쏴라! 석궁을 가져와! 보레아스 문이 석궁을 가져온다고 했는데! 대체 어디 있는 거야?"

스테펜 스켈렌이 밑에서 고래고래 소리를 질렀다.

올빼미는 알 리 없었지만 보레아스 문은 이미 꽤나 멀리 와 있었다. 동쪽을 향해, 말갈기에 머리를 바싹 붙인 채로 말의 힘이 닿는 한 최대한 빠른 속도로 달리고 있었다.

활과 석궁을 가져오라고 보낸 자들 중에 돌아온 이는 단 한 명뿐이었다.

활을 쏘기로 마음먹은 그 단 한 명은 손이 떨리고 있었고 마약에 찌들어 눈에는 눈물이 고여 있었다. 첫 번째 화살은 난간을 간신히 스치기만 했다. 두 번째 화살은 아예 계단에 맞지도 않았다.

"더 높이! 이 멍청한 놈! 더 높이 쏘라고! 더 가까이서 쏴!"

올빼미가 고함을 질렀다.

석궁을 든 병사는 들리지 않는 척했다. 스켈렌은 한참 동안 욕설을 내뱉더니 병사에게서 석궁을 빼앗아 들고 계단으로 달려가 한쪽 무릎을 꿇고 석궁을 겨누었다. 게롤트는 자신의 몸으로 시리를 가렸다. 하지만 시리는 번개처럼 앞으로 나와 석궁이 당겨지는 소리가 나자마자 이미 준비를 하고 있었다. 칼날 위쪽의 한 뼘 정도를 이용해 화살을 쳐내고는 화살이 바닥에 떨어지기도 전에 우아하고 유연하게 빙그르르 몸을 돌렸다. 그 모습을 지켜보던 게롤트가 말했다.

"아주 좋군, 아주 좋아, 시리. 한 번만 더 그런 짓을 했다가는 나한테 맞을 줄 알아라."

스테판 스켈렌은 석궁을 내려놓았다. 그러다 문득 자신이 혼자라는 사실을 깨달았다.

그의 부하들 모두가 아래층에 모여 한곳에 있었다. 그 누구도 계단으로 올라갈 엄두를 못 내고 있었다. 수가 약간 줄어든 것 같기도 했다. 몇 명이 어디론가 가버린 모양이었다. 분명히 석궁을 가지러 갔겠지.

두 명의 위쳐, 게롤트와 시리는 차분하게, 전혀 서두르지 않고, 발걸음을 재촉하지도 않고, 피로 흥건한 스티가 성의 계단을 따라 아래로 내려갔다. 서로 바싹 붙어서 어깨를 나란히 하고 함께 내려갔다. 재빠른 칼날의 움직임으로 적들을 꼼짝하지 못하게 만들고 혼란을 일으키면서.

스테판 스켈렌은 뒤로 물러났다. 그는 더 이상 물러나는 데 망설이지 않았다. 맨 아래층, 자신의 부하들이 모여 있는 곳에 다다르자 이번에는 자신도 부하들도 모두 다 같이 뒷걸음질 치고 있다는 사실을 깨달았다. 그는 어쩔 수 없이 욕설만 내뱉었다.

"얘들아! 용기를 내라! 저들을 해치워라! 모두 다! 돌격, 나를 따르라!"

스테판 스켈렌이 소리를 질렀으나 목소리는 잔뜩 갈라지고 쉬어 있었다.

"혼자 가시죠."

누군가 마약을 코에 가져다 대며 퉁명스럽게 쏘아붙였다. 스테판 스켈렌이 주먹으로 그를 치자, 하얀 가루가 얼굴과 소매, 겉옷의 앞섶에 떨어졌다.

두 명의 위쳐는 마지막 층계참에 이르렀다.

"여기 맨 아래까지 내려오면, 우리가 포위할 수 있다! 얘들아! 용기를 내라! 무기를 잡아!"

스켈렌은 지치지도 않는지 계속해서 소리를 질러댔다.

게롤트는 시리를 바라보았다. 그러다가 시리의 회색 머리카락 사이, 은색으로 빛나는 완전히 하얗게 센 머리카락들을 보고 게롤트는 화가 나서 소리를 지를 뻔했다. 하지만 참았다. 지금은 화를 낼 때가 아니었다.

"조심해라. 내 옆에 가까이 붙어."

게롤트가 먹먹한 목소리로 말했다.

"항상 붙어 있을 거예요."

"아래쪽은 힘들 거야."

"알아요. 하지만 우린 같이 있잖아요."

"같이 있지."

"나도 같이 있어."

예니퍼가 피로 새빨갛게 물들어 번들거리는 계단을 두 사람 뒤에서 따라 내려오며 말했다.

"모여라! 모여!"

올빼미는 여전히 소리를 지르고 있었다.

석궁을 가지러 간 몇몇이 돌아왔다. 하지만 석궁은 들고 오지 않았다. 공포에 질린 것이 분명했다.

아래쪽으로 계단을 따라 내려오던 세 명의 귀에 느닷없이 거대한 나무기둥으로 성문을 쳐서 여는 소리와 쿵쿵거리는 소리, 쇠붙이가 부딪치는 소리와 무거운 발자국 소리들이 들려왔다. 그러더니 모든 복도에서 검은 투구와 단단한 무장, 그리고 은빛 도마뱀의 문장이 수놓인 망토를 두른 군인들이 나타났다. 이들이 큰 소리로 고함을 치자 스켈렌의 부하들은 쩔렁거리는 소리와 함께 한 명씩 무기를 바닥에 내려놓았다. 아직 마음을 정하지 못한 이들에게는 석궁과 날이 넓은 칼, 곰 사냥에서나 쓸 법한 창을 겨누며 더 큰 고함 소리로 무기를 버리라고 재촉했다. 이제 모두들 검은 군인들이 누군가를 끝장내려고 한다는 것을, 그저 구실만 찾고 있다는 것을 알 수 있었다. 올빼미는 기둥 아래 서서 양손을 가슴 위에 교차시켰다.

"기적의 지원군인가?"

시리가 중얼거리자 게롤트는 아니라는 듯 고개를 저었다.

석궁과 무기들은 시리와 게롤트, 예니퍼를 향해서도 겨냥하고 있었다.

"글레디반 보르트!"

저항은 아무 의미가 없었다. 검은 군인들은 마치 개미처럼 빽빽하게 아래층으로 몰려들고 있었고, 시리도, 게롤트도, 올빼미의 부하들도 모두들 너무나 지쳐 있었다. 하지만 시리와 게롤트는 칼을 던지지는 않았다. 둘은 차분하게 들고 있던 칼을 계단 위에 올려놓았다. 그리고 자리에 앉았다. 게롤트는 시리의 따뜻한 팔을 느끼며 시리의 숨소리를 듣고 있었다.

위에서 검은 군인들에게 아무 무기도 들지 않은 손을 보여주며, 시체와 피 웅덩이를 피해 예니퍼가 내려왔다. 예니퍼는 힘겹게 시리와 게롤트 옆에 앉았다. 게롤트는 다른 쪽 팔에서도 온기를 느꼈다. 항상 이렇게 살 수만 있다면 얼마나 좋을까, 게롤트는 생각했다. 그럴 수 없다는 것을 알면서도.

올빼미의 부하들은 묶인 채로 한 명씩 끌려 나갔다. 은색 도마뱀이 그려진 망토를 입은 검은 군사들은 점점 더 많아졌다. 갑자기 그들 사이로 하얀 깃 장식과 무기의 은장식으로 보아 신분이 높은 듯한 장교들이 나타났다. 다른 병사들이 그들을 대하는 존경 어린 태도만으로도 신분을 짐작할 수 있었다.

장교들 가운데서도 특히 은으로 화려하게 장식된 투구를 쓴 한 명에게는 유독 더 깍듯하게 대하며 길을 내어주고 절을 하기도 했다.

바로 그자가 기둥 아래 서 있는 스테판 스켈렌 앞에 멈춰 섰다. 흔들리는 횃불과 쇠로 된 받침대에서 태워지는 그림 액자의 흐린 빛만으로도 올빼미의 얼굴이 백지장처럼 창백해졌다는 걸 알 수 있었다.

"스테판 스켈렌, 법정에 회부한다. 배반과 배역에 합당한 벌을 받게 될 것이다."

장교가 넓은 홀의 천장까지 쩌렁쩌렁 울리는 목소리로 말했다.

올빼미도 끌려갔지만, 다른 병사들처럼 손을 묶지는 않았다.

장교는 절도 있게 돌아섰다. 위쪽에 걸린 태피스트리에서 불타는 천 조각이 떨어져 나와 커다란 불새처럼 빙글빙글 돌며 떨어져 내렸다. 그 불빛이 은으로 된 무기 장식과 검은 군인들이 쓰고 있는 이빨 모양으로 뺨까지 올라가 있는 투구를 비추었다.

이제 우리 차례군, 게롤트가 생각했다. 짐작은 틀리지 않았다.

장교는 시리를 바라보았고 투구 사이로 타오르는 그의 눈은 모든 것을 보고, 모든 것을 기억하는 것 같았다. 창백한 얼굴, 뺨의 상처, 소매와 손에 묻은 피, 회색 머리 사이로 보이는 하얗게 센 머리카락.

닐프가드 장교는 게롤트를 바라보았다.

"빌게포츠는?"

여전히 울리는 목소리로 물었다. 게롤트는 고개를 저었다.

"카히르 엡 셀락은?"

게롤트는 그 물음에도 고개를 저었다.

"학살이군, 피에 젖은 학살. 하지만 칼을 늘고 싸우는 자라면…… 사형집행인의 수고를 덜어주는 것이지. 먼 길을 왔군, 위쳐."

닐프가드 장교는 계단을 바라보며 말했다.

게롤트는 아무 말도 하지 않았다. 시리는 큰 소리로 코를 훌쩍이고는 손목으로 코를 닦았다. 예니퍼가 엄한 눈길로 시리를 쏘아보았다. 닐프가드 장교가 그것을 보고 웃었다.

"먼 길을 왔군, 세상의 끝에서 여기까지. 이 아이를 쫓아서, 그리고 이 아이를 위해서. 그거 하나만으로도 뭔가 보답을 해야겠군. 드 리도!"

"네, 하명하십시오, 황제 폐하."

게롤트는 놀라지 않았다.

"여기 누구의 방해도 받지 않고 리비아의 게롤트와 이야기를 나눌 수 있는 방을 준비해주게. 두 여성분들은 최대한 편히 모시고. 당연한 말이지만, 세심하고 물샐틈없는 호위도 필요하겠지."

"네, 황제 폐하."

"게롤트, 날 따라오시오."

게롤트는 자리에서 일어났다. 예니퍼와 시리를 바라보는 그의 눈에는 안심하라는 당부와 바보 같은 짓은 하지 말라는 경고가 담겨 있었다. 하지만 그럴 필요는 없었다. 두 명 다 너무 지쳐 있었고, 이미 다 내려놓은 듯 보였다.

"먼 길을 왔군."

투구를 벗으며 에미르 바 엠레이스, 데이스웬 아단 인 카른 엡 모르부드, 적들의 무덤에서 춤추는 백색 불꽃이 말했다.

"글쎄. 듀니, 당신이 더 먼 길을 온 것 같은데."

게롤트의 평온한 목소리에 황제가 웃으며 말했다.

"날 알아보았군. 턱수염도 없고 행동도 달라져서 완전히 다른 사람이 되었다고들 하던데. 신트라에서 날 보았던 이들이 후에 닐프가드로 와 접견 시간에 날 만난 적이 있지. 하지만 누구도 날 알아보지 못했어. 하지만 당신은 날 딱 한 번밖에 본 적이 없고, 그것도 16년 전인데. 내가 그렇게 당신 기억 속에 남았나?"

"나도 못 알아볼 뻔했지. 많이 변한 건 맞아. 단지, 당신이 누구인지 짐작할 수 있었던 것뿐이지. 사실은 이미 그 전부터 짐작은 하고 있었어. 다른 이의 도움이나 단서 없이도 시리의 집안에서 근친상간이 어떤 역할을 했는지 짐작할 수 있었지. 시리의 혈통에서 말이야. 그런 끔찍한 악몽 중에서, 가능한 모든 종류의 근친상간 중 가장 끔찍하고 가장 흉악한 경우를 목도하게 된 거야. 그래, 그게 바로 당신이지."

"제대로 서 있지도 못하면서 건방진 말을 하느라 몸이 더 휘청거리는군. 황제 앞이지만 앉아도 좋아. 그 특권을…… 당신에겐 평생 허락할 테니."

에미르가 차갑게 말했다.

게롤트는 안도하며 자리에 앉았다. 에미르는 조각된 장에 몸을 기댄 채 서 있었다.

"내 딸의 목숨을 구했어, 몇 번이나. 고맙네. 내 이름과 우리 후손들의 이름을 걸고."

에미르가 말했다.

"나의 경계를 늦추려는 심산이로군."

에미르는 비아냥거리는 게롤트의 말에도 아랑곳하지 않고 말했다.

"시릴라는 닐프가드로 갈 거야. 적당한 시기에 황후가 되겠지. 수십 명의 공주들이 해왔던 것과 똑같은 방식으로 말이야. 사기 남편에 대해 전혀 모르는 채로 말이지. 첫인상만으로 짐작 같은 건 안 하는 편이 더 나을 때가 많지. 부부가 되어 처음 보내게 되는 며칠 동안의 낮과…… 밤이 지나면 서로 실망하고 뭐 그러면서 시릴라도 남들이 갔던 길을 가는 거야."

게롤트는 아무 말도 하지 않고 묵묵히 듣고만 있었다. 황제는 말을 이었다.

"시릴라는 내가 말한 대부분의 공주들처럼 행복할 거야. 그건 시간이 해결해줄 테니까. 나는 시릴라에게 사랑 같은 감정을 요구하지는 않을 거야. 그 대신 시릴라는 모든 사랑을 나와의 사이에서 태어난 아들에게 쏟아붓겠지. 황태자, 그리고 나중엔 황제가 될 그 아이에게. 아들을 낳을 황제, 그 아들이 세상의 주인이 되고 이 세상을 멸망으로부터 구하게 될 거야. 예언은 그렇게 말하고 있지, 정확한 내용은 나만 알고 있지만. 물론, 시릴라는 내가 누구인지, 나와 그 아이가 어떤 관계인지 절대로 알지 못할 거야. 그 비밀은 죽었으니까, 그 비밀을 알고 있는 자들과 함께."

"당연하지. 이보다 더 명확할 수는 없군."

게롤트가 고개를 끄떡였다.

잠시 침묵이 흐른 후 에미르가 말했다.

"그걸 모르진 않았을 텐데. 이 모든 것 안에 운명의 손길이 있었다는 것을. 이 모든 것, 즉 당신의 행동에도. 처음부터 말이야."

"내가 생각하는 건 오히려 빌게포츠의 손길이야. 당신을 신트라로 인도한 건 빌게포츠 아닌가? 당신이 저주에 걸린 고슴도치였을 때? 그가…… 파베타가……."

"안개 속을 헤매고 있군."

에미르가 어깨에서 도마뱀 문양이 그려진 망토를 끌어내리며 화를 내더니 말을 잘랐다.

"당신은 아무것도 몰라. 알 필요도 없고. 내 인생 이야기나 하려고 당신을 이곳에 부른 건 아니야. 당신 앞에서 변명하려고 부른 것도 아니고. 당신이 받아야 할 대가는, 애를 해치지는 않겠노라는 약속 정도야. 난 당신한테 어떤 빚도 없어. 아무런……."

"있어!"

게롤트 역시 화를 내며 에미르의 말을 잘랐다

"이미 맺었던 약속을 어겼잖아! 약속을 거짓말로 만들었어. 그게 빚이야, 듀니. 왕자였을 때의 맹세를 깼으니 이제 황제로서 빚이 있는 거라고. 황제의 이자까지 쳐서, 10년 치의 빚 말이야!"

"겨우 그것만인가?"

"겨우 그것만. 왜냐하면 내가 받아야 할 빚도 딱 그것뿐이니까. 하지만 그보다 덜 받는 건 안 돼! 그 약속은 분명, 아이가 여섯 살이 지나면 내가 아이를 데리러 오는 거였지. 당신은 그 시간을 기다리지 않았어. 그 기한이 지나기 전에, 아이를 나에게서 훔쳐가려고 한 거야. 하지만 당신이 계속해서 말하는 그 운명이, 당신을 비웃은 거라고. 그 후 10년 동안 그 운명과 싸우려고 노력해왔지. 그리고 이제 시리를, 당신의 딸을 손에 넣었어. 시리에게서 이전에는 부당하고도 간악하게 부모를 빼앗고, 지금은 부당하고도 간악하게 근친상간의 자식을 얻으려고 하지. 시리의 사랑을 요구하지는 않겠다고? 그건 당연한 거야, 당신은 시리의 사랑을 받을 자격이 없어. 우리끼리의 얘기지만, 어떻게 당신이 그 애의 눈을 똑바로 바라볼 수 있는지 이해가 되지 않아."

"목적이 수단을 정당화하니까. 내가 하는 이 모든 일은 전부 다 후손을 위한 거야. 이 세상을 구하기 위해서."

에미르가 낮은 목소리로 말했다.

"그런 방법으로 이 세상이 구해진다면, 그딴 세상 따위 그냥 멸망해버리라고 해. 내 말을 믿어, 듀니, 차라리 멸망하는 게 낫다니까."

게롤트는 고개를 꼿꼿하게 들었다.

"얼굴이 창백하군. 그렇게 흥분하지 마, 기절할 수도 있으니까."

에미르 바 엠레이스가 친절하게 들리는 말투로 말했다. 그는 기대선 장에서 걸음을 옮겨 의자를 당겨 앉았다. 게롤트는 사실 머릿속이 빙빙 돌고 있었다.

"철의 고슴도치."

황제는 차분하고 낮은 목소리로 이야기를 시작했다.

"마법으로 날 고슴도치로 변하게 해서 내 아버지를 왕위 찬탈자와 협력하게 만들려고 했던 거야. 그건 무력으로 정권을 빼앗은 이후의 일이었어. 아버지는 왕위에서 내려와 감옥에 갇혀 고문을 당했지. 하지만 뜻을 굽히지 않자 다른 방법을 찾아야만 했어. 아버지의 눈앞에서 왕위 찬탈자가 데려온 마법사가 나를 괴물로 만들었지. 마법사는 심지어 자기 마음대로 창의력을 발휘하기까지 했어. 유머라고 해야 할까. 에이미르는 우리말로 '고슴도치'지.

아버지는 그래도 뜻을 굽히지 않았고 결국은 살해당했어. 나를 조롱하고 박해하다가 숲에 놓아주고는 개들을 풀었지. 목숨은 구했어. 개들이 끝까지 쫓아오지는 않았거든. 아니면 마법사가 자기 일을 제대로 못했다는 사실을 몰랐을지도 모르고. 왜냐하면 밤이 되면 난 다시 사람의 모습으로 돌아올 수 있었으니까. 다행히 나는 충성심을 의심하지 않아도 될 만한 사람들을 좀 알고 있었어. 그리고 한 가지 덧붙이자면 그때 난 열세 살이었지.

난 조국을 떠나야만 했어. 그리고 마법을 풀기 위해서 북쪽으로 가야 했고, 마르나달 계단이라는 곳 아래, 정신이 좀 이상한 자르티시우스라는 점성술사가 있었는데, 그가 별들의 움직임을 읽어주었지. 내가 황제가 된 후에 보답으로 그에게 탑과 천문 기구를 선물로 줬어. 그때만 해도 남의 기구를 빌려서 연구했거든.

신트라에서 일어난 사건에 대해서는 당신도 잘 알고 있으니 그 얘기를 더 하는 건 시간 낭비고. 하지만 그 사건과 빌게포츠가 연관이 있었다는 건 부정하는 바야. 첫째로 난 당시에 빌게포츠를 알지도 못했어. 둘째로 난 마법사들을 원체 싫어해, 아주. 지금도 좋아하지 않는다고. 아, 생각난 김에 말하자면 내가 황제가 되고 나서, 왕위 찬탈자에게 협력해 나를 아버지의 눈앞에서 괴물로 만든 그 마법사를 혼내줬지. 나 역시 유머 감각을 좀 발휘했어. 마법사의 이름은 브라덴스였는데, 우리말에서 '튀김'과 발음이 비슷하거든.

아무튼 본론으로 다시 돌아오자면, 빌게포츠는 시리가 태어난 후에 신트라로 찾아와 나를 비밀리에 방문했지. 닐프가드에 있으면서 여전히 나에게 충성을 다하고 왕위 찬탈자에 대한 계략을 꾸미던 사람들의 소개를 받고 온 거야. 나를 돕겠다고 하더군. 빌게포츠는 자신이 도울 능력이 있다는 것도 증명해 보였어. 그럼에도 그를 믿을 수 없었던 나는 도대체 무슨 동기로 날 도우려 하는 것이지를 물었지. 그랬더니 조금도 돌려 말하지 않고, 자기도 받고 싶은 것이 있다고 하더군. 위대한 닐프가드의 황제, 그러니까 내가 그에게 베풀 은혜와 특권, 권력을 원한다는 거였지. 이 세상의 반을 지배할 강력한 권력자, 그리고 후손을 낳게 되면 이 세상 전체를 지배하게 되겠지. 빌게포츠가 망설임 없이 말하길, 그런 위대한 지배자들 옆에서 자기도 크게 되고 싶다고 하더군. 그러고는 뱀가죽으로 쌓인 옛날 두루마리 문서를 펼쳐 들더니 자세히 읽어보라고 했어.

그렇게 나는 예언을 알게 되었지. 이 세상과 우주의 운명에 대해서도. 내가 무엇을 해야 하는지도. 그리고 목적이 수단을 정당화한다는 결론에 이르렀던 거야."

"당연히 그러시겠지."

게롤트의 비꼬는 어조에도 에미르는 모른 척하며 이야기를 이어갔다.

"닐프가드에서는 여러 사정들이 나에게 점점 유리하게 돌아가고 있었어. 나를 지지하는 지하 세력이 점점 더 영향력을 키워가다가 결국에는 일선 장교들과 사관생도들을 모아 쿠데타를 결심했지. 하지만 그 계획에는 아무래도 내가 필요했어. 내 자신 말이지. 황국의 왕관과 옥좌의 계승자, 엠레이스 가문의 엠레이스가 필요했던 거야. 난 그 혁명의 깃발 같은 존재가 되어야 했지. 우리끼리 하는 말이지만, 혁명 세력 중 상당수는 내가 깃발 이상의 존재가 되는 것을 원치 않았어. 아직까지 살아 있는 자들 중 대다수가 이 사실에 여전히 절망하고 있지.

하지만 그런 얘기는 그만하도록 하고, 난 집으로 돌아가야만 했어. 시간이 된 거야. 메츠트의 왕자라고 했던 듀니, 신트라의 하찮은 공작이 자신의 혈통에 대해 깨달은 거지. 그러나 내가 예언을 잊었던 건 아니야. 난 시리와 함께 돌아가야 했어. 그런데 칼란테는 아주 주의해서, 내가 뭘 하고 돌아다니는지 신경 쓰고 있었지."

"칼란테 여왕은 당신을 절대로 믿지 않았어."

"알고 있어. 내 생각에는 그 예언에 대해 뭔가 알고 있었던 것 같아. 그리고 아마 날 막을 수만 있다면 무슨 짓이라도 했을 거야. 신트라에서 난 어쩔 수 없이 칼란테의 세력 안에 있었지. 확실한 건, 난 닐프가드로 돌아가야만 한다는 거였어. 하지만 누구도 내가 듀니라는 사실을 알지 못하도록, 그리고 시리가 내 딸이라는 사실을 알지 못하도록 조치를 취해야만 했지. 그 방법은 빌게포츠가 제안했어. 듀니와 파베타, 그리고 그들의 자식이 모두 죽는 것, 그 어떤 흔적도 남기지 않고 사라지는 것."

"연출된 배 침몰 사건으로 말인가?"

"그렇지. 스켈리게에서 신트라로 가는 항로, 세드나 협곡에서 빌게포츠는 배를 마법의 힘으로 빨아들이기로 했어. 나와 파베타, 시리는 특별히 제작된 안전 선실에 들어가서 살아남는다는 계획이었지. 하지만 뱃사람들은……."

"죽어줘야 했겠지. 그리고 그 지점부터 당신은 시체들을 넘어오기 시작했어."

게롤트가 말했다.

에미르 바 엠레이스는 잠시 동안 아무 말도 하지 않았다.

"사실을 말하자면, 그보다 더 일찍 시작되었지."

다시 말을 꺼낸 에미르의 목소리는 먹먹했다.

"좋지 않게 말이야. 그건 바로 시리가 배 안에 없다는 것을 알게 된 순간이었지."

게롤트의 눈썹이 꿈틀거렸지만, 황제의 얼굴에는 아무런 감정도 드러나지 않았다.

"좋지 않게도 난 계획을 세우면서 파베타는 고려하지도 않았어. 항상 눈을 내리깔고 있었던 우수에 잠긴 여자, 파베타는 날 들여다보고 있었고 내계획을 알고 있었던 거야. 닻을 올리기도 전에 아이를 몰래 육지로 보내버린 거지. 난 미치광이처럼 날뛰었고, 파베타 역시 그랬지. 히스테리 발작을 일으켰어. 배가 마구 흔들리는 와중에…… 뱃전을 넘어가 버리고 말았지. 내가 뒤를 따라가기도 전에, 빌게포츠가 자신의 그 마법 깔때기로 배를 빨아들이고 말았어. 난 무언가에 머리를 부딪쳐 정신을 잃었고. 살아난 건 기적이었어, 줄에 칭칭 얽혀서 말이지. 깨어났을 땐 온몸이 붕대로 감겨 있더군. 팔도 부러지고……."

"궁금하군, 자신의 아내를 죽인 자의 기분은 어떨지."

"끔찍해."

에미르는 지체 없이 대답했다.

"끔찍하고 빌어먹을 만큼 기분이 나빴지. 내가 파베타를 한 번도 사랑한 적이 없다는 사실도 전혀 도움이 되지 않았어. 목적이 수단을 정당화하니까. 그래도 난 파베타가 죽은 게 정말 유감이었어. 그럴 생각도 없었고, 그럴 계획도 아니었으니까. 파베타의 죽음은 사고였어."

"거짓말을 하는군. 황제가 뭐 하러 거짓말까지 하는 걸까. 파베타는 살아남을 수 없었어. 살았더라면 당신의 계획을 폭로했겠지. 그리고 시리에게 하려는 짓을 절대로 용납하지 않았을 거야."

게롤트가 건조하게 말했다.

"살았더라면 어딘가…… 먼 곳에서 살았을 거야. 성은 많으니까…… 다른 로완만 해도…… 난 파베타를 죽일 수는 없었을 거야."

"수단을 정당화하는 목적이 코앞에 있는데도?"

"언제나 그런 건 있어, 조금이나마 부드러운 수단 말이야. 그런 부드러운 수단들도 있기 마련이라고. 그런 건 언제나 많아."

"언제나는 아니지."

게롤트가 에미르의 눈을 똑바로 바라보며 말했다. 에미르는 게롤트의 시선을 피했다.

"그게 내가 생각하던 바야. 이야기를 계속해. 시간이 자꾸 가니까."

게롤트가 고개를 끄떡이며 이야기를 재촉했다.

"칼란테는 어린 시리를 자기 눈동자처럼 끔찍하게 아꼈지. 시리를 납치하는 건, 꿈에도 상상할 수 없는 일이었어…… 나와 빌게포츠와의 관계도 냉담해졌고, 난 원래 마법사들을 워낙 싫어했고…… 그러다가 군인들과 귀족들이 나에게 신트라를 공격하도록 종용한 거야. 그들의 말에 따르면 국민이 원한다, 국민은 더 넓은 영토를 갈망하고 있다, 라는 거였어. 국민의 목소리를 따르는 것이 곧 내가 황제로서의 자질을 입증해 보이는 중요한 기회라고 한 거지. 그래서 난 두 가지 빵을 오븐 한 판에 구울 결심을 했어. 한 판에 신트라와 시리를 모두 가지는 것 말이야. 그 뒤의 이야기는 당신도 이미 잘 알고 있을 거야."

에미르의 말에 게롤트가 고개를 끄떡였다.

"알아. 이야기를 해줘서 고맙군, 듀니. 나에게 시간을 내준 것에 대해 감사하게 생각해. 하지만 더 이상은 힘들 것 같아. 난 너무 피곤하거든. 세상의 끝에서부터 나와 함께해줬던 친구들이 죽는 것을 보았어. 당신의 딸을 구하려고 온 거지. 알지도 못하는 사람인데. 카히르를 제외하고는 아무도 시리를 몰랐어. 그래도 시리를 구하려고 온 거야. 왜냐하면 그들은 제대로 된 사람들이고, 고귀한 존재들이었기 때문이야. 그렇지만 어떻게 됐지? 죽었어. 내 생각에는 말이지, 그건 정말 공평치 못해. 내 의견을 묻는다면, 난 절대로 동의하지 못할 거야. 당신이 늘어놓는 이야기 따위 모두 헛소리야. 그런 제대로 된 자들은 죽고, 악당들은 살아남아서 자기 하고 싶은 대로 하면서 살다니. 난 이제 힘이 없어, 황제. 사람들을 불러."

"위쳐……."

"비밀은 그 비밀을 아는 이들과 함께 죽어야 하지. 그렇게 말했잖아. 다른 출구는 없어. 다른 출구가 여러 개 있는 것처럼 말하는 건 거짓이야. 당신이 날 어떤 감옥에 가둬놔도 난 반드시 도망칠 거야. 그리고 당신에게서 시리를 되찾겠지. 시리를 되찾기 위해서라면 내가 치르지 못할 대가는 없어. 그건 당신도 잘 알고 있겠지."

"잘 알고 있어."

"예니퍼는 그냥 놔둬. 예니퍼는 이 비밀에 대해서는 모르니까."

"예니퍼도 시리를 되찾기 위해서라면 어떤 대가라도 치를 사람이지. 그리고 당신의 죽음을 복수하기 위해서라면 역시나 어떤 대가든 치를 테고."

게롤트가 다시 한 번 고개를 끄떡였다.

"사실이야. 예니퍼가 시리를 얼마나 사랑하는지 잊고 있었군. 듀니, 당신 말이 맞아. 할 수 없지, 운명 앞에서 도망칠 수는 없으니까. 부탁이 있어."

"말해."

"두 사람과 작별 인사를 하게 해줘. 그런 후에 당신 마음대로 해."

에미르는 창가에 서서 산꼭대기를 바라보았다.

"그 부탁을 거절할 수는 없군, 하지만……."

"걱정 마. 시리에겐 아무 말도 하지 않을 테니까. 당신이 누군지 말하는 건 시리를 해치는 일이야. 난 시리를 해칠 수 없어."

에미르는 오랫동안 침묵했다. 그는 등을 돌린 채 창밖을 바라볼 뿐이었다. 마침내 에미르가 게롤트를 향해 돌아섰다.

"진심으로 하는 말이지만, 난 당신에게 빚이 있다고 할 수 있지. 그러니 빚을 갚는 셈 치고, 내 제안을 들어봐. 옛날에, 아주 먼 옛날에 사람들에게 아직 명예와 자존심, 고귀함이 있었을 때, 그리고 자신의 약속을 소중히 생각하고 오로지 치욕만을 두려워했던 그 옛날에, 명예를 소중히 하는 자가 사형선고를 받으면, 사형집행인의 더러운 손을 피하기 위해 뜨거운 물이 담긴 욕조로 들어가 스스로 동맥을 잘랐지. 혹시 그런……."

"욕조에 물을 채우라고 해."

"혹시…… 예니퍼가 그 목욕을 같이 하자고 할까?"

황제가 차분히 물었다.

"거의 확실히. 하지만 물어봐야 해. 자기주장이 강한 사람이니까."

"알아."

예니퍼는 바로 동의했다.

"동그라미의 끝이 드디어 잠긴 거야. 우로보로스의 뱀이 자신의 꼬리를 문 거라고."

예니퍼는 자신의 손목을 바라보며 말했다.

"이해가 안 가요! 왜 내가 저 사람이랑 같이 가야 해요? 어디로? 왜?"

시리는 화가 난 고양이처럼 씩씩거렸다.

"딸아, 바로 그게 너의 운명이기 때문이야. 다르게 될 수는 없다는 걸 이해해야 해."

예니퍼가 부드럽게 말했다.

"그럼 선생님과 게롤트는?"

예니퍼가 게롤트를 바라보고는 다시 시리를 바라봤다.

"우리에게는 우리의 운명이 기다리고 있지. 그렇게 될 수밖에 없는 운명 말이다. 이리 와, 딸아. 날 꼭 껴안아주렴."

"저 사람이 죽으려고 하는 거죠? 그렇게는 안 돼! 이제야, 이제야 만났는데! 그럴 수는 없어요!"

"칼을 가지고 싸우는 자는 칼로 죽게 되어 있지. 나와 싸웠고, 졌어. 하지만 명예롭게 졌지."

에미르 바 엠레이스가 먹먹한 목소리로 말했다.

시리는 세 발짝 앞에 서 있었고, 게롤트는 소리 없이 깊이 숨을 들이마셨다. 예니퍼의 한숨을 들은 것이다. 젠장, 게롤트는 생각했다. 너무 뻔히 다 보이잖아! 저 검은 군대 전체가 다 보고 있는데, 대체 그 비밀을 어떻게 숨길 수 있다는 거야? 똑같은 자세, 이글이글 타는 듯한 똑같은 저 눈, 똑같이 찡그리는 저 입술, 가슴에 똑같이 교차시킨 양팔까지…… 다행히, 정말 다행히도 회색 머리는 엄마에게서 물려받았다. 하지만 유심히 보기만 한다면, 누구의 혈통인지…….

"당신이 이겼군요. 하지만 정말 명예롭게 이긴 건가요?"

시리는 이글이글 타오르는 눈으로 에미르를 바라보며 말했다.

에미르 바 엠레이스는 대답하지 않았다. 그저 시리를 만족스러운 시선으로 바라보며 미소를 지을 뿐이었다. 시리는 이를 악물었다.

"얼마나 많은 사람들이 죽었는데, 이 난리에 얼마나 많은 사람들이! 그들은 명예롭게 진 건가요? 죽음이 명예로운가요? 짐승이나 그렇게 생각하겠죠. 난 당장 죽는다고 해도, 날 짐승으로 만들 수는 없어요, 절대로."

에미르는 대답하지 않았다. 그저 시리를 바라볼 뿐이었다. 이글이글 타오르는 눈이 이글이글 타오르는 눈을.

"당신이 무슨 계략을 꾸미는지 알아요. 날 어떻게 하려는지도! 미리 말하는데, 절대 못하게 할 거야. 만약 날…… 만약 날…… 그랬다간 죽여버릴 거야. 묶어놔도 소용없어! 잠들면 목을 물어서 따버릴 테니까."

시리는 씩씩거렸다.

황제는 주위를 둘러싼 장교들이 웅성거리는 것을 손짓으로 막았다.

"운명이 정한 바가 이루어지는 것이지. 친구들과 작별 인사를 해, 시릴라 피오나 엘렌 리아논."

황제는 시리에게서 시선을 떼지 않고 말했다.

시리가 게롤트를 바라보았다. 게롤트는 머리를 가로저었고, 시리는 한숨을 쉬었다.

예니퍼와 끌어안은 채 둘은 오랫동안 무언가를 속삭였다. 그리고 시리는 게롤트 곁으로 왔다.

"좋지 않네요. 이제 다 잘될 것 같았는데."

시리가 작은 목소리로 말했다.

"이보다는 훨씬 잘될 줄 알았지."

게롤트도 동의했다.

둘은 껴안았다.

"용감해야 한다."

"저자는 날 가지지 못할 거예요. 걱정 말아요. 난 도망칠 거야. 방법이 있어요……."

시리가 조그맣게 속삭였다.

"그를 죽여선 안 돼, 시리. 기억해라, 그를 죽이면 안 돼."

"걱정 마요. 죽일 생각은 없어요. 게롤트, 죽이는 건 이제 지긋지긋해요. 너무 많이 죽고 죽였어요."

"너무 많았지. 잘 가거라, 위쳐 여자아이야."

"잘 가요, 위쳐."

"울면 안 돼."

"말은 참 쉽네요."

닐프가드의 황제, 에미르 바 엠레이스는 예니퍼와 게롤트를 욕실까지 배웅했다. 하얀 김으로 가득 차고 향기로운 냄새를 풍기는 거대한 대리석 욕조 앞까지.

"잘 가게. 서두를 필요는 없어. 난 떠나지만 이곳에 사람들을 남겨두겠네. 내가 지시를 해두고 가지. 준비가 되면, 불러. 그러면 중위가 칼을 건네줄 거야. 다시 말하지만, 서두를 필요는 전혀 없어."

에미르의 말에 예니퍼가 고개를 끄떡였다.

"친절에 감사드려요. 그런데 폐하?"

"말해보시오."

"제발, 할 수 있는 한, 내 딸을 해치지 말아주세요. 시리가 울고 있는 모습을 생각하면서 죽고 싶지는 않아요."

에미르는 오랫동안 아무 말도 하지 않았다. 꽤 오랫동안. 그는 창틀에 몸을 기대고 있었다. 그의 시선은 다른 곳을 바라보고 있었다. 에미르가 마침내 입을 열었을 때, 그의 얼굴 표정은 어딘가 이상했다.

"예니퍼 씨, 확신을 가져도 될 거요. 당신과 위처 게롤트의 딸을 내가 해치지 않으리라는 것을. 나는 적들의 무덤 앞에서 춤을 추고 사람들의 시체를 밟아왔소. 그리고 난 무엇이든 할 수 있다고 생각했고. 하지만 당신이 지금 불안해하는 그런 건, 난 못할 것 같소. 이제는 분명히 알겠군. 이 모든 게 당신들 덕이라는 것을. 잘 가시오."

에미르는 조용히 문을 닫고 나갔다. 게롤트는 한숨을 쉬었다.

"옷을 벗을까? 이 욕조에서 발가벗은 시체가 된 나를 꺼낸다고 생각하니 기분이 별로 좋진 않은데."

게롤트는 모락모락 김이 오르는 욕조를 바라보았다.

"그거 알아, 게롤트? 내가 어떤 모습으로 꺼내지건 난 아무 상관없어. 이게 내 마지막 목욕이라고 하더라도, 난 옷 입은 채로 목욕은 못 해."

예니퍼는 슬리퍼를 벗고 빠른 손길로 원피스의 단추를 풀었다. 블라우스를 머리 위로 벗고는 힘차게 물을 튀기며 욕조로 들어갔다.

"게롤트? 왜 그렇게 꼼짝도 안 하고 서 있어?"

"당신이 얼마나 아름다운지 잊어버리고 있었네."

"당신은 원래 잘 잊어버리잖아. 자, 들어와."

게롤트가 예니퍼 옆에 앉자마자 예니퍼는 게롤트의 목을 자신의 팔로 감쌌다. 게롤트는 예니퍼에게 키스를 하고 허리를 쓰다듬었다. 물 위에서, 그리고 물 아래에서.

"지금이 그걸 하기에 적당한 시간인가?"

게롤트의 물음에 예니퍼는 한 손을 물속으로 넣어 게롤트를 만지며 중얼거렸다.

"그걸 하는 건, 어떤 시간도 다 적당한 시간이야. 에미르가 두 번이나 서두르지 말라고 했잖아. 우리에게 주어진 마지막 순간을 어떻게 보내고 싶은데? 울고불고 후회하면서? 그건 명예롭지 않아. 양심의 가책을 되새기면서? 그건 유치하고 바보 같아."

"그걸 말한 게 아니야."

"그럼 뭘 말한 건데?"

"물이 식으면, 동맥을 자를 때 상당히 아플 거야."

게롤트는 예니퍼의 가슴을 어루만지며 중얼거렸다.

"쾌락 대신 고통의 대가를 치러도 나쁘지 않아. 고통이 두려워?"

예니퍼는 다른 손도 물속에 집어넣었다.

"아니."

"나도 아니야. 자, 욕조 가장자리에 앉아. 당신을 사랑하지만, 젠장, 물속으로 머리를 넣지는 않을 거라고."

"아아, 아우!"

예니퍼는 김으로 촉촉해진 머리카락이 욕조 위에서 작은 뱀들처럼 흐르도록 머리를 젖혔다.

"아아……."

"사랑해, 옌."

"사랑해, 게롤트."

"이제 시간이 됐어. 부르자."

"그래, 부르자."

칼을 건네줄 사람을 불렀다. 처음엔 게롤트가 불렀고, 그 다음엔 예니퍼가 불렀다. 아무런 대답이 없자 둘이 한목소리로 소리를 질렀다.

"이제 됐어! 준비가 됐다고! 그 칼 빨리 내놔! 이봐! 젠장! 물 식어!"

"그럼 물에서 나와요. 다들 가버렸으니까."

시리가 욕실 안을 들여다보며 말했다.

"뭐라고?"

"말했잖아요, 다들 가버렸다니까요. 우리 셋 말고 이곳엔 이제 아무도 없어요. 옷 입어요. 그렇게 다 벗고 있으니까 너무 웃기잖아요.”

옷을 입자 그제야 손이 떨리기 시작했다. 게롤트도, 예니퍼도 후크와 끈과 단추를 힘겹게 채웠다. 그러든지 말든지 시리는 계속 쫑알거렸다.

“가버렸어요. 그냥, 모두 다. 여기 사람이 얼마나 많았는데. 모두 함께 말을 타고 가버렸어요. 먼지가 얼마나 많이 났는지 몰라요.”

“아무도 안 남겨두고?”

“아무도.”

“알 수가 없군. 도대체 알 수가 없어.”

게롤트가 중얼거렸다.

“무슨 일이라도 있었니? 이 상황을 설명할 만한?”

예니퍼가 헛기침을 하며 묻자 시리가 얼른 대답했다.

“아니요, 아무 일도 없었어요.”

거짓말이었다.

처음엔 용감한 표정을 짓고 있었다. 몸을 꼿꼿이 펴고, 거만하게 쳐든 머리와 돌같이 굳은 표정으로 검은 기사들의 장갑 낀 손들을 밀어내고, 당당하고 도전적으로 위협적인 그들의 투구와 투구 가리개를 바라보았다. 이제 누구도 시리에게 손을 대지 않았다. 게다가 덩치가 엄청 크고 은으로 수놓인 옷을 입고서 백로의 깃털을 꽂은 장교가 고함을 지른 후에는 모두 얌전해졌다.

양쪽에서 호위를 받으며 출구 쪽으로 걸어 나갔다. 머리는 당당하게 치켜들고. 무거운 신발들이 바닥에 부딪치고, 사슬갑옷들은 쩔렁거리고, 무기들이 부딪치는 소리가 났다.

열 걸음 정도를 걸은 후에야 시리는 처음으로 주위를 둘러보았다. 그리고 다시 열 걸음을 더 걸은 후 한 번 더 둘러봤다. 이제 다시는 보지 못할 거야. 두렵고도 냉정한 확신이 어두운 생각 아래에서 타올랐다. 게롤트도, 예니퍼도 다시는.

그 생각에 다다르자 지금까지 가장하고 있던 용기의 가면이 단번에 벗겨졌다. 시리의 얼굴이 구겨지고 눈에는 눈물이 가득 고이면서 콧물이 줄줄 흘렀다. 시리는 온 힘을 다해 참으려고 했지만 어쩔 수가 없었다. 눈물의 파도가 위장과 가장의 댐을 무너뜨렸다.

도마뱀 무늬를 망토에 새긴 닐프가드인들은 조용히 시리를 바라보았다. 놀랐기 때문이다. 어떤 이들은 피투성이 계단에 서 있는 시리의 모습을, 또 어떤 이들은 황제와 이야기하는 시리의 모습을 목격했었다. 칼을 든 여자 위처, 지지 않는 여자 위처, 황제 앞에서도 거리낌 없이 대드는 그런 모습을. 그런데 지금 보고 있는 모습은 훌쩍훌쩍 눈물을 삼키는 어린아이였다.

시리도 그 사실을 알고 있었다. 그들의 시선이 시리를 불처럼 태우고, 바늘처럼 찔렀다. 시리는 저항했지만 아무 소용이 없었다. 울음은 참으면 참을수록 더 터져 나왔다.

시리는 천천히 발걸음을 멈췄다. 호위병들 역시 멈춰 섰다. 하지만 아주 잠시였다. 장교의 고함 소리에 무쇠 같은 손들이 시리의 겨드랑이와 손목을 잡았다. 시리는 훌쩍훌쩍 눈물을 삼키며 주위를 마지막으로 둘러보았다. 그런 후에 시리는 끌려가다시피 호위병들에게 이끌려갔다. 시리는 저항하지 않았다. 하지만 점점 더 크고 절망적으로 울었다.

에미르 바 엠레이스, 머리가 검고 뭔가 알 수 없는 기억을 불러일으키는 얼굴의 황제가 이를 막았다. 추상같은 명령에 호위병들이 시리를 놓았다. 시리는 코를 훌쩍이며 소매로 눈물을 닦았다. 그가 다가오는 것을 본 시리는 훌쩍거리는 것을 참고, 고개를 빳빳이 세웠다. 하지만 스스로도 이런 모습은 그저 우스워 보일 뿐이라는 것을 알고 있었다.

에미르는 시리를 오랫동안 바라보았다. 아무 말도 없이. 그러더니 갑자기 손을 뻗었다. 이런 종류의 손동작에는 반사적으로 뒤로 물러나는 시리였는데, 스스로도 이상할 만큼 전혀 반응하지 않았다. 게다가 더욱더 이상한 것은 그가 자신을 만지는 것이 싫지 않았다.

에미르는 시리의 회색 머리카락을, 그중 은빛처럼 새하얀 머리칼 하나하나를 헤아리기라도 하듯 천천히 쓰다듬었다. 그리고 뺨에 난 커다랗고 깊은 상처를 매만졌다. 그러고는 시리를 껴안은 채 머리와 등을 쓰다듬었다. 시리는 울면서도 에미르가 그렇게 하도록 놔두었다. 팔은 허수아비처럼 빳빳하게 굳어 있었다.

에미르는 오직 시리만이 들을 수 있도록 낮게 속삭이며 말했다.

"운명이란 참으로 이상한 것이로구나. 잘 가거라, 내 딸아."

"뭐라고 말했다고?"

시리의 얼굴이 조금 경련을 일으켰다.

"'바 파일, 루네드'라고 했어요. 고어로 '잘 가라, 아가씨.'라는 뜻이죠."

"나도 알아. 그런 다음에는?"

예니퍼가 고개를 끄떡이며 물었다.

"그런 다음에는…… 날 놔주더니 그냥 돌아서서 가버렸어요. 고함을 지르면서 명령을 내렸죠. 그러고는 모두들 가버렸어요. 나를 지나쳐서, 이제 아무 상관도 없다는 듯이요. 발을 쿵쿵거리고 무기를 쩔렁거리면서 아주 시끄러웠죠. 얼마나 요란했는지 그 소리가 복도에 메아리칠 정도였어요. 모두들 말을 타고 떠났고, 말들이 우는 소리와 말발굽 소리가 들렸어요. 도대체 무슨 일인지 전혀 모르겠어요. 생각해본다면……."

"시리."

"왜요?"

"생각하지 마라."

"스티가 성은……."

필리파 에일하트는 눈썹 아래로 프린질라 비고를 보며 다시 말했다. 프린질라 비고의 얼굴은 붉어지지 않았다. 지난 석 달 동안 모세혈관이 확장되는 것을 막는 마법의 크림을 만들어낸 것이다. 덕분에 아무리 창피해도 얼굴이 빨개지는 것은 막을 수 있었다.

"빌게포츠의 은신처는 스티가 성이었어요. 에빙의 산속 호수에 있었는데, 내 정보원인 병사는 그 이름을 기억하지 못했어요."

아시르 바 아나히드가 확인하듯 재차 말했다.

"지금 성이었다고, 과거형으로 말씀하셨는데?"

프란체스카 핀다베어가 물었다. 그러자 필리파가 이야기에 끼어들었다.

"그렇죠. 왜냐하면 빌게포츠는 죽었으니까요, 여러분. 빌게포츠와 그 일당들 모두 흙을 씹고 있어요. 이건 우리도 잘 아는 위쳐, 리비아의 게롤트가 우리에게 해준 일이죠. 우린 게롤트의 실력을 제대로 평가하지 못했어요. 그리고 그에게 잘못을 했죠. 우리 모두가요. 어떤 이들은 많이, 어떤 이들은 적게."

모든 여자 마법사들이 마치 명령이라도 받은 듯 동시에 프린질라를 쳐다보았지만, 크림의 효과는 이번에도 분명했다. 아시르 바 아나히드는 한숨을 쉬었다. 필리파는 손으로 책상을 두드리다가 건조하게 말했다.

"물론 우리도 전쟁과 관련해서 할 일이 너무 많았고 평화 협정을 준비하느라 바빴지만, 빌게포츠 문제에 있어서는 우리가 졌다는 것을 인정할 수밖에 없어요. 우리를 훨씬 앞질러 나간 거죠. 이런 일이 또다시 일어난다면 그건 결코 용납할 수 없어요, 여러분."

필리파의 말에 시체처럼 창백한 얼굴의 프린질라 비고를 제외하고는 모두가 고개를 끄떡였다.

필리파가 말을 이었다.

"지금 현재 위쳐 게롤트는 에빙 어딘가에 있어요. 자신이 구출해낸 예니퍼와 시리와 함께. 이제 이들을 어떻게 찾아내야 할지 생각해봐야······."

"그럼 그 성은? 뭐 잊어버린 것 없어, 필리파?"

사브리나 글레비식이 필리파의 말을 끊으며 묻자 필리파는 지체 없이 대답했다.

"아니, 아무것도. 전설이 생겨난다면 한 가지 버전이어야 하고, 제대로 된 버전이어야 해요. 사브리나, 그건 당신에게 부탁할게. 키이라와 트리스를 데리고 가서 확실히 처리해줘. 그 어떤 자취도 남지 않도록."

폭발음은 매흐트까지 들렸고 그 일이 일어났던 시간이 밤이었기 때문에 번쩍이는 광채는 메틴나와 게소에서도 보였다. 지질적인 측면으로 보자면, 폭발의 충격은 아주 멀리서도 느껴질 정도였다. 이 세상의 끝에서도.

에스텔라 벨 스텔라 콘그레브. 오톤 드 콘그레브 남작의 딸로 리데르탈의 늙은 공작과 결혼한
후, 공작이 금세 사망하자 재산을 현명하게 굴려 상당한 자산가가 되었다. 에미르 바 엠레이스 황
제(본문 참조)의 신임을 받는, 닐프가드 궁정의 주요 인사였다. 공식적인 지위는 없었으나 황제가
에스텔라 벨 스텔라 콘그레브의 목소리와 의견을 언제나 주의 깊게 듣는다는 것은 모두에게 알려
져 있었다. 젊은 황후가 된 시릴라 피오나(본문 참조)에게 마치 자신의 딸과 같은 애정을 쏟았던 탓
에 농담으로 '황제의 장모'로 불리기도 했다. 황제와 황후보다도 오래 살아, 1331년에 죽었다. 막대
한 재산은 하얀 리데르탈이라고 불리는, 집안의 먼 친척들에게 돌아갔다. 이들은 이렇다 할 생각이
없고 머리가 빈 사람들이라 이 재산을 모두 탕진하고 말았다.

에펜베르그와 탈봇, 〈막시마 문디 백과사전〉, 제2권 중

제 10 장

천막 안으로 슬쩍 들어온 남자는 감탄할 만큼 민첩하고 여우처럼 재빨랐다. 자리를 금세 바꾸고, 날렵하고 조용하게 움직이는 것이 누구에게나 몰래 접근할 수 있을 것 같았다. 누구에게나. 하지만 보레아스 문에게는 통하지 않았다. 몰래 접근하는 놈들을 너무 많이 겪었기 때문이다.

"나가!"

보레아스 문은 목소리에 확신을 담고 자신감 넘치는 거만함을 드러내고자 애쓰면서 소리쳤다.

"그런 식으로 숨어봐야 소용없어! 다 보인다고, 거기 있는 거 말이야."

비죽비죽 솟은 모습으로 언덕의 가장자리를 장식하고 있던 거대한 거석 중 하나가 별이 가득한 밤하늘을 배경으로 움찔거리는 듯하더니 곧이어 천천히 움직였다. 그것은 거석이 아니라 거석처럼 몸집이 커다란 사람이었다.

보레아스 문은 타는 냄새가 나서 굽고 있던 꼬치구이를 뒤집었다. 그러고는 대수롭지 않게 몸을 기대는 척하며 활에 손을 올렸다.

"내가 가진 건 보잘 것 없어. 별거 없다고. 하지만 애착이 많은 것들이지.

난 목숨을 걸고 이걸 지킬 거야.”

보레아스 문은 침착한 어조에 날카로운 살기를 담아 말했다.

“난 도둑이 아니오. 순례자지.”

거석인 척하며 몰래 접근했던 남자가 굵은 목소리로 말했다.

순례자는 얼핏 봐도 7피트는 넘을 만큼 키가 크고 덩치가 좋았다. 이 남자와 저울질해서 이기려면 10푸드*는 넘어야 한다는 쪽에 내기를 걸 수도 있었다. 순례자가 손에 든 나무 막대는 말을 마차에 고정하는 나무처럼 굵었지만, 남자의 손에서는 회초리처럼 가늘어 보였다. 보레아스 문은 도대체 이렇게 덩치가 큰 남자가 어떻게 몰래 숨어들어 올 수 있었는지 생각해 봤다. 그리고 조금 불안해졌다. 50걸음 안에서는 무스도 쓰러트릴 수 있는 70파운드짜리 합판으로 만든 자신의 활이 어린아이의 장난감처럼 작고 연약하게 느껴졌다.

덩치 큰 남자가 다시 말했다.

“난 순례자요. 나쁜 마음은…….”

“다른 사람도 모습을 드러내시오.”

보레아스 문이 날카롭게 말했다.

“무슨 다른……?”

순례자가 말을 더듬다가 반대편 어둠 속에서 그림자처럼 아무 소리도 내지 않고 마른 사람의 형체가 드러나는 것을 보고 입을 다물었다. 보레아스 문은 전혀 놀라지 않았다. 오랫동안 훈련된 추격자의 눈은 두 번째 남자가 움직이는 방식만 보고도 엘프라는 것을 바로 알아챘다. 엘프가 몰래 접근했

---

* 푸드(pud): 옛 러시아에서 쓰던 단위로 1푸드는 약 16.5kg이다.

는데 알지 못한 것은 치욕이라고 할 수는 없었다.

"용서를. 두 분 앞에서 숨었던 것은 나쁜 뜻이 있어서 그런 게 아니라 공포 때문이었소. 그건 그렇고 나 같으면 일단 저 꼬치구이부터 뒤집을 텐데."

이상하게도 엘프 같지 않은, 약간 쉰 목소리로 엘프가 말했다.

"그 말이 맞아, 고기 한쪽은 익을 만큼 익었소."

지팡이에 몸을 기대고는 들릴 정도로 코를 킁킁거리며 순례자가 말했다.

보레아스 문은 꼬치를 뒤집고 한숨을 쉬고는 헛기침을 했다. 그리고 다시 긴 한숨을 내쉬다가 마침내 결정을 내리고 말했다.

"다들 앉으시죠. 잠시 기다리시고. 고기는 금방 다 익을 겁니다. 길 위의 방랑자에게 음식을 아낄 수는 없죠."

기름이 쉭 소리를 내며 불 위에 떨어지자 불길이 확 올라와 조금 환해졌다.

순례자는 챙이 넓은 양모로 만든 모자를 쓰고 있었는데, 넓은 챙의 그림자가 얼굴의 상당 부분을 가리고 있었다. 엘프는 색색의 스카프로 만든 터번을 쓰고 있었는데, 얼굴을 가리지는 않았다. 불빛에 드러난 엘프의 얼굴을 보고 보레아스 문과 순례자는 흠칫했다. 그러나 둘 다 숨을 크게 내쉬지는 않았다. 한때는 분명 아름다운 엘프의 얼굴이었을 테지만 지금은 이마에서 눈썹, 코와 뺨, 턱까지 이르는 끔찍한 상처로 일그러진 얼굴이었다.

보레아스 문은 헛기침을 하며 다시 꼬치를 뒤집었다.

"이 냄새가 제 천막으로 두 분을 이끈 것이겠군요."

보레아스 문이 확신을 가지고 말했다.

"그렇소."

순례자의 모자챙이 위아래로 움직였고, 목소리가 조금 변했다.

"냄새를 맡았지, 상당히 멀리서도 말이요. 하지만 일단은 조심했소. 이틀 전에 내가 가까이 갔던 모닥불에서는 여자를 굽고 있었으니까."

"사실이오. 그 다음 날 내가 갔을 때, 사람 뼈가 잿더미 속에 있었으니까."

엘프가 말했다.

"그 다음 날이라고? 오랫동안 내 뒤를 몰래 따라온 거요, 엘프님?"

순례자가 말을 길게 끌었는데, 보레아스 문은 모자챙에 가려진 순례자의 얼굴에 좋지 못한 웃음이 어렸다고 확신했다.

"오랫동안."

"왜 모습을 드러내지 않았소?"

"나도 사리 판단은 하니까."

제법 긴 침묵이 이어졌다. 보레아스 문이 어색한 침묵을 깨며 꼬치구이를 뒤집었다.

"엘스케르데그 산맥은 소문이 좋은 곳은 아니죠. 저 역시 모닥불에서 뼈를, 그리고 꼬챙이에서 해골을 보았죠. 나무에는 교수형을 당한 시체들이 걸려 있고. 이 주변에는 잔인한 종교를 숭상하는 야만인들이 많습니다. 그리고 우리를 잡아먹으려고 노리는 것들도 있을 겁니다, 아마도."

보레아스의 말에 엘프가 고개를 가로저었다.

"그건 아마도가 아니오. 확실한 거지. 그리고 산속으로 더 깊이 들어갈수록, 동쪽으로 갈수록 더 나빠지지."

"당신들도 동쪽으로 가는 중입니까? 엘스케르데그를 넘어서? 제리카니아로? 아니면 더 멀리, 하클란드로?"

보레아스 문의 질문에 순례자도 엘프도 대답하지 않았다. 보레아스도 대답을 기대하지는 않았다. 첫째로 질문이 너무 경솔했고, 둘째로 너무 바보같았다. 지금 이 장소에서는 동쪽으로 갈 수밖에 없었다. 엘스케르데그를 넘어서, 보레아스 자신이 가려고 하는 그곳 외에는 달리 갈 곳이 없었으니까.

"구이가 다 익은 것 같군요. 자, 드세요, 사양하지 마시고."

보레아스 문은 보여주려는 의도가 아주 없다고는 말할 수 없지만, 아무튼 날렵한 솜씨로 발리송*을 이용해서 고기를 잘랐다.

순례자는 칼날이 약간 휜 단검을 가지고 있었고, 엘프 역시 단검을 소지하고 있었는데 부엌용은 아니었다. 하지만 요리용과는 전혀 다른 목적으로 제작된 세 자루의 칼들이 오늘만큼은 모두 고기를 써는 데 사용되었다. 한참 동안 씹는 소리와 턱이 움직이는 소리, 그리고 씹다가 버린 뼈를 불 속에 던졌을 때 탁탁거리며 타는 소리만 들렸다.

순례자가 위엄 있게 트림을 했다.

"이상한 동물이군. 염소 맛이 나기도 하고 토끼처럼 바삭바삭하기도 하고…… 이런 걸 먹어본 적이 있었던가."

사흘 동안 개미굴 속에 있다가 나온 뼛조각처럼 깨끗이 뜯어 먹은 다리뼈를 보며 순례자가 중얼거렸다.

"이건 스크레크* 같군. 나 역시 이런 걸 먹어본 적이 있는지 기억이 안 나네."

엘프가 오도독뼈를 오도독 씹으며 혼잣말처럼 중얼거렸다.

보레아스 문은 조용히 헛기침을 했다. 엘프의 목소리에 담긴 빈정거리는 듯한 즐거움으로 보아, 이 꼬치구이가 핏발 서린 눈과 거대한 이빨을 가진, 꼬리 길이만 세 뼘이 넘는 거대한 시궁쥐라는 것을 아는 것 같았다. 보레아

---

* 발리송(balisong): 두 개의 손잡이가 있고 회전이 가능한 작은 접이식 칼.
* 스크레크(Skrekk): 엘스케르데그 산맥에 서식하는 거대한 시궁쥐 괴물.

스 문이 이 거대한 쥐를 먹으려고 사냥한 것은 아니었다. 이 쥐를 쏜 것은 스스로를 보호하기 위해서였다. 그러나 이후에 이 시궁쥐를 굽기로 결정했다. 보레아스 문은 이성적이고 냉철한 사고를 하는 사람이다. 쓰레기통과 버린 것들을 주워 먹고 사는 시궁쥐라면 먹지 않았을 것이다. 하지만 엘스케르데그 산맥에서 쓰레기를 생산할 만한 인간은 가장 가깝다고 해도 300마일은 떨어져 있었다. 그러니 이 시궁쥐는, 아니 엘프가 원한 바대로 이 스크레크는 깨끗하고 건강할 게 분명했다. 인간의 문명과는 접해본 적이 없는 시궁쥐였으니까. 그러니 해롭거나 전염병을 옮기거나 하지는 않을 터였다.

곧 깨끗하게 먹은 마지막 뼛조각까지 불 속으로 던져졌다. 달은 산맥의 뾰족뾰족한 봉우리 위로 흘렀다. 바람을 맞은 모닥불은 불꽃을 쏟아내며 별들 사이에서 점점 스러지며 꺼져갔다.

"두 분은 길을 나선 지 오래되셨나요? 여기 이 황무지에서? 솔베이지 문을 넘은 지 오래되셨는지 물어봐도 되겠습니까?"

보레아스 문이 또다시 개인적인 질문을 던졌다.

"오래되었다고도, 아니라고도 말할 수 있소. 어떻게 보는가에 따라서. 9월 보름달이 뜨고 이틀 후 솔베이지 문을 통과했소."

순례자가 말했다.

"나는 엿새째 되는 날 통과했지."

엘프가 대답했다.

보레아스 문은 순례자와 엘프의 반응에 신이 나 이야기를 계속했다.

"하, 거기서 우리가 서로 만나지 않은 게 이상하군요. 나도 거길 통과해서 왔는데, 아니 그때는 말을 타고 있었죠. 그때만 해도 아직 말이 있었으니까."

보레아스 문은 자신의 말과 말을 잃게 된 불쾌한 기억을 털어내려고 애쓰며 입을 다물었다. 그리고 저 둘도 비슷한 경험을 했을 거라고 확신했다. 계속 걸어서 왔다면 여기 엘스케르데그에서 절대로 만나지 못했을 것이다. 보레아스 문이 다시 입을 열었다.

"그렇다면 여러분들도 전쟁 직후, 신트라 평화조약이 맺어진 그 직후에 길을 나선 것이겠군요. 제가 그런 말을 할 입장은 전혀 아니지만, 여러분 역시 신트라 평화조약 이후 이 세상 돌아가는 꼴과 질서가 마음에 들지 않았나 보군요."

한동안 지속된 침묵을 깬 것은 멀리서 들려오는 동물의 울음소리였다. 분명 늑대인 것 같았다. 그러나 여기 엘스케르데그 산맥에서는 그 어떤 것도 확신할 수 없었다.

"솔직한 말하자면 난 신트라 평화조약 이후, 세상 돌아가는 꼴을 좋아할 이유가 전혀 없었소. 새로운 질서는 말할 것도 없고."

예상을 깨고 엘프가 먼저 말을 꺼냈다.

"내 경우도 비슷하오. 물론 내 친구가 말했듯이, 그건 다 포스트 팍툼*이지만."

순례자가 거대한 양쪽 팔을 가슴 위에 교차시키며 말했다.

침묵은 오랫동안 계속되었다. 산맥에서 울던 알 수 없는 동물의 울음소리도 침묵했다.

보레아스와 엘프가 순례자는 더 이상 말을 하지 않을 거라고 확신했을 무렵 순례자가 입을 열었다.

"처음엔 신드라의 평화조약으로 이 세상이 좀 나아질 줄 알았소. 괜찮은

---

* 포스트 팍툼(POST FACTUM): 라틴어로 '일이 생긴 이후'라는 뜻이다.

질서로 개편되고…… 모든 이들은 아니더라도 최소한 나에게는 말이오."

"왕들은 아마 4월쯤에 신트라에서 모였던 거죠?"

보레아스 문이 헛기침을 하며 묻자 순례자가 대답했다.

"정확히 4월 2일이오. 기억으로는 보름달이 뜨는 날이었지."

벽을 따라 통로를 지탱하고 있는 검은 서까래 위에 신트라 귀족 가문의 여러 문장이 그려진 색색의 방패들이 걸려 있었다. 색이 바랜 옛 귀족들의 문장과 다고라드와 칼란트의 새로운 시대에 귀족이 된 집안들의 문장을 한눈에도 구별할 수 있었다. 새 문장들의 색상은 선명하고 색칠한 부분이 아직 갈라지지 않았으며 나무좀이 갉아먹은 구멍도 없었다.

가장 선명해 보이는 색깔의 방패는 닐프가드 귀족들의 문장이 새겨진 방패였다. 영토 확장 시기와 5년 동안의 황국 통치 시대에 수여된 작위들이었다.

폴테스트 왕은 생각했다. 우리가 신트라를 다시 얻게 되면, 신트라인들이 새 국가 수립의 열기 속에서 저 문장이 있는 방패들을 없애버리지 않도록 지켜야겠군. 정치는 정치고, 홀 장식은 홀 장식이니까. 체제가 변했다고 해서 아무거나 무턱대고 파괴하는 행위가 정당화될 수는 없지.

딕스트라는 커다란 홀을 둘러보며 생각했다. 그래, 바로 여기서 모든 것이 시작된 거야. 철로 된 고슴도치가 파베타 공주와 결혼하겠다고 나타난 그 유명한 약혼식의 저녁 파티…… 그리고 칼란테 여왕은 위처를 고용해서…… 인간의 운명이란 얼마나 희한하게 얽히는 것일까. 딕스트라는 자신이 이런 사소한 생각을 한다는 사실에 놀랐다.

메브 여왕은 생각했다. 5년 전, 세르빈 가문의 암사자인 칼란테 여왕의 골수가 이 궁전 안뜰에 쏟아졌었지. 바로 여기, 지금 보이는 저 창문에서.

복도에 걸린 자신만만한 모습의 초상화 속 칼란테 여왕이 왕가 혈통의 마지막에서 두 번째였지. 그런 뒤에 그 딸 파베타는 바다에 빠져 죽었어. 그리고 손녀인 시릴라만 남았지. 시릴라도 죽었다는 소문은 아마 사실일 거야.

"여러분, 모두 자리에 앉으십시오."

노비그라드의 대주교 사이러스 엥겔킨트 헴멜파르가 떨리는 손으로 손짓하며 입을 열었다. 나이와 작위, 여러 사람들의 존경을 받는다는 이유로 그는 이 모임의 의장이 되었다.

원탁 앞, 마호가니 나무 위에 적힌 이름을 확인한 뒤 모두 자리에 앉았다. 리비아와 리리아의 여왕 메브, 테메리아와 여타 공국의 왕인 폴테스트, 브뤼헤의 벤즐라프 왕, 에이단의 데머번드 왕, 케드웬의 헨젤트 왕, 시다리스의 에타인 왕, 베르덴의 젊은 키스트린 왕, 르다니아 섭정위원회의 니테르트 공, 그리고 딕스트라 공작.

저 첩자는 나중에 없애야 해, 원탁회의에서 빠지도록. 사이러스 엥겔킨트 헴멜파르는 생각했다. 헨젤트 왕과 폴테스트 왕, 심지어 젊은 키스트린 왕까지 닐프가드 대표자들이 내놓은 대책을 힐난하며 지적하고 있었다. 저기 저 시기스문드 딕스트라는 신분상 이 자리에 맞지 않아, 게다가 흉한 과거가 있는 좋지 못한 사람이지. 페르소나 투르피스*라고. 그런 사람이 이런 고귀한 회합을 더럽히도록 놔둘 수는 없지.

닐프가드 대표단의 단장인 쉴라드 피츠-오스터렌 남작이 마침 딕스트라 바로 맞은편 자리에 배정되었는데, 이 첩자를 상대로 예의 바르게 외교적으로 몸을 굽혀 인사했다.

---

* 페르소나 투르피스(PERSONA TURPIS): 라틴어로 '좋지 않은 소문이 도는 사람'을 뜻한다.

모두 자리에 앉은 것을 보고 노비그라드의 대주교 사이러스 역시 자리에 앉았다. 양옆에서 팔을 부축하는 시종들의 도움을 받아서. 사이러스 엥겔 킨트 헴멜파트는 수년 전에 칼란테 여왕을 위해 만들어졌던 의자에 앉았다. 의자는 아름답게 장식된, 인상적인 높이의 등받이가 있어서 다른 의자들과 구분되었다.

아무리 원탁회의라도 누가 가장 중요한 인물인지는 알 수 있어야 했으니까.

트리스 메리골드는 생각했다. 바로 여기구나. 태피스트리와 그림, 그리고 자신은 전혀 알아볼 수 없는 사냥한 동물의 뿔이 걸려 있는 홀을 둘러보았다. 바로 이곳이 유명해진 옥좌의 방 파괴 이후 칼란테와 위쳐, 파베타와 마법에 걸린 고슴도치의 대화가 있었던 장소구나. 칼란테가 그 이상한 결혼을 허락했던 곳. 그리고 파베타는 이미 임신해 있었지. 시리는 여덟 달도 채우지 못하고 태어났어…… 왕위 계승자 시리…… 암사자 혈통의 새끼 사자. 시리, 내 어린 동생, 지금은 저 남쪽 어딘가 먼 곳에서 살고 있는 아이. 하지만 이제는 다행히도 혼자가 아니야. 게롤트와 예니퍼와 함께 있으니까, 안전하게.

어쩌면 그들이 나에게 또 한 번 거짓말을 했을지도 모르지.

"모두들 자리에 앉으세요. 세상의 지배자들이 곧 회합의 개막 연설을 할 텐데, 하나도 놓치고 싶지 않군요."

조금 전부터 트리스를 찬찬히 바라보고 있던 필리파 에일하트가 재촉했다.

여러 소식을 나누는 데 분주하던 여자 마법사들이 서둘러 자기 자리에 앉았다. 쉴라 드 탄자빌은 은여우 털을 둘러 자신이 입고 있는 딱딱한 남성복에 여성스러움을 더하고 있었다. 아시르 바 아나히드는 보랏빛 비단 드레스를 입고 있었는데 단순하면서도 세련된 우아함이 잘 조화되어 있었다. 프란체스카 핀다베어는 언제나처럼 여왕다웠다. 이다 에민 아엡 시브니는 언제나처럼 비밀스러웠다. 마르가리타 록스 안틸레는 위엄 있고 진지했다. 사브리나 글레비식은 터키색 드레스를 입고 있었고, 키이라 메츠는 초록빛과 수선화 같은 노란빛이 어우러진 드레스를 입었다. 그리고 프린질라 비고도 있었다. 고민에 빠진 슬픈 얼굴에 창백한 안색이 마치 환자, 아니 유령 같았다.

트리스 메리골드는 키이라 메츠 옆에, 프린질라 비고 맞은편에 앉았다. 닐프가드의 여자 마법사 머리 위로는 오리나무가 늘어선 숲길을 목이 부러질 듯한 속도로 달려가는 기사의 그림이 걸려 있었다. 오리나무들은 기사를 향해 울퉁불퉁하고 괴기한 나뭇가지를 마구 뻗으며 섬뜩한 구멍으로 비웃듯이 검은 입을 벌리고 있었다. 트리스 메리골드는 자신도 모르게 몸을 떨었다.

테이블 중앙에 놓인 입체 텔레커뮤니케이터가 작동하고 있었다. 필리파 에일하트는 주문을 외워 화면과 소리를 맞추었다.

"여러분이 보고 듣는 바와 같이 신트라의 옥좌의 방, 그러니까 우리가 있는 곳 바로 아래에서 세계의 지배자들이 세계의 운명을 결정하기 위해 모여 있죠. 그리고 우리는 그들보다 한 층 위에서 이 남자들이 잘못된 길로 가지 않도록 감시해야 해요."

필리파 에일하트의 말투에 비아냥거리는 느낌이 없지는 않았다.

엘스케르데그 산맥에서 울부짖는 동물 사이로 또 다른 울부짖는 소리가 더해졌다. 보레아스 문은 확신했다. 늑대는 분명 아니었다.

보레아스 문은 중단된 대화를 다시 이어보려고 이야기를 시작했다.

"저 역시 그 신트라 평화조약 후에 많은 것을 기대할 수는 없었습니다. 아니, 내가 아는 사람들 중에서는 그 평화조약이 뭔가 좋은 일을 불러올 거라고 생각하는 사람이 없었죠."

보레아스의 말에 순례자가 차분하게 반대 의견을 냈다.

"중요한 것은 그래도 평화조약이 시작되었다는 것이오. 이미 눈치챘겠지만 나는 단순한 사람이오. 그리고 이런 단순한 사람들은 단순한 생각을 하지. 단순한 사람도 전쟁을 하고 있는 왕들과 황제가 사실 서로에게 개인적으로 화가 나 있는 게 아니라는 것쯤은 안단 말이오. 또한 할 수만 있다면, 그럴 힘만 있다면 서로를 죽였으리라는 것도 알지. 이제 죽이는 건 그만두고, 그 대신 원탁에 앉는다? 그 말은 즉 이제 힘이 없다는 말이오. 단순하게 말하자면 이제 힘이 다 빠졌다는 거요. 그리고 힘이 없기 때문에 더는 무기를 들지 않고, 울타리를 넘지 않고, 단순한 사람들을 침략하지도 않고, 죽이지도 않고, 상처를 내지도 않고, 집과 건물을 불태우지도 않고, 아이들을 살해하지도 않고, 여자들을 강간하지도 않고, 노예로 잡아가지도 않는다는 말이오. 안 한다고, 이제는. 대신 신트라에 모여서 평화조약을 맺었소. 그러니 기뻐해야지!"

엘프는 불꽃을 뿜는 모닥불에 큰 장작을 집어넣고는 순례자를 곁눈질로 바라보았다.

"나 같은 단순한 엘프도 기뻐하는, 아니 환희에 사로잡혀야 마땅하겠지."

엘프는 비꼬는 어조를 숨기지 않고 말을 이었다.

"왜냐하면 진행 방법이 조금 다를 뿐 정치 역시 전쟁이라는 건 이해해야하니까. 평화조약이라는 것도 실은 상거래와 다를 바 없다는 것도. 상거래와 똑같은 자동적인 추진력이 있지. 양보로 협상된 성공을 얻어내는 거요.

여기서는 돈을 벌고, 저기서는 손해를 보고. 다른 말로 하자면 파는 사람이 있으려면, 사는 사람도 있어야 한다는 말이오."

엘프의 말을 잠자코 듣고 있던 순례자가 말했다.

"바로 그거요. 그렇게 단순하고 당연한 것이니 모두가 이해할 수 있는 것 아니겠소. 아주 단순한 자들도."

"안 돼, 안 돼, 안 된다고!"

헨젤트 왕이 컵과 잉크병이 엎어질 만큼 두 주먹으로 원탁 위를 내리치며 소리를 질렀다.

"이 문제에 대해서는 더 이상 길게 말할 것도 없소! 이 문제는 협상이 불가능하다고! 끝이라고, 끝, 데이레아드!"

"헨젤트! 일을 어렵게 만들지 말게. 의장님 앞에서 우리 모두를 난처하게 만들지도 말고."

폴테스트 왕이 차분하고도 모두를 아우르는 듯한 어조로 말했다.

닐프가드 대표로 참석한 쉴라드 피츠-오스터렌은 헨젤트 왕의 이상행동 따위는 아무렇지도 않고 상관도 없다는 듯 가식적인 웃음을 지으며 몸을 숙여 절을 해보였다.

"황국과는 이야기를 잘해놓고 우리끼리는 개처럼 서로 물어뜯을 건가? 헨젤트, 창피한 줄 알게."

폴테스트 왕이 말했다. 그러자 딱히 말하고 싶지 않다는 듯한 태도로 딕스트라가 입을 열었다.

"닐프가드와 돌 앙그라, 리버델 같은 어려운 문제에 있어서도 합의를 도출했습니다. 어리석기 그지……."

"그런 지적 따위 필요 없어! 특히나 첩자 나부랭이의 지적은 필요 없다고! 젠장! 난 왕이야!"

헨젤트 왕은 물소와 경쟁해도 지지 않을 만큼 큰 소리로 화를 냈다.

"그렇게 보이긴 하네."

메브 여왕이 코웃음을 쳤다. 몸을 돌린 데머번드 왕은 홀에 걸려 있는, 문장이 새겨진 방패들을 바라보며 지금 자기 나라 얘기가 오가는 것이 아니라는 듯 여유로운 웃음을 짓고 있었다. 헨젤트 왕이 씩씩거리며 핏발 서린 눈으로 주위를 둘러보더니 말을 이었다.

"그만, 그만, 그만, 신들께 맹세코 그만하라고, 혈압 오르니까. 내가 말했듯이 단 한 치의 땅도 안 돼. 절대로! 압류는 안 된다고! 내 왕국이 단 한 뼘이라도, 아니 반 뼘이라도 줄어들게 놔둘 수는 없어! 신들께서 나에게 케드웬의 명예를 지키라고 하셨으니 오직 신들에게만 그 땅을 돌려줄 수 있다고! 남 마르히아는 우리 땅이야…… 민, 민족적 구성으로도. 남 마르히아는 수 세기 전부터 케드웬 땅이었어."

"북 에이단은 작년부터 케드웬에 속하게 되었죠. 더 정확히 말하자면, 작년 7월 24일부터 말입니다. 케드웬의 점령군이 밀고 들어온 바로 그때부터였죠."

딕스트라의 건조한 말에 이어 묻지도 않았는데 쉴라드 피츠-오스터렌이 말했다.

"아드 푸투람 레이 메모리암*, 의사록에 닐프가드 황국은 그 병합 건과

---

* 아드 푸투람 레이 메모리암(AD FUTURAM REI MEMORIAM): 라틴어로 '앞으로의 기억을 위하여'라는 뜻이다.

아무런 상관이 없다고 기록해주십시오."

"그 당시에 벤거버그를 약탈했다는 사실만 빼고 말이지."

"니힐 아드 렘*!"

"정말인가?"

"여러분!"

폴테스트 왕이 분위기를 환기시키려고 했지만, 헨젤트 왕이 켁켁거리며 말했다.

"케드웬의 군대가 마르히아 남부를 해방한 거라고! 사람들이 꽃을 들고 나의 군대를 환영했어! 내 군대가……."

"너희 도적 떼가 산적들과 함께 내 왕국에 들어와서 사람들을 죽이고 강간하고 약탈했지."

에이단의 데머번드 왕의 목소리는 차분했지만 얼굴을 보면 평정을 유지하기 위해 엄청나게 노력하고 있다는 것을 알 수 있었다. 그가 말을 이었다.

"여러분! 우린 이곳에 모여 몇 주 동안이나 앞으로 이 세상의 얼굴이 어떤 모습을 갖춰야 할지 논의하고 있습니다. 신들께 맹세코, 그것이 범죄와 약탈의 얼굴이어야 할까요? 도적 떼들을 그대로 내버려둬야 합니까? 훔쳐간 재산은 악당과 도둑들의 손 안에 그대로 남아 있어야만 합니까?"

데머번드 왕의 말이 끝나자마자 헨젤트 왕은 원탁 위에서 지도를 움켜잡더니 박박 찢어서 데머번드 쪽으로 던졌다. 에이단의 데머번드 왕은 꿈쩍도 하지 않았다.

"내 군대가 닐프가드를 무찌르고 마르히아를 정복했어. 너의 불쌍한 왕

---

* 니힐 아드 렘(NIHIL AD REM): 라틴어로 '그것과는 전혀 상관이 없다'는 뜻이다.

국은 그때 이미 사라진 지 오래였지, 데머번드. 더 말해볼까? 내 군대가 아니었으면, 넌 지금 그 어떤 왕국도 갖지 못했을 거야. 내 도움 없이 네가 어떻게 검은 군대를 야루가와 돌 앙그라 밖으로 몰아낼 수 있었을까. 넌 내 덕분에 왕 노릇을 하고 있다고 말해도 과장이 아니지. 하지만 봐주는 것도 여기까지야! 말했지만 내 땅은 단 한 치도 양보하지 않겠어. 내 왕국이 줄어드는 것은 절대로 용납할 수 없어."

헨젤트 왕의 목소리는 잔뜩 쉬어 있었고 얼굴은 잘 숙성된 포도주 빛깔을 띠고 있었다.

"그건 나도 마찬가지야! 그럼 이야기는 여기서 끝이군!"

데머번드가 자리에서 벌떡 일어났다.

그때 지금까지 졸고 있던 노비그라드의 대주교, 사이러스 헴멜파트가 갑자기 잠에서 깼는지 모두를 아우르는 목소리로 말했다.

"여러분, 분명히 어떤 식으로든 서로 양보할 방법이 있을 것입니다."

그때 난데없이 끼어들기 좋아하는 쉴라드 피츠-오스터렌이 말했다.

"닐프가드 황국은 돌 블라타나의 엘프 왕국에 해가 될 만한 그 어떤 종류의 조약도 받아들이지 않겠습니다. 만약 꼭 그래야 한다면, 여러분들께 약정서의 조약을 읽어······."

하지만 쉴라드 피츠-오스터렌의 말이 채 끝나기도 전에 헨젤트 왕과 폴테스트 왕, 딕스트라는 코웃음을 쳤고, 데머번드 왕은 황제의 대사를 차분히, 심지어 다정한 눈길로 바라보았다. 데머번드 왕이 말했다.

"모두의 이익을 위해, 그리고 모두의 평화를 위해 돌 블라타나의 자치권을 인정합니다. 하지만 왕국이 아니라 공국으로서 말이죠. 조건은 프란체스카 핀다베어 그러니까 에니드 안 그레나 공주가 나에게 조공을 바치고,

공국 안에서 인간과 엘프의 권리 및 특권을 평등하게 보장하는 것입니다. 프로 푸블리코 보노*, 나는 그렇게 할 준비가 되어 있습니다."

"이것이야말로 진짜 왕다운 발언이군."

잠자코 있던 메브 여왕이 중얼거리듯 말했다.

"살루스 푸블리카 렉스 수프레마 에스트*."

아까부터 자신도 외교 용어를 뽐내볼 기회만 찾고 있던 사이러스 헴멜파트가 말했다.

얼굴이 퉁퉁 부은 헨젤트 왕을 주시하며 데머번드 왕이 계속 말을 이었다.

"그러나 덧붙이자면, 돌 블라타나에 대한 양보는 유일무이한 것입니다. 이건 내가 용납하는 단 하나의, 내 영토에 대한 조정입니다. 하지만 다른 종류의 그 어떤 분할도, 점령도 절대로 인정할 수 없습니다. 내 국경선을 침략하고 식민통치자로 넘어온 케드웬 군대는 일주일 내로 불법점거한 요새들과 북 에이단의 성채들을 떠나야 할 것입니다. 이것이 앞으로의 회담에 내가 참석하는 조건입니다. 그리고 베르바 볼란트*이므로 약정서에 공식적으로 이 건에 대한 기록을 부탁하겠습니다."

"헨젤트?"

폴테스트 왕은 기다리는 듯한 얼굴로 수염 난 헨젤트 왕의 얼굴을 바라보았다.

"절대로 안 돼! 마르히아는 절대로 안 줘! 내 시체를 타고 넘어가서 가져가

---

* 프로 푸블리코 보노(PRO PUBLICO BONO): 라틴어로 '공공의 이익을 위해서'라는 뜻이다.
* 살루스 푸블리카 렉스 수프레마 에스트(SALUS PUBLICA LEX SUPREMA EST): 라틴어로 '공공의 이익이 최고의 법이다'라는 뜻이다.
* 베르바 볼란트(VERBA VOLANT): 라틴어로 '말은 날아가 버린다'라는 뜻이다.

라고! 안 줘! 아무도 나한테 그렇게 하라고는 못 해! 누구도! 씹할, 누구도!"

케드웬의 왕 헨젤트는 소리를 지르며 의자를 넘어뜨리고는 마치 벌에 쏘인 침팬지처럼 펄펄 뛰었다. 그러고는 자신도 배운 게 있으며 남들과 비교했을 때 결코 뒤지지 않는다는 것을 증명하기라도 하듯 소리치며 덧붙였다.

"논 포수무스*!"

"늙다리 바보 같으니, 나도 논 포수무스다."

사브리나 글레비식이 한층 위에 있는 방에서 코웃음을 치며 말했다.

"여러분은 아무 걱정하지 않으셔도 됩니다. 저 바보에게 북 에이단에 대한 영토 조정을 인정하게 만들겠어요. 케드웬 군대는 그곳에서 열흘 안에 물러나게 될 거예요. 당연하죠. 이견은 없어요. 만약 여러분 중 누군가 다른 의견이 있다면, 난 기분이 매우 나쁠 것 같군요."

필리파 에일하트와 쉴라 드 탄자빌은 몸을 숙여 인사하며 자신들의 입장을 밝혔다. 아시르 바 아나히드는 웃으며 감사의 인사를 전했다. 사브리나가 계속 말을 이었다.

"오늘 할 일로 남은 것은 돌 블라타나 문제를 해결하는 거예요. 에미르 황제의 약정서 내용은 우리가 알고 있어요. 아래층 왕들은 그 문제를 들여다볼 시간이 없었지만 이미 자신들의 입장을 표명했죠. 그리고 이해관계가 가장 분명한 측의 입장 표명도 확인할 수 있었군요. 바로 데머번드 왕이죠."

"데머번드의 입장은 상당히 멀리 나아간 양보의 형태예요. 긍정적인 입장이고, 심사숙고를 거친 균형 잡힌 생각이죠. 쉴라드 피츠—오스터렌이 더

---

* 논 포수무스(NON POSSUMUS): 라틴어로 '그렇게 할 수는 없다'라는 뜻이다.

많은 양보를 얻어내려고 한다면, 논쟁하기가 상당히 힘들 거예요. 그걸 원할지 모르겠군요."

은여우 털을 목에 감은 쉴라 드 탄자빌이 말했다.

"원할 거예요. 닐프가드로부터 그런 지시를 받았으니까요. 아드 레페렌둠*을 원하면서 입장을 표명하겠죠. 최소한 하루 정도는 싸울 거예요. 그 시간이 지나면 이제 서로 간의 양보가 시작되겠죠."

아시르 바 아나히드가 차분히 말했다.

"보통은 어디선가 드디어 만나면, 뭐라도 합의를 하기 마련이죠. 하지만 그걸 기다리고 있을 수는 없어요. 왕들에게 뭘 허락할지 우리끼리 정해야 해요. 프란체스카! 말 좀 해봐요! 지금 당신네 나라 얘기를 하고 있잖아요."

사브리나 글레비식이 프란체스카 핀다베어를 쏘아보며 말했다.

"그래서 아무 말 안 하고 있는 거랍니다, 사브리나."

계곡의 데이지꽃이 아름답게 웃으며 말했다.

"자존심은 버리고, 왕들에게 어디까지 허락할지 우리가 정해야 해요."

마르가리타 록스 안틸레가 심각하게 말했지만, 프란체스카 핀다베어는 더 아름답게 미소 지으며 말했다.

"평화를 위해서, 그리고 프로 보노 푸블리코, 공공의 이익을 위해서 데머번드 왕의 제안에 찬성해요. 그러니 여러분, 이제 날 여왕이라고 부르지 말고 공주님이라고 불러도 돼요."

"엘프식 농담은 조금도 웃기지 않다니까요. 아마도 이해를 못 해서겠죠. 그럼 데머번드 왕의 다른 조건은요?"

---

* 아드 레페렌둠(AD REFERENDUM): 라틴어로 '의논하다'라는 뜻이다.

사브리나가 얼굴을 찌푸리며 물었다.

프란체스카는 속눈썹을 깜빡거리더니 진지하게 말했다.

"인간 정착자들이 다시 들어오는 것을 허락하고, 그들의 재산을 돌려주겠어요. 모든 종족에게 동등한 권리를……."

"에니드, 신들을 두려워해야죠. 모두 다 동의해서는 안 됩니다! 뭐라도 조건을 걸어야 해요!"

필리파 에일하트는 웃고 있었지만 목소리는 웃고 있지 않았다.

"조건을 걸 겁니다. 조공은 바치지 않을 거예요. 돌 블라타나는 조공을 바칠 필요가 없는 자유 공국이어야 해요. 복속국으로서의 그 어떤 의무조항도 없이, 단지 충성과 주국에 해가 되는 일을 하지 않겠다는 약속만……."

프란체스카 핀다베어는 갑자기 심각해졌다.

"데머번드가 찬성하지 않을 텐데요. 꽃의 계곡이 바쳐온 수익과 조공을 포기하지 않을 겁니다."

필리파가 짧게 상황을 정리하자, 프란체스카가 눈썹을 치켜올렸다.

"그 문제라면, 난 쌍방향으로 협상할 준비가 되어 있어요. 분명히 어떤 합의점에 이를 수 있겠죠. 자유 공국은 돈을 내야 하는 건 아니지만, 돈을 내는 것이 금지되거나 완전히 불가능한 건 아니니까."

"그러면 유산 증여는요? 첫째 아들의 토지 상속권은? 자유 공국이 된다는 것에 합의한다면 폴테스트는 분명 공국을 나누지 말라고 할 거예요."

필리파 에일하트는 포기하지 않았다. 그러자 프란체스카가 다시 미소를 지었다.

"폴테스트는 내 얼굴과 몸매로 속이는 것이 가능하지만, 필리파, 당신까지 이게 무슨 소리죠? 이미 난 임신할 수 있는 나이가 한참 지났어요. 그러니 첫째 아들의 토지 상속권이며 유산 증여에 대해서 데머번드가 걱정할 일은 없을 거예요. 하지만 나이로 보면 데머번드가 이익인 것 같아도, 아마도 내가 죽은 후 공국의 유산 상속권에 대해서는 데머번드가 아니라 그의 손자들과 다시 협의하게 되겠죠. 확실하게 해두자면, 여러분, 그 문제에 대해 논쟁할 만한 사항은 없을 듯하군요."

"그 문제에 대해서는 논쟁할 게 없다고 치죠. 그럼 다람쥐 전사들에 대해서는요? 황국의 편을 들어 싸운 엘프들은요? 만약 내가 잘못 알고 있는 게 아니라면, 당신 나라 국민들의 대다수로 알고 있는데요, 프란체스카 님?"

아시르 바 아나히드가 프란체스카의 눈을 바라보며 물었다.

계곡의 데이지 프란체스카는 미소를 멈추었다. 이다 에민을 바라보았지만 푸른 언덕에서 온 침묵하는 여자 엘프 이다는 시선을 피하며 중얼거렸다.

"프로 푸블리코 보노…… 공공의 이익을 위해서……."

아시르 역시 매우 진지하게 알겠다는 듯 고개를 끄떡였다.

프란체스카 핀다베어가 차분한 목소리로 말했다.

"어떻게 하겠어요? 무슨 일이든 치러야 할 대가가 있는 법이죠. 전쟁은 희생자를 필요로 해요. 그리고 이제 보니…… 평화 역시 그렇군요."

"맞소, 그 말이 어느 쪽으로 봐도 맞소."

고개를 숙이고 앉아 있는 엘프를 보며 생각에 빠진 순례자가 말했다.

"평화조약은 시장이고 일종의 거래지. 파는 사람이 있으면, 사는 사람도 있고. 그런 이치로 세상은 흘러가는 거요. 중요한 건 너무 비싸게 사지 않는 것이겠지……."

"그리고 너무 싸게 팔지 않는 것도."

엘프는 고개를 들지 않은 채 말을 마쳤다.

"배신자들! 쓸모없는 건달들!"

"개자식들!"

"안'바드라이그 아엔 추아흐!"

"닐프가드의 개들!"

"조용히 하십시오!"

하밀카르 단자가 철갑을 끼운 주먹으로 복도의 난간을 치며 소리쳤다. 복도에 모인 궁수들은 석궁으로 막다른 골목에 몰린 엘프들을 겨냥하고 있었다.

"차분하게! 이제 그만! 조용히 하십시오, 장교님들! 좀 더 명예롭게 행동을 하셔야지!"

단자는 더 크게 외쳤다.

"지금 감히 명예에 대해 말하겠다는 것이냐, 이 교수대에나 매달릴 놈아?"

코인네아흐 다 레오가 소리를 질렀다.

"우린 저주받은 너희 인간들을 위해 피를 흘렸어! 너희들을 위해, 우리에게서 충성 맹세를 받은 너희 황제를 위해서! 그런데 이딴 식으로 은혜를 갚아? 우릴 북쪽에서 온 산적들에게 넘겨? 마치 우리가 범죄자라도 된 듯이! 마치 흉악범이라도 된 듯이!"

"이제 그만하라고 말했잖습니까!"

단자는 또다시 소리가 메아리칠 만큼 주먹으로 난간을 세차게 내리쳤다.

"이미 정해진 사실이니 받아들이십시오, 엘프 장교님들! 신트라에서 맺어진 협약은 평화를 위한 조건이고, 황국은 북부 왕국인들에게 전쟁 범죄자들을 넘겨야 할 의무가……."

"전쟁 범죄자들? 전범이라고? 범죄자라고? 이 망할 도'이네가!"

리오르다인이 소리를 질렀다.

하밀카르 단자는 아래쪽에서 일어나는 소요에는 전혀 개의치 않고 말을 이었다.

"전범, 민간인을 학살하고 테러 행위를 했다는 의심을 받고 있는 장교들, 포로를 죽이고 고문했다는 혐의, 야전병원에서 부상자를 죽인……."

"네놈들은 개자식들이야! 우리가 손에 피를 묻힌 건, 전쟁이었기 때문이지!"

앵거스 브리 크리가 외쳤다.

"너희의 명령에 따라 죽인 거야!"

"추아흐'테 아엡 아르세, 블레데 도'이네!"

"이미 정해진 일입니다. 당신들이 아무리 욕을 하고 소리를 질러도 아무것도 바뀌지 않습니다. 자, 한 명씩 안뜰로 나오시고 수갑을 채우는 동안 저항하지 말아주십시오."

"저자들이 야루가 강을 넘어 도망칠 때 거기 남았어야 했어. 거기 남아서 더 싸웠어야 했는데! 우리가 바보같이, 천치같이, 군인으로서의 맹세를 지킨 거야! 이렇게 돼버려도 싸!"

리오르단이 이빨을 갈며 소리쳤다.

강철의 늑대, 가장 유명하고 이미 전설이 되어버린 다람쥐 부대의 대장 아이센그림 파올리타나는 돌처럼 굳은 얼굴로 소매와 어깨에서 '브리헤드' 연대의 은색 번개 문장을 떼어내 안뜰 바닥에 던져버렸다. 다른 장교들 역시 어깨에 붙어 있던 문장을 뜯어내고 내던졌다. 복도에서 이 광경을 보고 있던 하밀카르 단자는 눈살을 찌푸리더니 말했다.

"그런 행위는 전혀 도움이 안 됩니다. 더구나 제가 여러분의 입장이라면 그렇게 가벼이 황제께서 내린 계급장을 내버리지는 않을 겁니다. 제가 드릴 말씀은, 평화조약의 조건에 여러분이 황제의 장교로서 공정한 재판과 완화된 판결, 그리고 빠른 사면을 받을 수⋯⋯."

그 순간 막다른 골목에 몰려 있던 엘프들이 벽 사이에서 쿵쿵 울리는 폭소를 터뜨렸다. 하밀카르 단자는 개의치 않고 침착하게 이야기를 계속했다.

"또한 여러분께 말씀드릴 것은 북부 왕국인들에게는 바로 여러분, 서른두 명의 장교만 넘긴다는 것입니다. 여러분이 이끌었던 병사들은 단 한 명도 체포되지 않을 겁니다, 단 한 명도."

엘프 장교들의 웃음소리가 마치 칼로 벤 것처럼 사라졌다.

모닥불 쪽으로 바람이 불어와 작은 불꽃들이 날리면서 눈 속에 연기가 들어왔다. 산맥에서는 또다시 울음소리가 들려왔다. 엘프가 침묵을 깨고 말했다.

"다 망쳐버렸소. 모든 것이 다 거래의 대상이 되었지. 명예도, 충성심도, 고귀한 말도, 맹세도, 일반적인 상식의 건전함도⋯⋯ 모든 것이 수요와 체제가 필요로 하는 만큼만 유효한 상품이 된 거요. 필요가 없어지면, 아무 가치도 없이 바로 버려졌지. 쓰레기통 속으로."

가만히 듣고 있던 순례자가 고개를 끄떡였다.

"역사의 쓰레기통이오. 엘프님, 당신 말이 맞소. 신트라에서 있었던 일이 바로 그런 거요. 모든 것에 값이 매겨졌지. 그리고 대신 받을 수 있는 것이 무엇인가에 따라 값어치가 정해졌소. 아침마다 시장이 열렸지. 그리고 진짜 시장처럼, 끊임없이 예상치 못한 상승과 폭락이 이어졌소. 그리고 진짜 시장터처럼 마치 누군가가 이것을 조종하고 있다는 느낌을 지울 수 없었소."

"지금 제가 제대로 들은 게 맞습니까? 아니면 잘못 들은 것인가요?"

쉴라드 피츠-오스터렌이 표정과 목소리로 도저히 믿지 못하겠다고 말하고 있었다.

황제의 특사 베렌가르 로이바르덴은 딱히 대답할 필요를 느끼지 않았다. 안락의자에 기대앉아 잔을 흔들며 포도주가 만들어내는 물결무늬를 감상하는 중이었다.

쉴라드 피츠-오스터렌은 불만으로 얼굴이 붉어졌다. 그러더니 경멸감과 우월감으로 가득 찬 표정을 지었다. 그 표정은 한마디로 '당신은 거짓말을 하고 있어, 이 개자식아, 날 속이려는 거겠지. 이러나저러나 난 당신 속셈을 다 알고 있어'라는 뜻이었다.

쉴라드는 속마음은 숨긴 채 코를 치켜들며 말했다.

"그렇다면 그건 국경 문제와 전쟁포로 문제, 전리품 반환, '브리헤드' 연대 장교와 스코이아텔 문제에서 상당한 양보를 한 이후에, 황제께서 저에게 말도 안 되는 북부 왕국인들의 귀환 문제에 대해서도 동의하기를 바라신다는 건가요?"

"제대로 이해하셨소, 남작님. 바로 그거요, 이해력이 정말 빠르시군."

베렌가르 로이바르덴은 모음을 길게 끄는 독특한 말투로 말했다.

"위대한 태양에 맹세코, 로이바르덴 님, 아니 수도에 계신 분들은 지금 내리는 결정이 어떤 결과를 가져올지 생각이나 해보셨는지 모르겠군요. 북부 왕국인들은 이미 우리 황국이 진흙 다리를 가진 거인이라고 쑥덕이는 중입니다! 우리를 이겼다고, 격파했다고, 물리쳤다고 소리를 지르는 중이란 말입니다! 황제께서는 이렇게 더 큰 양보를 하는 것이 그들의 오만함과 말도 안 되는 최후통첩을 받아들이는 모양새가 된다는 걸 알고 계십니까? 그들이 이 같은 너그러운 양보를 우리의 약함, 무력함의 징조라 생각하고 그것이 미래에 끔찍한 결과를 가져올 수도 있다는 걸 황제께서는 정녕 모르시는 겁니까? 황제께서는 브뤼헤와 리리아에 살고 있는 우리 이주민들이 어떤 운명을 맞이하게 될지 알고 계십니까?"

베렌가르 로이바르덴은 흔들던 잔을 멈추고 석탄처럼 새카만 눈으로 쉴라드를 응시하더니 내뱉듯 말했다.

"나는 남작님께 황제 폐하의 명령을 분명 전달했소. 남작님이 그 명령을 수행한 후 닐프가드로 돌아오면 본인이 직접 황제 폐하께 왜 그렇게 비이성적인 행동을 하시는지 여쭤보시오. 아니면 황제를 나무라시든지, 화를 내시든지, 비판하시든지 말이오. 못할 게 뭐 있겠소? 하지만 본인이 직접 하시오. 나에게 전해달라고 하지 말고."

아하, 쉴라드는 생각했다. 이제 알겠군, 내 앞에 앉아 있는 이놈이 새로 온 스테판 스켈렌이군. 그러니 스켈렌과 똑같이 대해줘야 하는 것이고. 하지만 이곳에 아무런 목적도 없이 오지는 않았을 텐데. 그저 명령뿐이라면 파발꾼이 와서 전할 수도 있는 거잖아.

"할 수 없죠."

쉴라드는 겉으로는 아무렇지 않게, 친근한 척 말을 이었다.

"승리자만 불쌍해지는군요! 하지만 황제의 명령은 정확하고 구체적이니, 그렇게 수행될 겁니다. 하지만 제가, 그것이 완전한 양보가 아니라 협상의 결과처럼 보이도록 노력해보겠습니다. 제가 그런 건 잘 알죠. 저는 30년 전부터 외교관이었습니다. 그리고 4세대 동안 이어져 왔지요. 우리 집안은 상당히 전통 있고, 부유하고…… 그리고 지금보다는 더 영향력 있는……."

"알고 있소, 잘 알고 있지. 그래서 내가 여기 온 거요."

로이바르덴이 슬쩍 웃음을 띠며 말했다.

쉴라드는 몸을 조금 숙여 보였다. 그리고 참을성 있게 다음 말을 기다렸다.

로이바르덴은 잔을 기울이며 말을 시작했다.

"협상 과정에서 어려움이 생겨난 이유는, 남작께서 쓸데없이 많은 사람을 죽이는 게 전쟁에서의 승리와 정복이라 생각하는 것에 있소. 피에 물든 땅에 깃발을 꽂고 '여기까지가 내 땅이야! 내가 이겼다!'라고 말하는 거지. 많은 사람들이 이와 비슷한 생각을 하고 있고. 하지만 내 생각은, 그리고 나에게 대리권을 맡긴 다른 이들의 생각에 따르면 승리와 정복은 전혀 다른 곳에 있소. 승리는 이런 것이 승리요. 패배자와 정복당한 자들은 승리자들이 생산해낸 것들을 사야만 하는 것, 아니 기꺼이 사는 것. 왜냐하면 승리자들의 물건이 훨씬 더 좋고 싸니까. 승리자들의 통화는 패배자들의 화폐보다 강하고, 패배자들은 자기 나라의 화폐보다 승리한 나라의 화폐를 훨씬 더 신용하는 것이지. 피츠-오스터렌 남작, 내가 무슨 말을 하고 있는지 이해하겠소? 조금이나마 승리자들과 패배자들을 구별할 수 있겠소? 그럼 이제 누가 정말 불쌍한지 알겠소?"

로이바르덴의 말에 쉴라드는 고개를 끄덕이며 긍정의 뜻을 표했다. 잠시 침묵이 흐르고 로이마르덴이 모음을 길게 끌며 말을 이었다.

"하지만 승리를 더 확고하게 다지고 법적으로 강제하기 위해서는 평화조약이 맺어져야 하는 거요. 빨리, 그리고 어떤 대가를 치르더라도. 무기를 버리고 휴전을 하고 그런 것이 아니라, 평화 말이오. 아주 창조적인 절충이자 건설적인 화합이지. 그리고 경제 제재와 관세 보복, 무역에서의 보호주의를 없애는 것이오."

쉴라드가 이해했다는 의미로 또다시 고개를 끄덕였고, 로이바르덴은 차분하고 감정 없는 말투로 모음을 끌며 이야기를 계속했다.

"우리가 아무 생각 없이 그들의 농업을 망가뜨리고 산업 시설을 파괴한 게 아니었소. 우리가 그렇게 한 이유는 그들의 생필품들, 여러 물품들이 부족해져서 우리 물건을 사게끔 만들기 위해서였소. 하지만 국경이 서로 적대적이고 막혀 있어서는 우리 상인들도, 우리 물품들도 통과가 안 되지. 그럼 무슨 일이 생기겠소? 무슨 일이 생기는지 남작님께 말씀드리지. 먼저 초과 생산의 위기가 닥칠 거요. 왜냐하면 우리나라의 제조업은 수출을 기대하며 최대 생산을 하고 있기 때문이오. 또한 노비그라드와 코비어와 협력하고 있는 해상 무역에서도 큰 손해를 보겠지. 남작님의 영향력 있는 가문은 이 무역에 상당한 주(株)를 가지고 있는 것으로 알고 있소만. 그리고 남작님도 아시다시피, 가정은 사회의 가장 기본적인 구성요소지, 그렇지 않소?"

"그렇지요. 알겠습니다, 이해했습니다. 하지만 제가 수행해야 하는 임무가 분명 황제의 명령이라는 확신을…… 어떤 이익집단이 아니라……."

쉴라드는 그 어떤 도청도 불가능한 방임에도 불구하고 목소리를 낮췄다.

"황제들은 바뀌지 않소? 하지만 집단은 지속되지."

로이바르덴이 이빨 사이로 말을 이어갔다.

"집단은 계속해서 지속되는 거요. 너무 뻔한 말을 하고 있군. 남작님의 걱정은 이해했소. 황제의 명령을 수행하고 있다고 확신해도 좋소. 황국의 이익을 위한 명령이지. 설령 이 명령이, 어떤 집단이 황제에게 조언을 한 후에 내려진 명령이라 해도 말이오."

로이바르덴 특사의 말을 듣고 있던 쉴라드는 미소를 지으며 약간 고개를 숙여, 자신이 이해했다는 것을 알렸다. 그러자 로이바르덴은 깃과 셔츠를 헤쳐 삼각형 안에 불타는 별이 새겨진 황금 메달을 내보였다.

"멋진 장식품이군요. 제가 알기로는 상당히 값비싸고…… 극소수의 사람들만이…… 어디서 살 수 있는지 알려주시겠습니까?"

"그건 어려울 것 같소만. 이 메달은 사는 것이 아니라 소유할 자격을 갖춰야 하거든."

베렌가르 로이바르덴이 단호하게 말했다.

"만약 여러분이 모두 허락하신다면, 위대한 태양이신 닐프가드 황제 에미르 바 엠레이스 폐하께서 특사를 통해 보내신 서신의 내용을……."

쉴라드 피츠-오스터렌의 목소리는 회합에 모인 사람들이 모두 알고 있는, 곧 중대 발표를 하겠다는 어조였다.

"으, 또? 이제 그만 좀……."

데머번드가 뇌까리듯 중얼거렸고 딕스트라는 신음했다. 쉴라드가 모르는 척 무시할 수 없을 정도였다. 쉴라드는 사실대로 말했다.

"서한은 깁니다. 그러므로 전문을 읽지 않고 요약해서 말씀드리겠습니다. 황제 폐하께서는 지금까지의 평화 협상 진행과 관련해서 매우 만족하고 있으며, 평화를 사랑하는 한 사람으로서 절충안과 화합의 결과를 기쁘게 받아늘인다고 말씀하셨습니다. 또한 황제 폐하께서는 계속 진행될 협상에 대해서 앞으로의 발전과 양측 모두에게 이익이 될 만한 결과를……."

"그럼 이제 시작합시다! 빨리! 양측 모두에게 이익이 될 만한 결과를 내고 이제 집에 좀 갑시다."

폴테스트 왕이 쉴라드의 말을 자르며 끼어들었다.

"바로 그거야. 그만 좀 하자고, 이렇게 계속 질질 끌다간 겨울이 되겠어!"

집이 제일 먼 헨젤트 왕이 짜증을 내자 메브 여왕이 말했다.

"아직 한 가지 더 절충할 것이 있는데, 몇 번을 그냥 스쳐 가기만 했던 문제지. 아마 그 얘기를 꺼냈다간 다 망할 것 같아서. 이제 그 공포를 극복할 시간이 왔어. 우리가 겁먹는다고 해서 문제가 사라지는 것은 아니지."

"그렇소. 그러니 이제 시작하자고. 신트라의 국가적 지위와 칼란테 이후의 왕위 계승 문제를 확정지읍시다. 어려운 문제지만 우리는 할 수 있을 거요. 안 그렇습니까, 대사님?"

폴테스트 왕이 쉴라드 피츠—오스터렌을 응시하며 질문을 던지자 그는 외교관답게 비밀스러운 웃음을 지으며 대답했다.

"아, 신트라 왕위 계승 문제는 물 흐르듯 해결될 것이라고 저는 확신합니다. 그건 여러분들께서 생각하시는 것보다 훨씬 더 쉬운 문제입니다."

"그럼 논의를 시작하도록 하죠. 다음 문제, 신트라를 신탁통치 구역으로 지정한다. 테메리아의 폴테스트가 통치 권한을 가진다."

필리파 에일하트가 쓸데없는 논쟁 따위는 용납하지 않겠다는 투로 말했다.

"그랬다간 폴테스트의 영향력이 너무 커질 텐데. 폴테스트는 지금도 욕심이 너무 많아. 브뤼헤, 소든, 앙그렌……."

사브리나 글레비식이 얼굴을 찡그리자 필리파가 서둘러 말했다.

"하지만 우리 입장에서는 야루가 강어귀에 강력한 국가가 필요해. 그리고 마르나달 계단 지역에도."

"그 의견에는 반대하지 않겠어. 우리에겐 분명 필요하지. 하지만 에미르바 엠레이스에게는 그렇지 않아. 그리고 우리의 목적은 절충을 하는 것이지, 분쟁을 일으키는 게 아니야."

쉴라 드 탄자빌이 고개를 끄떡이면서도 회합의 의의를 상기시켰다. 이어서 프란체스카 핀다베어가 입을 열었다.

"며칠 전 쉴라드 피츠-오스터렌의 제안에 따르면, 휴전선을 그어 신탁통치 구역 신트라를 북쪽 나라 연합 구역과 남쪽 나라 연합 구역으로 나누자는⋯⋯."

"말도 안 돼, 유치하다고! 그런 분단은 말도 안 될 뿐더러 갈등의 빌미가 될 거예요."

프란체스카 핀다베어의 말이 채 끝나기도 전에 마르가리타 록스 안틸레가 벌컥 화를 냈다.

"내 생각에 신트라는 연합통치 구역이 되어야 할 것 같아. 북쪽 나라 대표들과 닐프가드 황국의 대표가 함께 다스리는 연합통치 형태로 말이야. 신트라 성과 항구는 자유도시가 되고⋯⋯ 아시르 님, 하실 말씀 있으신가요? 얘기해보세요. 나는 원래 설명을 다 끝낸 후에 토론하는 방식을 좋아합니다만, 그래도 말씀해보세요."

쉴라 드 탄자빌이 이야기를 하다 말고 닐프가드의 여자 마법사 아시르를 바라보며 말했다.

유령처럼 창백한 프린질라 비고를 포함한 모든 여자 마법사들의 시선이 아시르 바 아나히드에게로 향했지만, 아시르는 조금도 불편해하지 않았다.

"저는 다른 문제에 좀 더 집중할 것을 제안합니다. 신트라는 일단 그대로 두고요. 제가 알아낸 정보가 있는데, 여러분께 아직 말씀드릴 시간이 없었습니다. 존경하는 여러분, 신트라 문제는 이미 해결이 된 상태랍니다."

아시르 바 아나히드는 특유의 다정하고 부드러운 목소리로 말했다.

"뭐라고요? 그게 도대체 무슨 소리죠?"

필리파 에일하트의 눈이 매섭게 가늘어졌다.

트리스 메리골드는 크게 한숨을 쉬었다. 트리스는 그 말이 무슨 뜻인지, 짐작할 수 있었다.

바티에 드 리도는 우울하고 시무룩해 있었다. 아름답고 사랑을 나누는 데 있어서 그 누구와도 비견할 수 없는 애인인 황금빛 머리의 칸타렐라가 갑자기 아무런 이유도, 설명도 없이 그를 버린 것이다. 바티에게 이것은 무서운 충격이었다. 그 이후로 바티에는 마치 병이라도 걸린 듯, 신경이 곤두서서 정신을 잃고 바보가 되어 돌아다녔다. 이제 황제와의 대화에서 무슨 바보 같은 소리를 늘어놓지는 않을지, 실수를 하지는 않을지 무척 조심해야 했다. 신경증이 악화된 능력 없는 자들에게 대 변화의 시기는 위험했다.

에미르 바 엠레이스가 이마를 찌푸린 채 말을 시작했다.

"우리는 이미 상인 연합에서 감당해준 귀중한 도움에 대한 대가를 지불했네. 지금까지 세 명의 황제들이 베푼 것을 합친 것보다 더 많은 특권을 부여했지. 베렌가르 로이바르덴이 배신의 음모를 밝히는 데 도움을 준 것에 대해서도 감사를 표했고. 그래서 높은 자리를, 큰 이익이 되는 자리를 받았네. 하지만 그 자리에 걸맞은 자격이 없는 것으로 밝혀진다면, 그가 세운 공로에도 불구하고 바로 쫓겨날 거야. 그 사실을 그가 분명히 알고 있으면 좋겠는데."

"제가 노력하겠습니다, 폐하. 그럼 딕스트라는 어떻게 할까요? 그리고 딕스트라의 비밀 정보원은요?"

"딕스트라는 자기 정보원을 밝히느니 스스로 목숨을 끊어버릴 인물이지. 딕스트라에 대해서는 물론, 하늘에서 내려온 정보에 대해서도 감사를 표하는 게 좋겠지…… 하지만 어떻게? 딕스트라는 나한테서 아무것도 받지 않을 텐데."

"제가 한 말씀드려도 된다면, 폐하……."

"말해보게."

"딕스트라라면 정보는 받을 겁니다. 이를테면 자신은 모르지만, 알고 싶어 하는 정보 말입니다. 폐하께서 그에게 정보로 보답을 하시면 됩니다."

"좋은 생각이군, 바티에."

바티에 드 리도는 안도의 한숨을 내쉬기 위해 고개를 옆으로 돌렸다. 그래서 다가오고 있는 여인들을 먼저 볼 수 있었다. 리데르탈 백작 부인, 스텔라 콘그레브와 그녀가 보호하고 있는 금발 머리의 소녀였다.

"오고 있습니다."

바티에 드 리도가 눈썹으로 가리켰다.

"폐하, 제가 감히 말씀드리자면…… 이 나라를 생각하셔야…… 황국의 이익이……."

"그만. 말했지만 생각해보겠네. 잘 생각해보고 결정을 내리지. 그리고 결정을 내린 후에는 그 결정에 대해 자네에게 말해주도록 하겠네."

에미르 바 엠레이스가 마뜩잖은 듯 말을 잘랐다.

"알겠습니다, 황제 폐하."

"뭐 또 할 말이 있나? 왜 안 가고 있는 건가, 바티에?"

닐프가드의 백색 불꽃, 에미르 황제는 조바심이 난다는 듯 장갑으로 분

수 받침을 장식하고 있는 여신상의 허벅지를 쳤다.

"스테판 스켈렌 문제는……."

"자비는 베풀 수 없네. 배신자에게는 죽음을. 하지만 제대로 된 공정한 재판 후에."

"알겠습니다, 황제 폐하."

에미르는 절을 하며 떠나는 바티에를 쳐다보지도 않았다. 에미르는 스텔라 콘그레브를 보고 있었다. 그리고 금발 머리 소녀를.

저 아이에게 황국의 이익이 걸려 있군, 에미르가 생각했다. 가짜 공주, 신트라의 가짜 여왕. 황국에게 너무나 중요한 야루가 강의 어귀를 다스리는 가짜 지배자. 그 황국의 이익이 눈을 내리깔고 겁에 질린 채, 초록빛 소매가 달린 하얀 실크 드레스를 입고 단정한 목선에 페리도트 목걸이를 걸고 있었다. 다른 로완에서 내가 저 드레스와 잘 어울리는 보석을 칭찬했었지. 스텔라는 내 취향을 잘 알아. 또다시 인형한테 내 취향에 맞는 옷을 입혔군. 하지만 내가 이 인형과 뭘 해야 하지? 벽난로 위에 장식으로 올려놓으면 되는 건가?

"안녕하시오."

황제가 먼저 고개를 숙였다. 옥좌가 있는 방이 아니라면 닐프가드 궁정의 예의범절에 따라 여성에게 먼저 예를 갖춰야 하는 법도가 있었고, 이는 황제도 예외가 아니었다.

두 여인들은 몸을 깊이 굽히고 머리를 숙여 인사했다. 그들 앞에 있는 사람은 예의 바른 황제였으니까.

에미르는 예의범절이라면 진력이 난 상태였고, 할 만큼 했으니 냉정하게 명령했다.

"스텔라, 여기 있으시오. 아가씨는 산책에 따라오고. 자, 내 팔을 잡고, 머리는 들고. 인사는 좀 그만하고. 이건 그냥 산책일 뿐이니까."

서서히 초록빛으로 물들어가고 있는 덤불과 나무울타리를 따라 길을 걸었다. 황제의 호위대이자 엘리트 부대인 도마뱀 문양의 '임페라' 군인들이 저 멀리 있었지만, 언제라도 준비가 되어 있었다. 그들은 언제, 어떤 순간에 황제를 방해하면 안 되는지 잘 알고 있었다.

둘은 텅 비어 있는 우울한 작은 연못을 지났다. 토레스 황제가 풀어놓은 몇 백 년이나 산 잉어가 이틀 전에 죽은 것이다. 젊고 튼튼한 녀석들을 풀어놔야지, 에미르 바 엠레이스는 생각했다. 그리고 그 잉어에 내 얼굴과 날짜를 새긴 메달을 묶어놓으라고 할 거야. 바에세 데이레아드 아엡 에이게안. 끝나는 것이 있으면, 시작되는 것도 있지. 이제 새 시대야. 새로운 시간이지. 새 삶. 그러니까 젠장, 잉어도 새로 마련하자고.

생각에 잠긴 에미르는 자신의 팔을 잡고 있는 소녀에 대해서도 거의 잊고 있었다. 그러다 문득 소녀의 따뜻함과 방울꽃 향기, 그리고 황국의 이익이 다시 떠올랐다. 정확히 이 순서로.

연못 중앙에는 물속에 만들어진 인공 섬이 있었고 그 안에는 바위로 만든 작은 뜰과 분수와 대리석 조각이 있었다.

"저 조각이 뭔지 아나?"

대답이 바로 나오진 않았지만, 여자아이는 천천히 답했다.

"네, 폐하. 저것은 자신의 피를 아기 새에게 먹이려고 부리로 가슴을 쪼고 있는 펠리컨이지요. 고귀한 희생의 비유입니다. 또한……."

"말해보라."

"위대한 사랑을 뜻하기도 합니다."

"그럼, 희생이나 사랑을 위해서 가슴을 쫀다면 덜 아플 것 같나?"

황제는 여자아이를 자기 쪽으로 돌리고 입술을 깨물었다.

"모르겠습니다…… 폐하…… 저는…….."

여자아이는 말을 더듬었다.

에미르는 여자아이의 손을 잡았다. 떨리는 것이 느껴졌다. 떨림이 자신의 손과 팔, 목까지 전해졌다. 에미르가 입을 열었다.

"우리 아버지는 위대한 지배자였지. 하지만 전설도 옛이야기도 전혀 몰랐어, 그런 걸 알 시간이 없었지. 그래서 언제나 뒤죽박죽으로 이야기를 하셨지. 아직도 기억나는데, 여기 공원에 날 데려오실 때마다 저건 잿더미 속에서 일어나는 펠리컨이라고 말씀하셨어. 하, 이봐, 황제가 농담을 하는데 웃는 척이라도 해야지. 음, 고맙소. 훨씬 낫군. 나와 이곳을 산책하는 게 싫다면 나도 기분이 좋을 것 같진 않아. 내 눈을 똑바로 봐."

"저는…… 기뻐요…… 이곳을…… 폐하와 함께 산책하는 것이…… 저에겐 큰 영광입니다, 알고 있어요…… 또한 큰 기쁨이에요. 진심으로……."

"정말인가? 아니면 그것도 궁정의 젠장할 예의범절인가? 스텔라 콘그레브가 잘 가르친 예절? 스텔라는 분명 완전히 외우라고 했겠지? 말해봐, 아가씨."

여자아이는 시선을 내리깐 채 아무 말도 하지 않았다.

"황제가 지금 질문을 했어. 황제가 질문할 때는, 그 누구도 감히 침묵해선 안 돼. 물론, 거짓으로 대답해서도 안 되지."

"정말로, 정말로 기쁩니다, 황제 폐하."

여자아이가 노래하듯 대답하자, 잠시 후 에미르가 고개를 끄덕이며 말했다.

"너의 말을 믿겠다. 믿어. 이상하긴 하지만."

"저도…… 저도 이상해요."

여자아이가 너무 작게 속삭이는 바람에 에미르는 제대로 듣지 못했다.

"뭐라고? 좀 더 용기를 내서, 큰 소리로 말해봐."

"좀 더 자주…… 산책을 하고 싶어요. 그리고 이야기도. 하지만 알아요…… 그건 불가능하다는 것을요."

"잘 알고 있군. 황제는 나라를 지배하지. 그러나 두 가지만은 지배할 수 없어. 자기 마음과 자신의 시간이지. 두 가지 다 황국의 소유니까."

에미르는 입술을 깨물었다.

"저도 매우 잘 알고 있습니다."

여자아이는 이번에도 들릴 듯 말 듯 작게 속삭였다. 무거운 침묵이 흐른 후 에미르가 말을 이었다.

"여기서 오랫동안 놀 수는 없어. 신트라에 가서 평화조약이 맺어질 때 자리를 빛내야 하거든. 그대는 다른 로완으로 돌아가…… 머리를 들어, 아가씨. 아니, 그건 아니지. 내 앞에서 코를 두 번이나 훌쩍이다니. 눈에는 그게 뭐지? 눈물? 이건 예의범절에서 심각하게 어긋나는 짓이야. 리데르탈 백작부인에게 불만을 토로해야겠군. 머리 들라고 말했는데."

"제발…… 스텔라 님은…… 그냥 두세요…… 황제 폐하…… 다 제 잘못이에요. 저의 잘못입니다. 스텔라 님은 저를 잘 가르치셨…… 그리고 준비도 잘……."

"그건 나도 잘 알고 있고 높게 평가하고 있어. 걱정 마. 스텔라 콘그레브가 내 미움을 받는 일은 없을 테니까, 절대로. 그저 너에게 농담을 한 것뿐이야, 짓궂게."

"저도 알고 있었어요."

여자아이는 이렇게 속삭이고는 본인의 대담함에 얼굴이 창백해졌다. 하지만 에미르는 그저 크게 웃을 뿐이었다. 조금은 지어낸 듯한 웃음이었다.

"지금이 더 낫군. 내 말을 믿어. 대담한 너의 모습은 마치 내……."

에미르는 하던 말을 중단했다. 마치 내 딸 같군, 이라고 말하려 했던 것이다. 그러나 죄책감이 개처럼 물어뜯어서 더는 말을 계속할 수 없었다.

여자아이는 눈을 들지 않았다. 스텔라가 잘 가르쳤기 때문만은 아니군, 에미르는 생각했다. 이건 이 아이의 원래 성격이야. 보기와는 달리 이 아이는 상처내기 힘든 다이아몬드 같군. 안 돼. 바티에가 이 아이를 죽이도록 놔둘 수는 없어. 신트라는 신트라고, 황국의 이익은 황국의 이익이지만, 이 일에 명예롭고 현명한 결말은 단 한 가지뿐이야.

"내 손을 잡아."

냉정한 목소리로 내려진 명령이었다. 그럼에도 에미르는 이 명령이 기꺼이 행해진 듯한 느낌을 지울 수 없었다. 그 어떤 강압도 없이.

여자아이의 손은 작고 차가웠다. 하지만 떨리고 있지는 않았다.

"이름이 뭐지? 제발, 시릴라 피오나라고는 하지 마."

"제 이름은 시릴라 피오나예요."

"무거운 형벌을 내리고 싶다는 생각이 드는군, 아가씨."

"네, 폐하, 알고 있습니다. 하지만…… 하지만 전 시릴라 피오나여야만 해요."

"그럼, 네가 시릴라 피오나가 아니라서 슬픈가?"

황제가 여자아이의 손을 놓지 않고 물었다.

"네, 제가 시릴라가 아니어서 슬퍼요."

여자아이가 속삭였다.

"정말인가?"

"만약 제가…… 진짜 시릴라였다면…… 폐하께서는 저를 좀 더 은혜롭게 보셨겠죠. 하지만 저는 가짜일 뿐이에요. 아무런 자격도 없는 가짜, 아무런……."

에미르는 몸을 휙 돌리고는 여자아이의 양팔을 붙잡았다. 그러고는 곧바로 그 손을 놓고 뒤로 한 걸음 물러났다.

"왕관에 대한 욕심 때문인가? 권력? 영예? 영광? 사치?"

에미르는 낮고 빠르게, 여자아이가 세차게 고개를 가로젓는 것을 못 본 척하며 다그쳤다.

에미르는 힘겹게 한숨을 내쉬었다. 여자아이가 고개를 떨군 채 자신을 향한 황제의 비난에 대해 고개를 가로젓는 것을, 지금까지 말한 것보다 말해지지 않은 더 심한 비난에 대해서도 고개를 가로젓는 것을 못 본 체했다.

에미르는 다시 한 번 깊은 한숨을 내쉬었다.

"작은 불나방, 지금 네 눈앞에 있는 것이 불꽃이라는 것은 알고 있나?"

"알고 있습니다, 폐하."

둘은 오랫동안 아무 말도 하지 않았다. 봄의 향기가 머리를 핑글핑글 어지럽혔다. 두 사람 다. 한참의 시간이 흐른 후에야 에미르는 먹먹한 목소리로 말했다.

"황후가 된다는 것은 생각보다 어려운 일이야. 내가 너를 사랑할 수 있을지 난 모르겠다."

여자아이는 자신도 이해한다는 의미로 고개를 끄덕였다. 뺨에는 눈물이 흐르고 있었다. 스티가 성에서 느꼈던 것처럼, 에미르 자신의 심장에 박힌 차가운 유리 조각이 움직이는 게 느껴졌다.

에미르는 여자아이를 자신의 품으로 꽉 끌어안고는 방울꽃 향기가 나는 아이의 머리카락을 쓰다듬었다.

"불쌍한 나의 아가…… 불쌍한 황국의 이익……."

중얼거리는 에미르 바 엠레이스의 목소리는 평소와 달랐다.

신트라 전역에서 종들이 울렸다. 위엄 있고 깊은, 공식적인 타종이었다. 하지만 무언가 슬픈 분위기였다.

희한한 외모야, 헴멜파트 대주교가 다른 모든 이들처럼 가로 1송젠에, 세로 반 송젠이나 되는 초상화를 보며 생각했다. 혼혈임이 분명해. 저주받은 엘프의 피가 흐르고 있다는 데 내기를 해도 좋아.

예쁘군, 폴테스트 왕이 생각했다. 첩자들이 나에게 보여주었던 미니어처에서 본 모습보다 훨씬 예쁘네. 하지만 초상화라는 건 보통 실제보다 예쁘게 그려주는 편이잖아.

칼란테와는 전혀 닮지 않았군, 메브 여왕이 생각했다. 로그너 왕과도 전혀 닮지 않았고, 파베타와도…… 흠…… 소문에 따르면…… 아니, 하지만 그럴 리는 없지. 분명 왕가의 혈통이야, 신트라의 적법한 지배자지. 황국의 이익이 걸렸잖아. 그리고 역사도.

신트라에 도착한 지 얼마 되지 않은 코비어의 왕 에스테라드 티센은 생각했다. 저건 내가 꿈에서 봤던 여자애가 아니야. 확신하지만 그 여자애가 아니라고. 하지만 아무에게도 말하지 않겠어. 나 혼자만, 그리고 우리 줄레이카에게만 말해줘야지. 줄레이카와 함께, 꿈에서 얻은 이 정보를 어떻게 이용할지 생각해보자.

저 아이, 시리는 내 아내가 될 수도 있었는데, 베르덴의 키스트린 왕은 생각했다. 그러면 내가 신트라의 공작으로, 다음 왕위 계승자가 됐겠지⋯⋯ 그리고 분명히 칼란테처럼 죽었을 거야. 잘됐어, 휴, 잘된 거야, 그때 저 애가 내 앞에서 도망친 게 천만다행이지.

단 한순간도 첫눈에 반한 사랑 이야기 같은 건 믿은 적이 없어, 쉴라드 피츠-오스터렌이 생각했다. 단 한순간도. 하지만 에미르는 결국 저 여자애와 결혼을 하는군. 닐프가드 귀족 집안의 공주들 중 하나와 결혼해서 귀족들의 화합을 이끌어내는 대신, 신트라의 시릴라와 결혼을 하는군. 왜? 이 조그맣고, 가난한 나라의 고작 반을 얻기 위해서? 이미 닐프가드-노비그라드-코비어 무역이 지배하고 있는 야루가 어귀를 얻기 위해서? 이 황국의 이익이라는 건 도저히 이해를 못하겠군, 도저히. 내 생각에는 모두들 나에게 얘기를 다 해주는 건 아닌 것 같아.

여자 마법사들 짓이야, 딕스트라는 생각했다. 이건 여자 마법사들이 꾸민 짓이지. 하지만 그러라지. 시리가 신트라의 여왕이 되고, 에미르의 부인이 되고 닐프가드의 황후가 된다고 적혀 있나 보지. 운명이 그걸 원했던 거야, 팔자 말이야.

그렇게 되라지, 트리스 메리골드는 생각했다. 그렇게 남아 있도록 해. 아주 잘된 일이야. 이제 시리는 안전해. 모두들 시리에 대해 잊겠지. 그 아이가 자신의 삶을 살도록 놔둘 거야.

초상화가 드디어 제자리에 걸리고, 초상화를 걸고 있던 시종들은 자리를 피해 사다리를 치웠다.

시커멓게 얼룩이 지고 먼지가 쌓인 신트라 왕들의 초상화, 그 긴 줄에는 케르빈과 코람, 코르베트, 다고라드와 로그너, 자신만만한 칼란테, 우울한 파베타가 있었고 그 옆에 마지막 초상화가 걸렸다. 현 여왕의 초상화, 왕가의 피와 왕위를 계승하는 여왕.

금발 머리에 슬픈 눈을 한, 마른 소녀의 초상. 초록빛 소매가 달린 하얀 실크 드레스를 입고 있었다.

시릴라 피오나 엘렌 리아논.

신트라의 여왕, 닐프가드의 황후.

운명이야, 필리파 에일하트는 딕스트라가 자신을 바라보는 시선을 느끼며 생각했다.

불쌍한 아이, 딕스트라는 초상화를 바라보며 생각했다. 이제 근심과 불행은 끝났다고 생각하고 있겠지. 불쌍한 아이.

신트라의 종들은 갈매기들을 쫓으며 계속해서 울렸다.

순례자가 다시 이야기를 시작했다.

"회담이 끝나 신트라 평화조약이 맺어지고 얼마 되지 않아서 노비그라드에서는 며칠에 걸친 떠들썩한 환영 잔치, 축제가 있었소. 축제의 정점은 화려하게 장식된 군대들의 행진이었지. 새 시대가 시작되던 날은 정말 좋았소……."

"그 말은 그러니까 그날 제정신이었다는 거요? 군대가 행진한 그날?"

엘프가 비꼬는 어조로 물었지만, 순례자는 그런 어조 따위에 기가 죽을 사람은 아니었다.

"일단, 나는 그날 좀 늦었소. 그날은 앞서 말했듯이 정말 아름다웠지. 새벽부터 그런 징조가 보였소."

드라켄보그 성채의 지휘관인 바스코이뉴는 얼마 전까지 정치 자문관이었다. 그는 조바심이 난다는 듯 장화 옆을 채찍으로 치며 소리를 질러댔다.

"더 빨리, 더! 다음 사람들이 기다리잖아! 신트라 평화조약 이후 진짜 바쁘다고!"

사형집행인들은 죄수들을 사형대에 매단 후 자리를 피했다. 바스코이뉴는 또다시 장화 옆을 채찍으로 치며 준엄하게 말했다.

"누구든 할 말이 있으면 지금이 마지막이니 말하라."

"자유 만세."

카이르브레 아엡 디아레드가 말했다.

"불공정한 재판이야."

약탈자이며 도둑이자 살인자인 오레스테스 콥스가 말했다.

"씹할."

탈영병 로베르트 필흐가 말했다.

"딕스트라에게 내가 후회한다고 전해줘."

뇌물 수수와 횡령죄를 지은 첩자, 얀 렌넵이 말했다.

"난 정말…… 난 정말 그럴 생각이……."

성채의 이전 지휘관이자 여죄수들에게 한 짓으로 자리에서 쫓겨난 후 재판을 받은 이스트반 이갈피가 훌쩍거리며 말했다.

녹아내린 황금처럼 눈부신 태양이 성채의 장대 울타리 위에서 폭발하듯 떠올랐다. 교수대가 긴 그림자를 드리웠다. 드라켄보그에 태양이 빛나는 새롭고 아름다운 날이 시작되고 있었다.

새 시대의 첫 번째 날.

바스코이뉴는 채찍으로 장화 옆을 내리쳤다. 그리고 한쪽 손을 들었다가, 내렸다.

죄수들의 발아래 놓여 있던 나무 상자들이 치워졌다.

노비그라드의 모든 종들이 울리며 깊고도 떨리는 듯한 소리가 상인들의 집과 지붕에서 반사되어 거리거리마다 메아리쳤다. 불꽃놀이의 불꽃들이 멀리 퍼져 나갔다. 군중들은 소리를 지르고, 만세를 외치고 꽃과 모자를 던지고 스카프와 흰 손수건, 깃발, 심지어 바지까지 벗어 흔들고 있었다.

"자유 용병대 만세!"

"만세!"

"용병 만세!"

로렌조 몰라는 군중들에게 경례를 하고, 아름다운 도시의 아가씨들에게 키스를 보냈다.

"이렇게 열광하는 만큼 보너스를 주면, 우리도 부자가 될 텐데!"

로렌조 몰라가 소리쳤다.

"유감이군. 프론티노가 이 날을 못 본 게……."

목이 잠긴 채 줄리아 아바테마르코가 중얼거렸다.

줄리아와 아담 '아듀' 판그라트, 그리고 로렌조 몰라는 멋지게 차려입고 반들반들 윤이 나게 손질한 말들의 코끝조차 어긋나지 않게 대열을 맞춘, 자유 용병대 맨 앞에 서서 노비그라드의 대로를 행진하고 있었다. 자유 용병대의 말들은 주인과 닮아 있었다. 차분하고 자랑스럽게, 군중들의 환호성과 만세 소리에도 전혀 겁먹지 않은 채, 가벼운 고갯짓으로 떨어져 내리는 화관과 꽃들에 조금씩만 반응할 뿐이었다.

"용병 만세!"

"아듀 판그라트 만세! 달콤한 변덕쟁이 만세!"

줄리아 아바테마르코는 공중에서 날아든 카네이션 꽃을 잡으며 몰래 눈물을 훔쳤다.

"이런 승리는…… 상상도 못했어…… 이런 승리는, 프론티노가……."

줄리아의 말에 로렌조 몰라가 웃어 보였다.

"당신은 너무 낭만적이야. 마음이 약해졌네, 줄리아."

"그런 것 같군. 주목! 나를 따르라! 왼쪽! 왼쪽을 봐라!"

모두들 안장 위에서 똑바로 몸을 펴고, 높게 설치된 단과 그 위에 자리한 옥좌들을 향해 고개를 돌렸다. 폴테스트군, 줄리아는 생각했다. 저 수염 난 사람은 케드웬의 헨젤트고, 저 잘생긴 사람이 에이단의 데머번드로군…… 저 여자는 틀림없이 헤드위그 여왕일 거야…… 그 옆에 있는 저 애송이가 아들인 라도비드로군. 아버지가 살해당한 불쌍한 아이…….

"자유 용병대 만세! 줄리아 아바테마르코 만세! '아듀' 판그라트 만세! 로렌조 몰라 만세!"

"나탈리스 장군 만세!"

"왕들이여, 만수무강하시길! 폴테스트, 데머번드, 헨젤트, 모두 만세!"

"딕스트라 만세!"

어디선가 아첨꾼이 소리를 질렀다.

"축복받으실 우리 군주님 만세!"

군중 속에서 돈을 받은 몇 명이 소리를 질렀다. 노비그라드의 대주교, 사이러스 엥겔킨트 헴멜파트는 자리에서 일어나 군중에게 인사를 보내고 손을 뻗어 군인들의 행진을 지도했다. 요령이 없어서 헤드위그 여왕과 어린

라도비드에게 엉덩이를 보이며 자신의 넓은 망토로 앞을 가렸다.

아무도 '라도비드' 만세라고는 외치지 않네. 노비그라드 대주교의 넓은 엉덩이에 가려진 라도비드가 생각했다. 내 쪽은 쳐다보지도 않아. 아무도 우리 어머니를 향해 만세를 불러주지 않아. 아버지의 이름도 외치지 않고, 그를 기억하는 함성도 없어. 오늘, 이 승리의 날, 아버지가 이루고 싶어 했던 그 화합을 이룬 날…… 바로 그 때문에 아버지는 살해당했는데.

라도비드 왕자는 목덜미에 닿는 어떤 시선을 느꼈다. 알지는 못하지만 꿈에서만 알고 있었던 듯한 느낌, 부드럽고 뜨거운 여자의 입술이 스쳐 가는 듯한 느낌. 라도비드는 고개를 돌렸다. 그리고 자신에게 고정된, 바닥이 보이지 않을 만큼 깊고 검은 필리파 에일하트의 시선을 느꼈다.

기다리라고, 라도비드는 시선을 돌리며 생각했다. 조금만 기다려.

그 누구도 이때, 섭정위원회와 딕스트라가 다스리는 르다니아에서 아무 의미도 없는 열세 살 남자아이가 훗날 왕이 되리라고는 생각하지 않았다. 자신과 어머니에 대한 냉대와 무시를 모두에게 갚아줄, 역사에 남을 폭군 라도비드 5세가 되리라고는.

군중들은 환호했다. 행진하는 용병들의 말발굽 아래로 꽃들이 흩어졌다.

"줄리아?"

"왜, 아듀?"

"나와 결혼해줘. 내 아내가 되어줘."

'달콤한 변덕쟁이'는 충격에 정신을 차리느라 오랫동안 아무런 대답도 하지 못했다. 군중들은 만세를 불렀다. 노비그라드의 대주교는 땀에 젖어서 마치 기름진 메기처럼 헐떡거리며 단상에서 시민들과 행진하는 군대와 도시와 세계를 축복하고 있었다.

"하지만 당신은 이미 결혼했잖아, 아담 판그라트!"

"난 별거 중이야. 이혼할 생각이고."

줄리아 아바테마르코는 대답하지 않았다. 그리고 여전히 놀란 상태로 고개를 돌렸다. 줄리아는 걱정스러웠고, 너무나 행복했다. 왜 그런지는 스스로도 알 수 없었다.

군중들이 만세를 부르고 꽃을 던졌다. 지붕 위로는 경쾌한 소리와 연기를 뿜으며 불꽃들이 터지고 있었다.

노비그라드의 종들이 사방에서 울렸다.

여자가 되었어, 네네케는 생각했다. 내가 전쟁터로 내보냈을 때는 소녀였지. 그리고 여자가 되어 돌아왔어. 자신감이 있고, 본인이 뭘 하는지 알고 있고, 차분하고, 자제력이 있는, 여성스러운 여자가 되어서.

이 전쟁을 이겨낸 거야. 전쟁이 자신을 파괴하도록 허락하지 않은 거지.

에우르네이드는 작지만 명확한 목소리로 이야기를 계속했다.

"데보라는 마예나에서 티푸스로 죽었어요. 프룬은 야루가에서 부상병을 태운 배가 뒤집어졌을 때 함께 죽었고요. 미라는 엘프들에게 죽었어요, 아르메리아의 야전병원을 스코이아텔이 습격했을 때…… 카티예는…….."

"계속 얘기해다오."

네네케가 부드러운 목소리로 재촉하자 에우르네이드가 헛기침을 했다.

"카티예는…… 병원에서 부상당한 닐프가르드인을 만났어요. 평화조약이 맺어지고 포로 교환이 이루어지자 카티예는 그와 함께 닐프가르드로 갔어요."

"내가 항상 하는 말이지만, 사랑에는 국경이 없지. 그럼 둘째 이올라는 어떻게 되었니?"

통통한 제사장은 한숨을 쉬며 물었다.

"살아 있어요. 마리보에 있고요."

에우르네이드가 확신을 가지고 서둘러 말했다.

"왜 돌아오지 않는 거지?"

에우르네이드는 고개를 숙였다. 그리고는 작은 목소리로 말했다.

"어머니, 이올라는 신전으로 안 돌아올 거예요. 하플링 외과의사인 밀로 반데르벡의 병원에 있어요. 이올라는 계속 사람들을 치료하겠대요. 그것만 하겠대요. 어머니, 이올라를 용서해주세요."

"용서라고? 난 이올라가 자랑스럽구나."

네네케는 미소를 지었다.

"늦었잖아."

필리파 에일하트가 씩씩거렸다.

"왕들이 참여하는 공식 행사에 늦다니. 수백의 악마들한테나 가버리라고, 시기스문드. 의례에 대한 당신의 오만함은 이미 모두들 잘 알고 있으니까 더 이상 그렇게 열심히 홍보할 필요 없어. 특히 오늘, 오늘 같은 날……."

"이유가 있었지."

시기스문드 딕스트라는 헤드위그 여왕의 시선에 몸을 굽혀 인사하고, 노비그라드의 대주교에게는 눈썹을 치켜올리는 것으로 인사를 대신했다. 빌레메르 제사장이 얼굴을 찌푸리는 모습과 동전에 새겨야 마땅한 폴테스트 왕의 경멸 어린 표정도 보았다.

"필, 당신과 이야기를 좀 해야겠는데."

덕스트라의 말에 필리파가 눈썹을 치켜올렸다.

"우리 둘만?"

"그게 제일 좋지. 몇 명 더 껴도 괜찮아. 분명 몬테칼보의 아름다운 여인들이⋯⋯."

"조용히 해."

덕스트라가 슬쩍 웃어 보이자 필리파 에일하트는 웃는 표정으로, 그러나 씩씩거리며 말했다.

"언제 가능할까?"

"생각해보고 알려줄게. 지금은 좀 가만히 있어. 이건 공식 행사라고. 위대한 축제야. 당신이 아직도 모르는 것 같아서."

"위대한 축제?"

"우린 지금 새 시대의 문턱에 서 있어, 덕스트라."

필리파의 말에 덕스트라는 어깨를 으쓱해 보였다.

군중들은 만세를 불렀다. 하늘로 불꽃놀이의 불꽃들이 날아올랐다. 노비그라드의 종들이 울리며 승리와 영광을 축하했다. 하지만 이상하게도 애도하는 소리처럼 들리기도 했다.

"고삐 좀 잡아줘, 쟝! 너무 배가 고파서 뭐 좀 먹어야겠어. 자, 팔에 뭘 좀더 감아줄게. 한 겹으로는 안 될 것 같아."

루시엔이 말했다.

쟝은 얼굴 전체로 퍼지는 부끄러움과 수치의 홍조를 느꼈다. 아직 적응이 되지 않았다. 이 세상 모든 사람들이 바느질한 소매 안에 들어 있는 자신의 잘린 팔 끝을 바라보는 것 말고는 하는 일이 없는 것 같았다. 이 세상 모두가 다른 생각은 하지 않고 오로지 쟝의 장애만 생각하고, 과장된 동정과 거짓된 애도를 표하며 속으로는 자신을 경멸하면서 이 세상의 아름다운 질서를 해치며 억지로 존재하는 무엇이라고 생각하는 듯했다. 감히 그런 모습으로 살아 있다니.

루시엔이 이런 면에서 만큼은 이 세상 누구와도 다르다는 것을 인정할 수밖에 없었다. 쟝의 장애를 못 본 척하지도 않았고, 치욕적인 도움의 손길을 내밀지도 않았으며, 그보다 더 치욕적인 동정도 하지 않았다. 쟝은 이 금발 머리의 마차꾼 소녀가 자신을 정상인으로 취급한다는 생각이 들기 시작했다. 하지만 그런 생각은 떨쳐버렸다. 쟝은 아직 그런 생각을 받아들일 수가 없었다. 왜냐하면 무엇보다도 자기 자신이 스스로를 정상이라고 생각하지 않았기 때문이었다.

전쟁 부상자들을 태운 마차는 삐걱거리며 달렸다. 비가 내리는 짧은 우기가 지나고 곧 무더위가 찾아왔다. 군대의 마차가 낸 바퀴 자국은 괴상한 혹 모양과 산맥 모양으로 굳었다. 네 마리의 말이 끄는 마차는 이런 울퉁불퉁한 곳을 지나가야만 했다. 이런 곳에 다다를 때마다 마차는 튀어 오르고 삐걱거리면서 마차 안은 마치 폭풍우가 몰아치는 바다 위의 배처럼 요동쳤다. 부상자들은 대부분 다리가 없었는데, 이럴 때마다 상스럽고 복잡한 욕을 내뱉었고, 루시엔은 마차에서 떨어지지 않기 위해 쟝에게 달라붙어 꼭 끌어안았다. 그럴 때면 루시엔의 마법 같은 온기와 말 냄새, 가죽 냄새, 건초 냄새, 귀리 냄새, 그리고 젊고 강렬한 아가씨의 땀 냄새가 섞인 알 수 없는 부드러움이 쟝에게 전해졌다.

또다시 울퉁불퉁한 곳에 이르자 마차가 요동쳤다. 쟝은 고삐를 자신의 팔목에 감았다. 루시엔은 빵과 소시지를 번갈아가며 씹는 중에도 쟝의 옆구리에 꼭 달라붙어 있었다.

그러다가 루시엔이 쟝의 놋쇠 메달을 보고, 쟝의 한 손이 고삐를 잡고 있다는 사실을 이용해 장난을 치기 시작했다.

"하하, 너도 속은 거야? 잊히지 않는 마법의 메달? 하, 누가 그런 걸 생각해냈는지. 전쟁 중에는 아마 보드카보다 수요가 더 많았을 거야. 그럼 안에 어떤 여자 이름이 있는지 한번 볼까?"

"루시엔, 제발…… 열지 말아줘, 부탁할게…… 미안해, 하지만 이건 너무나 개인적인 거야. 네 기분을 상하게 할 생각은 없지만……."

쟝의 얼굴은 불타는 진홍빛으로 물들었고, 곧 뺨에서 피가 터질 것만 같았다.

그때 마차가 튀어 오르고, 루시엔은 쟝을 꼭 끌어안고, 쟝은 입을 다물었다.

"시……릴……라."

마차꾼 여자아이 루시엔은 천천히 한 음절씩 힘겹게 이름을 읽었지만, 쟝은 루시엔이 글자를 읽을 줄 안다는 사실에 무척 놀랐다.

"널 잊지 않을 거야, 그 시릴라 말이야. 정말로 사랑했다면. 주문도 마법도 다 바보 같아. 하지만 정말로 사랑했다면, 잊지 않고 끝까지 사랑할 거야. 널 기다리겠지."

루시엔은 메달을 닫고는 줄을 내려놓고 쟝을 바라보았다.

"이런 꼴인데도?"

쟝이 잘린 팔을 들어 보이자 루시엔은 눈실을 조금 찌푸렸다. 수레국화처럼 푸른 눈이었다.

"정말로 사랑했으면 기다릴 거야. 그런 건 아무것도 아니야. 난 알아."

루시엔은 고집스럽게 말했다.

"그 문제에 있어서 경험이 굉장히 많은가 보네."

이제는 루시엔의 얼굴이 조금 붉어질 차례였다.

"많건 적건 그건 네가 상관할 바가 아니야. 하지만 날 고개만 까딱하면 바로 건초 위에 드러누울 준비가 되어 있는 그런 여자라고 생각하지는 마. 다만 난, 내가 아는 건 확실히 알아. 누군가를 사랑한다는 건 말이야, 그 사람의 모든 걸 사랑하는 거야, 특정 부분을 사랑하는 게 아니라. 그러니 어떤 부분이 없어졌다고 해도 아무 상관없어."

또다시 마차가 튀어 올랐다.

"말을 너무 쉽게 하네."

쟝은 이빨을 깨문 채 소녀의 냄새를 들이마시며 말했다.

"그건 말을 너무 쉽게 하는 거고, 상황을 너무 이상화시키는 거야, 루시엔. 일단 제대로 된 남자는 부인과 아이들을 건사할 수 있어야 한다는 사실조차 고려하지 않은 거잖아. 불구자는……."

"오호! 지금 누군가의 치맛단을 붙잡고 울 생각은 아니겠지?"

루시엔이 화를 내며 말을 막았다.

"검은 군대가 네 머리를 뽑아간 건 아니잖아, 그리고 넌 어차피 머리로 일하는 사람이잖아. 왜 그렇게 쳐다봐? 난 시골 출신이지만 보고 들을 줄은 안다고, 그것도 아주 잘. 누가 어떻게 말하는지 사소한 것들을 주의 깊게 들어보면 누가 학문을 하는 사람인지, 누가 지체가 높은지도 알 수 있어. 게다가……."

루시엔은 고개를 숙이고 기침을 했다. 쟝 역시 기침을 쿨럭거렸다. 마차가 또 튀어 올랐다.

"게다가 다른 사람들이 말하는 것도 들었어. 네가 서기라던데? 신전에서 왔고. 그러니까 뭐 팔 하나쯤은…… 쳇, 다 괜찮다고."

루시엔이 말을 끝맺었다.

마차는 한동안 튀어 오르지 않았지만 장도 루시엔도 전혀 깨닫지 못하고 있었다. 그리고 사실 아무 상관도 없었다. 한참 동안 침묵이 흐른 후 루시엔이 말했다.

"뭐, 원래 배운 사람들이 날 좋아하거든. 전에는…… 예전에 말이야…… 날 쫓아다니던 사람이 있었는데…… 대학에서 배웠대. 이름만 들어도 확실했다고."

"이름이 뭐였는데?"

"학기."

"어이, 아가씨! 울퉁불퉁한 곳을 지날 땐 말 엉덩이를 채찍으로 휘갈기라고! 마차가 벽을 기어가는 달팽이처럼 가네."

마예나에서 부상당한, 항상 불평불만으로 가득하고 마음씨가 못된 데르카츄가 등 뒤에서 소리쳤다. 그러자 번들번들한 흉터로 뒤덮인 다리의 절단 부분을 벅벅 긁고 있던 다른 부상병이 말했다.

"젠장, 이곳은 이제 지겨워! 주막에 가고 싶네, 제발 맥주 한 잔만 마셨으면. 더 빨리 좀 달릴 수 없어?"

"있죠. 하지만 그러다가 마차의 어딘가가 부러지거나 뒤집어지면, 한 2주 정도는 맥주가 아니라 다음 수송을 기다리면서 빗물과 자작나무 수액을 마셔야 할 거예요. 혼자서는 섣시노 못할 텐데요? 내가 아저씨들을 등에 업고 갈 수도 없고."

루시엔이 옆으로 몸을 돌려 앉으며 쏘아붙였다.

"아쉽네. 밤이면 밤마다 아가씨가 날 업고 가는 꿈을 꾸는데. 등에 업고? 그러니까 뒤로? 난 그게 좋은데, 아가씬 어때?"

데르카츄가 이빨을 드러냈다.

"이 절뚝이 바보가! 더러운 부랑자! 너……."

루시엔이 소리를 지르다가 문득 마차에 탄 모든 부상병들의 얼굴이 갑자기 시체처럼 창백해지는 것을 보고 입을 다물었다.

"맙소사, 이제 집에 거의 다 왔는데."

누군가가 훌쩍였다.

"이제 우린 끝났어."

데르카츄가 작은 목소리로, 아무런 감정도 없이 중얼거렸다. 사실 그대로를 말한 것이다.

이제 스코이아텔, 다람쥐 부대는 없다고 했는데, 쟝은 생각했다. 다 죽었다고 했잖아. 이제 엘프 문제는 다 해결됐다고 했잖아!

말을 탄 엘프 여섯 명. 하지만 찬찬히 살펴보니 말은 여섯 마리고 엘프는 여덟 명이었다. 두 마리의 종마가 두 명씩 태우고 있었다. 모두들 머리를 떨군 채 지쳐 보였고, 박자도 제대로 못 맞추며 발걸음을 옮기고 있었다. 말들의 상태 역시 좋지 않았다.

루시엔은 크게 한숨을 쉬었다.

엘프들이 가까이 다가왔다. 가까이에서 보니 말들보다 상태가 훨씬 더 안 좋아 보였다.

엘프 특유의 잘 훈련된 자긍심이나 인간과 확실하게 구분되는 카리스마는 전혀 남아 있지 않았다. 게릴라 부대마저도 언제나 아름답고 우아하게 갖춰 입던 옷들은 더러워지고 찢어진 채로 얼룩투성이였다. 엘프가 자랑스럽게 생각하는 머리카락은 끈끈한 먼지와 굳은 피로 뒤엉켜 엉망으로 헝클어져 있었다. 자부심으로 가득하던 차가운 눈에는 깊이를 헤아릴 수 없는 공포와 절망이 어려 있었다.

인간과 구별할 수 있는 것은 아무것도 없었다. 죽음, 공포, 배고픔, 방랑이 이들을 보통 사람처럼 만들었다. 아주 보통 사람으로.

그들은 더 이상 공포를 불러일으키지 않았다.

잠시 동안 쟝은 마차가 그들을 지나쳐 갈 거라고, 엘프들은 그냥 길을 가로질러 숲 저편으로 가버릴 거라고, 마차와 그 안에 탄 사람들은 거들떠보지도 않을 거라고 생각했다. 그들이 가버리면 전혀 엘프답지 않은 더럽고 불쾌한 냄새가, 쟝이 야전병원에서 맡아봤던 가난과 오줌, 더러움과 썩어가는 상처의 냄새만 남을 것이라고 생각했다.

모두들 보지도 않고 지나쳤다.

그러나 모두가 그랬던 것은 아니다.

피떡이 진 검은 머리의 여자 엘프가 마차 바로 옆에 말을 세웠다. 여자 엘프는 불편한 자세로 몸을 구부린 채 안장에 앉아 있었는데, 한쪽 손에는 피에 젖어 파리가 들끓는 보호대를 묶고 있었다.

"토루비엘. 엔'카 디그네, 루네드."

한 엘프가 몸을 돌리며 말했다.

루시엔은 순간적으로 어떤 상황인지 바로 깨닫고 이해했다. 여자 엘프가 무엇을 보고 있는지도 알았다. 시골에서 자란 루시엔은 어릴 때부터 초가집 구석에 웅크리고 있던 시퍼렇고 퉁퉁 불어터진 굶주림의 유령을 잘 알고 있었다. 그래서 본능적으로 반응했다. 여자 엘프 쪽으로 빵을 내민 것이다.

"엔'카 디그네, 토루비엘."

엘프가 말했다. 그 엘프만 먼지 쌓인 윗옷의 찢어진 소매에 '브리헤드' 부대의 은빛 번개 문장을 달고 있었다.

지금까지 돌처럼 굳어 꼼짝하지 않던 마차 안의 부상병들은 누군가 주문이라도 건 것처럼 부산스럽게 움직였다. 엘프들을 향해 내민 그들의 손에는 조금 떼어낸 빵 한 조각, 둥그런 치즈, 돼지비계 토막과 소시지가 마치 마법처럼 들려 있었다.

그리고 엘프들은 수천 년 만에 처음으로 인간에게 손을 내밀었다.

루시엔과 쟝은 여자 엘프가 우는 모습을 처음으로 본 사람이 되었다. 더러운 얼굴에서 흘러내리는 눈물을 닦으려 하지도 않고, 여자 엘프는 터져 나오는 울음에 목이 메고 있었다. 엘프들은 눈물샘이 없다는 말을 반증이라도 하듯이.

"엔'카…… 디그네……."

소매에 번개 문장을 단 엘프가 쉰 목소리로 다시 말했다. 그러고는 손을 뻗어 데르카츄에게서 빵을 받았다.

"고마워요. 고맙습니다, 인간."

혀와 입술을 낯선 언어에 적응시키려 애쓰며 쉰 목소리로 엘프가 말했다.

잠시 후 이제 다 끝났다는 것을 알고 루시엔은 말들에게 혀를 차며 출발을 알렸다. 마차는 삐걱거리며 달리기 시작했다. 모두들 아무 말도 하지 않았다.

길에 무장한 병사들이 나타난 것은 저녁이 다 되어서였다. 병사들을 이끌고 있는 것은 흰 머리를 짧게 자른, 상처로 일그러진 얼굴의 여자였다. 상처 하나는 관자놀이를 지나 입까지 뺨 전체에 나 있었고, 다른 상처는 눈 아래에 나 있었다. 한쪽 귀는 거의 남아 있지 않았고 왼팔 대신 갈고리가 달려 있었는데 그 끝에 지휘봉이 매달려 있었다.

여자는 복수심에 불타는 매서운 눈으로 부상병들을 바라보며 엘프들에 대해 물었다. 스코이아텔, 테러리스트, 이틀 전에 패배한 부대의 잔당들.

쟝과 루시엔과 부상병들은 흰 머리에 한쪽 팔만 있는 여자의 눈길을 피하며 오는 길에 아무도 못 만났고 아무도 못 봤다고 우물거렸다.

거짓말을 하는군. 하얀 라일라, 전에는 검은 라일라라고 불렸던 여자가 생각했다. 거짓말이야, 내가 알아, 동정심에 거짓말을 하는 거야.

하지만 그래 봤자 아무 소용없어.

왜냐하면 나, 하얀 라일라에겐 동정심 따윈 없으니까.

"만세, 드워프 만세! 바클리 엘스 만세!"

"만수무강하소서!"

노비그라드의 길거리는 드워프 자원부대의 징이 박힌 장화들이 부딪치는 소리로 가득했다. 드워프들은 그들 특유의 5열 연대를 맞춰 기둥 위에 망치가 그려진 깃발을 휘날리며 행진하고 있었다.

"마하캄 만세! 드워프 만세!"

"드워프에게 영광을! 만세!"

갑자기 군중들 중 누군가가 킥킥거렸다. 몇 명이 따라 웃었다. 그러더니 모두들 폭소를 터뜨렸다.

"모욕적이야…… 말도 안 돼, 용서할 수 없어……."

헴멜파트가 숨을 몰아쉬며 분개했다.

"더러운 비인간들."

빌레메르 제사장이 씩씩거렸다.

"아무것도 안 보이는 척해요."

폴테스트 왕이 차분히 조언했다.

"월급을 깎을 필요는 없었어. 배급을 안 할 필요도 없었고."

메브 여왕이 불만스럽다는 듯 말했다.

드워프 장교들은 진지한 표정으로 대열을 유지하며 단상 앞에서 몸을 쭉 펴고 경례를 했다. 그러나 그 밑에 있던 드워프 자유부대의 병사들은 왕들과 귀족들이 적용한 예산 삭감에 대한 불만을 드러냈다. 어떤 이들은 단상 앞을 지나며 팔꿈치를 굽혀 보이기도 하고, 또 어떤 이들은 드워프들이 팔꿈치 굽혀 보이기 다음으로 좋아하는 손짓인, 셋째 손가락을 똑바로 편 주먹을 높이 쳐들어 보이기도 했다. 이 손짓은 학식 있는 사람들 사이에서는 디기투스 인파미스, 즉 '좋지 않은 손가락'이라고 불렸는데, 일반인들은 더 구체적으로 말했다.

왕들과 귀족들의 얼굴이 붉어지는 것으로 보아, 두 가지 뜻을 모두 알고 있는 것 같았다.

메브 여왕이 나지막이 중얼거렸다.

"우리 돈을 아끼려고 저들을 화나게 할 필요는 없었어. 저들은 야심이 많은 종족이라고."

엘스케르데그에서 울부짖는 그 무언가는 계속해서 울어댔고, 울음소리는 끔찍한 노랫소리가 되어 밤하늘에 울려 퍼졌다. 그러나 모닥불 주위에 둘러앉은 이들 중 누구도 고개를 돌리지 않았다.

오랫동안 이어진 침묵을 깬 것은 보레아스 문이었다.

"세상이 변했죠. 공평해진 겁니다."

"글쎄, 공평하다고 하는 건 너무 과장된 것 같은데. 하지만 이 세상이 물리의 기본 법칙에 근접했다고 한다면 동의하겠소."

순례자가 슬쩍 웃어 보였다.

"흥미롭군. 우리가 똑같은 법칙에 대해 생각하고 있는지는 모르겠소."

엘프가 말을 길게 늘이며 말했다.

"모든 작용은 반작용을 부르는 법이라오."

순례자의 말에 엘프는 코웃음을 쳤지만, 나쁜 뜻은 없었다.

"그 말이 맞군, 인간 양반."

"베르트람 스켈렌의 아들 스테판 스켈렌, 황제의 검시관은 자리에서 일어나라. 황국의 위대한 태양의 은총 아래 있는 대법원은 피고의 범죄와 범법 혐의를 다음과 같이 정리한다. 국가에 대한 배신, 황국의 질서와 황제의 안위를 해하려는 범죄적 목적을 가진 음모에 가담. 스테판 스켈렌, 피고의 범죄에 대한 증거는 이미 입증되었으며 대법원은 정상을 참작할 만한 사실을 찾지 못하였다. 황제 폐하께서도 사면을 내리지 않으셨다.

베르트람 스켈렌의 아들, 피고 스테판 스켈렌은 법원에서 성채로 이송될 것이며 적당한 시간이 됐을 때 그곳에서 나오게 될 것이다. 황국의 배신자로, 황국의 땅을 밟을 자격이 없는 피고는 말이 끄는 나무판자에 묶여 천년 광장으로 이송될 것이다. 황국의 배신자로, 황국의 공기를 마실 자격이 없는 피고는 천년 광장에서 사형집행인의 손으로 하늘과 땅 사이에 위치한 교수대에 걸린 것이다. 그곳에서 죽을 때까지 매달릴 것이다. 시체는 태워질 것이며, 그 재는 사방으로 뿌려질 것이다.

베르트람의 아들 스테판 스켈렌, 황국의 배신자, 황국 대법원의 원장으로서 나는 마지막으로 죄인의 이름을 입에 올린다. 이후 너의 이름은 완전히 잊힐 것이다."

"성공이야, 성공!"

오펜하우저 교수가 학장실로 달려 들어오며 소리를 질렀다.

"성공입니다, 여러분! 드디어! 드디어! 됩니다! 돌아갑니다! 작동한다고요! 작동!"

"정말로? 그럴 리가 없는데! 그럼 정말 뭐가 되기는 된다는 겁니까?"

학생들이 석탄 냄새라고 부르는 화학교수, 쟝 라 보와지에가 대놓고 상당히 비꼬는 말투로 물었다.

"저의 영구 기관이요!"

"영구 기관? 사실인가요? 혹시 과장해서 말씀하시는 건 아닌지?"

동물학 분야의 늙은 강사인 에드먼드 범블러가 흥미를 가지고 물었다.

"아니에요! 조금의 과장도 없습니다! 된다고요! 영구 기관이 움직여요! 제가 작동시켰더니 움직인다고요! 한 번도 쉬지 않고! 한 번도 멈추지 않고! 영원히! 세상이 끝날 때까지! 이건 말로는 설명할 수 없습니다, 여러분, 직접 보세요! 제 연구실로 빨리 오세요!"

오펜하우저가 소리를 지르며 염소처럼 껑충껑충 뛰었다.

"난 아침 먹는 중인데."

석탄 냄새 교수가 반대 의사를 표명했지만, 모두들 흥분해서 웅성거리는 소리에 묻혀버리고 말았다. 교수들과 연구자들과 학생들 모두 황급히 망토와 털외투를 뒤집어쓰고 아직도 손짓하며 고함을 지르고 있는 오펜하우저의 안내에 따라 입구로 달려갔다. 석탄 냄새 교수는 이들을 향해 디기투스 인파

미스, 그러니까 '좋지 않은 손가락'을 해 보인 후 파테를 바른 빵을 먹었다.

오펜하우저 교수의 30년 노력의 결실을 보기 위한 학자들 무리에 새로 가담한 학자들까지 더해져 이 유명 물리학자의 연구실 앞으로 모여들었다. 드디어 연구실 문을 열려고 하는데 땅이 흔들렸다. 느낄 수 있을 만큼, 아니 굉장히 세게, 아주 세게 흔들렸다.

그것은 빌게포츠의 은신처였던 스티가 성을 파괴하기 위한 마법이 일으킨 지진이었다. 지진파가 먼 에빙에서 여기 옥센푸르트까지 다다른 것이었다.

쿵 소리와 함께 예술학과 입구의 아름다운 스테인드글라스가 열댓 조각으로 깨어져 날아갔다. 대학의 제1대 총장인 니코데무스 데 부트의 흉상이, 욕으로 점철된 낙서투성이 받침대에서 곤두박질쳤다. 석탄 냄새 교수가 빵과 함께 마시고 있던 약초가 담긴 컵이 책상에서 떨어졌다. 여자 의대생들의 눈길을 끌기 위해 플라타너스 나무 위에 올라간 물리학과 1학년 학생인 알버트 솔피에트라는 나무에서 떨어졌다.

오펜하우저 교수의 '영구 기관', 그의 전설적인 영원히 움직이는 기계는 한 번 더 움직였다가 멈췄다. 영원히.

이후 다시는 그 기계를 작동시킬 수 없었다.

"드워프 만세! 마하캄 만세!"

저 무리는 대체 뭐야, 불한당들인가, 헴멜파트는 떨리는 손으로 행렬을 축복하며 생각했다. 누구에게 만세라고? 돈으로 산 용병들, 징그러운 드워프들, 이게 다 뭔가? 도대체 이 전쟁의 승리자는 누구지? 우리인가, 그들인가? 신들이시여! 왕들에게 이 얘기를 꼭 해야겠군. 역사가들과 소설가들이 기록할 때, 검열을 꼭 해야겠어. 용병들, 위쳐들, 돈 주고 고용한 불한당들,

인간이 아닌 종족들과 다른 모든 수상한 것들은 인간 역사의 기록에서 사라져야만 해. 없애버리고, 지워버려야 한다고. 한 마디도, 단 한 마디도 용납해서는 안 돼.

그리고 저 망할 자식도, 헴멜파트는 입술을 깨문 채 지루한 표정으로 행렬을 보고 있는 딕스트라를 노려보며 생각했다.

왕들에게 저 딕스트라에 대한 처리를 서두르라고 해야겠어, 헴멜파트는 생각했다. 고상한 사람들에게 저자는 존재 자체가 모욕이라고.

신을 두려워하지 않는 악당. 자취도 없이 사라져야 한다. 모두가 잊어버리도록.

검푸르죽죽한 위선자 돼지, 절대 그렇게는 안 돼, 필리파 에일하트는 아무런 노력도 기울이지 않고 헴멜파트의 머릿속을 읽으며 생각했다. 다스리고 싶지? 이래라저래라 명령하고 영향력을 내보이고 싶겠지? 결정을 내리고 싶겠지? 안 돼, 결정을 내리는 건 당신의 치질에 대해서나 결정을 내리시지. 그런데 치질마저도 당신의 결정은 아무런 의미도 없을걸.

그리고 딕스트라는 남을 거야. 내가 그를 필요로 하는 한.

언젠간 당신도 실수를 하게 될 거야, 제사장 빌레메르는 필리파의 주홍빛 입술을 바라보며 생각했다. 언젠가 당신들 중 누군가 실수를 하게 될 거야. 오만과 허영, 자만심에서 허우적대다가 정신을 잃겠지. 당신들이 꾸미는 계략, 비도덕적인 행동들, 당신들이 행하는 추악하고 변태적인 행동들, 그 모든 것이 백주 대낮에 드러나 죄악의 악취가 사방에 퍼질 거야, 실수를 하기만 한다면. 바로 그런 순간이 언젠가는 반드시 올 거야.

만약 실수를 하지 않는다 하더라도, 당신들의 잘못을 지적할 순간이 오겠지. 인간들에게 어떤 불행이, 사고가, 역병이, 전염병이, 팬데믹이 발생한다면…… 그렇게 되면 그 모든 것이 당신들의 탓이 되겠지. 전염병을 미리 막지 못한 당신들, 그 결과를 미리 방비하지 못한 당신들.

모든 게 당신들 탓이 될 거야.

그렇게 되는 순간, 화형대 아래에서 장작들이 타오르기 시작할 거야.

털 때문에 '빨강이'라고 불리던, 늙은 줄무늬 고양이는 죽어가고 있었다. 끔찍하게 데굴데굴 구르며 몸을 뻗었다가 땅을 긁었다가 피와 침을 토하며 경련을 일으켰다. 게다가 피가 섞여 있는 설사까지 했다. 자존심도 다 버리고 야옹야옹 울기까지 했다. 야옹 소리는 작고 슬펐다. 곧 힘이 다 빠져버렸다.

빨강이는 자신이 죽는다는 사실을 알고 있었다. 그리고 최소한 무엇이 자신을 죽이고 있는지도 알았다.

며칠 전 신트라의 항구에 이상한 수송선 한 대가 정박했는데, 오래되고 매우 더러운 선체에 버려진 상자들이 쌓여 있는, 난파선이나 다름없는 다 망가진 배였다. 잘 보이지도 않는 뱃머리의 글씨에 따르면 배의 이름은 '카트리오나'였다. 물론 빨강이는 그 글씨를 읽을 줄 몰랐다. 버려진 상자에서 쥐 한 마리가 줄을 타고 항만으로 내려왔다. 단 한 마리였다. 쥐는 털이 거의 없었고 벼룩투성이였으며 잘 움직이지 못했다. 그리고 귀는 하나밖에 없었다.

빨강이는 쥐를 물었다. 배가 고팠지만 본능적으로 이 징그러운 쥐를 먹지는 않았다. 하지만 통통하고 반들거리는 벼룩이 쥐의 털 속에 있다가 빨강이의 털 속으로 옮겨와 자리를 잡았다.

"저 고양이 왜 저래?"

"누가 독을 먹였나? 아니면 마법을 걸었거나!"

"퉤, 징그러워! 썩은 냄새가 나! 이 여자야, 계단에서 당장 치우지 못해!"

빨강이는 몸을 뻗고는 아무 소리도 내지 않고 핏발이 선 주둥이를 벌렸다. 11년 동안 이 집에서 쥐를 잡아온 대가로 집주인 여자가 자신에게 휘두르는 빗자루를 발로 차거나 피할 힘도 없었다. 마당 한쪽 계단에서 쫓겨난 빨강이는 비누 찌꺼기와 오줌으로 부글부글 거품이 올라오는 홈통에 자리를 잡았다. 은혜도 모르는 인간들이 자신처럼 병들기를 빌면서, 자기처럼 고통받기를 바라면서.

빨강이의 소원은 곧 이루어질 예정이었다. 그것도 굉장히 큰 규모로, 정말로 엄청난 규모로 말이다.

조금 전에 빨강이를 발로 차고 마당에서 빗자루로 내쫓은 여자가 자리에서서 치맛단을 올리고 무릎 아래 장딴지를 긁었다. 간지러웠다.

벼룩이 물었던 것이다.

엘스케르데그 산맥 위의 별들이 깜빡거렸다. 모닥불은 별빛 아래에서 차츰 꺼져갔다.

엘프가 입을 열었다.

"신트라의 평화조약도, 노비그라드의 성대한 행렬도, 굉장한 전환점이나 획기적인 사건으로 여겨질 수는 없소. 그게 다 뭐였단 말이오? 정치권력은 법령이나 조약을 발표한다고 해서 역사를 이루어내는 게 아니지. 정치권력은 또한 역사를 평가할 수도, 전시할 수도, 정리할 수도 없소. 자존심 때문에 그 사실을 인정하는 권력은 절대로 없지만. 역사 서술이란 당신네 인간들의 오만함의 증거요. 당신들 말에 따르면 '이미 지난 사실'에 대해 의견과 판단을 내리려는 시도, 꼭 인간들이 할 만한 짓이지. 자연은 인간에게 단명하는 삶을, 마치 곤충이나 개미 같은, 우습게도 백 년도 채 안 되는 삶을 주었으니까. 그런데 인간들은 그 곤충과 같은 삶에 세상을 맞추려고 들지. 그와 동시에 역사란 단절되지도 않고 끝나지도 않는 과정일 뿐인데 말이오. 역사를 부분, 부분으로, 여기서부터 저기까지, 이 날짜에서부터 저 날짜까지 나눌 수는 없단 말이오. 역사는 정의할 수도 없고, 왕들의 이름에 따라 바꿀 수도 없지. 전쟁에서 이겼다 할지라도."

아무 말 없이 엘프의 이야기를 묵묵히 듣고 있던 순례자가 말했다.

"철학적 논쟁은 사양하겠소. 앞서 말한 것처럼 나는 단순하고 말주변이 없는 사람이오. 하지만 두 가지 사실은 나도 알겠군. 첫째, 마치 곤충처럼 짧은 인간의 수명이 우리를 쇠락에서 막아준다는 것, 그리고 삶을 존중하고 집중적으로, 매 순간을 창조적으로 이용하고 즐기도록 만든다는 거요. 그리고 그럴 필요가 있을 땐, 목적을 위해 기꺼이 목숨을 바치지. 나는 인간처럼 생각하고 말하지만, 아마도 긴 시간을 사는 엘프들 역시 스코이아텔 부대에서 싸우다가 죽기를 각오했을 때는 똑같은 생각을 했을 거요. 내 말이 틀렸다면 고쳐주기를 바라오."

순례자는 기다렸으나, 누구도 그의 말을 고치려고 하지는 않았다. 순례자가 말을 이었다.

"둘째로 내 생각엔 정치권력이 역사를 바꿀 수는 없지만, 자신의 활농으로 마치 그럴 수 있을 것 같다는 환영과 능력을 보여줄 수는 있소. 정치권력은 그 목적을 위해서 자신만의 방식을 구사하고 기관들을 거느리는 것 아니겠소?"

"그렇소. 그 말씀은 정말 정곡을 찌르는군, 순례자님. 정치권력은 자신만의 방식과 기관들을 가지고 있다라…… 논쟁의 여지가 없소."

엘프가 고개를 돌리며 말했다.

갤리선은 수초와 조개로 뒤덮인 선체와 부딪쳤다. 줄이 던져지고 곧이어 함성 소리와 욕설, 명령하는 소리가 들렸다.

항구의 더러운 녹조 사이로 쓰레기를 낚는 갈매기들이 울부짖었다. 해안가 주변은 사람들로 가득했다. 대부분이 제복을 입은 사람들이었다.

"항해의 끝입니다, 엘프 여러분들. 여기는 딜링겐입니다. 모두 내리세요! 당신들을 기다리고 있습니다."

수송선을 이끄는 닐프가드의 지휘관이 말했다.

사실이었다. 모두 기다리고 있었다.

엘프들 중 그 누구도, 특히 아이센그림 파오리타나는 공정한 재판과 사면에 대해서 일말의 기대도 하지 않았다. 스코이아텔과 '브리헤드' 연대의 장교들은 야루가 강 저편에서 자신들을 기다리고 있을 운명에 대해 그 어떤 환상도 없었다. 대부분은 현재의 상황을 견디며 포기하고 있었다. 아니, 이제 더 이상 어떤 일이 일어나도 놀라지 않을 것 같았다.

하지만 그것은 착각이었다.

엘프들은 갤리선에서 하선한 뒤, 수갑 소리를 쩔렁쩔렁 울리며 부둣가에 모였다가 무장한 병사들이 늘어선 해안선으로 이동했다. 병사들 말고 민간인들도 있었는데, 그들의 날카로운 눈들은 엘프 한 명, 한 명을 훑으며 빠르게 움직이고 있었다.

감별관들이군, 파올리타나는 생각했다. 그 생각은 틀리지 않았다.

그의 유명한 상처 난 얼굴이 주목받지 않고 지나치기를 바랄 수는 없었다. 사실 바라지도 않았지만.

"아이센그림 파올리타나 씨? 강철의 늑대? 정말 반갑군요! 어서 오십시오, 어서!"

군인들이 그를 대열에서 데리고 나오는 순간, 어딘가에서 외치는 소리가 들려왔다.

"바 파일! 세'베드, 세 케르메 데아!"

르다니아의 갑옷 목가리개를 두른 이들에게 끌려가는 코인네아흐 다 레오가 파올리타나를 향해 외치는 소리였다. 그러자 파올리타나를 골라낸 민간인이 말했다.

"다시 만나긴 할 겁니다. 지옥에서 말이죠. 저자는 이미 드라켄보그에서 기다리고 있습니다. 하, 멈춰! 혹시 저건 리오르다인 씨? 이리 데려와!"

그렇게 세 명만 끌려나왔다. 단지 세 명만. 파올리타나는 그제야 상황을 이해하고 스스로도 놀라운 일이었지만, 겁이 나기 시작했다.

"바 파일! 바 파일, 프레렌!"

수갑을 쩔렁거리며 무리에서 끌려나온 앵거스 브리 크리가 함께 있던 이들을 향해 소리치자 군인들이 그를 무지막지하게 밀쳤다.

멀리 가지는 않았다. 항구에서 가까운 헛간 같은 곳이었다. 닻 위로 파도가 넘실거리는, 배들로 가득한 항구 바로 옆이었다.

민간인이 신호를 보냈다. 파올리타나는 서까래 밑에 있는 기둥에 묶였는데 그 기둥 아래로 줄이 내려와 있었다. 곧이어 그 줄에 쇠로 된 갈고리를 걸기 시작했다. 리오르다인과 앵거스는 바닥에 놓인 나무토막 위에 앉게 했다. 잠시 뒤 민간인이 차갑게 말했다.

"리오르다인 씨, 앵거스 브리 크리 씨, 여러분은 사면을 받았습니다. 법원이 은혜를 베풀었죠. 그러나 공정한 판결은 행해져야 합니다."

민간인은 반응을 기다리지 않고 말을 이었다.

"그렇게 되기 위해서, 여러분이 죽인 이들의 가족들이 그 대가를 지불했죠. 여러분, 판결은 내려졌습니다."

리오르다인과 앵거스는 비명을 지를 틈조차 없었다. 묶인 동아줄이 목에 걸렸고 목을 조르는 동시에 나무토막이 치워지면서 그대로 바닥에 질질 끌렸다. 묶인 손으로 목을 조여 오는 동아줄을 끊으려 하자 다른 이들이 그들의 가슴을 앞으로 잡아끌며 무릎을 꿇게 했다. 순간 칼이 번쩍이더니 피가 튀었다. 팽팽한 동아줄도 머리끝이 쭈뼛 서는 두 엘프 장교의 비명 소리를 막지 못했다.

오랫동안 지속되었다. 언제나처럼.

"당신의 판결은 파올리타나 씨, 별도의 항목에 표기되어 있군요, 특별히……."

민간인이 천천히 얼굴을 돌리며 말했다.

파올리타나는 그 특별 항목을 기다리지 않았다. 이틀 동안 작업했던 수갑의 죔쇠가 마법 지팡이에 닿은 것처럼 팔목에서 떨어졌다. 파올리타나는 무거운 쇠사슬로 자신을 감시하던 두 명의 병사를 내리쳤다. 그러고는 다음 병사의 얼굴을 후려치고 민간인을 내려친 뒤 곧장 거미줄로 가득한 창문으로 돌진해 창틀과 함께 집 밖으로 뛰쳐나왔다. 창틀에 박힌 못에는 피와 찢어진 옷 조각만 남았다. 쿵 소리를 내며 파올리타나는 부두의 데크 위로 떨어졌다. 그는 재주를 넘어 구르기를 하다가 고기잡이 뗏목과 고깃배들 사이

물속으로 빠졌다. 아직도 오른쪽 팔목에 채워져 있는 무거운 수갑과 쇠사슬이 물속으로 그를 끌어당겼다. 아이센그림 파올리타나는 저항했다. 있는 힘을 다해서, 얼마 전까지만 해도 전혀 상관없다고 생각한 자신의 목숨을 위해 싸웠다.

"잡아라! 잡아라! 죽여라!"

헛간에서 달려 나온 군인들이 외쳤다.

"저기야! 저기, 저기 물속에!"

부둣가로 뛰어가던 이들이 소리쳤다.

"배를 타!"

"쏴라! 놈을 죽여!"

민간인이 눈에서 줄줄 흘러내리는 피를 양손으로 막으며 악을 썼다.

석궁의 화살들이 쉭쉭 소리를 내며 날아갔다. 갈매기들은 비명을 지르며 자리를 떴다. 고기잡이배들 사이의 더러운 녹조 속으로 화살들이 쏟아졌다.

"만세! 만세! 만세!"

행렬은 계속되었고 노비그라드 시민들은 이미 피곤해하며 목소리가 쉬어 있었다.

"우와아아!"

"왕들에게 영광을! 영광을!"

필리파 에일하트는 주위를 돌아보고 아무도 듣지 않는 것을 확인하고는 딕스트라 쪽으로 몸을 굽히며 작게 물었다.

"나랑 무슨 얘기를 하려는 거지?"

필리파의 물음에 딕스트라 역시 주위를 돌아보며 낮게 속삭였다.

"작년 7월, 비지미르 왕에 대한 쿠데타."

"뭐?"

"비지미르 왕을 죽인 하프엘프는 미친놈도 아니고, 혼자서 벌인 짓도 아니야, 필."

딕스트라는 목소리를 더욱 낮췄다.

"그게 지금 무슨 말이야, 딕스트라?"

"조용히. 조용히, 필."

딕스트라는 킥킥거리며 웃음을 삼켰다.

"날 필이라고 부르지 마. 증거 있어? 어떤 증거야? 정보의 출처는 어딘데?"

"내가 어디서 증거를 얻었는지 말하면 당신도 놀랄 거야, 필. 그럼 언제쯤 이야기를 나눌 수 있을까?"

필리파 에일하트의 두 눈은 바닥을 알 수 없는 두 개의 검은 호수 같았다.

"곧, 딕스트라."

종들이 울렸다. 목이 다 쉬어버린 소리로 군중들은 계속 환호했고, 군대는 행진을 이어갔다. 꽃잎은 눈처럼 노비그라드의 거리를 뒤덮었다.

"아직도 쓰고 있나?"

오리 루벤은 너무 놀란 나머지 몸을 떨다가 잉크 얼룩을 만들고 말았다. 딕스트라 밑에서 19년이나 일했지만, 전혀 소리가 나지 않는 딕스트라의 움직임과 도대체 어디서, 어떻게 나타나는지 알 수 없는 등장 방식에 도저히 적응이 되지 않았다.

"안녕하십니까, 케, 켁, 나……."

"그림자 속의 사람들."

딕스트라는 오리 루벤이 무언가를 쓰고 있던 종이를 아무렇지 않게 집어 들어 읽기 시작했다.

"그림자 속의 사람들. 왕실 비밀 첩보의 역사, 법학 석사 오리바시우스 지안프랑코 파올로 루벤 지음, 아이쿠, 오리, 오리. 나이도 먹을 만큼 먹어서는 이게 무슨 바보 짓……."

"콜록, 콜록……."

"아무튼 난 작별 인사를 하러 왔네."

루벤은 딕스트라를 놀란 눈으로 바라보았다. 딕스트라는 루벤이 다시 기침할 기회를 주지 않았다.

"충실한 친구, 나 역시 늙었지. 그리고 또한 어리석은 것으로 밝혀졌어. 난 단 한 사람에게 단 한마디를 했어. 딱 한 사람에게, 딱 한마디를. 그런데 그 한마디도, 그 한 사람도 너무 많은 것으로 밝혀졌지 뭔가. 귀를 기울여 봐, 오리, 그들의 소리가 들리나?"

오리 루벤은 놀란 눈을 크게 뜬 채 부정하듯 고개를 흔들었다. 딕스트라는 잠시 동안 침묵하더니 말을 이었다.

"안 들린다고? 난 들리는데. 복도마다 가득해. 트레토고르 성으로 들쥐들이 달려오고 있어. 이리로 오고 있지. 부드러운 들쥐의 발들이 몰려오고 있어."

그들은 그림자 속에서, 어둠 속에서 나타났다. 검은 옷을 입고 복면을 하고 들쥐들처럼 날렵하게 움직였다. 전실에 있던 경비병들과 호위병들은 끝이 뾰족하고 좁은 칼날의 재빠른 공격에 비명도 지르지 못하고 쓰러졌다.

트레토고르 성 바닥에는 피가 낭자했고, 바닥에 얼룩을 만들며 벤거버그의 값비싼 카펫 속으로 스며들었다.

그들은 모든 복도로 쏟아져 들어왔고, 그들 뒤로는 시체만 남았다.

"여기 있어. 여기로 들어갔어. 오리 루벤이라는 그 기침하는 할아버지가 있는 문서 보관소 쪽으로."

한 명이 손가락질을 하며 말했다. 목소리는 눈까지 가린 스카프 때문에 먹먹하게 들렸다.

"거기서부터는 출구가 없는데. 문서 보관소 뒤의 방은 막혀 있어. 창문도 없고."

무리를 이끄는 듯한 다른 한 명의 눈이 검은 벨벳의 뚫린 구멍 사이로 번뜩였다.

"다른 복도는 다 막았어. 모든 문과 모든 창문 전부 다. 빠져나갈 수 없어. 이제 끝이야."

"앞으로!"

발로 걷어차자 문은 쉽게 열렸다. 단검들이 번뜩였다.

"죽음을! 피에 굶주린 사형집행인에게 죽음을!"

"케켁? 뭐, 뭐라고 하셨나요? 뭘 어떻게 콜록, 콜록, 도와드릴까요?"

오리 루벤이 기침을 하며 지독한 근시로 가늘게 뜬 눈을 들었다.

암살자들은 딕스트라의 개인실로 통하는 문을 박살 내고 들쥐 떼처럼 구석구석으로 흩어졌다. 걷어낸 태피스트리와 그림, 패널들이 바닥에 나뒹굴고 단검들이 커튼과 가구를 마구 찢었다.

"없어! 딕스트라는 여기 없다!"

한 명이 문서 보관소 쪽으로 들어오며 말했다.

"어디 있지? 피에 굶주린 그 개자식은 어디 있냐고?"

다른 한 명이 루벤 쪽으로 몸을 들이밀며 검은 복면 속에서 두 눈을 번뜩였다.

"여기엔 없습니다. 직접 보시지 않았습니까."

오리 루벤이 차분하게 대답했다.

"어디 있지? 말해! 딕스트라는 어디 있지?"

"하, 제가 콜록, 콜록, 제 동생을 지키는 사람입니까?"

오리 루벤이 기침을 했다.

"이 노인네, 죽는다!"

"난 늙었소. 병들었고, 엄청 피곤하고, 콜록, 콜록! 당신들도, 당신들의 칼도 겁나지 않아."

암살자들이 방에서 뛰어나왔다. 나타났을 때 그랬던 것처럼 재빨리 사라졌다.

오리 루벤을 죽이지는 않았다. 그들은 명령을 수행하는 암살자들이었고, 그 명령에는 오리 루벤이 포함되어 있지 않았다.

법학 석사 오리바시우스 지안프랑코 파올로 루벤은 이 사건 이후 6년 동안 여러 감옥에 수감되며 여러 수사관들에게 끊임없는 심문을, 가끔은 사건과 전혀 관계가 없어 보이는 갖가지 질문을 받았다.

6년 후 풀려났을 때는 이미 병약해져 있었다. 괴혈병에 이빨은 모두 빠지고, 빈혈로 머리도 다 빠지고, 녹내장으로 시력도 거의 잃고, 천식으로 숨을 잘 쉴 수도 없었다. 심문을 받는 동안 양손의 손가락은 모두 부러졌다.

풀려난 후에는 1년도 더 살지 못했다. 신전에서 운영하는 가난한 사람을 위한 집에서 의탁하다가 사망했다. 가난 속에서 완전히 잊힌 채로.

〈그림자 속의 사람들. 왕실 비밀 첩보의 역사〉 원고는 자취도 없이 사라지고 말았다.

동쪽 하늘이 밝아오고, 산 위로 해가 떠오르는 것을 알리는 창백한 빛이 퍼지기 시작했다.

모닥불 옆에서는 오랫동안 침묵이 계속되었다. 순례자와 엘프, 수색자 보레아스 문은 스러지는 모닥불을 아무 말 없이 바라보고 있었다.

엘스케르데그 산맥도 조용해졌다. 울부짖던 유령도 쓸데없이 울부짖는 것이 지겨웠는지 어느새 가버렸다. 울부짖던 그 무엇은 모닥불 곁에 앉아 있는 세 명이 너무나 끔찍한 경험들을 겪었기 때문에, 무언가의 울부짖음 따위에는 신경도 쓰지 않는다는 것을 드디어 이해한 모양이었다.

모닥불의 재를 바라보며 보레아스 문이 말했다.

"우리가 함께 길을 가야 한다면, 서로에 대한 불신은 버리는 게 좋겠군요. 지금까지 있었던 일은 뒤에 남겨둡시다. 세상은 변했어요. 우리 앞에는 새 인생이 있죠. 끝나는 것이 있고, 시작되는 것이 있고. 우리 앞에⋯⋯."

보레아스 문은 말을 멈추고 헛기침을 했다. 이런 종류의 연설은 익숙하지 않아서 우스꽝스럽지는 않을까 걱정했다. 그러나 우연히 만나게 된 그의 두 동반자들은 웃지 않았다. 아니, 오히려 그들에게서 전해져 오는 호의가 느껴졌다. 보레아스 문은 좀 더 자신감을 갖고 말했다.

"우리 앞에는 엘스케르데그 산맥이 있죠. 그리고 산맥 너머로는 제리카 니아와 하클란트가 있습니다. 우리 앞에 놓인 길은 멀고도 험난해요. 우리가 함께 가야 한다면⋯⋯ 불신은 버립시다. 제 이름은 보레아스 문입니다."

챙이 넓은 모자를 쓴 순례자는 일어나서 자신의 육중한 몸을 쭉 펴더니 그에게 내밀어진 보레아스 문의 손을 잡고 흔들었다. 엘프 역시 일어났다. 상처로 끔찍해진 얼굴을 잠시 찡그렸다.

보레아스 문과 악수를 나눈 순례자와 엘프 역시 서로 오른손을 내밀어 악수를 나누었다.

"세상은 변했소. 끝난 것이지. 내 이름은…… 시기 루벤이오."

순례자가 자신의 이름을 밝혔다.

"그리고 새로운 세상이 시작될 거요. 나는…… 볼프 아이센그림이오."

엘프가 상처로 일그러진 얼굴로 미소 비슷한 표정을 지으며 말했다.

모두들 그렇게 악수를 나누었다. 재빨리, 강하게, 갑작스럽게, 잠시 동안 그 악수는 화합의 몸짓이 아니라 싸움을 하기 위한 전초전처럼 보이기도 했다. 아주 잠깐 동안이었지만.

모닥불이 타고 있던 들판에 불꽃이 흩날리며 이 사건을 즐거운 불꽃놀이로 기념하는 듯했다.

"젠장, 어쩌면 좋은 우정의 시작일지도 모르겠군요."

보레아스 문이 활짝 웃으며 말했다.

……다른 순교자들처럼 성 필리파 역시 왕국을 배신하고 사람들을 선동해 국가를 전복시킬 소요와 폭동을 일으킨다는 중상모략을 당했다. 광신주의자이며 유사종교의 사제, 스스로를 대제사장이라고 칭했던 빌메리우스는 성 필리파를 붙잡아 캄캄하고 끔찍한, 춥고도 냄새나는 감옥에 가두라고 이르며, 성 필리파에게 죄를 자백하고 다른 이들에게 무슨 일을 시켰는지 고백하라고 했다. 그리고 성 필리파에게 여러 가지 고문 도구를 보여주며 협박했지만, 성 필리파는 그의 얼굴에 침을 뱉고 그를 동성애자라고 불렀다.

빌메리우스는 성 필리파의 옷을 벗기고 소의 힘줄로 만든 채찍으로 매질한 뒤 손톱 밑에 못을 찔러 넣었다. 그러고는 믿음을 배신하고 여신을 부정할 것을 요구했다. 그러나 성 필리파는 웃으며 빌메리우스에게 물러가라고 일갈하였다.

그러자 빌메리우스는 성 필리파를 고문실에서 꺼내어 몸 전체에 쇠갈고리를 찔러 넣고 옆구리를 촛불로 지지기 시작했다. 그럼에도 불구하고 성 필리파는 유한한 육체에서도 죽지 않는 참을성을 보였다. 형집행인들은 공포에 질려 물러났으나, 빌메리우스는 이들을 매섭게 질책하며 더욱더 가혹하게 고문하라고 다그쳤다. 그들은 성 필리파를 달궈진 금속판 위에 놓고, 관절을 부러뜨리며 가슴에는 집게를 달아놓았다. 이러한 고문 속에서도 성 필리파는 아무것도 자백하지 않고 죽었다.

신을 두려워하지 않는 살인자 빌메리우스는 후에 성스러운 교부들이 기록했듯이, 다음과 같은 벌을 받았다. 이(蝨)를 비롯한 각종 벌레가 그를 덮쳐서 산 채로 썩어가며 죽은 것이다. 개처럼 지독한 냄새를 풍겼던 탓에 장례식 없이 그의 시체는 강에 던져질 수밖에 없었다.

순교자 성 필리파에게 영광의 관을, 위대한 어머니 여신님께 영원한 영광을, 그리고 우리에게는 교훈과 경고가 되기를, 아멘.

〈몬스 칼부스의 순교자 성 필리파 전기〉
후에 교부들의 저작에서 인용되어 더욱더 유명해진,
트레토고르 필사본 가운데 순교한 역사가들의 옛 기록에서 정리

제 11 장

그들은 목이 부러질 것 같은 속도로 정신없이 달렸다. 봄이 요동치는 나날들이었다. 말들은 날듯이 달렸고, 들판에서 일하던 사람들은 잠시 등을 펴다가 그들을 보고는 눈을 의심했다. 진짜 기수들일까, 아니면 그냥 환영일까?

따뜻한 비로 축축해진 컴컴한 밤을 달렸다. 지푸라기가 깔린 침상에서 목과 가슴의 통증을 느끼며 잠에서 깬 사람들은 공포에 질렸다. 사람들은 벌떡 일어나 창밖에서 들려오는 말발굽 소리를 들었고, 깨어난 아이들의 울음소리와 개들이 울부짖는 소리를 들었다. 창밖의 들판을 보며 고개를 쭉 **뺐지**만 보고 있는 것이 무엇인지, 진짜 기수들인지, 환영인지 알 수 없었다.

에빙 전체에 세 명의 유령 기사들에 대한 소문이 돌기 시작했다.

세 명의 기사들은 짐작조차 할 수 없는 곳에서 느닷없이 나타나 절름발이를 공포에 질리게 만들고는 도망칠 기회조차 주지 않았다. 소리쳐서 다른 이들에게 도움을 청할 수도 없었다. 동네에서 숲과 가장 가까운 곳에 있는 집조차 절름발이와는 500보나 떨어져 있었기 때문이었다. 그보다는 좀 더 가까웠다고 하더라도, 도움을 외치는 소리에 자즈드로시치 마을의 누군가가 이를 신경 쓸 확률은 거의 없었다. 지금은 정오 전에 시작해서 이른 저녁까지 이어지는 자즈드로시치 마을의 시에스타 시간이었다. 절름발이라는 별명의 아리스토텔레스 보벡은 이 동네의 거지이자 철학자로 시에스타 시간의 자즈드로시치 마을은 무슨 일이 있어도 누구 하나 꿈쩍도 하지 않는다는 사실을 잘 알고 있었다.

말 탄 사람은 세 명이었다. 두 여자와 한 명의 남자였다. 남자는 하얀 머리에 등에는 칼을 메고 있었다. 여자 중 나이가 많은 쪽은 검은색과 흰색의 옷을 입고 까마귀처럼 새카만 곱슬머리였다. 쭉 뻗은 머리카락이 잿빛인 여자아이는 왼쪽 뺨에 깊은 상처가 있었고, 굉장히 아름다운 검은 암말을 타고 있었다. 절름발이는 오래전 언젠가 그런 말을 본 적이 있는 것 같다는 생각이 자꾸 들었다.

그들 중 여자아이가 처음 입을 열었다.

"여기 살아요?"

"난 아무 잘못도 없어요! 난 여기서 버섯을 딸 뿐이에요! 제발, 불쌍한 장애인을……."

절름발이는 이를 덜덜 떨었다.

"여기 사람인가요?"

여자아이가 다시 물었다. 초록빛 눈이 무섭게 빛나고 있었다. 절름발이는 몸을 움츠렸다.

"네, 아가씨. 여기 사람이죠. 여기 비르카에서 태어났어요, 자즈드로시치 마을의 비르카요. 그리고 여기서 죽을……."

"작년 여름과 가을에도 여기 있었나요?"

"그럼 여기 있지 어디를 갔겠어요?"

"묻는 말에 대답해요."

"네, 아가씨, 여기 있었어요."

검은 암말이 고개를 흔들며 귀를 쫑긋 세웠다. 절름발이는 나머지 두 사람, 검은 머리 여자와 하얀 머리 남자의 시선이 자신을 향해 고슴도치의 가시처럼 꽂히는 것을 느꼈다. 하얀 머리 남자가 제일 무서웠다.

얼굴에 상처가 있는 여자아이가 계속 질문을 해왔다.

"1년 전 9월, 정확히 9월 9일, 첫 번째 반달이 떴던 날, 여기서 여섯 명의 젊은이들이 살해당했어요. 남자 네 명…… 그리고 여자 두 명, 기억나요?"

절름발이는 침을 꼴깍 삼켰다. 아까부터 그걸 의심하고 있었는데, 이제 확실해졌다.

여자아이는 변해 있었다. 얼굴의 상처가 전부는 아니었다. 본하트가 죽은 시궁쥐들의 머리를 자르는 것을 보며 마차에 묶여 울부짖을 때와는 전혀 달랐다. '히메라 주막'에서 본하트가 옷을 벗긴 뒤 매질하던 그 여자아이와는 전혀 달랐던 것이다. 그러나 저 눈…… 눈만은 바뀌지 않았다.

"말해봐. 질문을 했잖아."

검은 머리 여자가 무서운 말투로 재촉했다.

"네, 마님. 어떻게 기억이 안 나겠습니까. 여섯 명의 젊은이들이 죽었죠. 정말 끔찍한 해였습니다. 9월이었죠."

절름발이가 얼른 대답했다.

여자아이는 오랫동안 아무 말도 하지 않은 채 절름발이가 아닌, 그의 어깨 너머 먼 곳을 바라보았다. 여자아이가 한참 후 힘겹게 말했다.

"그럼 잘 알겠네…… 그 젊은이들이 묻힌 장소 말이에요. 어떤 울타리 밑이나…… 쓰레기장이나 퇴비장이나…… 아니면 시체를 태웠을까…… 만약 숲에다가 버렸다면, 여우와 늑대들의 먹이가 되었겠지…… 나에게 그 장소를 가르쳐줘요. 날 거기로 데려가. 듣고 있어요?"

"알겠습니다, 아가씨. 따라오세요. 멀지 않아요."

절름발이는 절뚝거리며 목덜미로 세 마리 말들의 뜨거운 숨결을 느끼며 걸었다. 뒤를 돌아보지는 않았다. 왜인지 뒤돌아보면 안 될 것 같은 기분이 들었다.

"여기, 여기요. 여기가 우리 자즈드로시치 마을의 묘지, 여기 숲이에요. 그리고 물어보셨던 그 젊은이들은, 팔카 아가씨, 저쪽에 묻혀 있어요."

마침내 절름발이가 멈춰 서서 말했다.

여자아이는 크게 한숨을 쉬었다. 절름발이는 여자아이의 얼굴이 어떻게 바뀌는지 몰래 훔쳐보았다. 하얀 머리 남자와 검은 머리 여자는 아무 말도 하지 않았고 얼굴은 돌처럼 굳어 있었다.

여자아이는 고르게 잘 손질되어 있는 초석 덩어리와 섬광석, 점판암 등으로 주변을 둘러놓은 무덤을 오랫동안 바라보았다. 한때 무덤 위를 뒤덮었을 전나무 가지들은 붉게 변해 있었다. 마르고 노랗게 변한 꽃들도 있었다.

여자아이는 말에서 뛰어내렸다.

"누가 저렇게……?"

쳐다보지도 않고 묻는 여자아이의 목소리는 먹먹했다. 절름발이가 헛기침을 했다.

"아, 자즈드로시치의 많은 사람들이 함께 도왔죠. 하지만 가장 많이 손길을 보탠 건 과부 굴루에죠. 그리고 젊은 니클라르도…… 과부 굴루에는 언제나 마음씨가 착했죠…… 그리고 니클라르는…… 계속 꿈에서 나왔다고 했어요. 잘 수가 없었다고, 죽은 이들에게 합당한 장례를 치러주기 전까지는……."

"그들은 어디 있죠? 굴루에와 니클라르는?"

절름발이는 오랫동안 침묵하다가 어딘가를 가리켰다.

"과부 굴루에는 저기 휘어진 자작나무 아래 묻혀 있어요."

절름발이는 무서워하지 않고 여자아이의 초록빛 눈을 똑바로 바라보며 말했다.

"겨울에 폐렴으로 죽었어요. 니클라르는 멀리 떠났어요…… 전쟁에서 죽지 않았을까, 다들 그렇게 생각하고 있어요."

"잊고 있었어. 그 두 사람 다 운명으로 나와 만났다는 사실을."

여자아이는 작게 속삭였다. 그리고 무덤으로 다가가 무릎을 꿇고, 아니 쓰러지듯 무릎으로 주저앉더니 몸을 낮게, 아주 낮게, 무덤 바닥에 이마가 닿을 정도로 낮게 숙였다. 절름발이는 하얀 머리 남자가 말에서 내리려고 하자, 검은 머리 여자가 그의 손을 잡고 손짓과 눈짓으로 내리지 못하게 막는 것을 보았다.

말들은 투레질을 하고 머리를 저으며 방울을 쩔렁쩔렁 울렸다.

여자아이는 오랫동안, 아주 오랫동안 무덤 앞에 무릎을 꿇고 몸을 깊이 숙인 채, 들리지 않는 기도문 같은 것을 중얼거리고 있었다.

일어났을 때는 옆으로 비틀거렸다. 절름발이는 순간적으로 여자아이를 잡았다. 여자아이는 몸을 심하게 떨더니 팔을 뿌리치며 무서운 눈으로 절름발이를 노려보았다. 하지만 아무 말도 하지 않았다. 여자아이를 위해 말고삐를 잡아주자 고개를 끄떡이며 말없이 고맙다는 인사를 건넸다.

절름발이는 용기를 내어 더듬거리며 말했다.

"네, 팔카 아가씨. 운명의 장난은 이상하죠. 아가씨는 그때 너무나 잔인한 일을 겪었어요…… 우리 자즈드로시치 사람들은 아가씨가 살 수 있을 거라고는 생각지 않았어요…… 하지만 아가씨는 지금 이렇게 건강히 살아 있고, 굴루에와 니클라르는 저세상에…… 감사의 인사를 받아줄 사람도 이제는 없네요. 무덤을 만들어준 것에 대해……."

"내 이름은 팔카가 아니에요. 내 이름은 시리. 그리고 감사 인사는……."

"영광인 줄 알아."

검은 머리 여자가 끼어들었는데, 그 목소리에는 절름발이를 떨게 하는 무언가가 있었다. 검은 머리 여자는 천천히 한 단어씩, 한 단어씩 발음하며 말했다.

"저 무덤 덕분에, 당신들의 인간성 덕분에, 인간다운 자긍심과 품위 덕분에, 당신들과 당신들 마을 전체가 은혜와 감사를, 그리고 상을 받은 거야. 그게 얼마나 큰 상인지는 알지도 못하겠지만."

4월 9일, 자정이 조금 지났을 무렵 환하게 번쩍거리는 붉은 빛이 클레르몽 주민 일부를 깨웠다. 다른 이들은 비명 소리와 정신없이 뛰는 발소리, 사고를 알리는 종소리에 놀라 일어났다.

타고 있는 것은 건물 하나였다. 옛 신전의 커다란 목조 건물로, 어떤 신의 신전이었는지는 나이 많은 할머니들이나 기억하고 있었다. 이 신전은 현재 원형극장으로 바뀌어 가끔씩 떠들썩한 행사나 경기, 이런저런 오락거리들이 열렸고, 클레르몽의 주민들을 지루함과 우울감, 무기력한 일상에서 깨우고는 했다.

바로 그 원형극장이 소리를 내며 타오르는 불꽃의 바다에서 휘청거리고 있었다. 창문마다 커다랗고 날카로운 불꽃의 혀가 날름거렸다.

"불을 꺼!"

원형극장의 소유주, 상인 후베나겔은 거대한 배를 출렁거리며 팔을 휘두르면서 소리쳤다. 후베나겔은 잠잘 때 쓰는 모자와 부드러운 양털로 된 외투를 잠옷 위에 걸치고 있었다. 그리고 맨발로 거리의 똥과 진흙을 밟고 서 있었다.

"불을 꺼! 이봐! 물!"

"저건 신의 징벌이야. 저 안에서 행해졌던 야만스러운 일들에 대한……."

나이가 가장 많은 할머니 중 한 명이 단정적으로 말했다.

"네네, 그렇죠, 분명히!"

원형극장의 불은 소리를 내며 타올랐고, 웅덩이에서는 말들의 오줌이 증발하며 지독한 냄새를 풍겼다. 사방으로 불꽃이 흩어졌다. 어느 방향에서 바람이 불어오는지도 알 수 없었다.

"불을 꺼! 이봐! 양동이를 들어! 양동이!"

화재가 양조장과 곡식창고까지 번지는 것을 보고 후베나겔은 미친 듯이 소리를 질렀다.

일손이 부족하지는 않았다. 클레르몽에는 후베나겔이 직접 운영하는, 장비를 갖춘 소방대도 있었다. 열심히, 그리고 최선을 다해 모두들 진화 작업에 나섰다. 그럼에도 아무 소용이 없었다.

"우리도 더는 어쩔 수 없습니다…… 이건 보통 불이 아니에요…… 이건 악마가 일으킨 화재라고요!"

화상을 입은 얼굴을 닦으며 더듬거리던 소방대 대장이 급기야 소리를 빽

질렀다.

"흑마술이야……."

다른 소방대원이 연기에 콜록거리며 중얼거렸다.

원형극장 안에서부터 지붕을 받치는 서까래와 기둥들이 터지는 무시무시한 소리가 들려왔다. 쿵쾅거리며 무너지는 소리에 이어 불기둥과 함께 불꽃이 솟구치더니 지붕이 무너지면서 극장 안쪽으로 허물어졌다. 곧이어 건물 전체가 옆으로 기울었다. 마치 관중들을 즐겁게 해주고는 마지막으로 뛰어난 연출로 절을 하듯이 작별 인사를 건네는 것 같았다.

그렇게 원형극장은 무너져 내렸다.

소방대원들과 구조대원들은 곡식창고의 반과 양조장의 절반의 절반쯤을 간신히 보존하는 데 성공했다.

새벽은 화재의 냄새로 매캐했다.

후베나겔은 잠옷 모자를 쓰고 고급 양털 외투를 입은 채 진흙과 잿더미 위에 앉아 있었다. 주저앉아 있던 후베나겔은 불쌍하게도 어린아이처럼 꽥꽥거리며 울었다.

그의 소유였던 원형극장과 양조장과 곡식창고는 물론 보험에 들어 있었다. 문제는 보험사 역시 후베나겔의 소유였다는 점이다. 세금 탈루를 한다고 해도, 손해는 조금도 보상할 수 없었다.

"이제는 어디로 갈까? 또 누구에게 감사 인사를 하고 싶지, 시리?"

게롤트는 연기 기둥이 새벽녘 하늘을 분홍빛으로 물들이는 광경을 바라보며 물었다.

시리는 게롤트를 바라보았고, 게롤트는 그런 질문을 한 것을 바로 후회했다. 갑자기 게롤트는 시리를 껴안고서 머리를 쓰다듬어주고 싶었다. 보호해주고 싶었다. 절대로, 앞으로는 절대로 시리를 혼자 두지 않겠다. 시리에게 나쁜 일이 생기지 않도록. 복수를 갈망할 만한, 그 어떤 일도 생기지 않도록.

예니퍼는 침묵했다. 예니퍼는 최근 들어 아무 말도 하지 않을 때가 많았다.

"이제, 고보로제츠라는 마을로 가요. 그 마을 이름은 마을을 보호하는 지푸라기 유니콘에서 유래한 건데, 웃기고, 불쌍하고, 초라한 유니콘이에요. 거기서 있었던 일 때문에 난…… 그 마을 사람들이 기념으로…… 아니, 값진 유니콘은 아니더라도 좀 더 나은 조각상이 있었으면 해요. 예니퍼 선생님의 도움이 필요해요, 마법 없이는 그게……."

"알았다, 시리. 또?"

"페레플럿 습지. 그곳을 찾을 수 있으면 좋겠는데…… 늪 사이에 초가집이 있어요. 그 초가집에 시신이 있을 거예요. 그 시신이 제대로 된 무덤에 묻혔으면 좋겠어요."

게롤트는 아무 말도 하지 않았지만, 시선을 돌리지도 않았다. 시리는 게롤트의 시선을 힘들어하지 않고 말을 이었다.

"그 다음에는 던 다레 마을로 갈 거예요. 그곳의 주막집은 아마도 불탔을 테고, 주막집 주인은 살해되었을 거예요. 그건 내 잘못이에요. 증오와 복수심이 내 눈을 멀게 했어요. 그 가족들에게 어떻게든 보상하고 싶어요."

"그런 것에는 보상할 수 있는 방법이 없어."

게롤트가 계속 시리를 바라보며 말했다.

"알아요. 하지만 그들 앞에 겸허히 서겠어요. 그들의 눈이 뭘 말하는지 기억하겠어요. 그들의 눈을 기억한다면, 앞으로 같은 실수를 되풀이하는 일은 없을 거예요. 알겠어요, 게롤트?"

시리는 딱딱하게, 마치 화를 내듯이 말했다.

"알아, 시리. 나와 게롤트는 네 마음을 이해하고 있단다, 딸아. 가자."

예니퍼가 말했다.

세 마리의 말은 바람처럼 달렸다. 마법의 폭풍처럼. 느닷없이 세 명의 기수가 나타났다 사라지는 것을 보고 길 위의 여행자는 고개를 들었다. 행상인도 물건이 가득 쌓인 마차 위에서 머리를 들었고, 법망을 피해 도망치는 죄인도, 다른 정치인을 믿었다는 죄로 정치인들에 의해 겨우 정착한 땅에서 쫓겨난 이주민도 고개를 들었다. 방랑자도, 탈영병도, 지팡이를 짚은 순례자도 고개를 들었다. 놀라서 혹은 겁을 먹은 채 고개를 들었다. 눈으로 본 것을 믿을 수가 없었다.

에빙과 게소에는 소문이 돌기 시작했다. 무섭게 달려가는 기수들, 세 명의 유령 기사에 대해서.

저녁이면 돼지기름에 볶은 양파 냄새로 가득한 집집마다, 사람들이 모이는 회관마다, 연기 자욱한 주막과 길가의 여인숙, 농장들과 타르 공방, 숲속 마을들과 국경 수비대에서 상상이 더해지고 이야기들이 퍼져 나갔다. 이야기를 하기도 하고, 지어내기도 하고, 전달하기도 했다. 전쟁에 대해서, 영웅적인 행동과 기사도에 대해서, 우정과 올바른 행동에 대해서, 저열한 행동과 배신에 대해서, 영원한 참된 사랑과 언제나 승리하는 사랑에 대해서, 죄와 죄 지은 사람이 받아야 하는 벌에 대해서, 언제나 공정해야 하는 공정성에 대해서.

마치 올리브유처럼 언제나 표면에서 떠도는 진실에 대해서.

지어낸 이야기를 즐기며 이야기는 입에서 입으로 전달되었다. 사람들은 동화 같은 세부 사항에 열광했다. 왜냐하면 실제 삶에서 일어나는 일은 완전히 반대였기 때문이었다.

전설은 점점 더 커져갔다. 위쳐와 여자 마법사에 대해 온 감정을 실어 이야기하는 이야기꾼의 이야기를 듣는 이들은 트랜스에 빠질 지경이었다. 제비의 탑에 대한 이야기를, 얼굴에 흉터가 있는 여자 위쳐 시리에 대한 이야기를, 마법에 걸린 검은 암말 켈피에 대한 이야기를 들으면서.

그리고 호수의 여인에 대한 이야기를 들으면서.

호수의 여인 이야기는 훨씬 후에 나왔다. 아주 많은 시간이 지난 후였다.

하지만 지금, 마치 따뜻한 비를 맞고 싹트는 씨앗처럼 전설은 싹을 틔우며 사람들 사이에서 자라나고 있다.

언제인지도 모르게 5월이 왔다. 처음엔 먼 벨레틴의 빛나는 불꽃이 밝히는 밤으로 시작되었다. 시리는 이상하게 흥분한 채로 켈피에 올라타 모닥불로 돌진하고, 게롤트와 예니퍼는 잠시 동안 자신들만의 시간을 즐겼다. 둘은 정말 필요한 만큼만 옷을 벗고는 땅 위에 펼쳐둔 털외투 위에서 사랑을 나누었다. 서둘러서, 정신도 차리지 못하고, 아무 말도 없이 침묵 속에서, 빨리, 어떻게든, 무조건 더 많이 사랑을 나누었다.

문득 정신이 들어 차분해지면 둘은 몸을 떨며 서로의 눈물을 키스로 닦아주었다. 그리고 지금처럼 아무렇지도 않게 사랑을 나누는 것이 얼마나 행복한가에 대해 의아해하며 이야기를 나누었다.

"게롤트?"

"왜, 옌?"

"내가…… 우리가 함께 있지 않았을 때, 다른 여자들과 사귀었어?"

"아니."

"단 한 번도?"

"단 한 번도."

"목소리가 떨리지도 않네. 그런데 왜 당신 말을 못 믿겠지?"

"항상 난 당신 생각만 했어, 옌."

"이제는 믿겠어."

언제인지도 모르게 5월은 왔다. 낮에도 왔다. 민들레가 들판을 온통 점점이 빛내고, 과수원의 나무들은 꽃으로 잔뜩 부풀어 올랐다. 여전히 서두르지 않고 위엄을 지키고 있는 참나무만이 아직 검고 이파리 없이 남아 있었지만, 이미 초록빛 안개로 둘러싸여 있었고 숲 끝에는 자작나무의 밝은 연둣빛 얼룩들이 주위를 밝히고 있었다.

어느 날 밤, 버드나무로 울창한 분지에서 노숙을 했을 때 게롤트는 꿈을 꾸다가 일어났다. 악몽 속에서는 온몸이 마비된 채 저항할 수 없었는데 커다란 잿빛 올빼미가 발톱으로 얼굴을 할퀴고 휘어진 날카로운 부리로 눈을 쪼아 먹으려 했다. 게롤트는 깨어났다. 여기가 현실인지 아니면 악몽에서 또 다른 악몽으로 옮겨간 것인지 알 수가 없었다.

그들이 노숙하고 있던 분지 위가 밝게 빛나면서 그 위로는 콧김을 뿜는 말들이 몰려들었다. 밝은 빛 속에 검은 기둥들로 둘러싸인 성채의 내부가 보였다. 게롤트는 열 명의 형체가 앉아 있는 커다란 탁자를 보았다. 열 명의 여자들이었다.

목소리가 들렸다. 띄엄띄엄 떨어진 단어들이었다.

'……우리에게 걔를 데려와, 예니퍼. 이건 명령이다.'

'당신들은 나에게 명령할 수 없어. 그 아이에게도! 그 애를 어떻게 할 권리 같은 건 당신들에게 없어!'

'난 저들을 조금도 무서워하지 않아요, 엄마. 저들은 나에게 아무것도 할 수 없어요. 만약 저들이 원한다면 저들 앞에 서겠어요.'

'……6월 1일, 첫 달에 모인다. 너희 둘 다 참석하길. 순종하지 않으면 벌을 내리겠다.'

'내가 곧 갈게, 필리파. 하지만 이 아이는 저 사람과 좀 더 있게 해줘요. 저 사람은 혼자 있으면 안 돼. 며칠만. 난 지금 바로 갈 테니까. 기꺼이 당신들의 인질로.'

'내 소원을 들어줘요, 필리파. 제발.'

빛이 맥박을 치듯 커졌다 작아졌다 했다. 말들은 발을 구르며 울부짖었다.

게롤트는 잠에서 깼다. 이번엔 정말 현실이었다.

다음 날 예니퍼는 게롤트가 두려워하던 말을 꺼냈다. 오랫동안 시리와 대화를 나눈 후였다.

"난 떠나야겠어. 가야만 해. 시리는 당신과 남을 거야. 잠시 동안만. 그리고 내가 시리를 부르면 시리도 와야 해. 그런 후에 모두 함께 다시 만나자."

예니퍼는 서두도, 설명도 없이 건조하게 말했다.

게롤트는 고개를 끄덕였다. 내키지 않았다. 이렇게 아무 말도 하지 않고 받아들이는 것도 질려버렸다. 예니퍼가 말하는 것, 예니퍼가 결정한 것을 무조건 찬성하는 것도 이제 지긋지긋했다. 그럼에도 게롤트는 고개를 끄떡였다. 이러니저러니 해도 예니퍼를 사랑하는 것이다.

"이건 어쩔 수 없는 명령이야. 거역할 방법이 없는 명령. 미룰 수도 없어. 그냥 부딪쳐야 해. 내가 이렇게 하는 건 당신을 위한 것이기도 해. 당신 잘되라고. 그리고 무엇보다 시리를 위한 일이야."

예니퍼가 조금 전과는 달리 부드럽게 말했다.

게롤트는 다시 한 번 고개를 끄떡였다.

"우리가 다시 만나게 되면 당신에게 모든 걸 보상해줄게, 게롤트. 아무 말 하지 않은 것도. 우리 사이에 너무 많은 침묵과 너무 많은 고요가 있었어. 그러니까 이제 고개만 끄떡이지 말고 날 껴안고 키스해줘."

예니퍼의 목소리는 온화했다.

게롤트는 예니퍼가 시키는 대로 했다. 이러니저러니 해도 예니퍼를 사랑하는 것이다.

"이제 어디로 가요?"

시리는 예니퍼가 빛나는 타원형의 텔레포트로 사라져버리고 잠시 뒤, 건조하게 물었다.

"강…… 지금 우리가 거슬러 올라가고 있는 강의 이름은 산스레투르야. 이 강은 내가 꼭 보여주고 싶은 나라로 흐르지. 그 나라는 동화의 나라거든."

게롤트가 기침을 했다. 기침할 때마다 숨 막히게 하는 쇄골의 통증이 더심해졌다.

시리는 얼굴이 흐려졌다. 게롤트는 시리가 주먹을 꼭 쥐는 것을 보았다.

"동화는 전부 다 나쁘게 끝나요. 그리고 동화의 나라는 없어요."

시리가 이빨 사이로 내뱉듯 말했다.

"있어. 네 눈으로 보게 될 거다."

그들 앞에 햇볕과 초록빛에 둘러싸인 투생이 나타난 것은 보름달이 뜬 다음 날이었다. 언덕과 비탈면과 포도밭이 보였다. 아침 햇빛에 반짝거리는 작은 성들의 지붕들도 보였다.

그 풍경은 실패하지 않았다. 언제나처럼 보기만 해도 놀라운 광경이었다.

"정말 예쁘네요. 와! 저 성들은 장난감 같아요…… 케이크 위의 설탕 장식 같은…… 핥아먹고 싶은 기분이에요!"

시리가 감탄하며 말했다.

"건축가 파라몽드가 직접 설계한 작품이지. 가까이서 보끌레흐 궁과 정원을 볼 때까지 기다리렴."

게롤트가 유식한 척하며 말했다.

"궁이요? 우리가 궁으로 가는 건가요? 이곳의 왕을 알아요?"

"공주."

"그 공주가 혹시 눈이 초록빛인가요? 머리는 짧은 검은색이고?"

시리는 앞머리 아래로 게롤트를 유심히 관찰하며 뾰족하게 물었다.

"아니, 전혀 다르게 생겼는데. 어쩌다 네가 그런 생각을 하게 됐는지……."

게롤트는 말을 끊으며 시선을 다른 곳으로 돌렸다.

"관둬요, 게롤트, 알았죠? 그럼 여기 공주님과는 잘 아는 사이인가요?"

"말한 것처럼 내가 아는 사람이지, 조금. 아주 잘 알거나 친한 건 아니야, 네가 알고 싶다면. 하지만 그 공주님의 남편인지 남편 후보인지와는 아주 잘 알아. 너도 아는 사람이야, 시리."

시리는 켈피를 박차로 걷어차 길가에서 춤을 추게 했다.

"더 이상 궁금하게 만들지 말아요!"

"단델라이온."

"단델라이온이 여기 공주님과? 대체 어쩌다가요?"

"지금 이야기하기에는 너무 길어. 우리는 이곳을 떠날 때 단델라이온을 사랑하는 공주님 옆에 남겨두고 떠났지. 그리고 다시 이곳에 돌아오면 들르 겠다고 약속을……."

게롤트는 하던 말을 멈추고 입을 다문 채 얼굴이 어두워졌다.

"어쩔 수 없는 일이었어요. 게롤트, 너무 자책하지 말아요. 게롤트의 잘 못이 아니에요."

시리가 조그맣게 말했다.

내 잘못이야, 게롤트는 생각했다. 내 잘못. 단델라이온이 묻겠지. 그럼 나는 대답해야 할 거야.

마리아, 카히르, 레지스, 앵글로메.

칼은 양날을 가진 무기다.

젠장, 신들이시여! 정말 이제는 그만! 제발 좀 그만!

"가자, 시리."

"옷을 이렇게 입고 궁에 간다고요?"

시리가 헛기침을 했다.

"우리 옷이 뭐가 어때서? 우리가 궁에 무슨 인증을 받으러 가는 것도 아 니고, 무도회에 가는 것도 아닌데. 단델라이온은 마구간에서 만나도 돼."

게롤트는 시리의 말을 끊었지만, 시리의 얼굴이 부어오르는 것을 보고 말했다.

"하지만…… 우선 시내에 있는 은행부터 가자꾸나. 현금을 좀 찾고 직물을 파는 곳과 시장에 가는 거야. 재단사와 모자 만드는 사람들은 잔뜩 있어. 사고 싶은 걸 사고 치장하고 싶은 만큼 치장해."

"그 현금이 얼마나 있는데요?"

시리가 짓궂게 고개를 갸우뚱하며 물었다.

"사고 싶은 게 있으면 뭐든 사. 담비털이라도. 바실리스크로 만든 슬리퍼도 좋아. 그런 걸 갖고 있는 구두장이도 알고 있지."

"뭘 하면서 그렇게 돈을 많이 벌었어요?"

"칼질하면서. 가자, 시리, 시간 낭비 하지 말고."

치안파넬리 은행 분점에서 게롤트는 송금을 하고 신용증명서를 준비해 은행 수표와 약간의 현금을 찾았다. 야루가 강 저편으로 신속히 전달되는 우편을 이용해 편지도 썼다. 친절하고 사려 깊은 드워프 은행장이 초대한 점심 식사는 정중히 거절했다.

시리는 거리에서 말을 지키며 기다리고 있었다. 좀 전까지만 해도 텅 비어 있던 거리는 사람들로 가득했다.

"무슨 축제일인가 봐요. 장이 서나……."

시리가 광장으로 쏟아져 나오는 사람들을 고갯짓으로 가리키며 말했다.

게롤트가 그 광경을 날카롭게 쳐다보았다.

"서선 장이 아니야."

"아, 그럼 또……."

시리는 안장 위에 서서 사람들이 모여 있는 곳을 바라보았다.

"처형이지, 전쟁 이후 최고의 오락거리. 우리가 지금까지 뭘 봤지, 시리?"

게롤트가 물었다.

"탈영, 국가에 대한 배신, 적과 마주했을 때의 비겁 행위, 그리고 경제 사범."

시리가 얼른 예를 들자 게롤트는 고개를 끄떡이며 덧붙였다.

"군대에 곰팡이가 핀 건빵을 납품한 사업가들에게도 힘든 시기지."

"하지만 사업가를 처형하는 것 같진 않아요."

시리가 켈피의 고삐를 잡아당겼다. 켈피는 이미 군중 속에서 강에 빠진 곡식처럼 떠내려갈 참이었다.

"처형대는 천으로 감싸져 있고 사형집행인의 모자는 깨끗한 새것이라고요. 분명 중요 인사를 처형하려는 거예요, 최소한 남작 정도. 그러니까 적과 마주했을 때의 비겁 행위가 아닐까요?"

"투생은 적에 대항하는 군대 자체가 없었어. 시리, 내 생각에 저건 경제 사범이다. 누군가 이 나라 경제의 근간이 되는 포도주 거래에서 나쁜 짓을 한 거지. 가자, 시리, 구경은 안 할 거니까."

"가는 건 좋은데, 어떻게 가요?"

정말이지 더 이상 걸음을 옮기는 것은 불가능했다. 광장에 모여든 군중 속에 완전히 갇혀버려서 광장 저편으로 가는 건 상상할 수도 없었다. 게롤트는 낮게 욕을 하며 주위를 돌아보았다. 불행히도 후퇴 역시 불가능했다. 광장으로 몰려드는 사람들의 물결이 뒤쪽의 골목을 완전히 막아버렸던 것이다. 사람들의 물결에 휩쓸린 둘은 강물에서 떠내려가는 것 같았다. 다행히 장대를 든 군인들이 교수대 주변으로 몰려드는 군중들을 저지하자 움직임은 멈추었다.

"온다! 저기 온다!"

누군가 소리를 지르고 군중 속에서는 바람이 지나가는 듯한 소리가 파도치더니 외침이 들렸다. 말발굽 소리와 덜그럭거리는 마차 소리는 사람들의 외침과 웅성거리는 소리에 묻혀버렸다. 놀랍게도 골목에서 나온 두 마리 말이 끌고 있는 마차 위에는, 힘겹게 몸의 중심을 잡고 있는…….

"단델라이온이잖아……."

시리가 신음 소리를 냈다. 게롤트는 불현듯 불길한 느낌이 들었다. 매우 좋지 않았다.

"정말 단델라이온이네. 정말이에요."

시리가 믿을 수 없다는 목소리로 말했다.

이건 불공평해, 게롤트는 생각했다. 이건 말도 안 되는 일이야, 빌어먹으리만치 이상한 일이라고. 이럴 수는 없어. 이렇게 될 수는 없는 거야. 내가 어떤 시간에 행했던 어떤 행동들이 이 세상의 운명에 어떤 영향을 주었다고 주장하는 건 너무 단순하고 순진한 생각이겠지만, 이 세상은 나에게 빚진 것이 있어. 물론 그런 생각을 하는 것이 단순하고…… 오만한 것이겠지만…… 나도 알고 있다고! 그걸 설득시킬 필요는 없어! 그걸 나에게 증명해 보일 필요도 없어! 이런 방법으로…….

이건 불공평해!

"단델라이온일 리…… 없어."

게롤트는 로취의 갈기를 바라보며 중얼거리듯 말했다.

"저건 단델라이온이 분명해요. 게롤트, 뭐라도 해야 한다고요."

시리가 다시 말했다.

"뭘? 뭘 어떻게 해야 하는지 말해봐."

게롤트가 갈라지는 목소리로 간신히 말을 뱉어냈다.

군인들이 단델라이온을 마차에서 끌어내고 있었지만, 이상하리만큼 정중하게, 거칠지 않게, 할 수 있는 최대한의 존중을 갖춰 행동했다. 교수대 밑으로 가는 계단에서 군인들이 단델라이온의 손을 묶었다. 시인은 아무렇지도 않게 엉덩이를 긁고는 서두르지 않고 계단을 올랐다.

갑자기 계단 중 하나가 삐걱거리는 소리를 내더니 거친 장대로 만들어진 손잡이가 확 휘어졌다. 단델라이온은 가까스로 중심을 잡고는 소리쳤다.

"맙소사! 이런 건 고쳐놔야지! 봐, 이러다 누가 계단에서 죽으면 어쩌려고! 그럼 어떻게 하려고 그래?"

사형대 위에서 단델라이온을 맞이한 것은 사형집행인의 두 조수로 팔이 없는 검은 가죽조끼를 입고 있었다. 어깨가 마치 성의 망루처럼 넓은 사형집행인이 복면에 뚫린 구멍 사이로 죄수를 바라보았다. 그 옆에는 애도하는 듯한 검정색 옷이지만, 매우 고급스럽고 화려한 옷을 입은 남자가 서 있었다. 얼굴 역시 애도하는 표정이었다.

"보끌레흐와 주위 도시의 신사 숙녀 도시민 여러분!"

남자는 양피지를 펼쳐 들고는 애도하는 어조로 읽기 시작했다.

"여러분이 아시다시피 여기 줄리안 알프레드 판크라츠 드 레텐호브 자작, 단델라이온이라는 이름으로 알려진……."

"판크라츠 드 뭐라고요?"

시리가 속삭이며 물었다.

"……공국 대법원의 판결로 기소된 모든 범죄와 잘못, 잘못된 행동에 대한 유죄를 선고한다. 전하에 대한 불경죄와 국가에 대한 배신, 고귀한 국가의 명예에 대해 거짓 맹세와 잘못된 행동, 풍자, 중상모략과 사기, 또한 흉측한 방탕함으로 국가의 이미지를 실추시킨 점 등이다. 대법원은 그러므로 줄리안 기타 등등 자작에게 형을 선고한다. 첫째, 가문의 문장에 검은 줄을 대각선으로 그어 훼손한다. 둘째, 작위와 영토, 재산, 숲, 목재, 성채들을 압수한다……."

"성채라고, 무슨 성채?"

게롤트가 신음 소리를 냈다.

단델라이온은 뻔뻔스럽게 코웃음을 쳤다. 얼굴 표정으로 봤을 때는 법원의 판결로 압수하는 목록들에 대해 상당히 재미있어 하는 것 같았다.

"세 번째, 가장 중요한 형벌의 유형으로, 지금까지 언급된 범죄에 합당한 형벌은 말로 끌고 다니고 바퀴로 뼈를 으스러뜨리며 사지를 절단하는 형벌이 마땅하나, 우리를 다스리는 자비로우신 안나 헨리에타 투생 공주님이시자 보끌레흐의 주인께서 도끼로 머리를 베는 형벌로 낮춰주셨다. 공정함이 이루어지기를!"

군중들은 알아들을 수 없게 뭐라 뭐라 소리를 질렀다. 첫 번째 줄에 서 있던 여자들은 황당하게도 이에 매우 실망한 듯, 거짓된 애도의 표시를 해보였다. 어른들은 아이들이 구경거리를 놓치지 않도록 높이 들거나 목에 목마를 태우고 있었다. 사형집행인의 조수는 사형집행대 한가운데에 나무둥치를 놓고 그 위에 천을 덮었다. 누군가 잘린 머리를 넣어둘 버드나무가지로 만든 바구니를 슬쩍하는 바람에 약간의 혼란이 있었으나, 곧 다른 바구니가 준비되었다.

사형집행대 밑에서는 두 명의 사람이 피를 받기 위해 손수건을 펼쳤다. 이런 종류의 기념품은 상당히 인기라서 잘만 하면 돈을 꽤 벌 수 있었다.

"게롤트, 우리가 뭐라도 해야⋯⋯."

시리는 푹 떨군 고개를 들지 못했고, 게롤트는 아무 말도 하지 않았다.

"국민들에게 할 말이 있소."

단델라이온이 자신감 넘치는 목소리로 말했다.

"짧게 하시오, 자작."

단델라이온은 사형집행대 끝에 서서 양팔을 쳐들었다. 군중들이 수군거리다가 조용해졌다.

"이봐요, 사람들! 어떻게들 지내시나? 안녕들 하시오?"

단델라이온이 외쳤다.

"뭐, 그럭저럭 지내죠."

멀리서 누군가가 침묵을 깨고 대답하자 단델라이온이 고개를 끄떡였다.

"그건 잘된 일이군요. 매우 좋습니다. 자, 이제 시작하면 되겠군요."

"집행관님, 이제 시작할 시간입니다!"

애도 복장을 한 사람이 가식적으로 감정을 담아 말했다.

사형집행인이 가까이 다가와 오래된 예법에 따라 형을 당할 사람 앞에 무릎을 꿇고 복면으로 가린 머리를 숙였다.

"나를 용서하시오, 선한 이여."

엄숙한 목소리의 부탁이었다.

"내가? 당신을?"

단델라이온이 의아해하며 되물었다.

"그렇습니다."

"절대로 못해."

"뭐라고요?"

"절대로 용서 못하지. 도대체 왜 당신을 용서해야 하는데? 지금 이게 무슨 장난인가? 잠시 후에 내 머리를 자를 건데, 내가 그걸 용서해야 한다고? 지금 날 놀리는 거야, 뭐야? 이런 순간에?"

사형집행인이 미간을 찌푸렸다.

"그게 무슨 소립니까. 그건 법으로 보장되어 있는…… 또한 관습적으로…… 죄수는 사형집행인을 용서하는 것이에요! 그러니, 자, 저의 잘못을 용서하고, 죄를 사……."

"안 돼."

"안 된다고요?"

"안 돼!"

"난 그럼 안 할 거예요. 빨리 결정하라고요. 안 그럼, 난 못하니까."

자리에서 일어난 사형집행인이 우울한 목소리로 말했다. 그러자 애도 복장을 한 공무원이 단델라이온의 팔꿈치를 잡으며 사정했다.

"자작님…… 일을 어렵게 만들지 마시고요, 사람들이 이렇게 모여서 기다리고 있지 않습니까…… 저렇게 부탁하는데 저 사람을 용서……."

"절대 용서 못한다고, 내 대답은 이것으로 끝이야!"

공무원이 단델라이온의 팔을 놓고 이번에는 사형집행인에게 다가갔다.

"저기, 집행관님…… 그냥 죄 사함을 받지 말고 진행하세요, 어떤가요? 제가 보수는 넉넉히……."

사형집행인은 아무 말 없이 프라이팬처럼 커다란 손을 내밀었다. 공무원은 한숨을 쉬더니, 가죽으로 만든 논수머니를 찾아 동선을 쏟았나. 사형집행인은 돈을 잠시 보고 있다가 주먹을 불끈 쥐었다. 복면에 뚫린 구멍 속 두 개의 눈이 번뜩였다.

"좋아요."

사형집행인은 고개를 끄덕이고는 돈을 챙기더니 시인을 향해 돌아섰다.

"자, 고집센 양반, 이제 무릎을 꿇으시지. 머리를 여기 나무둥치에 올려놓으라고. 나도 마음만 먹으면 얼마든지 못되게 굴 수 있어요. 당신 머리는 특별히 두 번에 걸쳐 잘라주지. 만약 가능하기만 하다면, 세 번에."

"용서하겠소! 용서한다고!"

단델라이온이 소리를 질렀다.

"감사하오."

"용서를 받았으니 돈은 돌려주셔야죠."

애도 복장을 한 공무원이 피곤한 목소리로 말했다.

그러자 사형집행인이 몸을 돌리더니 도끼를 쳐들었다.

"비키십시오, 공무원 나리, 연장 앞에서 얼씬거리지 말고. 머리를 자르다가 잘못하면 귀도 자를 수 있으니까."

작지만 음침한 목소리였다.

공무원은 너무 황급히 자리를 비키다가 사형집행대 위에서 떨어질 뻔했다.

단델라이온은 무릎을 꿇고는 목을 나무둥치 위로 쭉 뺐다.

"이러면 됐나요? 저기요, 이것 보세요, 이봐요?"

"왜요?"

"조금 전에 농담한 거죠? 한 번에 잘라줄 거죠? 한 번 내리쳐서? 그렇죠?"

사형집행인은 눈을 번뜩였다.

"놀랄 준비나 하라고."

그러고는 무섭게 소리를 질렀다.

그때였다. 군중들이 갑자기 파도치듯 흔들리더니 입에 거품을 문 말을 타고 오는 기수에게 길을 내주었다. 기수는 커다란 빨간 인장이 찍힌 양피지 두루마리를 흔들며 소리쳤다.

"멈춰라! 집행을 멈추어라! 공주님의 명령이시다! 비켜라! 집행을 멈춰! 죄수에게 사면 조치가 내려졌다!"

"또? 또 사면이야? 이젠 정말 지겹다고!"

사형집행인이 쳐들었던 도끼를 내리며 소리를 질렀다.

"사면이다, 사면이야!"

첫 번째 줄에 서 있던 여자들은 사형집행인보다 더 큰 목소리로 소리쳤다. 몇몇, 특히 나이가 어린 관중들은 휘파람을 불며 불만을 표시했다.

"조용히 하시오, 신사 숙녀 도시민 여러분!"

애도 복장을 한 공무원이 양피지 두루마리를 펼쳐 들며 외쳤다.

"이것이 우리 안나 헨리에타 공주님의 뜻입니다! 헤아릴 수 없는 선한 의지를 가지신 공주님은, 신트라에서 맺어진 평화조약을 기념하고자 줄리안 알프레드 판크라츠 드 레텐호브 자작, 가명 단델라이온의 죄를 사하고 사면합니……."

"아우, 우리 귀여운 족제비."

단델라이온이 활짝 웃으며 말했다.

"……동시에 위에 언급된 줄리안 판크라츠 어쩌고저쩌고는 당장 수도와 투생의 국경을 떠나 다시는 돌아오지 않을 것을 명령합니다. 우리 공주님께서는 더 이상 줄리안 판크라츠 어쩌고저쩌고를 보고 싶지 않다고 하셨습니다! 당신은 자유입니다, 자작님."

애도 복장을 한 공무원의 말이 끝나기 무섭게 단델라이온이 소리쳤다.

"그럼 내 재산은? 으응? 내 재산, 숲, 목재, 그리고 성채들은 다 당신들이 가져도 좋아, 젠장! 하지만 내 류트와 내 말 페가수스, 그리고 140탈레르 80 할레르, 그리고 장식된 외투와 반지……."

"그만!"

말에 올라탄 게롤트가 욕을 하며 불만스럽게 흩어지는 군중을 뚫고 나오며 외쳤다.

"입 닥치고 내려와서 빨리 말에 타, 이 멍청아! 시리, 길 좀 열어! 단델라이온! 지금 내가 말하는 거 안 들려?"

"게롤트? 자넨가?"

"묻지 말고 내려와! 이쪽으로! 말에 올라타라고!"

그들은 좁은 거리를 정신없이 달려 나왔다. 시리가 앞장서고, 그 뒤를 게롤트와 단델라이온이 로취를 타고 달렸다.

"뭘 그렇게 서둘러? 아무도 안 쫓아오는데."

게롤트 뒤에 탄 단델라이온이 소리쳤다.

"일단은 그렇겠지. 하지만 너의 공주님은 변덕이 심하고, 결정했던 사안을 갑자기 뒤집는 걸 좋아하잖아. 솔직히 말해봐, 사면이 내려올 거라고 예상했었나?"

"아니, 몰랐어. 하지만 솔직히 말하면 사면을 기대했지. 족제비는 귀엽고 마음이 착하거든."

"제발, 그 족제비 소리는 집어치우라고. 국가원수 모독죄로 지금 겨우 죽다 살아났는데, 또 그러는 거야?"

단델라이온은 조용해졌다. 시리는 켈피를 멈추고 둘을 기다렸다. 두 마리 말의 머리가 나란해지자 시리는 단델라이온을 바라보며 눈물을 닦았다.

시리가 말했다.

"단델라이온…… 에…… 판크라츠……."

"가자! 이 도시와 이 매력적인 왕국을 빨리 떠나자고, 떠날 수 있을 때."

게롤트가 재촉했다.

투생의 국경에 다다랐을 무렵 고르고나 산이 보이는 장소에서 공국의 파발꾼이 일행을 따라잡았다. 뒤로는 안장이 올려진 페가수스를 끌고, 류트와 외투, 단델라이온의 반지를 들고 왔다. 140탈레르와 80할레르에 대한 요구는 무시한 모양이었다. 공주님께 키스를 전해달라는 시인의 부탁에 파발꾼의 얼굴이 돌처럼 굳었다.

이제 활기차게 흐르는 시냇물이 되어버린 산스레투르 강까지 달렸다. 벨하벤도 지났다.

네바 계곡에서 비박을 했다. 위쳐와 시인이 기억하는 장소였다.

단델라이온은 상당히 오랫동안 버텼다. 그 어떤 질문도 하지 않은 것이다.

하지만 드디어 모든 이야기를 털어놓을 때가 되었다. 그리고 그 이야기 후에는 무겁고 참담한, 곪은 상처 같은 침묵을 함께해야 했다.

다음 날 오후 일행은 리드브루네의 스토키 산맥에 다다랐다. 주변은 평화롭고 아름다웠으며 질서가 있었다. 사람들은 서로를 믿고 남을 위해 착한 일을 할 줄 알았다. 안전함이 느껴졌다.

곳곳에는 교수형 당한 시체들이 걸려 있는 교수대가 있었다.

일행은 돌 앙그라 쪽으로 방향을 잡고 도시를 지나쳤다.

게롤트는 이미 한참 전에 깨달았어야 하는 사실을 그제야 알아챘다.

"단델라이온! 자네의 귀중한 원고! 시의 반세기인가 뭔가 말이야! 파발꾼이 안 가져왔잖아! 투생에 남겨둔 건가?"

"남겨뒀지. 족제비의 옷장 속에, 원피스와 팬티와 코르셋 더미 밑에 있어. 그리고 그냥 속옷 더미 아래 영원히 있으라고 해."

단델라이온이 대수롭지 않다는 듯 고개를 끄떡였다.

"왜 그런지 설명 좀 해줄 수 있겠나?"

"설명할 게 뭐가 있나. 투생에서는 내가 지금까지 썼던 것들을 읽어볼 시간이 충분했지."

"그래서?"

"다시 쓸 거야, 새로."

단델라이온의 말에 게롤트가 고개를 끄떡였다.

"알았어. 그러니까 한마디로 공주의 애인으로도, 작가로도 형편없다는 게 밝혀졌군. 더 정확히 말하자면, 손대는 것마다 다 망한다는 게 밝혀졌어. 아니, 하지만 자네의 〈시의 반세기〉가 새로 쓰여진다 하더라도 아나리에타 공주와 관련해서는 자넨 망한 거지. 맙소사, 치욕스럽게 쫓겨난 애인이라니! 아니, 얼굴은 찡그리지 마. 자네가 투생 공주님의 남편 팔자는 아니었던 거지, 단델라이온."

"그거야 두고 볼 일이지."

"나한테는 보라고 하지 마. 그런 걸 두고 볼 생각은 추호도 없으니까."

"보라고 하지도 않았어. 하지만 족제비는 착하고 이해심이 많다는 것만 말해두지. 물론, 내가 남작의 영애인 젊은 니케 양과 함께 있는 것을 보고 화가 좀 나긴 했지만…… 지금쯤은 화가 풀렸을 거야. 족제비는 분명, 남자는 일부일처제에 맞춰진 종족이 아니라는 걸 이해한 거지. 그래서 날 용서해주고 이제 기다리……."

"자넨 진짜 도리 없이 멍청하군."

게롤트의 말에 시리 역시 힘차게 고개를 끄떡이며 게롤트의 말에 동의했다.

"뭐, 여러분과 그 문제를 논의할 생각은 없어. 그리고 개인적인 문제니까. 단, 재차 말하지만 족제비는 날 용서할 거야. 내가 멋진 발라드나 소네트를 써서 보내면 공주는……."

단델라이온이 잘난 척하며 말했다.

"제발, 단델라이온."

"쳇, 내가 말을 말아야지. 가자, 빨리 가자고! 페가수스, 달려! 하얀 연처럼 달려!"

일행은 달렸다.

5월이었다.

게롤트가 탓하는 듯한 말투로 말했다.

"자네 때문에, 고발당한 연인인 자네 때문에, 나까지 투생을 도둑이나 범죄자처럼 도망쳐 나와야 했다고. 하다못해 누구하고도 만날 시간조차……."

"누구? 프린질라 비고? 못 만났을 거야. 그 여자는 자네 일행들이 떠난 후 얼마 지나지 않아 1월에 떠났어. 그냥 없어졌다고."

"그 여자 이야기를 하는 게 아니야. 난 레이나르나 만나려고 했지. 시리도 소개해주고……."

게롤트는 시리가 흥미로워하며 귀를 쫑긋 세우는 것을 보고 헛기침을 했다.

단델라이온은 페가수스의 갈기에 시선을 고정했다.

"레이나르 드 보아-프레스네스는 세르반테스 산맥에서 산적들과 싸움이 일어났을 때 죽었어. 베데트 초소 근처에서. 아나리에타는 그에게 영예로운 귀족······."

"그만해, 단델라이온."

단델라이온은 놀랍게도 순순히 입을 다물었다.

5월은 계속되고 더 피어났다. 들판에서는 민들레의 환한 노란빛이 사라지고 하얗게 폭신폭신한 민들레 홀씨가 날렸다.

사방이 초록빛으로 물들고 매우 따뜻했다. 짧은 폭우라도 쏟아지지 않을 때면 공기는 무겁고 뜨겁고, 마치 보리 수프처럼 후텁지근하고 끈적거렸다.

5월 26일, 일행은 흰색 송진으로 칠해져 번쩍번쩍 빛나는 야루가 강의 새 다리를 건넜다. 타르에 찌든 채 타버린 오래된 다리의 거뭇한 잔해는 물속과 강둑에서만 드문드문 보였다.

시리는 불안해했다.

게롤트는 알고 있었다. 시리의 의도와 계획을, 그리고 예니퍼와의 약속도 알고 있었다. 게롤트는 준비가 되어 있었다. 그럼에도 헤어진다는 생각은 고통스럽게 게롤트를 찌르는 것만 같았다. 가슴속, 갈비뼈 안쪽 깊숙이 잠들어 있던 작고 독한 전갈이 깨어난 것만 같았다.

코프쉬브니차라는 시골 마을, 타버린 주막집 잔해 뒤로 100년은 된 듯한 넓게 가지를 뻗은 참나무가 봄을 맞이해 작은 거미 같은 꽃들을 피워내며 서 있었다. 이 동네 사람들은 물론이고 상당히 먼 스팔라에서도 이 거대한 참나무를 이용하는지, 낮게 드리워진 참나무 가지에는 온갖 정보들이 적힌 크고 작은 나무판들이 잔뜩 걸려 있었다. 사람들 사이를 이어주는 이 참나무는 이러한 이유로 '좋은 소식과 나쁜 소식의 나무'라고 불렸다.

"시리, 저쪽부터 시작해봐. 단델라이온, 자네는 이쪽부터."

게롤트가 말에서 내리며 지시했다.

나뭇가지에 걸려 있는 나무판들이 바람에 흔들리며 서로 부딪쳐 달그락거렸다.

제일 많은 것은 전쟁 이후 행방을 모르거나 서로 헤어진 가족을 찾는 '소식판'이었다. '모든 것을 용서해줄 테니 돌아와'라는 내용도 꽤 있었고, 에로틱 마사지를 비롯해 상업적인 광고와 정보도 많았다. 연애편지들도 있었고 세상이 잘 돌아가기를 바라는 고발장과 익명의 투서도 있었다. 또한 철학적인 의견을 표명하는 나무판들도 있었는데 상당수가 헛소리들이거나 심하게 저속했다.

"하! 라스트부르그 성에서 위쳐가 급하게 필요하다는데? 높은 보수 보장, 호화 숙소와 매우 맛있는 식사 제공! 어때, 게롤트?"

단델라이온이 외쳤다.

"전혀."

그들이 찾던 소식은 시리가 발견했다.

그리고 시리는 마침내 게롤트가 한참 전부터 예감했던 이야기들 써냈나.

"난 벤거버그로 갈 거예요, 게롤트. 그런 얼굴 하지 말아요. 내가 가야만

한다는 건 알고 있잖아요. 예니퍼가 날 불렀어요. 예니퍼가 거기서 날 기다리고 있어요."

시리는 되풀이해 말했다.

"안다."

"게롤트는 리비아로 가요. 가서 비밀로 하고 있는 만남을……."

"우연한 만남이지, 비밀은 아니야."

게롤트가 시리의 말을 끊었다.

"그래요, 우연한 만남이요. 알겠어요. 저는 벤거버그에서 해야 할 일을 하고, 예니퍼와 함께 우리 모두 리비아에서 엿새 후에 만나는 거예요. 그런 표정 좀 하지 말아요, 제발. 그리고 한참 동안 못 볼 것처럼 인사하지도 말아요. 그냥 6일이라고요! 잘 있어요."

"잘 지내거라, 시리."

"리비아에서, 엿새 후에 만나요!"

시리는 켈피를 돌려세우며 다시 소리쳤다.

그리고 곧장 달려가기 시작했다. 시리가 시야에서 순식간에 사라지자 게롤트는 날카롭고 차가운 발톱을 세운 짐승의 앞발이 위장을 쥐어짜는 듯한 통증을 느꼈다.

단델라이온이 생각에 잠긴 채 말했다.

"엿새라…… 여기서 벤거버그까지, 그리고 다시 리비아까지…… 그러면 대략 250마일 정도인데…… 그건 불가능해, 게롤트. 물론 저 마법의 암말이 있긴 하지. 시리가 파발꾼 뺨치는 속도로, 일반적인 말보다 세 배는 빨리 달리는 저 말의 속도로 계산을 해보면 엿새 만에 올 수는 있어. 하지만 저 마법의 말도 쉬어야 하잖아? 게다가 시리가 해결해야 하는 일도 어느 정도 시간이 걸리지 않겠어? 그러니 이건 될 수 없는…….”

"시리에게 될 수 없는 일은 없어."

게롤트가 입술을 깨물었다.

"아니, 그러니까…….”

"시리는 이미 자네가 알고 있던 그 애가 아니야, 아니라고."

게롤트가 매섭게 말을 끊자 단델라이온은 오랫동안 침묵했다.

"느낌이 이상해…….”

"입 닥쳐. 아무 말도 하지 마, 제발."

5월이 끝났다. 새로 달이 떠오르고, 달은 작아지고 아주 날씬해졌다. 게롤트와 단델라이온은 수평선 위에 보이는 산을 향해 달렸다.

풍경은 전형적인 전쟁 후의 모습이었다. 들판 가운데에는 난데없이 솟아 있는 무덤들과 묘지들이 있었고, 왕성하게 자라난 봄의 들풀 사이로 하얗게 바랜 해골들이 있었다. 길가의 나무들에는 교수형 당한 시체들이 매달려 있었고, 길가에는 굶어 죽을 날만 기다리는 가난한 사람들이 앉아 있었다. 숲에서는 그 사람들이 죽기만을 기다리는 늑대들이 도사리고 있었다.

불에 탄 검은 들판에서는 풀이 자라지 않았다.

사람들이 살고 있던 주거지에는 그을린 굴뚝만 남아 있었다. 사람들은 건물을 새로 짓고, 망치질 소리와 톱질하는 소리가 울려 퍼졌다. 폐허와 멀지 않은 곳에서 여자들은 불에 탄 땅에 구멍을 파고 있었다. 어떤 이들은 쟁기를 둘러메고 절뚝거리며 쟁기질을 하고 있었다. 바싹 마른 어깨로 쟁기의 그물 자국이 파고들었다. 새로 간 밭 위를 뛰어다니며 아이들은 벌레와 지렁이를 잡고 놀았다.

"느낌이 이상해. 여긴 뭔가 이상하다고. 뭔가가 없어…… 그런 기분 안 들어, 게롤트?"

단델라이온이 말했다.

"그게 무슨 말이지?"

"뭔가 정상이 아니야."

"이곳에 정상적인 건 없어, 단델라이온. 아무것도."

따뜻하고 바람이 불지 않는 밤, 멀리서 번쩍이는 번개에 가끔씩 밝아지고 불안한 천둥소리가 들려오던 밤, 노숙을 하던 게롤트와 단델라이온은 서쪽 지평선에 화재로 인한 붉은 띠가 번쩍이는 것을 보았다. 그다지 먼 곳은 아니었다. 불어오는 바람에 연기 냄새가 실려 오고 있었기 때문이었다. 또한 바람은 간간히 소리도 싣고 왔다. 살해당하는 이들의 비명과 여자들의 울음소리, 일단의 무리가 지르는 승리의 외침도 들려왔다.

단델라이온은 아무 말도 하지 않았지만 가끔씩 겁에 질린 표정으로 게롤트를 바라보았다.

하지만 게롤트는 꿈쩍도 하지 않고, 고개를 돌리지도 않았다. 얼굴 표정은 마치 청동으로 만들어진 것 같았다.

아침이 되자 둘은 다시 길로 나섰다. 숲 위로 피어오르는 연기는 쳐다보지도 않았다.

그러고는 얼마 지나지 않아 정착민 무리를 만났다.

무리는 긴 줄을 이루어 걷고 있었다. 천천히. 그들은 작은 봇짐들을 메고 있었다. 아무 말도 하지 않았다. 남자들, 소년들, 여자들, 아이들. 불평도

하지 않고, 울지도 않고, 아무 말도 없이 그저 걷고 있었다. 비명도, 절망도 없었다.

비명과 절망은 그들의 눈 속에만 있었다. 해를 입은 사람들의 텅 빈 눈. 빼앗기고, 다치고, 쫓겨난 이들의 공허한 눈.

"저들은 누구죠? 누굴 그렇게 끌고 가는 겁니까?"

단델라이온은 행렬을 이끌고 가는 장교의 적대적인 시선을 아랑곳하지 않고 물었다.

"저들은 닐프가드인들이오."

얼굴이 새빨간, 기껏해야 지금까지 열여덟 번이나 봄을 봤을까 싶은 애송이 장교가 높은 안장에서 퉁명스럽게 말했다.

"닐프가드 정착민들이지. 우리 땅에 바퀴벌레처럼 기어들어 왔으니 이제 우리가 바퀴벌레처럼 쫓아내고 있소. 신트라에서 그렇게 하라고 했고 조약에도 명시되어 있지."

애송이 장교는 몸을 굽혀 침을 뱉더니 단델라이온과 게롤트를 도전적으로 바라보며 말했다.

"내 마음대로 할 수 있는 거라면 이렇게 살려 보내지는 않았을 거야, 나쁜 놈들."

그때 머리가 희끗희끗한 부하 한 명이 말을 길게 끌며 자신의 상사를 존경심이라고는 전혀 없는 눈초리로 바라보며 말했다.

"내 마음대로 할 수 있는 거라면, 저 사람들을 저들의 농가에 그냥 놔둘 겁니다. 시골에서 좋은 농부들을 내쫓다니…… 농업이 살되면 좋을 텐데. 먹을 게 생기면 좋은 거 아닙니까?"

"바보 같은 소리 마시오, 병장."

화가 난 장교가 소리를 질렀다.

"저들은 닐프가드인이라고! 우리말도 못하고, 우리 문화도 모르고, 우리 혈통도 아니지. 농사가 잘된다 해도 가슴에 뱀을 키우는 것과 똑같소. 우리 등에 언제라도 칼을 꽂아 넣을 배신자들이지. 우리와 검은 군대 사이에 영원한 화해가 가능할 것 같소? 아니, 그건 불가능하지. 그러니 자기네 나라로 돌아가라고 해…… 어이, 거기! 저기 한 명은 수레가 있어! 빨리 **빼앗아**!"

명령은 성실하게 수행되었다. 몽둥이와 주먹질뿐만 아니라 발길질도 동반되었다.

단델라이온이 헛기침을 했다.

"왜, 뭐 마음에 안 드는 거라도 있소? 닐프가드를 좋아하시나 본데?"

애송이는 단델라이온을 노려보았다.

"맙소사, 신들께 맹세코 그런 일은……."

단델라이온이 마른침을 삼켰다.

인형 같은 텅 빈 눈의 여자들과 소녀들은 찢어진 옷을 입은 채 얼굴은 퉁퉁 부어 멍이 들었고, 허벅지와 장딴지에는 피가 말라붙어 있었다. 부축을 해줘야 간신히 걸을 수 있는 여자들도 많았다. 단델라이온은 게롤트의 얼굴을 보고 겁이 났다.

"길을 떠날 시간이야. 잘 있으시오, 군인 양반들."

단델라이온이 웅얼거리며 그곳을 빨리 벗어나려고 했다.

"잘 가시오, 여행자들."

병장이 인사를 보냈다. 애송이 장교는 고개도 돌리지 않은 채 신트라 평화조약에서 약속된 것보다 더 큰 봇짐을 들고 가는 자가 없는지 살펴보고 있었다.

그때 높고 절망적인, 고통으로 가득 찬 여자의 비명 소리가 들려왔다.

"게롤트, 제발, 아무것도 하지 마, 제발…… 끼어들지 마……."

단델라이온이 신음 소리를 내며 게롤트를 돌아보았는데, 단델라이온은 그런 게롤트의 얼굴은 처음 보았다.

"끼어든다고? 막는다고? 누군가를 구한다고? 무슨 고귀한 원칙이나 이상을 위해 목숨을 건다고? 아니, 단델라이온, 이제는 안 그래."

어느 불안한 밤, 먼 곳에서 번개가 번쩍거리던 밤, 게롤트는 또 꿈을 꾸다가 일어났다. 이번에도 이전 악몽에서 다른 악몽으로 옮겨온 것은 아닌지 알 수가 없었다.

또다시 남아 있는 모닥불 위로 맥동하듯 떨리는 빛이 떠오르더니 말들을 두렵게 하는, 환한 빛 속의 성채와 검은 기둥들, 커다란 탁자와 그곳에 앉아 있는 여자들이 보였다.

두 명은 앉아 있지 않고 서 있었다. 검고 하얀 여자와 검고 잿빛인 여자였다.

예니퍼와 시리.

게롤트는 꿈속에서 신음했다.

예니퍼가 단호하게 남자 옷은 안 된다고 말한 것은 옳았다. 남자처럼 옷을 입고 있었다가는 여기, 보석으로 반짝거리고 아름답게 차려입은 여자들 사이에서 민망할 뻔했다. 검정색과 회색으로 갖춰 입으라는 충고도 잊지 않았다. 중간중간 갈라진 봉긋한 소매에 허리선이 높게 잡힌 벨벳 드레스와 다이아몬드로 만든 작은 장미 모양의 브로치를 칭찬하는 듯한 시선에 시리는 기분이 좋아졌다.

"더 가까이 와요."

시리는 살짝 몸을 떨었다. 그 목소리 때문은 아니었다. 예니퍼가 가슴선이 깊이 파인 드레스는 안 된다고 말한 것도 새겨들었어야 했다. 시리는 고집을 부렸는데, 지금 느낌으로는 가슴뿐 아니라 배꼽까지 온몸에 소름이 돋아 있는 것이 다 보일 것만 같았다.

"더 가까이."

검은 머리, 검은 눈의 여자가 말했다. 시리는 그 여자를 타네드에서 본 것을 기억하고 있었다. 예니퍼가 몬테칼보에서 만날 모든 여자 마법사들에 대해 정확히 묘사해주고 이름을 다 외우도록 시켰지만 시리의 머릿속에서 이여자는 '부엉이'였다. 부엉이 여자가 말했다.

"환영합니다, 몬테칼보의 회합에 오신 것을, 시리 양."

시리는 예니퍼가 시킨 대로 몸을 굽혀 인사했다. 예의 있게, 하지만 아가씨들이 하듯 무릎을 굽히거나 겸양과 복종의 표시로 눈을 내리깔거나 하지 않고 남자들의 인사 방식이 가미된 인사였다. 정직하고 다정한 웃음으로 트리스 메리골드가 인사에 답했고, 고개를 조금 더 깊이 숙인 마르가리타 록스 안틸레 역시 친절하게 화답했다. 나머지 시선들은 마치 나사처럼 파고들었지만 시리는 견뎠다. 긴 창의 날과 같은 시선이었다.

부엉이 여자가 왕족처럼 손짓하며 말했다.

"앉아요. 아니, 예니퍼, 너 말고! 쟤만. 예니퍼는 이곳에 초대된 손님이 아니야, 저지른 잘못에 대한 판결과 벌을 받기 위해 여기 온 거라고. 우리 회합이 네 운명에 대해 결정하기 전까지는 서 있어."

순식간에 시리 역시 예의를 차리는 건 그만두기로 했다.

"그렇다면 저도 서 있겠어요. 저 역시 이곳의 손님은 아니니까요. 여러분들이 제 운명을 알려주기 위해 이곳으로 절 소환했어요. 그게 첫 번째죠. 그리고 두 번째로, 예니퍼 선생님의 운명은 곧 저의 운명이에요. 예니퍼 선생님과 저는 떼어놓을 수 없어요. 여러분에 대한 모든 존경은 표하지만요."

시리의 목소리는 작지 않았다.

마르가리타 록스 안틸레는 시리의 눈을 바라보며 웃었다. 검소하고 우아한, 약간 매부리코에 닐프가드인이 틀림없는 아시르 바 아나히드는 고개를 끄덕이며 손가락으로 탁자의 상판을 살짝 두드렸다. 그때 은여우 털을 목에 두른 여자가 말했다.

"필리파, 내 생각에는 그렇게까지 원칙을 내세울 필요는 없는 것 같아. 오늘, 지금 이 순간에는 말이야. 이건 회합의 원탁이잖아. 이 앞에 앉는 모두는 평등하지. 운명을 결정하는 자리라고 해도. 내 생각엔 우리 모두가 여기에 동의……"

은여우 털을 목에 두른 여자는 이야기를 끝내지 않고 시선으로 다른 여자 마법사들을 쭉 훑었다. 고개를 끄덕이며 동의를 표시한 것은, 마르가리타, 아시르, 트리스, 사브리나 글레비식, 키이라 메츠, 그리고 두 명의 아름다운 엘프들이었다. 하지만 아시르가 아닌 다른 닐프가드인 여자 마법사, 까마귀처럼 머리가 검은 프린질라 비고만이 꼼짝도 하지 않고 얼굴이 매우 창백해진 채로 예니퍼에게서 시선을 떼지 못하고 있었다.

필리파 에일하트가 반지 낀 손을 휘저으며 말했다.

"그럼 그렇게 하도록 하죠. 두 명 다 자리에 앉으세요. 제 뜻과는 반하시만, 회합에서는 한목소리를 내는 것이 가장 중요하죠. 우리 회합의 이익이 무엇보다 우선해야 하고, 회합은 모든 것이에요. 나머지는 아무것도 아니죠. 시리, 너도 그건 이해하겠지?"

"좋아요. 그렇다면 저 역시 아무것도 아니겠군요."

시리는 시선을 내리깔 생각이 전혀 없었다.

매우 아름다운 엘프 마법사인 프란체스카 핀다베어가 마치 진주가 굴러가는 듯한 낭랑한 소리로 웃었다.

"예니퍼, 축하해요."

최면에 걸릴 것만 같은 노래하는 듯한 목소리로 프란체스카 핀다베어가 말했다.

"이 순금은 어느 공방에서 나왔는지 금방 알겠어요. 누구의 제자인지 바로 알겠어."

"알아보는 게 어렵지 않죠. 왜냐하면 티사이아 드 브리스의 학파니까요."

예니퍼가 주위를 불같은 시선으로 바라보았다.

"티사이아 드 브리스는 죽었어."

부엉이 여자가 침착하게 말했다.

"티사이아는 이 회합에 없어. 티사이아 드 브리스가 죽었다는 사실은 슬프고 애도할 만한 일이야. 그리고 그 죽음은 분수령이 되고 회귀할 지점이 되는 거지. 새로운 시대, 새로운 시간, 거대한 변화가 시작되는 거라고. 그리고 한때 신트라의 시릴라라고 불렸던 너, 시리에게 운명은 이 변화의 시기에 매우 중요한 역할을 준 거야. 이미 그것이 어떤 역할인지 알고 있겠지만."

"알아요. 그건 빌게포츠가 나에게 설명해줬죠. 내 다리 사이에 유리 플라스크를 집어넣으려고 할 때 해준 말이에요. 그게 내 운명이라면, 난 사양할래요."

시리가 예니퍼의 말리는 듯한 쉿 소리에도 상관하지 않고 목소리를 높였다.

필리파의 검은 눈이 차가운 분노로 빛났다. 하지만 입을 연 것은 쉴라 드 탄자빌이었다.

"아직 넌 배울 것이 많아, 아가야."

은여우 털 목도리를 목에 감으며 쉴라 드 탄자빌이 말을 이었다.

"내가 보고 들은 바로는, 아직 넌 굉장히 많은 것을 남에게 배우거나 혼자서 깨달아야 해. 최근 너는 여러 나쁜 지식을 알게 되었고 또한 악을 보고 경험했지. 어린아이 같은 반항심으로 넌 선을 부정하고, 선한 의지를 거부하고 있어. 마치 고슴도치처럼 가시를 세우고, 네가 잘되길 바라는 이들을 전혀 알아보지 못하고 있구나. 야생 고양이처럼 발톱을 들이대면, 우리도 선택의 여지가 없게 돼. 그럼 너에게 목줄을 채워야겠지. 그리고 우리는 그 결정을 일말의 고민도 없이 이행하게 될 거야. 왜냐하면 우린 너보다 나이도 많고, 더 현명하고, 지금까지 무슨 일이 있었는지, 지금 어떤 일이 일어나는지, 앞으로 어떤 일이 일어날지 다 알고 있으니까. 고양이, 우린 너에게 목줄을 채울 거야. 그렇게 해서 네가 경험이 많고 현명한 고양이로서 이곳에, 우리와 함께 탁자에 앉길 원하니까. 우리 중 하나가 되는 거야. 아니! 아무 말도 하지 마! 나, 쉴라 드 탄자빌이 이야기를 할 때는 감히 입을 열 생각도 하지 말라고!"

날카로운 칼끝처럼 내지르는 코비어의 여자 마법사 목소리가 탁자 위를 뒤덮었다. 시리만 몸을 움츠린 것이 아니었다. 회합의 다른 여자 마법사들마저 흠칫하며 어깨 사이로 머리를 움츠렸다. 필리파, 프란제스카, 아시르, 예니퍼 정도만 예외였다.

쉴라 드 탄자빌이 은여우 털 목도리로 목을 감싸며 말했다.

"네 말이 맞아. 널 몬테칼보로 부른 것은 너에게 너의 운명을 알려주기 위해서였어. 하지만 네 자신을 아무것도 아니라고 한 것은 틀렸어. 넌 모든 것이야, 넌 이 세상의 미래지. 지금 이 순간에는 당연히 그걸 모르고 이해하지도 못할 거야. 지금 넌 그저 스트레스를 받아 이빨을 드러내는 새끼 고양이고, 끔찍한 경험 후에 이제 누구를 봐도 그 모습에서 수정관을 든 에미르 바엠레이스나 빌게포츠를 떠올리겠지. 하지만 지금 이 순간 네가 착각하고 있다는 것을, 다 너의 이익을 위한 일이고, 이 세상의 이익을 위한 일이라는 것을 이해시킬 필요는 없어. 그런 걸 설명할 기회는 다시 올 거야, 언젠가. 하지만 지금의 너는 반항심으로 가득 차서 이성의 목소리를 들을 생각이 전혀 없고, 어떤 논리에도 어린아이처럼 반항하고 대들기만 하겠지. 그러니 지금은 너에게 목줄을 채워야겠어. 내 말은 끝났어. 필리파, 이 아이에게 운명을 알려줘."

시리는 의자 손잡이 끝을 장식하고 있는 스핑크스의 머리를 만지작거리며 몸이 굳은 채 앉아 있었다.

무거운 침묵을, 죽은 듯한 침묵을 부엉이 여자가 깨트리며 입을 열었다.

"시리, 넌 나와 쉴라와 함께 코비어로, 국왕의 여름 수도가 있는 폰트 바니스로 갈 거야. 이제 넌 신트라의 시릴라가 아니기 때문에 국왕을 접견할 때는 우리가 돌보고 있는 마법사 수련생 자격으로 만나게 되는 거지. 넌 그 접견에서 아주 똑똑한 왕인 에스테라드 티센을 만날 거야, 진짜 왕의 혈통이지. 그리고 그의 부인인 매우 고귀하고 선한 성품을 가진 줄레이카 여왕도 만날 거야. 그리고 그 국왕 부부의 아들인 탄크레드 왕자도 만나게 될 거야."

시리는 어떤 이야기인지 이해하기 시작하면서 눈을 크게 떴다. 부엉이 여자가 그것을 보았다.

"그래, 무엇보다 넌 탄크레드 왕자에게 좋은 인상을 줘야 해. 그래서 넌 왕세자의 애인이 되어 그의 아이를 낳는 거지."

필리파가 제법 긴 침묵이 흐른 후 다시 말을 이었다.

"네가 만약 계속해서 신트라의 시릴라일 수 있다면, 네가 파베타의 딸이고 칼란데이 손녀일 수 있다면, 우린 너를 탄크레드 왕세자의 정실부인으로 만들 수 있었을 거야. 하지만 정말로 유감스럽게도, 운명이 너를 이렇게 만들었구나. 그러니까 미래에도 넌 그냥 애인일 뿐인 거야. 국왕의 첩."

쉴라가 끼어들었다.

"이름도 그렇고, 공식적으로도 그렇겠지. 하지만 실제적으로는 탄크레드 옆에서 공주, 아니 그 후엔 여왕이 될 수도 있어. 물론 그렇게 되기까지는 너의 도움이 꼭 필요하지. 탄크레드가 자신의 옆자리를 네가 꼭 지켜주기를 바래야 하거든. 밤낮으로 말이지. 우린 어떻게 하면 그런 열망을 일으킬 수 있는지 너에게 가르쳐주마. 하지만 그 가르침이 허사가 되지 않기 위해서는 너의 도움이 필요해."

이번에는 부엉이 여자가 끼어들었다.

"그건 사실 별것 아니야. 중요한 건, 네가 탄크레드 왕세자와 최대한 빨리 아이를 갖는 거지."

"물론 그렇겠죠."

시리가 내뱉듯이 대꾸했다.

필리파는 시리에게서 새카만 검은 눈을 떼지 않았다.

"너와 탄크레드의 아이, 그 아이의 미래는 우리 회합이 보장한다. 우리가 지금 생각하고 있는 것이 정말 거대한 계획이라는 것을 너도 알 권리가 있지. 또한 너 역시 그 거대한 계획에 참여하게 될 거야. 아이를 낳은 후 바로 우리의 회합에 참석하면 된다. 그러면서 배우게 될 거야. 그러므로 넌, 지금은 이해하기 힘들겠지만, 우리 중 하나다."

"타네드 섬에서는 나를 괴물이라고 불렀죠, 부엉이 아줌마. 그리고 지금은 내가 여러분 중 한 명이고요."

시리는 목구멍이 조여드는 느낌을 견디며 말했다.

"그건 상반되는 이야기가 아니란다. 우리, 메 루네드는 모두 괴물이야. 다들 자신의 방식대로. 안 그런가요, 부엉이 아줌마?"

계곡의 데이지꽃, 프란체스카 핀다베어, 에니드 안 그레나가 마치 흐르는 시냇물 같은 목소리로 말했다.

필리파는 어깨를 으쓱해 보였다.

또다시 쉴라 드 탄자빌이 아무렇지도 않은 척 은여우 털 목도리에서 털을 고르며 말했다.

"얼굴의 그 끔찍한 상처는 환영의 마법으로 가려주마. 넌 아름답고 비밀스러운 여자가 될 거야. 탄크레드 티센은 너만 보면 정신이 혼미해지겠지. 확신해도 좋아. 그러니까 너만의 특별한 정체성도 갖춰야 해. 시릴라는 예쁜 이름이고 그렇게 드문 이름도 아니니 신분을 감추기 위해 그 이름을 감출 필요는 없어. 하지만 성은 있어야 해. 네가 탄자빌이라는 내 성을 고른다면 난 반대하지 않겠어."

"아니면 내 성은 어떠니? 시릴라 에일하트라니, 발음도 좋은데."

부엉이 여자가 입 끝으로 웃으며 말했다.

"그 이름은 어떤 것과 놓아도 잘 어울려요."

계곡의 데이지꽃의 은방울 같은 목소리가 다시 울렸다. 프란체스카 핀다베어가 말을 이었다.

"그리고 여기 있는 우리 모두는, 너와 같은 딸이 있었으면 하고 갈망하지. 지라엘, 매의 눈을 한 제비야, 넌 라라 도렌의 피와 뼈를 물려받은 딸이란다. 우리들 누구라도 너 같은 딸을 가질 수만 있다면 회합이든, 왕국들의 운명이든, 전 세계의 운명이든, 다른 무엇이든 다 양보할 수 있단다. 하지만 그건 불가능해. 우린 그게 안 된다는 걸 알고 있어. 그래서 우리가 예니퍼를 그렇게 질투하는 거란다."

잠시 후 시리는 의자 손잡이의 스핑크스 머리를 손으로 꼭 잡고 이야기를 시작했다.

"필리파 님, 감사드립니다. 탄자빌 님의 성을 쓰라는 제안은 매우 여, 영광스럽습니다. 지금 이 이야기에서 제가 유일하게 마음대로 할 수 있고 선택할 수 있는 것은 성뿐인 것 같으니 두 분에게 모두 감사드리지만, 저는 저의 선택을 할게요. 저는 벤거버그의 시리, 예니퍼의 딸로 하겠습니다."

"하!"

이빨을 드러낸 검은 머리의 여자 마법사는 시리가 짐작하기엔 케드웬의 사브리나 글레비식인 것 같았다.

"탄크레드 티센이 저 아이와 귀천결혼을 하지 않는다면 천치라고 생각해도 좋아. 만약 쟤 대신 부인으로 맹물 같은 공주를 택한다면 그건 유리알 중에서 다이아몬드를 가려낼 줄 모르는 바보이거나 장님이라는 소리겠지. 예나, 축하해. 그리고 솔직히 샘이 나는군. 내가 샘나는 것에 얼마나 솔직한지 알지?"

예니퍼는 고개를 끄떡이며 감사의 인사를 보냈다. 그러니 웃음기는 전혀 없었다.

"그러면 모두 결정되었습니다."

필리파가 선언하듯 말했다.

"아니요."

시리의 단호한 말에 프란체스카 핀다베어가 침묵 속에서 길게 한숨을 내쉬었고, 쉴라 드 탄자빌은 고개를 들었다. 얼굴 표정이 굳어 있었다.

"난 이 모든 걸 생각 좀 해봐야겠어요. 고민도 좀 해보고요. 내 안에서 정리도 하고요. 그걸 다 하면, 여기 몬테칼보로 다시 돌아오겠어요. 그리고 여러분 앞에 설게요. 그런 다음 여러분께 제 결정을 알리겠어요."

쉴라 드 탄자빌은 무언가 뱉어낼 것이 있는 것처럼 입술을 움직였지만, 입을 열지는 않았다.

시리가 고개를 꼿꼿이 들고 말을 이었다.

"난 위쳐 게롤트와 리비아에서 만나기로 했어요. 제가 그곳에 가서 그를 만나겠다고, 예니퍼 선생님과 같이 가겠다고 약속했어요. 여러분이 동의하든 말든 저는 그 약속을 지킬 거예요. 여기 계신 마르가리타 선생님이 잘 아시지만, 전 게롤트에게 갈 일이 있으면 어떤 벽에서도 구멍을 찾아내요."

마르가리타 록스 안틸레가 웃으며 고개를 끄떡였다.

"게롤트와 이야기를 해야 해요. 그와 작별 인사를 나눠야 하고요. 그리고 게롤트에게 그가 옳았다고 말해줘야 해요. 왜냐하면 여러분이 알아야 할 것이 있는데, 우리가 스티가 성에서 시체들을 남겨두고 나올 때, 저는 게롤트에게 이게 끝이냐고, 우리가 이긴 거냐고, 악이 지고 선이 이긴 거냐고 물었어요. 하지만 게롤트는 그냥 이상하게, 슬프게 웃기만 했어요. 게롤트의 친구들이 그곳에서 전부 목숨을 잃었고 스티가 성 아래 묻혔기 때문에, 나는 게롤트가 지쳐서 그런다고 생각했어요. 하지만 오늘, 난 게롤트의 웃음이 어떤 의미였는지 알았어요. 그건 빌게포츠와 본하트의 목을 따는 것으로 선이 악을 이겼다고 생각했던 어린아이의 순진함에 대한 동정의 웃음이었어요. 난 게롤트에게 꼭 말해야 해요. 이제 내가 더 현명해졌다고, 이제 이해했다고요. 꼭 말해야 한다고요.

그리고 나는 게롤트에게, 여러분이 나에게 하려는 것은 빌게포츠가 유리 플라스크를 들고 하려던 것과는 근본적으로 다르다는 사실도 이해시켜야 해요. 여러분들은 이 세상이 잘되길 바라는 마음에 그런 일을 하는 거겠지만, 게롤트에게 몬테칼보 성과 스티가 성이 다르다는 것도 말해줘야 해요.

물론 게롤트 같은 늙은 늑대를 설득시키는 것은 쉽지 않겠죠. 게롤트는 나에게 코흘리개라고 하면서 고귀한 척하며 나를 속이긴 쉽다, 운명과 세상의 이익 따위는 바보 같은 소리라고 말하겠죠. 하지만 노력은 해봐야 하잖아요. 왜냐하면 게롤트가 그것을 이해하고 받아들이는 것이 중요하니까요. 아주 중요해요. 여러분에게도요."

"넌 아무것도 이해하지 못했어."

쉴라 드 탄자빌이 날카롭게 말했다.

"넌 아직도 어린아이일 뿐이야. 코를 흘리며 소리를 지르고 발을 구르는 대신에 코흘리개가 오만함의 단계로 넘어가고 있는 것뿐이지. 그나마 희망을 갖게 하는 건, 네가 열심히 생각한다는 것뿐이야. 넌 빨리 배우게 될 거야, 내 말을 믿어도 좋아, 그때쯤이면 지금 여기서 했던 바보 같은 소리를 회상하며 웃게 될 거야. 네가 리비아로 가는 문제에 대해서 의견을 표명하자면 난 절대 반대야. 근본적인 이유에서지. 나, 쉴라 드 탄자빌은 절대 쓸데없는 말을 하지 않아. 그리고 니의 목줄을 세게 집아당길 수도 있지. 규율을 익혀야만 하고, 그건 너를 위해 좋은 일이야."

"그러면 이 문제부터 결론짓기로 하죠."

필리파 에일하트가 탁자 위에 손을 얹었다.

"여러분들 각자 의견을 말씀해주시기 바랍니다. 고집쟁이 시리 아가씨를 리비아에 가도록 허락해야 할까요? 곧 시리의 인생에서 아무 의미도 없게 될, 위쳐인가 뭔가를 만나도록? 곧 시리 자신도 털어내게 될 감상주의를 부추겨야 할까요? 쉴라는 반대한다고 했어요. 그럼 다른 분들은요?"

"나도 반대예요."

사브리나 글레비식이 말했다.

"역시 근본적인 이유에서죠. 난 저 아이가 마음에 들어요. 당연하죠, 말해서 뭐하겠어요? 건방지고 젊은 피를 가졌죠. 미적지근한 국수들보다는 훨씬 낫잖아요. 만약 이곳으로 틀림없이 다시 돌아온다면, 약속을 지킨다면, 사실 저 부탁을 들어주지 않을 이유가 없어요. 하지만 아가씨는 우리를 감히 협박하고 있죠. 그러니 우리가 그런 협박 따위는 코웃음 친다는 것을 알게 해야 해요!"

"나도 반대예요."

키이라 메츠가 말했다.

"현실적인 이유에서죠. 나도 저 아이가 마음에 들어요. 그리고 게롤트는 타네드에서 나를 업어서 구출해주었죠. 나에겐 조금의 감상주의도 남아 있지 않지만, 그때 사실 기분이 너무너무 좋았거든요. 그래서 보답을 해줄 수 있었는데, 그렇게 되지는 않았어요! 사브리나, 이건 네가 착각하는 거야. 쟤는 여자 위쳐라고! 위쳐 식으로 우릴 속이려고 하는 거야. 간단히 말하자면, 여기서 빠져나가려 하는 거죠."

"여기 누구, 내 딸의 말을 감히 의심하려는 사람이 있나?"

내내 잠자코 있던 예니퍼가 화가 난 듯 말끝을 끌며 말했다. 그러자 필리파가 씩씩거렸다.

"예니퍼, 넌 입 다물어. 내가 참을성을 잃기 전에 가만히 있으라고. 자, 반대하는 쪽에 두 표가 나왔군요. 의견을 더 들어봅시다."

"시리가 가는 쪽에 투표합니다."

트리스 메리골드가 말했다.

"나는 시리를 알고, 시리를 보증할 수 있어요. 그리고 만약 시리가 원한다면, 저도 그 여행에 동참하고 싶습니다. 만약 시리가 허락한다면 이 일에 대해 생각하고 고민하는 과정을 도와주고 싶어요. 그리고 만약 허락한다면, 게롤트와의 대화에서도요."

"나 역시 가는 쪽으로."

마르가리타 록스 안틸레가 웃어 보였다.

"여러분들은 내 말을 들으면 놀라시겠지만, 나는 티사이아 드 브리스를 위해 이렇게 결정한 거예요. 티사이아가 이곳에 있었다면, 회합의 단결을 위해 개인의 자유를 제한하고 강제해야 한다는 제안에 몹시 화를 냈을 테니까요."

"나도 찬성이요. 이유는 많지만 굳이 말을 해야 할 필요도 없고, 그냥 말하지 않겠어요."

프란체스카 핀다베어가 파인 가슴의 레이스를 손으로 매만지며 말했다.

"나도 찬성이에요. 마음이 그렇게 시키는군요."

이다 에민 아엡 시브니가 유유자적한 어조로 말했다.

"난 반대입니다."

아시르 바 아나히드가 냉정하게 말했다.

"나는 호감도, 비호감도, 근본적인 문제 때문도 아닙니다. 시리의 안전이 걱정되어서요. 회합의 보호 아래에서 시리는 안전하지만 리비아로 가는 동안 쉬운 목표물이 될 수 있어요. 시리의 이름과 신분을 빼앗아간 그들이, 아직도 그것으로는 부족하다고 생각할지도 몰라요."

"그럼 이제, 프린질라 비고 님의 의견을 들어봐야 할 때가 되었군요. 내 생각으로는 뭐 당연히 예상이 됩니다만, 모두에게 다시 한 번 리스−룬 성 사건을 감히 상기시키고 싶군요."

사브리나 글레비식이 상당히 악의적으로 말했다.

"상기시켜주셔서 고맙군요."

프린질라 비고는 고개를 들지 않았다.

"전 시리의 주장에 찬성해요. 이 아이에 대한 저의 호감과 존경을 표하고 싶습니다. 그리고 시리를 이 자리에 있게 한 리비아의 게롤트를 위해서이기도 하고요. 시리를 구하기 위해 그는 세상 끝까지 가서 방해가 되는 모든 것과 싸웠고, 심지어 자기 자신과도 싸웠죠. 그런 그에게 시리를 만나지 못하게 하는 것은 너무 악의적이라고 생각합니다."

"악의는 너무 조금이고, 순진한 감상주의는 너무 많은 것 아닌가? 우리가 이 아가씨에게서 덜어내려고 하는 게 바로 그 감상주의죠. 그러니까 결과적으로 의견은 반반으로 팽팽하군요. 다섯 명이 찬성, 필리파까지 다섯 명이 반대. 동점. 그러니 우린 아무것도 결정하지 못한 거예요. 그러면 다시 투표해요. 이번에는 비밀로."

사브리나 글레비식이 말했다.

"왜?"

모두들 '왜?'라고 물은 사람, 그러니까 예니퍼를 바라보았다. 예니퍼가 말했다.

"난 여전히 이 회합의 일원이에요. 누구도 나에게서 자격을 빼앗아가지 않았죠. 내 자리에 새로운 일원이 들어오지도 않았고요. 그러니 나에게도 투표할 자격이 있어요. 물론 내가 어느 쪽에 투표할지는 자명하죠. 이 투표의 결과는 찬성이 더 많으니 이미 결정은 났어요."

"너의 뻔뻔스러움은 무례를 넘어서는군."

사브리나가 무기를 다루듯 오닉스 반지들이 끼워진 손가락을 꼬며 말했다.

"내가 당신의 처지라면, 조신하게 입을 다물겠어요. 조금 후에 곧 투표의 주인공이 될 본인의 처지를 생각하면서요."

쉴라가 심각하게 말했다.

"난 시리를 지지해요."

프란체스카 핀다베어가 말했다.

"하지만 예니퍼 당신은 무언가 정리를 해야죠. 회합에서 이탈한 뒤 우리와의 협력을 거부하고 도망쳤잖아요. 그러니 아무런 권리도 없어요. 권리 대신 갚아야 할 빚과 책임이 있을 뿐이고, 우리의 선고를 들어야 하죠. 만약 그 이유가 아니었다면, 당신이 몬테칼보의 문턱을 넘도록 허락하지도 않았을 거예요."

예니퍼는 일어나서 소리를 지르려고 하는 시리를 말렸다. 시리는 저항하지 않고 아무 말 없이 스핑크스의 머리가 조각되어 있는 의자에 털썩 앉았다. 탁자 너머로 보이는 부엉이 여자, 필리파 에일하트가 자리에서 일어난 것을 보았기 때문이다.

"예니퍼는 당연히 투표권이 없어요. 하지만 난 있죠. 여기 있는 모든 분의 의견을 들었으니, 이제 나도 투표를 해야겠죠?"

필리파 에일하트가 낭랑한 목소리로 말하자 사브리나가 눈썹을 찡그렸다.

"무슨 소리야, 필리파? 지금 무슨 말을 하는 거야? 아직 투표를 안 했다니, 난 확실히……."

필리파 에일하트는 탁자 너머를 바라보았다. 그리고 시리의 시선을 똑바로 응시했다.

분수대 바닥은 여러 가지 색깔의 모자이크로 디자인되어 있었고 조금씩 변하면서 움직이는 것 같았다. 물결이 일렁이며 빛과 그림자가 이리저리 흔들렸다. 접시처럼 커다란 연잎 아래, 초록빛 물풀 사이로 금붕어들이 반짝이며 지나갔다. 분수대 물 위로 여자아이의 커다란 검은 눈망울과 수면까지 닿은 긴 머리카락이 반사되었다.

여자아이는 세상 모든 것을 잊고, 한 손으로는 개연꽃 가지 사이로 물장난을 치면서 다른 한 손으로는 분수대 가장자리를 잡고 있었다. 빨갛고 노란 금붕어를 손으로 만져보고 싶었다. 금붕어들은 여자아이의 손 밑에서 헤엄치며 신기하다는 듯 그 주변을 맴돌고 있었지만 절대 잡히지는 않았다. 마치 진짜 물처럼, 환상처럼, 잡을 수는 없었다. 검은 눈동자를 가진 여자아이의 손가락은 계속해서 아무것도 잡을 수 없었다.

"필리파!"

가장 사랑하는 목소리였다. 그래도 여자아이는 바로 대답하지 않았다. 그저 물과 금붕어와 개연꽃과 자신의 반영만을 가만히 바라보고 있었다.

"필리파!"

"필리파! 모두들 기다리고 있잖아."

쉴라 드 탄자빌의 매서운 목소리에 필리파 에일하트는 상념에서 깨어났다.

열려 있는 창문 너머에서 차가운 봄바람이 불어왔다. 필리파 에일하트는 몸을 떨었다. 죽음, 필리파는 생각했다. 죽음이 내 근처에 왔어.

필리파는 마침내 당당하고 명확하게 말했다.

"이 회합은 이 세상의 운명에 대해 결정하게 될 거예요. 그렇기 때문에 이 회합은, 이 세상의 반영이죠. 그래서 지금 이 자리에서는 악의나 이해타산이 아닌 이성과 감상주의가 균형을 이루는 것이에요. 책임감, 필요에 따라 강제성이 따르는 엄격한 규율, 폭력에 대한 거부, 다정함과 신뢰, 전능함이 갖는 냉혹성…… 그리고 마음."

몬테칼보의 기둥이 있는 방에 내려앉은 침묵을 깨고 필리파는 말을 이었다.

"나는 투표하는 이들 중 마지막으로 내 의견을 밝히며, 한 가지 사실을 더 고려하고 싶습니다. 그것은 어떤 것의 균형도 깨지 않지만, 모든 것을 균형 잡히게 하는 그런 것이죠."

필리파의 눈을 따라 모든 여자 마법사들의 시선은 작은 조각들로 만들어진 벽의 모자이크, 뱀 우로보로스가 이빨로 자신의 꼬리를 물고 있는 장면으로 향했다.

필리파는 검은 눈을 시리에게 고정하며 말했다.

"그것은 운명이죠. 나, 필리파 에일하트는 바로 얼마 전부터 그것을 믿게 되었어요. 그리고 나, 필리파 에일하트는 그것을 이해하게 되었죠. 운명이란 신의 선고가 아니에요, 데미우르고스*의 손으로 쓰인 두루마리도 아니고, 팔자도 아니에요. 운명이란 희망이죠. 희망이라는 대진제 위에서 일어

---

* 데미우르고스(Dēmiurgos): 물질세계를 창조하고 지배한다는 거인이자 신.

날 일은 일어날 것이라고 믿으며, 나는 내 의견을 밝히겠어요. 나는 시리의 편에 서서 투표하겠습니다. 운명의 아이, 희망의 아이가 원하는 쪽으로.”

몬테칼보 성, 섬세한 명암이 깃든 기둥들이 늘어선 방에는 오랫동안 침묵이 흘렀다. 창문 너머로 호수를 맴도는 물수리의 울음소리가 울려 퍼졌다.

“예니퍼 선생님은 그러면…….”

시리가 속삭였다.

“가자, 딸아. 게롤트가 우리를 기다리고 있잖니. 갈 길이 멀어.”

예니퍼가 작은 목소리로 말했다.

게롤트는 잠에서 깨어 밤에 우는 새의 소리를 듣고 벌떡 일어났다.

그 후 여자 마법사와 위처는 결혼해 떠들썩한 혼인 잔치를 열었어요. 나도 그 자리에 참석해 꿀술과 포도주를 마셨죠. 그리고 두 사람은 아주 행복하게, 하지만 아주 짧게 살았어요. 위처는 보통 사람처럼 죽었어요. 심장마비로요. 그 후 얼마 지나지 않아 여자 마법사도 죽었지만, 왜 죽었는지는 이야기가 전해지지 않아요. 슬픔과 그리움에 죽었다고 하지만, 누가 그런 동화를 믿겠어요.

플루오렌스 델라노이, 〈동화와 민담〉 중

제 12 장

그들이 리비아에 도착한 것은 6월 새 달이 뜨고 여섯 번째 날이었다.

언덕에 있는 숲을 나서자 아래로, 갑작스럽게 아무런 경고도 없이 분지를 메우고 있는 룬 문자 모양의 록 에스칼롯 호수의 거울 같은 수면이 나타났다. 호수 수면 위에는 마하캄 산맥에서 뻗어 나온 크락 로스 언덕의 전나무와 잎갈나무들이 비쳤다. 호수 사이로 솟아나온 반도 위에 위치한 리리아 왕들의 겨울 수도인 리비아 성탑의 빨간 지붕들도 보였다. 록 에스칼롯 호수의 남쪽 끝에는 도시인 리비아가 보였는데, 검은 집들과 밝은색 지푸라기로 둘러싸인 초가집들은 마치 호수 끝에서 자라난 버섯처럼 보였다.

"뭐, 이제 다 왔다고 할 수 있겠네."

단델라이온이 손으로 눈을 가리며 말했다.

"둥그렇게 돌아서 이제 리비아에 왔어. 정말 운명이란 건 이상하지…… 성채의 납 중에서 흰색과 파란색 깃발은 하나노 없는 설 보니 메브 여왕은 지금 없겠군. 하긴 아직까지 그때 도망친 일에 대해 기억하고 있을지는……."

"제발, 단델라이온. 누가 날 기억하고 말고는 전혀 상관이 없어."

게롤트가 말을 언덕 아래로 몰며 말했다.

도시 아래, 통행료를 징수하는 곳에서 멀지 않은 장소에 마치 케이크처럼 생긴 색색의 천막이 하나 있었다. 천막 앞에는 장대가 꽂혀 있었는데 빨간색 V자 표시가 그려진 하얀 방패가 매달려 있었다. 완전무장을 갖추고 똑같은 문장으로 장식된 하얀 외투를 걸친 기사가 그 앞에 서 있었다. 기사는 쏘아보는 듯한 꼬장꼬장한 시선으로 자신 앞을 지나다니는 머릿수건을 쓴 여자들과 양동이를 들고 바삐 움직이는 타르 제조 상인들, 목동들, 집안의 시종들과 거지들을 훑어보고 있었다. 게롤트와 단델라이온이 천천히 오는 것을 본 기사의 눈은 희망으로 번쩍였다.

"기사님의 마음속 여인은 누구이건 간에, 야루가에서 부이나까지 모든 땅에서 최고로 아름답고 정결한 여인이겠군요."

게롤트는 건조한 목소리로 기사의 기대를 흐트러뜨렸다.

"명예를 걸고, 바로 그렇소."

기사가 소리쳤다.

은색 징이 잔뜩 박힌 가죽옷을 입은 금발 머리의 아가씨가 거리 한복판에서 빈대에게 잔뜩 뜯어 먹힌 말의 안장을 붙잡고 몸을 반으로 접은 채 토하고 있었다. 친구인 듯한 두 명의 젊은이가 똑같은 옷을 입고 등 뒤에는 칼을 둘러멘 채 머리에는 띠를 두르고 지나가는 사람들에게 트림 소리가 섞인 목소리로 욕을 하고 있었다. 술에 취해 말을 묶어놓는 곳 옆에서 비틀거렸다.

"여길 정말 들어가야만 하나? 저런 애들이 안에 잔뜩 있을 것 같은데."

단델라이온이 물었다.

"여기서 약속했잖아, 잊어버렸어? 여기가 바로 '암탉과 수탉' 주막집이라고, 참나무 알림판에 적혀 있던 그 주막."

금발 머리의 아가씨가 또다시 몸을 굽히고 경련을 일으키더니 상당량의 토를 게워냈다. 암말이 커다랗게 콧소리를 내며 몸을 비트는 바람에 아가씨는 땅에 넘어져 토사물 위에서 질질 끌려갔다.

"뭘 쳐다보는 거야, 이 얼간이들아! 머리 하얀 할아버지네?"

젊은 남자들 중 한 명이 말했다.

"게롤트, 제발 바보 같은 짓은 하지 말게."

단델라이온이 말에서 내리며 말했다.

"걱정 마. 안 할 테니까."

게롤트와 단델라이온도 계단 반대편에 말을 묶었다. 젊은이들은 더 이상 두 사람에게 신경 쓰지 않고 무리들과 함께 거리를 지나가는 여자들에게 침을 뱉으며 욕하는 데 열중했다. 단델라이온은 게롤트의 얼굴을 힐끗거렸다. 그의 표정이 마음에 들지 않았다.

'암탉과 수탉' 주막에 들어와 처음 눈에 띈 것은 '요리사 구함'이라는 광고였다. 두 번째는 간판 앞에 있는 커다란 그림이었는데 피가 흐르는 도끼와 함께 그려진 수염 난 괴물이었다. 아래에는 '드워프는 저주받은 난쟁이 배신자'라고 적혀 있었다.

단델라이온의 염려는 사실로 드러났다. 주막집의 손님이라고는 이미 상당히 취해 있는 몇 명의 주정뱅이들과 눈이 퀭한 두 녕의 장녀들 외에는 번쩍번쩍하는 징이 박힌 가죽옷을 입고 칼을 등에 멘 젊은이들밖에 없었다. 모두 여덟 명이었는데 남녀가 섞여 있었고, 욕설과 고함 소리만 들어보면 열여덟 명은 모여 있는 것 같았다.

"난 당신들이 누구인지 알아, 그리고 당신들에게 전해줄 소식도 있고. 당신들은 비옹조보에 있는 '비르싱' 주막으로 가야 할 거요."

둘을 보자마자 주막집 주인이 이렇게 말하는 통에 두 사람은 당황했다.

"오…… 잘됐네요."

단델라이온의 얼굴이 밝아졌다.

"잘됐다고 말할 수도 있고 아니라고 말할 수도 있고. 우리 집을 무시하는 건 자유지. 하지만 비옹조보는 드워프들의 장소요. 거긴 인간이 아닌 종들이나 가는 곳이지."

주막집 주인은 앞치마로 술잔을 다시 닦기 시작했다.

"그게 뭐 어쨌다는 거요?"

게롤트가 눈살을 찌푸렸다.

"아, 당신들에게 전갈을 남긴 자도 드워프였지. 뭐 그런 자들과 어울린다면…… 그거야 당신들 마음이겠지. 누구와 친구를 할지 정하는 것 역시 당신들 마음이고."

주막집 주인이 어깨를 으쓱했다.

"친구를 사귀는 문제에 있어서 저희는 별로 까다롭지 않습니다. 하지만 저런 무리들은 좋아하지 않는 편이죠."

단델라이온은 검은 외투를 걸치고 여드름이 가득한 얼굴에 띠를 두른 채 식탁에서 서로 밀치며 소란을 피우고 있는 젊은이들을 가리키며 말했다.

주막집 주인은 다 닦은 컵을 옆에 놓고 단델라이온과 게롤트를 쏘아보았다. 그리고는 설교를 시작했다.

"젊은 친구들은 이해해줘야지, 원래 떠들썩하기 마련 아닌가. 그런 속담도 있잖소, 젊음은 시끄럽다. 전쟁 때문에 애들이 얼마나 피해를 봤는데, 아버지들은 죽고……."

"어머니들은 강간을 당했죠. 알겠습니다, 그리고 충분히 이해합니다. 최소한 그러려고 노력은 하죠. 가자, 단델라이온."

게롤트가 산속의 호수처럼 차가운 목소리로 말했다.

"그럼 잘들 가시오, 존경하는 신사분들."

조금의 존경도 담겨 있지 않은 목소리로 주막집 주인이 말했다.

"하지만 내가 경고하지 않았다고 나중에 뭐라 하지는 마쇼. 요즘 같은 시대에 드워프들이 사는 곳에 갔다간 머리에 혹이 나기 십상이라고. 뭐 어쩌다 보면……."

"어쩌다 보면?"

"내가 뭘 알겠소? 내 일도 아닌데."

"가자, 게롤트."

단델라이온이 전쟁 때문에 피해를 입은, 마약으로 번들거리는 눈으로 자신을 쳐다보는 젊은이들을 곁눈질하며 재촉했다.

"안녕히 계시오, 주인 양반. 우리가 다시 이곳에 오게 될지 누가 알겠어요? 들어오는 입구에 저런 글만 없다면 말이죠."

"저게 마음에 안 드시오? 헤? 드워프에 대한 글 말이오?"

주막집 주인이 이마를 찌푸리더니 따지듯이 옆구리에 손을 얹었다.

"아니요, 요리사 구인 광고요."

세 냉의 젊은이들이 비틀거리며 식탁에서 일어났다. 분명 둘의 길을 막으려는 생각으로 일어선 것 같았다. 검은 외투를 입은 아가씨 한 명과 남자 두 명이었다. 등에는 칼을 메고 있었다.

게롤트는 걸음을 늦추지 않았다. 얼굴 표정과 눈빛은 차갑고 전혀 변화가 없었다.

애송이들은 마지막 순간에 자리를 비켜 물러섰다. 단델라이온은 그들의 숨에서 맥주 냄새를 맡았다. 그리고 땀 냄새와 공포심을.

"익숙해져야지. 그리고 적응해야지."

게롤트가 주막집을 나서자 말했다.

"가끔은 그게 힘들지."

"지금 자네와 논쟁을 하겠다는 게 아니야, 그런 게 아니라고."

바람은 뜨겁고 눅눅하고 축축하게 달라붙는 듯했다. 마치 수프처럼.

주막집 밖에서 두 명의 젊은이들이 금발 머리 여자애가 도랑에서 씻는 것을 도와주고 있었다. 여자애는 콧김을 뿜으며 트림이 섞인 목소리로 이제 괜찮다고, 다시 마셔야겠다고 소리를 지르고 있었다. 물론이지, 시장에 갈 거야, 좌판을 엎으러, 하지만 일단은 마셔야겠어!

여자아이의 이름은 나디아 에스포지토였다. 그 이름은 기록되어 역사에 길이 남을 것이다.

하지만 게롤트와 단델라이온은 당연하게도 그 사실을 알지 못했다.

여자아이 자신도 전혀 알지 못했다.

리비아 수도의 거리는 활기에 차 있었고, 이곳에 온 모두를 사로잡은 것은 장사였다. 모두들 무언가를 팔고 있거나 무언가와 바꾸려고 열심이었다. 시끄러운 소리가 이곳저곳에서 울려 퍼졌다. 상품을 선전하는 소리, 열성적으로 흥정하는 소리, 서로 속고 속이고, 커다란 목소리로 속임수에 화를 내는 소리, 도둑들과 사기꾼, 그리고 장사와는 전혀 관계없는 소소한 범죄들의 소리까지.

게롤트와 단델라이온이 비옹조보에 다다르기도 전에 두 사람이 받은 매력적인 제안은 엄청 많았다. 천문의, 놋쇠로 만든 트럼펫, 프란지파니 가문의 문장으로 장식된 커틀러리 세트, 구리 광산의 주식, 거머리가 가득 든 병, 〈기적을 주장하는 사건들과 메두사의 머리〉라는 제목의 찢어진 책, 흰 담비 한 쌍, 정력제와 세트로 팔고 있는, 그다지 젊지도, 날씬하지도, 별로 신선하지도 않은 아가씨 한 명.

검은 수염의 드워프 한 명이 끈질기게 금동 테두리가 둘러진 거울을 마법의 '캄부스카나' 거울이라고 주장하며 둘에게 계속 사라고 강권했으나, 곧 누군가가 돌을 던지는 바람에 손에서 떨어뜨리고 말았다.

"더러운 난쟁이 자식! 인간도 아닌 놈! 수염 난 괴물!"

맨발의 더러운 거리의 아이가 소리를 지르며 도망쳤다.

"창자나 썩어버려라! 이 인간쓰레기야! 창자가 썩어서 똥이 줄줄 흘러나올 거다!"

드워프가 거리의 아이를 향해 소리쳤다.

사람들은 어두운 표정으로 아무 말 없이 바라볼 뿐이었다.

비옹조보* 구역은 호수 바로 앞, 오리나무와 축축 늘어진 버드나무, 그리고 그 이름처럼 느릅나무로 가득한 만에 있었다. 이곳은 훨씬 조용하고 평화로웠다. 누구도 무언가를 사거나 필려고 하지 않았다. 호수에시 볼이오

---

* 비옹조보(Wiazowo): 느릅나무를 뜻하는 비옹즈(wiąz)에서 유래된 말.

는 잔잔한 바람은 숨이 막힐 듯한 도시의 악취에서 벗어난 지금 더욱더 상쾌하게 느껴졌다.

'비르싱' 주막을 오랫동안 찾을 필요는 없었다. 길에서 처음 만난 사람이 바로 가르쳐주었기 때문이다.

초록빛 이끼와 제비집이 가득한 지붕이 있고, 그 아래 담벼락과 계단을 타고 콩과 담쟁이넝쿨, 들장미가 자라고 있었다. 그 계단에 두 명의 수염 난 드워프들이 앉아 튀어나온 배를 껴안고서 맥주를 마시고 있었다.

"게롤트, 단델라이온, 엄청 기다렸다고!"

드워프 한 명이 이렇게 말하고는 큰 소리로 트림을 했다.

게롤트가 말에서 내렸다.

"야르펜 지그린, 잘 지내셨나요? 다시 만나 기쁘군요, 졸탄 치베이."

구운 고기와 마늘, 허브와 뭔지는 알 수 없지만 매우 좋은 냄새로 가득한 주막집에서 두 사람은 유일한 손님이었다. 호수를 바라보고 있는 커다란 식탁에 앉아 있었는데, 납으로 만든 창틀 사이의 색유리 때문인지 호수는 아름답고 로맨틱해 보였다.

"시리는 어디에 있나? 혹시……?"

야르펜 지그린이 바로 본론으로 들어가 물었다.

"오고 있는 중입니다. 여기로 올 거예요. 다들 어떻게 지냈는지 얘기 좀 해주시죠."

게롤트가 얼른 대답하며 안부를 물었다.

"내가 뭐라고 그랬지? 내가 뭐라고 그랬냐고, 졸탄? 소문에 따르면 피바다를 건너고 용들을 죽이고 황국을 끝장낸 다음, 세상 끝에서 여기로 돌아와 우리한테 어떻게 지냈냐고 물어보다니, 딱 위쳐군."

야르펜이 비아냥대며 말했다.

"이 맛있는 냄새는 대체 뭔가요?"

단델라이온이 코를 킁킁거리며 끼어들었다.

"점심이지. 고기반찬. 단델라이온, 우리에게 물어보라고, 고기가 어디서 났는지."

야르펜 지그린이 말했다.

"안 물어볼 거예요. 그 농담은 저도 압니다."

"에이, 그러지 말고."

"고기가 어디서 났는데요?"

"제 발로 기어왔지."

야르펜 지그린은 재미없는 자기 농담에 스스로 열광하며 웃다가 눈물을 닦으면서 말했다.

"농담이 아니야. 식량 사정이 심각해, 전쟁 후니까. 고기는 없어, 가금류도, 물고기도 힘들고…… 밀가루와 감자도 부족하고, 콩도…… 농장들이 불탔고, 저장고들은 도둑맞고 양어장은 버려지고 밭은……."

"수확이 없어."

졸탄이 끼어들며 말했다.

"실어 나를 것이 없다고. 고리대금업과 물물교환만 성행하고 있지. 시장에 가봤나? 가난한 사람들, 자기가 가지고 있는 모든 것을 내다 팔거나 필요한 것과 바꾸는 사람들 옆에서 약삭빠른 사들은 크세 돈을 빌고 있고……."

"이런 상황에서 흉년과 겨울까지 겹친다면, 사람들은 굶어 죽게 될 거야."

"그렇게 사정이 나쁩니까?"

"남쪽에서 말을 타고 오면서 마을들을 지나쳐오지 않았나. 거기서 개 짖는 소리를 얼마나 들었는지 생각해봐."

단델라이온이 이마를 쳤다.

"젠장, 바로 그거였어⋯⋯ 내가 말했잖아, 게롤트, 뭔가 정상이 아니라고. 뭔가가 없다고! 하! 이제 알겠네! 개 짖는 소리가 안 들렸어. 개가 어디에도⋯⋯."

단델라이온은 갑자기 말을 멈추고 마늘과 허브 냄새가 나는 부엌 쪽을 바라보았다. 눈에는 공포가 어려 있었다. 그러자 야르펜이 코웃음을 치며 말했다.

"걱정 말게. 우리 고기는 '멍멍' 하거나 '야옹' 하거나 '살려줘요' 하고 우는 생명체는 아니니까. 우리 고기는 전혀 다른 거야. 왕들에게나 어울리는 고기라고!"

"뭔지 당장 말해요!"

"우리가 편지를 받고 리비아에서 만나겠다는 것이 확실해지자 졸탄과 나는 어떤 음식으로 대접해야 할지 고민했지. 고민하고 고민하고 또 고민하다가 오줌이 마려웠어. 그래서 호숫가에 있는 오리나무 쪽으로 내려갔지. 그렇게 내려가 봤는데 달팽이들이 우글우글한 거야. 그래서 자루를 가지고 내려가서 부들부들한 놈들을 다 잡아서 자루 속에⋯⋯."

"너무 많이 도망갔어. 우리가 좀 취해 있었거든, 근데 달팽이들이 엄청 빠르더라고."

졸탄 치베이가 고개를 끄떡이며 말했다.

두 드워프들은 또 말도 안 되는 자신들의 농담에 신이 나서 눈물을 흘리며 웃어댔다.

진정이 된 야르펜이 스토브 옆에 앉아 졸고 있는 주막집 주인을 가리키며 말했다.

"비르싱이 달팽이 요리를 좀 할 줄 알거든. 그게 말이지, 달팽이 요리를 하려면 상당한 기술이 필요하다고. 하지만 비르싱은 최고의 요리사지. 홀아비가 되기 전에는 부인과 함께 마리보에서 주막을 했는데, 요리를 어찌나 잘했는지 왕도 찾아왔었다더군. 이제 곧 우리도 먹어보자고!"

"그리고 전채 요리로는 끝이 보이지 않는 이 호수에서 잡힌 신선한 송어가 있어. 그리고 끝도 없는 이곳의 술 창고에서 나온 하얀 음료도 있지."

졸탄이 고개를 끄떡이며 덧붙이자 야르펜이 술을 따르며 말했다.

"그리고 이제 이야기만 있으면 모든 게 완벽하지. 그러니 이야기를 해달라고!"

송어는 아직도 따뜻하고 기름졌으며 오리나무 장작의 연기 냄새를 풍겼다. 보드카는 이가 시릴 정도로 차가웠다.

처음엔 단델라이온이 유려하게 물 흐르듯 여러 가지 색을 입히고 장식을 달고 아름답고 환상적으로 각색한, 사실과 창작을 구분할 수 없는 이야기를 들려줬다. 그런 후에 게롤트가 이야기를 꺼냈다. 게롤트는 사실만 이야기했는데, 어찌나 건조하고 딱딱하고 무채색인지 단델라이온이 중간중간에 참지 못하고 끼어들다가 드워프들에게 혼이 났다.

그렇게 이야기가 다 끝나고 오랜 침묵이 흘렀다.

졸탄 치베이기 헛기침을 하며 진을 들었다.

"명궁수 밀바를 위하여! 닐프가드인을 위하여! 만드라고라로 만든 술로 손님들을 대접하던 약초쟁이 레지스를 위하여! 그리고 나는 만날 기회가 없었던 앵글로메를 위하여! 그들 위의 흙이 가볍기를. 그곳에서는 이 세상에서 부족했던 모든 것을 다 누릴 수 있기를. 그리고 그들의 이름이 노래와 이야기로 영원히 남기를. 자, 마시자."

"마시자."

단델라이온과 야르펜 지그린이 먹먹한 목소리로 되풀이했다.

마시자, 게롤트가 마음속으로 그 말을 되뇌었다.

회색 머리에 창백하고 꼬챙이처럼 말라서 주막집 주인이나 최고의 요리사를 생각했을 때 떠오르는 전형적인 모습과는 전혀 다른 외모의 비르싱은 식탁에 맛있는 냄새를 풍기는 하얀 빵이 담긴 바구니를 가져다 놓았다. 그런 다음 고추냉이 잎을 침대보처럼 깐 거대한 나무 쟁반 위에 치지직 소리를 내는 마늘 버터가 뿌려진 달팽이 요리를 가져왔다. 단델라이온과 게롤트, 졸탄과 야르펜은 정신없이 먹기 시작했다. 식사는 정말 맛있었고, 조그마한 포크와 이상하게 생긴 집게들을 사용해 매우 즐겁게 먹었다.

모두들 쩝쩝거리며 버터가 뚝뚝 흐르는 빵을 집어 들었다. 집게에서 달팽이들이 빠져나갈 때면 신이 나서 욕을 해댔다. 주막집의 두 마리 새끼 고양이들에게는 바닥에 떨어져 굴러다니는 달팽이 껍질을 쫓아다니는 재미있는 놀이가 생겼다.

부엌에서 흘러나오는 냄새로 보아 비르싱이 달팽이를 두 판째 굽고 있는 것 같았다.

야르펜 지그린은 내키지 않는 듯 손을 내저었지만, 게롤트가 양보하지 않으리라는 것을 잘 알았다. 야르펜이 달팽이 껍질을 빨며 말했다.

"우리는 별일 없었어. 뭐, 나가서 좀 싸우고…… 나가서 정치도 좀 하고…… 왜냐하면 날 부촌장으로 뽑았거든. 난 정치를 할까 해. 다른 분야는 죄다 경쟁이 너무 치열하거든. 하지만 정치 쪽은 뇌물이나 받는 얼간이와 도둑들이 판치지. 그래서 조금만 잘해도 각광받을 분야야."

야르펜의 말에 졸탄 치베이가 집게로 집은 달팽이를 휘두르며 말했다.

"정치는 관심 없어. 난 피기스 메를루조와 먼로 브뤼스와 함께 증기와 물로 움직이는 대장간을 차릴 거야. 게롤트, 피기스랑 먼로 기억나지?"

"그들만 기억하겠습니까."

"야존 바르다는 야루가에서 죽었어. 완전 바보같이. 거의 마지막 전투였는데."

졸탄이 건조하게 말했다.

"안타깝군요. 퍼시벌 슈텐바흐는요?"

"하플링? 아, 그 녀석은 잘 있어. 약은 놈이지. 뭐라더라, 고대부터 종교적으로 하플링은 무기를 들면 안 된다나 어쩐다나 하면서 징병을 피했다고. 그게 되더라니까. 다들 퍼시벌 슈텐바흐라면 신전에 가득한 신 전부를 절인 청어 한 마리랑 바꿀 놈이라는 걸 다 아는데도 말이야. 지금은 노비그라드에서 보석 가공업을 해. 나한테서 앵무새 야전 사령관 두다를 사갔는데, 두다한테 광고를 시키고 있어. '다이아몬드, 다이아몬드.' 근데 그게 또 잘되네. 퍼시벌 슈텐바흐네 보석상은 손님도 엄청 많고 일도 몰리고 금고도 튼튼하게 갖추고 있어. 노비그라드라서 그런 거라고! 거긴 길거리에도 돈이 널려 있다며! 그래서 우리도 대장간을 노비그라드에 차리려고 해."

"그럼 너희 집 앞에 사람들이 똥칠을 할 텐데. 창문에 돌을 던지고, 널 더러운 난쟁이라고 욕할 거야. 네가 싸워도, 저항해도 소용없어. 노비그라드에서는 따돌림을 당할 거라고."

야르펜이 냉소적으로 말했다.

"뭐 어떻게든 되겠지. 마하캄은 경쟁이 너무 치열하단 말이야. 그리고 정치인이 너무 많아. 자, 마시자고. 캘럽 스트래튼을 위해, 야존 바르다를 위해."

졸탄이 낭랑한 목소리로 말했다.

"레간 달베르그를 위해."

야르펜의 얼굴이 흐려지자 게롤트가 고개를 저으며 물었다.

"레간도……?"

"응, 마예나에서. 레간의 늙은 마누라만 혼자 남았지. 젠장, 이게 뭐냐고, 그만, 그만! 술이나 마시자! 달팽이도 빨리 더 먹어, 비르싱이 곧 두 번째 접시를 가져올 테니까!"

드워프들은 허리띠를 풀고서 단델라이온의 사랑이 어떻게 처형대에서 끝나게 되었는지 게롤트를 통해 이야기를 들었다. 단델라이온은 화가 난 척하며 아무 말도 하지 않았다. 야르펜과 졸탄은 눈물을 흘리며 웃어댔다.

야르펜 지그린이 이야기 끝에 이빨을 드러내며 말했다.

"그래, 그래. 옛날 노래에 이런 가사가 있잖아, 맨손으로 철봉도 부러뜨리는 남자가 여자의 의지에는 못 당한다. 이 말의 좋은 예들이 오늘 저녁 이 식탁에 모였군. 멀리서 찾을 것도 없어, 졸탄 치베이를 보라고. 최근에 무슨 일 없었냐고 물었는데, 결혼한다고 말하는 것도 잊어먹었잖아. 9월에 결혼한다고. 선택받은 행복한 여성의 이름은 유도라 브레케켁스야."

그러자 졸탄이 눈살을 찌푸리며 발음을 정정했다.

"브레켄릭스라고! 발음을 고쳐주는 게 지금 몇 번째야, 지그린. 자꾸 이런 식으로 굴면 말이지……."

"결혼식은 어디서 하나요? 그리고 언제 합니까? 우리가 참석할 수도 있잖아요. 물론, 초대해준다면 말이에요."

둘의 싸움을 막으려는 듯 단델라이온이 끼어들었다.

"아직 언제, 어디서, 아니 할지 안 할지도 정확히 결정된 건 없어. 야르펜이 서둘러 말한 거야. 물론 유도라와 약속은 했지, 하지만 앞으로 어떻게 될지 뭘 알겠어? 씹할, 이런 시대에 말이지?"

졸탄이 고민스러운 표정으로 퉁명스럽게 말했다.

"여자들의 전능함에 대한 두 번째 증거는, 위쳐 리비아의 게롤트라고."

야르펜 지그린이 이야기를 계속하려 하자 게롤트는 달팽이를 먹느라 바쁜 척했다. 야르펜은 코웃음을 치며 이야기를 이어갔다.

"그래서 기적적으로 자신의 시리를 되찾았는데도 시리가 떠나도록 허락했단 말이지. 시리는 또다시 혼자가 될 텐데, 조금 전 누가 말했듯이 이런 시대에 말이야. 그리고 위쳐가 그렇게 결정한 건, 어떤 여자가 원했기 때문이지. 우리 위쳐는 벤거버그의 예니퍼라고 알려진 그 여자가 원하는 거라면 언제든, 무엇이든 다 하지. 그 덕에 뭐라도 이득이 되는 게 있으면 말을 안 해. 전혀 없거든. 데즈모드 왕이 일을 다 끝낸 후 요강을 보고 '이성의 힘으로는 이해할 수가 없군'이라고 말한 것과 똑같아."

"내 생각에는 한 잔 마시고 이야기 주제를 바꾸는 게 좋을 것 같군요."

게롤트가 다정한 미소를 지은 채 잔을 들어 올렸다.

"오, 그래, 그래."

단델라이온과 졸탄이 동시에 답했다.

*   *   *

비르싱은 식탁으로 세 번째, 그리고 네 번째로 달팽이 요리를 날라 왔다. 빵과 술을 더 가져오는 것도 잊지 않았다. 그러니 이미 먹을 만큼 먹은 상태에서 잔을 들어 건배를 하는 횟수가 점점 더 잦아진 것은 전혀 이상한 일이 아니었다. 또한 이야기에 점점 더 철학적인 상념이 자주, 짙게 묻어나는 것 역시 이상한 일이 아니었다.

게롤트가 다시 말했다.

"내가 싸웠던 그 악은 혼돈이 활동한 증거였습니다. 질서를 깨트릴 목적의 그런 활동 말이죠. 그러니까 악이 퍼지는 곳에서 질서는 세력을 확장할 수 없어요. 왜냐하면 질서가 세우는 모든 것이 파괴되고, 지속될 수가 없으니까. 현명함의 작은 빛과 희망의 불꽃, 따뜻함 등은 계속해서 타오르는 대신 꺼져버리죠. 그러면 어두워지는 겁니다. 그 어둠 속에 이빨과 발톱과 피가 있는 것이죠."

야르펜 지그린은 달팽이에서 흘러나온 마늘 버터에 찌든 수염을 쓰다듬었다.

"잘 정리해서 말했군, 위쳐. 하지만 젊은 세로가 비르다넥 왕에게 첫 번째 밀회에서 말했듯, '나쁘진 않지만, 뭔가 실용적인 쓰임이 있을까?'라는 질문에 대해선 어떻게 생각하나?"

야르펜 지그린의 물음에 게롤트는 웃지 않았다.

"위쳐가 존재하는 이유, 그리고 만들어진 이유가 흔들리는 거죠. 선과 악의 싸움이 지금은 전혀 다른 전장에서 펼쳐지고, 전혀 다르게 진행되니까. 악은 혼돈이기를 그만뒀습니다. 위쳐들이 맞섰던 악은 눈이 멀고 역동적인 힘이었어요. 그런 힘에 대적하기 위해서 악과 똑같이 살인적이고 혼란스러운 위쳐라는 돌연변이가 필요했던 겁니다. 지금 세상에서 악은 법의 도움을 받아 세계를 다스리고 있죠. 법이 악을 도와주고 있는 겁니다. 악은 평화조약을 만든 그런 생각 속에 깊숙이 들어가 있어요. 왜냐하면 그 평화조약이라는 것을 만들어서……."

"남쪽으로 쫓겨나는 이주민들을 본 게로군."

졸탄 치베이가 충분히 짐작된다는 듯 말했다.

"본 게 그것뿐만이 아니라고요. 그게 전부가 아니란 말이에요."

단델라이온의 목소리는 심각했다.

"그래서 뭐?"

야르펜 지그린이 편하게, 손을 배 위에 올리며 되묻고는 말을 이었다.

"누구나 본 것들이 있지. 누구나 그런 광경에 화를 냈어. 어떤 이들은 잠시, 어떤 이들은 오랫동안 밥맛을 잃었겠지. 아니면 잠을 이루지 못했거나. 그런 거야. 옛날부터 그래 왔어. 그리고 앞으로도 그럴 거고. 여기 쌓여 있는 달팽이 껍질처럼, 더 이상 빨아먹을 게 없듯이 더는 철학적 결론도 도출해낼 수 없어. 왜냐하면 없으니까. 마음에 안 드는 것이 도대체 뭔가, 위쳐? 무엇을 지금껏 예상치 못했던 건가? 지금 이 세상이 변하고 있는 방식? 발전? 진보?"

"그럴지도요."

야르펜은 덥수룩한 눈썹 아래로 게롤트를 오랫동안 말없이 바라보다가 마침내 입을 열었다.

"발전은 돼지 떼와 같지. 그리고 돼지 떼를 보듯 발전을 봐야 하고, 그렇게 평가해야 해. 농장 앞에서 몰려다니는 돼지 떼와 똑같이. 그 돼지 떼로부터 여러 이득이 나오지. 족발도 나오고, 소시지도 나오고, 돼지기름도 나오고, 육즙 젤리도 나오고. 한마디로 말해서 이득이라는 거야! 똥 냄새가 진동한다고 해서 마냥 코를 찌푸릴 필요는 없어."

모두들 머릿속과 마음속으로 여러 중요한 일들을 생각하며 한동안 말이 없었다.

"술을 더 마셔야겠어요."

단델라이온의 말에 반대하는 이는 없었다.

침묵을 깨고 야르펜 지그린이 말했다.

"발전은 멀리 보면 언젠가는 이 어둠을 밝혀줄 거야. 빛 앞에서 어둠은 물러나겠지. 하지만 바로 그렇게 되진 않아. 그리고 아무런 싸움 없이 그렇게 되지도 않을 거야."

창밖을 바라보던 게롤트가 스스로의 꿈을 생각하며 미소 짓고는 말했다.

"야르펜, 당신이 말하는 어둠은 영혼의 상태라고 봐야 할 겁니다. 손으로 만질 수 있는 존재가 아닌 거죠. 그런 존재와 싸우기 위해서는 전혀 다른 종류의 위쳐들을 훈련시켜야 합니다. 지금이 딱 그런 일을 해야 할 때인 것 같군요."

"그럼 그런 쪽으로 더 훈련을 할 건가? 그런 생각을 하고 있었던 거야?"

"전혀 아니에요. 난 이제 위쳐 일에는 관심이 없습니다. 난 이제 쉴 거예요."

"하!"

"진심으로 말하는 거예요. 위쳐는 그만둡니다."

오랫동안 침묵이 흘렀다. 식탁 밑에서 서로 물어뜯고 할퀴며 싸우는, 종 특유의 본능을 발산하고 있는 고양이들의 사나운 울음소리만이 침묵을 깨고 있었다.

"위쳐를 그만둔다라……."

마침내 야르펜 지그린이 말을 천천히 끌며 말했다.

"하! 도대체 무슨 말을 해야 할지 모르겠군. 데즈모드 왕이 카드놀이에서 속임수를 쓰다가 걸렸을 때 했던 말처럼 말이지. 하지만 최악의 경우를 의심해볼 수는 있지. 단델라이온, 당신이 위쳐와 함께 길을 오지 않았나? 본 것도 많을 테고. 혹시 무슨 피해망상의 조짐이라도 있었나?"

"알았어요, 알았다고요."

게롤트의 얼굴은 돌처럼 변함이 없었다.

"농담은 옆으로 치우자고요, 데즈모드 왕이 손님들한테 둘러싸인 채로 얼굴이 파랗게 질려서 죽어가며 했던 말처럼. 난 할 말은 다 했습니다. 이젠 행동으로 옮길 때죠."

게롤트는 의자 옆에 기대놓았던 칼을 꺼냈다.

"이건 당신이 준 시힐이에요, 졸탄 치베이. 공손한 인사와 감사의 마음을 담아 이 칼을 돌려드립니다. 이 칼은 할 일을 다 했어요. 날 도왔고, 많은 생명을 구했죠. 그리고 생명을 앗아가기도 했어요."

"위쳐…… 이 칼은 당신 거야. 빌려준 게 아니라 선물한 거라고. 선물은……."

졸탄 치베이는 손사래를 치며 거절했다.

"아무 말도 하지 말아요, 치베이. 당신의 칼은 반납합니다. 이제 나에겐 필요가 없어요."

"정말 그럴까."

야르펜이 끼어들며 게롤트의 말을 잘랐다.

"게롤트에게 보드카 좀 더 따라주라고, 단델라이온. 말하는 꼴이 탄광 갱

도에서 머리에 도끼를 맞은 늙은 슈레이더 같군. 게롤트, 자네의 타고난 깊은 심성과 고상한 정신에 대해선 나도 잘 알고 있지만, 제발, 그런 소리는 그만두게. 잘 보라고, 자네의 말을 듣고 있는 건 예니퍼도 아니고, 자네의 여자 마법사 연인들도 아니고, 늙은 늑대들인 우리들뿐이야. 이 늙은 늑대들에게 칼은 이제 필요 없다, 위쳐는 이제 필요 없다, 세상은 그냥 이렇게, 그래, 안녕 등등 이런 소리를 늘어놓을 필요는 없다고. 자네는 위쳐야, 그리고 앞으로도……."

"아니, 안 할 겁니다. 물론 늙은 늑대들은 이상하게 생각하겠지만, 바람이 불어오는 방향으로 오줌을 싸는 건 바보 같다는 걸 깨달았어요. 누군가를 위해 위험을 무릅쓰는 것도, 누군가가 지불한 돈을 위해 위험에 뛰어드는 것도 다 바보 같다는 것을요. 존재의 철학과는 하등 상관없이 말입니다. 믿지 않을지도 모르지만, 갑자기 내 목숨이 소중해졌거든요. 누군가 다른 이를 보호하기 위해서 내 목숨을 위험에 빠뜨린다는 게 어리석다는 결론에 이른 겁니다."

게롤트의 목소리는 편안하고 온화했다.

잠자코 듣고 있던 단델라이온이 고개를 끄떡이며 말했다.

"내 생각엔 말이지, 어떤 면으로 보면 아주 현명한 생각이야. 하지만 다르게 생각하면……."

"다른 건 없어."

잠시 침묵이 흐르고 야르펜이 물었다.

"예니퍼와 시리, 그 둘이 자네의 결심과 어떤 관련이 있나?"

"많죠."

야르펜 지그린이 한숨을 쉬었다.

"그럼 모든 게 확실하군. 사실을 말하자면, 자네 같은 직업 칼잡이가 이 세상에서 어떻게 다른 일을 하며 살 수 있을지는 잘 모르겠네. 아무리 이를 악문다고 해도, 자네가 양배추를 기르며 사는 모습은 상상이 잘 안 되지만, 뭐, 선택은 존중받아야 하니까. 주인장! 허락해주시오. 이 칼은 마하캄의 그 룬두리나 공방의 시힐이지. 선물이었고. 선물을 받은 자는 더 이상 원치 않고, 선물을 했던 자가 다시 받을 수는 없는 일이지. 그러니 이 칼을 받아, 벽난로 위에 장식해주시오. 그리고 이 주막집에 '위쳐의 칼 아래'라는 이름을 붙여주시겠소? 겨울밤이 되면 이곳에서 보물과 괴물에 대한 이야기가, 피투성이 전쟁과 치열한 전투, 죽음에 대한 이야기가 넘쳐나기를. 위대한 사랑과 변치 않는 우정에 대한 이야기가 충만하기를. 용기와 명예에 대한 이야기가 가득하기를. 이 칼이 이야기를 듣는 이들에게 분위기를 선물하고, 이야기꾼들에게는 영감을 불러일으키기를. 자, 이제 그럼 술을 더 따르라고, 이 보드카 잔에 말이야. 더 깊은 진실과 존재론을 비롯한 여러 철학 얘기로 더 깊이 들어가기 전에!"

보드카가 침묵 속에서 엄숙하게 따라졌다. 모두들 진실된 마음으로 서로의 눈을 바라보며 술을 마셨다. 엄숙함은 지속되었다. 야르펜 지그린은 헛기침을 하고, 모두를 훑어보고는 이들이 집중하고 있다는 것을 확신했다. 그는 진지하게 말했다.

"발전은 어둠을 밝힐 거야. 왜냐하면 바로 그런 이유 때문에 발전이 있는 것이니까. 그건 마치, 엉덩이는 똥을 싸기 위해 있는 것과 똑같아. 점점 더 밝아지면, 우린 점점 더 어둠을 덜 두려워할 테고, 그 안에 숨이 있는 악도 덜 신경 쓰겠지. 그러다 보면 그 어둠 속에 무언가가 있다는 것을 의심하게 되는 날이 올지도 몰라. 그런 두려움을 비웃게 될 테고, 유치하다고 할 거야.

창피해하면서 말이야! 하지만 어둠은 언제나 존재하겠지. 그리고 그 어둠 속에는 언제나 악이 있을 테고, 이빨과 발톱, 죽고 죽이는 것과 피가 있겠지. 그리고 언제나 위처는 필요할 거야."

일행은 모두 생각에 빠진 채 고요 속에 앉아 있었다. 너무 깊은 생각에 빠진 나머지 자극받은 말벌의 소리처럼 점점 더 커져가는 분노의 함성을 제대로 듣지 못했다.

그리고 조용하고 텅 빈 호수 옆길에 하나, 둘, 셋, 세 개의 형체가 나타난 것도 알지 못했다.

시내에서 함성 소리가 폭발했을 때 '비르싱' 주막의 문이 쾅 소리를 내며 열리더니 젊은 드워프가 얼굴이 시뻘게진 채로 헐떡거리며 안으로 들어왔다.

"무슨 일이야?"

야르펜 지그린이 고개를 들며 물었다.

숨이 턱까지 찬 젊은 드워프가 시내 쪽을 손으로 가리켰다. 눈에는 광기가 서려 있었다.

졸탄 치베이가 말했다.

"먼저 숨을 크게 들이켜, 그리고 무슨 일인지 찬찬히 이야기해봐."

그 후에 리비아에서 일어난 비극적인 사건은 순전히 우연이었다고, 순간적으로 일어난 반응이었으며 인간과 드워프, 엘프 사이의 적대감과 증오심에서 비롯된 분노의 폭발은 갑작스러운 것이었고 예상할 수 없는 일이었다고 사람들은 말했다. 또한 인간들이 아니라 드워프들이 먼저 공격했으며 폭력을 행사한 것 역시 드워프들이 먼저였다고 전해졌다. 드워프 상인 중 한 명이 젊은 전쟁고아인 귀족 아가씨 나디아 에스포지토를 모욕하고, 그녀에게 폭력을 행사했다는 것이다. 나디아 에스포지토를 보호하기 위해 이 귀족 아가씨의 친구들이 나서자 드워프가 자신의 종족들을 불러들였고, 그렇게 싸움이 일어났으며 그 싸움은 눈 깜짝할 사이에 시장 전체로 퍼져 대규모 싸움으로 변했다는 것이다. 싸움은 곧 학살로 변해 인간이 아닌 종족들이 살고 있는 교외 지역인 비용조보 주변을 인간들이 공격하기에 이른다. 시장에서 사건이 일어나고 마법사들의 개입이 있기까지는 한 시간이 채 걸리지 않았는데, 죽은 이는 여든네 명에 달했으며, 희생자의 반은 여자와 아이들이었다.

옥센푸르트의 에머리히 고트샬크 교수가 자신의 논문에서 밝힌 바에 따르면 사건의 전말은 이러했던 것이다.

그러나 다른 이야기를 전하는 이들도 있었다. 이 사건은 순간적으로 발생한 일이 아니라는 것이다. 갑작스럽고 예상할 수 없는 사건이라니 도대체 그게 말이 되냐고, 시장에서의 소요가 일어난 지 몇 분도 지나지 않아 갑자기 거리에 마차가 나타나 사람들에게 무기를 나눠준 건 대체 어떻게 설명해야 하냐고 반박했다. 갑작스럽고 당연한 분노라는 게 말이 되는가? 그 폭동과 학살의 현장에서 가장 눈에 띄게 활동적이었던 인물들이 시장 상인들도, 마을 주민들도 모두가 모르는 사람들이었으며, 소요 사건이 일어나기 며칠 전에 어디서 왔는지도 모르는 사람들이라는 건 또 뭐란 말인가? 그리고 사건 이후 알 수 없는 곳으로 사라져버린 건 어떻게 설명해야 하는가? 군대는 왜 그렇게 늦게 개입했는가? 그리고 왜 그렇게까지 조심스럽게 개입한 것인가?

다른 학자들은 리비아의 소요 사건에 닐프가드의 개입 가능성을 찾았고, 이 모든 것이 드워프와 엘프들이 함께 꾸민 짓이라고 말하는 사람도 있었다. 인간의 탓을 하기 위해 서로가 서로를 죽였다는 것이다.

학자들의 의견 가운데 젊고 매우 독특한 한 석사의 상당히 극단적인 의견이 있었는데 이 목소리는 거의 묻혀버렸다. 이 학자가 주장하기를, 리비아에는 어떤 음모도 비밀스러운 계획도 없었고, 단지 매우 평범한 그 지역 사람들의 무지와 외국인 혐오, 잔인한 야만성, 그리고 뿌리 깊은 동물적인 습성이 이런 사태를 야기했다는 것이다.

하지만 모두들 이 주장에 대해 논쟁하는 것도 진력이 났는지, 더 이상 그 누구도 이 이야기를 언급하지 않았다.

"지하실로 피해야 합니다! 드워프들은 모두 지하실로! 지금 영웅놀이할 때가 아닙니다!"

게롤트가 점점 더 빨리 다가오는 함성과 비명 소리를 듣고 외쳤다.

"위쳐…… 난 그럴 수 없어…… 저기서 내 형제들이 죽어가고 있어……."

졸탄이 도끼를 들며 말을 더듬었다.

"지하실로 가요, 졸탄. 유도라 브레케켁스를 생각해야죠. 결혼도 하기 전에 유도라를 과부로 만들 생각인가요?"

게롤트의 설득은 효과가 있었다. 드워프들은 지하실로 내려갔다. 게롤트와 단델라이온은 입구를 지푸라기 발판으로 막았다. 원래부터 창백한 얼굴의 비르싱은 이제 완전히 새하얘졌다. 흰 치즈처럼.

"마리보에서 난 학살을 봤어요. 만약 그런 자들이 저기에도 있다면……."

비르싱은 지하실로 내려가는 입구를 보며 더듬거렸다.

"부엌으로 가요, 어서!"

단델라이온 역시 창백해져 있었다. 게롤트는 딱히 이상하게 생각하지는 않았다. 마구 뒤섞인 채 들려오는 함성 소리 가운데 유독 귀에 꽂히는 소리들이 있었다. 머리칼을 쭈뼛 서게 하는 그런 소리였다.

"게롤트, 내가 에, 엘프랑 좀 비슷하게 생겼잖아……."

단델라이온도 말을 더듬었다.

"바보 같은 소리하지 마."

지붕들 위로 연기가 솟아올랐다. 도망치는 이들이 거리로 쏟아져 나왔다. 남녀노소 할 것 없이 모든 드워프들이 비명을 지르고 있었다.

두 드워프가 망설이지 않고 호수로 뛰어들어 헤엄을 치기 시작했다. 팔다리를 마구 저으며 호수 한가운데로 향했다. 다른 이들은 뛰어가고 있었고, 어떤 이들은 주막집 쪽으로 방향을 틀었다.

거리로 군중이 쏟아져 나왔다. 그들은 드워프들보다 빨랐다. 죽이고 싶은 욕망이 그들을 점점 더 빨리 뛰게 만들었다.

죽어가는 이들의 비명이 귀를 뚫고 들어와 색유리가 끼워진 주막집의 창을 울렸다. 게롤트는 손이 떨리는 것을 느꼈다.

한 드워프는 그야말로 몸이 찢어져 여러 조각으로 잘렸다. 땅을 바라보며 쓰러진 다른 드워프는 잠시 후 형체가 없는 핏덩어리로 변했다. 여자들은 쇠스랑과 창에 찔렸고, 그 여자들이 끝까지 방어한 아이들은 무참히 밟히고 구둣발로 짓이겨졌다.

한 명의 남자 드워프와 두 여자 드워프가 주막을 향해 도망쳐오고 있었다. 그들 뒤로는 군중의 무서운 함성이 쫓아왔다.

게롤트는 크게 숨을 내쉬었다. 그리고 자리에서 일어났다. 자신을 쳐다보는 단델라이온과 비르싱의 시선을 느끼며, 벽난로 위의 신반에서 마하감의 룬두리나 공방에서 만들어진 시힐을 꺼냈다.

"게롤트……."

단델라이온이 절망적인 신음 소리를 냈다.

"좋아, 하지만 이게 마지막이야! 젠장! 정말 마지막이라고!"

게롤트는 입구로 나가자마자 흙투성이 손으로 여자에게 덤벼드는 미장공 복장의 덩치 하나를 빠르게 베었다. 또 다른 여자 드워프의 머리채를 움켜쥔 두 번째 놈 역시 쳐냈다. 바닥에 쓰러진 드워프를 발로 차고 있던 이들을 향해 두 번, 대각선으로 칼을 휘둘러 베었다.

그러고는 반회전을 하며 재빨리 군중들에게 다가갔다. 게롤트는 일부러 칼을 넓게 휘둘렀다. 얼핏 봐서는 마구잡이로 칼을 휘두르는 것처럼 보였다. 이런 식으로 베는 것이 훨씬 더 많은 피를 흘리게 하고 더 많이 시선을 끈다는 것을 알고 있었다. 군중들을 죽이고 싶지는 않았다. 다만 제대로 상처내고 싶었다.

"엘프다! 엘프야! 엘프를 죽여라!"

누군가 찢어지는 목소리로 군중들 사이에서 외쳤다.

말도 안 돼, 게롤트는 생각했다. 단델라이온이라면 엘프로 착각할 수도 있겠지, 하지만 내가 어딜 봐서 엘프야!

게롤트를 향해 엘프라고 소리치던 자를 보았더니, 군장과 높은 군화를 신은 것으로 보아 아마도 군인인 것 같았다. 게롤트는 군중 속으로 뱀장어처럼 유연하게 파고들어 갔다. 군인은 양손으로 창을 붙잡고 버텼다. 게롤트는 창의 나무 손잡이를 길게 베어 군인의 손가락을 잘랐다. 그런 다음 몸을 회전하여 다시 넓게 칼을 휘두르자 고통에 찬 비명과 핏물이 솟구쳤다.

"자비를! 제발 살려주십시오!"

광기 어린 눈에 머리가 헝클어진 젊은이가 게롤트의 무릎 앞에 몸을 던지며 소리쳤다.

게롤트는 그를 살려주고, 곧장 반동을 이용해 몸을 회전했다. 곁눈질로 머리가 헝클어진 젊은이가 자리에서 일어나는 것을, 그리고 손에 무언가를 들고 있는 것을 보았다. 게롤트는 회전을 멈추고 반대 방향으로 피하려고 했다. 하지만 군중들 속에 묻혀버렸다. 순간적으로 갇혀버린 것이다.

이제 그에게 날아오는 세 개의 날을 가진 쇠스랑을 그저 바라보고 있을 수밖에 없었다.

거대한 벽난로의 불은 거의 꺼졌고, 홀은 컴컴해졌다. 산에서 불어오는 매서운 바람이 벽 틈 사이로 쉭쉭 소리를 내며 위쳐들의 본거지인 케어 모헨의 덜컹거리는 창문 사이를 비집고 들어왔다.

"젠장! '갈매기'로 할래, 보드카로 할래?"

에스켈은 참지 못하고 자리에서 일어나 찬장을 열었다.

"보드카."

코엔과 게롤트가 한목소리로 대답했다.

"당연하지, 당연하지, 물론이야! 너희들의 어리석음을 술독에 빠트려야겠지! 이 멍청이들!"

그늘에 가려져 보이지 않는 베스미어가 말했다.

"그건 사고였어요⋯⋯ 빗 위에서는 이미 잘했었다고요."

램버트가 대들었다.

"입 닥쳐, 이 얼간이 녀석아! 네 목소리는 듣고 싶지도 않아! 만약 여자아이에게 무슨 일이라도 생긴다면 넌⋯⋯."

"이미 괜찮아졌어요. 편히 자고 있거든요. 쿨쿨, 건강하게. 일어나면 온몸이 좀 아프겠죠, 하지만 그게 답니다. 무슨 일이 일어났는지, 트랜스 같은 건 전혀 기억하지 못할 거예요."

코엔이 부드러운 목소리로 말했다.

"너희들은 기억하겠지. 양배추 머리들! 에스켈, 나한테도 한 잔 따라."

베스미어가 씩씩거렸다.

모두들 침묵한 채 바람 소리를 듣고 있었다. 마침내 에스켈이 입을 열었다.

"누군가를 데려와야만 해. 여자 마법사를 데려와야 한다고. 저 여자아이에게 일어나는 일은 정상이 아니야."

"이렇게 트랜스에 빠진 게 벌써 세 번째라고."

"하지만 알아들을 수 있게 말한 건 이번이 처음이야……."

"뭐라고 말했는지 다시 한 번 말해봐. 한 단어, 한 단어 모두."

베스미어가 잔에 든 술을 한 번에 들이켜며 말했다.

"한 단어씩 모두 말하는 건 어려워요. 하지만 무슨 말을 했는지 그 뜻을 짐작해서 말하자면 나와 코엔은 죽어요, 이빨에 찔려서. 우리를 죽이는 건 이빨이라고 하더군요. 코엔은 두 개의 이빨, 난 세 개의 이빨."

게롤트가 불길을 바라보며 말했다.

"맞는 말이긴 하네. 우린 모두 물리겠지. 그리고 우리 모두 이빨이 빠질 거야. 하지만 너희 둘은 그 예언에 따르자면, 구강구조가 상당히 발달한 괴물에게 물려 죽는다는 거로군."

램버트가 코웃음을 쳤다.

"아니면 이가 썩어서 죽거나. 하지만 위쳐는 이가 썩지 않잖아."

에스켈이 심각한 척하며 고개를 끄떡였다.

"난 그 예언을 들먹이면서 농담하는 짓은 못하겠군."

베스미어의 무거운 목소리에 다른 위쳐들은 침묵했다.

또 한차례 바람이 불어오자 케어 모헨의 벽에서 휘파람 소리가 났다.

머리가 헝클어진 젊은이는, 마치 자신이 한 일에 깜짝 놀란 듯 쇠스랑의 손잡이를 놓쳤고, 게롤트는 자신도 모르게 고통의 비명을 지르며 몸을 움츠렸다. 배에 꽂힌 세 개의 날을 가진 쇠스랑이 중심을 흐트러뜨렸고 게롤트가 무릎을 꿇으며 쓰러졌을 때 쇠스랑은 게롤트의 몸 밖으로 빠져나와 바닥에 떨어졌다. 피가 소리를 내며 폭포처럼 콸콸 쏟아졌다.

게롤트는 무릎을 꿇은 상태에서 일어나려고 애를 썼지만, 일어나지 못하고 옆으로 쓰러졌다.

주위를 둘러싼 소리들이 흐릿하게 메아리쳤다. 마치 머리가 물속에 잠겨 있는 기분이었다. 또한 흐릿해지는 시야 사이로 완전히 이상한 형체들이 보이는 것 같았다.

하지만 군중들이 느닷없이 도망치기 시작했다는 것은 알 수 있었다. 그들이 숨었던 곳에서 나오는 것을 보았다. 졸탄과 야르펜이 도끼를 휘두르는 모습을, 비르싱이 고기 자르는 칼을 치켜든 모습을, 그리고 단델라이온이 빗자루를 들고 있는 모습을 보았다.

멈춰, 게롤트는 소리 지르고 싶었다. 대체 어쩌려고? 바람에 맞서 오줌을 싸는 건 나 하나로 충분해.

하지만 소리가 나오지 않았다. 피의 파도가 목을 막아버렸던 것이다.

여자 마법사들이 리비아에 도착한 것은 오후였다. 멀리 길이 뻗어 있는 아래로 록 에스칼롯 호수의 거울 같은 수면이 빛나고, 성의 빨간 기왓장과 집들의 지붕이 보였다.

"자, 다 왔어. 리비아네! 하, 운명이 기구하기도 하지."

예니퍼가 느끼는 감정을 그대로 말했다.

한참 전부터 매우 들떠 있던 시리는 켈피와 함께 작게 발굽을 구르며 춤을 추었다. 트리스 메리골드는 들리지 않게 한숨을 쉬었다. 하지만 그건 혼자만의 착각이었다. 예니퍼가 트리스를 노려보며 말했다.

"제발, 제발, 트리스, 네 가슴에서 이상한 소리가 흘러나오네? 시리, 켈피랑 같이 먼저 좀 앞서가고 있으렴. 트리스와 할 말이 있으니까."

트리스는 예니퍼를 자극하지 않겠다고, 핑계를 대지 않겠다고 결심하며 얼굴을 돌렸다. 효과를 기대하지는 않았다. 한참 전부터 리비아와 가까워질수록 예니퍼에게서 점점 더 거세지는 분노와 화가 느껴졌다. 예니퍼가 못되게 다시 말했다.

"트리스, 넌 얼굴도 빨개지지 말고, 한숨도 쉬지 말고, 침도 흘리지 말고, 안장에서 엉덩이도 꼬지 마. 네가 우리와 함께 가고 싶다는 부탁을 내가 왜 들어줬는지 알아? 한때 사랑했던 이와 쓰러질 듯한 달콤한 만남을 기대 중인 거야? 시리, 먼저 가 있으라고 했잖니! 우린 이야기 중이야!"

"그건 독백이지 이야기가 아니잖아요."

시리가 퉁명스럽게 되받아쳤지만, 예니퍼의 무서운 보랏빛 시선에 얼른 켈피에게 휘파람을 불며 길 앞쪽으로 달려 나갔다.

예니퍼가 다시 이야기를 시작했다.

"넌 사랑하는 이를 만나러 가는 게 아니야, 트리스. 난 그렇게 착하지도 않고, 그렇게 바보도 아니지, 너에게 기회를 주고 그를 유혹할 수 있는 빌미를 줄 정도로 말이야. 이번 한 번만, 딱 오늘만이야. 그리고 앞으로는 둘 다 그 어떤 빌미도 기회도 갖지 못하도록 내가 신경 쓸 거라고. 하지만 오늘은 스스로도 달콤하고 변태적인 즐거움을 양보할 수가 없네. 게롤트는 네가 어떤 역할을 하는지 알아. 그리고 그것에 대해 게롤트만의 눈빛과 눈길로 감사를 표하겠지. 그러면 난 너의 떨리는 입술과 흔들리는 손을 보며 너의 말도 안 되는 사과와 자기합리화를 들어주겠어. 알겠어, 트리스? 난 재미있어서 기절할지도 몰라."

"알고 있었어. 네가 잊지 않으리라는 것과 복수하리라는 것도 난 이미 알고 있었다고. 그리고 내가 잘못한 것도 인정해. 하지만 한 가지는 말해야겠어, 예니퍼. 그 기절, 너무 기대하지는 마. 게롤트는 용서할 줄도 아니까."

트리스가 내뱉듯 말했다.

"그에게 한 일에 대해서는 당연히 용서하겠지. 하지만 시리에게 저지른 일에 대해서는, 절대로 널 용서하지 않을 거야. 나 역시 마찬가지고."

"그럴 수도 있겠지. 용서하지 않을지도 몰라. 특히 네가 그렇게 원한다면 말이야. 하지만 화를 내지는 않을 거야. 그렇게까지 저열하지는 않아."

트리스는 침을 삼켰다.

예니퍼는 박차로 말을 세게 걷어찼다. 말이 히힝 하고 울더니 갑자기 풀쩍 뛰어오르는 바람에 예니퍼는 안장에서 마구 흔들렸다. 예니퍼가 소리쳤다.

"그런 소린 그만해! 거만하게 굴지 말고 좀 더 겸손해질 수는 없어? 게롤트는 내 남자야! 내 거라고, 그리고 나만의 남자야! 알겠어? 넌 그 사람 이야기도 하지 말고, 생각도 하지 말고, 그의 고귀한 성품에 대해 감탄하지도 말란 말이야! 지금 당장, 지금 이 순간부터! 네 그 갈색 머리채를 확 움켜잡아서……."

"그러기만 해봐! 그러기만 해보라고, 이 원숭이야! 그럼 눈깔을 확……."
트리스가 소리를 질렀다.

갑자기 목이 부러질 듯한 속도로 먼지구름을 일으키며 그들에게 달려오는 시리를 보고 둘은 싸움을 멈추었다. 두 사람은 무슨 일이 생겼다는 것을 바로 알아챘다. 그리고 무슨 일이 일어났는지 보았다. 시리가 두 사람 곁으로 오기도 전이었다.

교외의 초가지붕과 도시의 기와지붕, 그리고 굴뚝 위로 갑자기 새빨간 불의 혀가 이글거리며 솟구쳤고 연기가 피어오르고 있었다. 예니퍼와 트리스의 귀에도 멀리서 앵앵거리는 파리 소리 같은, 분노한 말벌 떼 같은 함성 소리가 들려왔다. 소리는 점점 더 커져갔고, 중간중간 높은 비명 소리가 더해지고 있었다.

"저기 도대체, 젠장, 무슨 일이야? 공격? 화재?"

예니퍼가 안장 발걸이 위에 올라서서 중얼거렸다.

"게롤트…… 게롤트!"

시리가 갑자기 신음하며 백지장처럼 얼굴이 창백해졌다.

"시리? 왜 그래?"

시리는 손을 들었다. 예니퍼와 트리스는 시리의 손바닥 생명선을 따라 흐르고 있는 피를 보았다.

"원이 닫힌 거예요. 세라웨드의 장미 가시가 나에게 상처를 냈어요, 그리고 뱀 우로보로스는 자신의 꼬리를 물었죠. 갈 거예요, 게롤트! 지금 내가 가요! 절대로 혼자 남겨두지 않겠어요!"

시리는 눈을 감은 채 말했다.

예니퍼와 트리스가 뭐라고 말할 틈도 주지 않고 시리는 켈피를 돌려세워 달리기 시작했다.

두 여자 마법사는 자신들의 말을 곧장 최고 속력으로 달리게 할 만큼의 정신은 있었다. 하지만 두 사람의 순종 말들도 켈피를 따라잡을 수는 없었다.

"무슨 일이지? 도대체 무슨 일이야?"

예니퍼가 바람을 삼키며 소리쳤다.

"알잖아! 달려, 예니퍼!"

트리스가 바로 옆에서 눈물을 흘리며 달리고 있었다.

교외의 건물들 사이에 다다르기도 전에, 도시에서 도망치는 사람들을 만나기도 전에, 예니퍼는 이미 리비아에서 일어나고 있는 일이 화재도, 군대 잔당의 습격도 아닌 학살이라는 것을 알고 있었다. 시리가 무엇을 느꼈는지, 그리고 무엇을 향해, 그리고 누구를 향해 그렇게 달려가는지도 알 수 있었다. 또한 시리를 쫓아갈 수 없다는 것도 알고 있었다. 그럴 가능성은 없었다. 공포에 질려 몰려드는 군중들 앞에서 예니퍼와 트리스는 짓밟히지 않으려고 피하고 있었지만, 켈피는 사람들의 모자 몇 개를 발굽에 스치며 그들을 뛰어넘어 날듯이 달려갔다.

"시리! 멈춰!"

언제인지도 모르게 예니퍼와 트리스는 정신없이 비명을 지르는 사람들로 가득한 거리에 있었다. 예니퍼는 달리면서도 도랑에 쓰러져 있는 시체들을 보았고, 기둥과 서까래에 매달린 시체도 보았다. 바닥에 엎어져 있는 드워프를 사람들이 발로 차고 나무막대로 찌르는 것을 보았고, 깨진 병목으로 다른 드워프를 죽이는 모습도 보았다. 죽이는 이들의 고성과 죽어가는 자들의 비명을 들었다. 창문에서 던져진 여인 위로 수많은 사람들이 몰려들고 그 여인을 향해 격렬하게 움직이는 장대들을 보았다.

군중은 점점 더 많이 몰려들고 함성 소리는 더욱더 커졌다. 예니퍼와 트리스는 시리와의 거리가 좁혀진 듯한 생각이 들었다. 켈피가 만난 그 다음 장애물은 장대를 든 어수선한 군중이었는데, 켈피는 이들을 마치 울타리처럼 생각하며 뛰어넘었고 한 명의 모자를 발로 건드려 벗겨버렸다. 다른 사람들은 공포에 질려 자리에 주저앉고 말았다.

모두들 전속력으로 광장에 들어섰다. 광장은 사람들과 연기로 새카맣게 뒤덮여 있었다. 예니퍼는 시리가 예언자적인 혜안으로 이 모든 것의 중심을 향해 가고 있으리라 생각했다. 화재의 중심이자 가장 처참하게 죽고 죽이는 학살의 현장으로.

왜냐하면 예니퍼가 돌아선 방향에서는 싸움이 한창 진행 중이었기 때문이다. 드워프와 엘프들은 임시로 만들어놓은 바리케이드를 방어하다가 이미 밀려나 그들을 향해 고성을 지르며 달려드는 군중들의 발아래 쓰러져 죽어가고 있었다. 시리는 소리를 지르며 켈피의 목에 바싹 붙었다. 켈피는 발돋움을 하더니 바리케이드 위를 거대한 검은 새처럼 날았다.

예니퍼는 군중 한가운데에서 말을 몰아 몇 명을 쓰러트렸다. 그러자 예니퍼가 소리를 지르기도 전에 사람들이 몰려들어 안장에서 끌어내렸다. 무언가가 등 뒤, 척추 부위와 뒷머리를 찔렀다. 예니퍼는 바닥에 무릎을 꿇고 쓰러진 채로 재단사의 앞치마를 입은 뚱뚱한 형체가 자신을 발로 차려고 하는 것을 보았다.

예니퍼는 발로 걷어차이는 것이라면 이제 진저리가 났다.

예니퍼의 쫙 뻗은 손가락 끝에서 쉭쉭 소리가 나는 파란 불꽃이 일었고, 예니퍼를 둘러싸고 있는 사람들의 얼굴과 몸을 채찍처럼 때리기 시작했다. 탄 고기 냄새가 지독하게 나면서 비명 소리와 고통스러운 울부짖음이 난리 중에도 사방으로 퍼졌다.

"마녀다! 엘프 마녀야! 마법사다!"

또 다른 누군가가 도끼를 들고 예니퍼에게 달려들었다. 예니퍼가 그의 얼굴을 향해 불꽃을 쏘자 도끼를 든 놈의 눈알이 터지면서 뺨 위로 떨어졌다.

순간 주위로 적막이 흘렀다. 누군가 예니퍼의 팔을 잡고 마구 흔들자 예니퍼는 또다시 불꽃을 뿜으려 했으나 그것은 트리스였다.

"도망치자…… 예나…… 도망……쳐야 해……."

트리스가 이런 목소리로 말하는 걸 들은 적이 있어, 예니퍼의 머릿속으로 어떤 기억이 스치고 지나갔다. 마치 나무토막처럼, 단 한 방울의 물기도 없는 나무토막처럼 공포로 완전히 마비된 입술, 두려움으로 떨리는 입술…….

이런 목소리로 말하는 걸 들은 적이 있어. 소든의 언덕 위였지.

두려움으로 죽어가고 있을 때.

지금도 두려움으로 죽어가고 있어. 죽을 때까지 항상 저렇겠지. 왜냐하면 자기 안의 두려움을 꺾어버리지 못한 자는 자신의 인생이 끝날 때까지 저렇게 두려워하다가 죽는 거야.

예니퍼의 소매를 붙잡은 트리스의 손가락은 마치 강철 같아서 예니퍼가 온 힘을 다했을 때 간신히 그 손길을 뿌리칠 수 있었다.

"도망치고 싶으면, 도망가! 회합의 치마폭에 숨으라고! 난 지켜야 할 것이 있어! 난 시리를 혼자 두지 않을 거야! 게롤트도! 가, 불쌍한 것! 목숨이 아까우면 모두 비켜!"

예니퍼가 외쳤다.

예니퍼를 에워싸고 있던 군중은 예니퍼의 손가락과 눈에서 떨어지는 번개에 뒤로 물러나고 있었다. 예니퍼가 머리를 흔들자 곱슬거리는 검은 머리카락이 흩날렸다. 그 모습은 분노가 인간의 모습을 한 것처럼, 불의 검을 든 죽음의 천사처럼 보였다.

"가, 집으로 돌아가, 이 나쁜 놈들아! 물러나! 안 그러면 너희 모두 짐승처럼 태워버릴 테니까!"

예니퍼는 군중을 향해 불로 된 채찍을 휘두르며 악을 썼다.

"마녀는 한 명뿐이다! 미친 마녀는 한 명밖에 없어!"

군중 속에서 누군가가 잘 울리는 금속성의 목소리로 소리쳤다.

"한 명뿐이야! 다른 한 명은 도망갔어! 자, 다들 돌을 들어!"

"인간이 아닌 종들은 다 죽어라! 마법사들은 죽어라!"

"재수 없는 마법사를 죽여!"

첫 번째 돌은 예니퍼의 귓가를 스쳤다. 두 번째 돌은 팔에 맞았는데 어찌나 세게 던졌는지 예니퍼가 휘청거릴 정도였다. 세 번째 돌은 얼굴에 명중했다. 처음 고통은 불처럼 폭발하다가 곧이어 모든 것이 검은 벨벳으로 감싸지듯 눈앞이 캄캄해졌다.

정신이 들었을 때, 예니퍼는 고통으로 신음했다. 양쪽 팔과 팔목은 고통으로 떨어져 나갈 것만 같았다. 예니퍼는 반사적으로 손을 뻗어 칭칭 감긴 붕대를 만져보았다. 그리고 또다시 절망의 비명을 내질렀다. 이것이 꿈이 아니라는 사실에, 그리고 실패했다는 사실에.

"실패했어."

바로 옆 침대에 앉아 있던 티사이아 드 브리스가 말했다.

예니퍼는 목이 말랐다. 누구라도 좋으니 자신의 입술을 축여주기만 해줘도 살 것 같았다. 하지만 부탁하지는 않았다. 자존심 때문에 그럴 수는 없었다.

티사이아 드 브리스가 말을 이었다.

"실패했어. 하지만 그건 네가 노력하지 않아서가 아니야. 넌 제대로 깊이 잘랐지. 그래서 내가 지금 네 옆에 있는 거야. 그게 만약 한심하고 어리석은 보여주기에 불과했다면, 난 너를 경멸할 수밖에 없었겠지. 하지만 넌 깊이 잘랐어, 심각하게."

예니퍼는 멍하게 천장을 바라보았다.

"널 내가 맡도록 하겠어. 왜냐하면 그럴 가치가 있어 보이니까. 하지만 넌 상당히 많이 고쳐야만 해. 그래, 상당히 많이. 허리와 척추만 바로 세우는 것이 아니라, 손도 고쳐야 해. 손목을 그으면서 넌 인대도 손상시켰어. 마법사에게 손은 정말 중요한 기관이야, 예니퍼."

입술의 습기, 물.

"넌 살 거야. 아직은 네 시간이 오지 않았어. 그 시간이 오면, 오늘을 기억해라."

티사이아는 사실 그대로를 진지하다 못해 건조하게 말하고 있었다.

예니퍼는 막대에 감긴 붕대의 물기를 탐욕스럽게 빨았다.

티사이아 드 브리스가 예니퍼의 머리카락을 부드럽게 쓰다듬으며 말했다.

"내가 널 맡도록 하겠어. 그리고 지금은…… 이곳엔 우리뿐이야. 아무도 없지. 아무도 보지 못하고, 난 아무에게도 말하지 않겠어. 그러니 울어, 애야. 울어버려. 마지막으로 다 울어. 그리고 넌 이제 울면 안 돼, 절대로. 우는 여자 마법사보다 더 보기 흉한 건 없으니까."

정신이 들자 기침과 함께 예니퍼는 피를 뱉었다. 누군가가 자신을 질질 끌고 가고 있었는데, 그것은 트리스였다. 향수 냄새로 알 수 있었다. 멀지 않은 곳에서 말발굽 소리가 들려오고, 고함 소리가 소용돌이쳤다. 에니퍼는 완전히 무장한, 빨간 V자가 그려진 하얀 외투를 입은 기사가 창기사의 높은 안장에 앉아 사람들을 채찍으로 물리치는 것을 보았다. 군중들이 던지는 돌들이 기사의 갑옷과 투구에 맞아 힘없이 튕겨나갔다. 말은 히힝 소리를 내며 옆으로 몸을 돌리더니 발을 굴렀다.

예니퍼는 자신의 윗입술 대신 거대한 감자가 달려 있는 듯한 기분이었다. 최소한 앞니 하나는 부러지거나 빠진 것 같았고 혀도 다친 것 같았다.

"트리스…… 텔레포트로 여길 피하자."

예니퍼가 간신히 입을 뗐다.

"아니, 예니퍼. 우릴 죽일 거야……."

트리스의 목소리는 아주 차분했다. 그리고 아주 차가웠다.

"예니퍼, 난 도망치지 않아. 난 회합의 치마폭에 숨지 않을 거야. 그리고 걱정 마, 소든에서처럼 공포에 질려 기절하지도 않을 테니까. 난 그 공포를 내 안에서 깨트렸어. 난 이미 깨트렸다고!"

거리 입구와 가까운 곳, 이끼가 잔뜩 낀 벽 아래에는 쓰레기와 똥, 퇴비가 잔뜩 쌓여 있었다. 상당히 큰 쓰레기 더미였다. 언덕이라고 말해도 될 정도였다.

군중들은 물러나지 않고 오히려 몰려들어 기사와 그의 말을 포위했다. 그리고 끔찍한 소리와 함께 기사를 바닥에 쓰러뜨리더니 그 위로 빈대처럼 달려들었다.

트리스는 예니퍼의 손을 끌고 쓰레기 더미 위로 올라가 손을 하늘로 뻗었다. 그리고 진짜 분노를 담아 주문을 외쳤다. 귀가 찢어질 듯한 엄청난 소리였기 때문에 군중들이 잠시 조용해졌다. 예니퍼가 그들을 바라보며 피를 뱉었다.

"우릴 죽일 거야. 완전히 죽여버릴……."

"날 도와줘, 예니퍼. 알주르 번개를 저들에게 던지자……."

트리스가 읊조리던 주문을 잠시 중단하고는 말했다.

알주르 번개라, 한 다섯 명쯤 처치할 수 있겠지, 예니퍼는 생각했다. 그리고 나머지 놈들이 달려들어 우리를 찢어버리겠지. 하지만 좋아, 트리스, 네가 원한다면. 네가 도망치지 않는다면 나도 도망치지 않아.

예니퍼도 주문을 외우는 데 합류했다. 이제 두 명의 여자 마법사가 함께 주문을 외쳤다.

군중들은 잠시 동안 둘을 가만히 쳐다보았지만, 곧 정신을 차렸다. 여자 마법사들 주위로 또다시 돌들이 소리를 내며 날아들었다. 트리스의 관자놀이 바로 옆으로 창이 날아와 떨어졌다. 하지만 트리스는 꿈쩍도 하지 않았다.

전혀 안 되고 있어, 예니퍼는 생각했다. 우리의 마법이 조금도 듣지 않아. 알주르 번개처럼 복잡한 마법은 지금 사용할 수 없어. 알주르는 종 같은 목소리와 연설가 같은 발음을 가졌다고 했지. 하지만 우린 지금 빽빽거리는 소리를 낼 뿐이고 단어와 곡조를 다 혼동하고…….

예니퍼는 알주르 번개 주문을 중단할 준비가 되어 있었다. 나머지 힘을 끌어모아 무언가 다른 주문을, 두 명을 텔레포트하거나, 아니면 최소한 모여 있는 군중들에게 잠시 동안이라도 무언가 불쾌한 것을 선사할 수 있는 다른 마법에 집중하려고 노력했다. 하지만 그럴 필요는 없었다.

하늘이 갑자기 어두워지더니 도시 위로 구름이 몰려들었다. 악마처럼 음산한 기운이 가득했다. 곧이어 차가운 바람이 불어왔다. 예니퍼가 말을 더듬었다.

"맙소사…… 우리가 아무래도 엄청난 짓을 저지른 것 같은데."

"트리스 메리골드의 파괴 폭풍이었지."

니무에가 되풀이해 말했다.

"사실 그 이름도 정확한 것은 아니야. 왜냐하면 이 마법은 단 한 번도 기록된 적이 없거든. 트리스 메리골드 이후로는 그 누구도 이 마법을 다시는 재현하지 못했으니까. 그 이유는 굉장히 평범한 거였어. 트리스는 당시 입술에 상처를 입어서 발음이 정확하지 못했거든. 어떤 이들은 심지어 트리스가 겁이 나서 혀가 꼬였다고 말하지."

니무에의 말에 콘드비라무르스가 입술을 빼물었다.

"하지만 그런 말은 도저히 믿을 수 없어요. 존경받아 마땅한 트리스 메리골드의 용맹함과 용기의 증거는 아주 많아서 어떤 역사가들은 트리스를 '굴복하지 않는 트리스'라고도 쓰는 걸요. 하지만 전 다른 걸 물어보고 싶었어요. 전설의 어떤 버전에서는 트리스가 리비아의 언덕에 혼자 있었던 게 아니라고 말해요. 그곳에 예니퍼와 함께 있었다고 묘사하죠."

니무에는 짙푸른 구름을 배경으로 칼처럼 날카로운 검은 언덕이 그려진 수채화를 바라보았다. 언덕 꼭대기에는 머리를 흩날리며 손을 뻗고 있는 한 여자의 가녀린 실루엣이 그려져 있었다.

안개로 뒤덮인 호수 위로 낚시 왕의 규칙적인 노 젓는 소리가 울려 퍼졌다.

"그곳에 누군가 트리스와 함께 있었다고 하더라도, 이 화가가 기록하지 않았던 거지."

호수의 여인, 니무에의 목소리는 단호했다.

"정말 큰일 났네, 조심해, 트리스!"

예니퍼가 다시 말했다.

리비아의 도시 위로 몰려드는 검은 구름에서 갑자기 우박이, 계란 크기만

한 얼음덩어리들이 쏟아져 내렸다. 너무 거세게 떨어져서 집들의 기왓장을 마구 부수고 있었다. 얼마나 빽빽하게 쏟아졌는지 광장 바닥이 순식간에 우박으로 뒤덮였다. 사람들은 머리를 감싸며 바닥에 쓰러지고, 사람 위에 또 다른 사람이 기어가고, 도망치고, 넘어지고, 대문과 아치 밑으로 몰려들고, 벽 아래에서 몸을 말며 그야말로 아비규환이 펼쳐졌다. 누구나 피할 수 있는 그런 우박이 아니었다. 어떤 이들은 마치 얼음 위의 물고기처럼 누워 있었는데, 그 아래로는 진한 피가 흘러나오고 있었다.

우박이 너무 거세게 쏟아져 내리는 바람에 예니퍼가 마지막 순간에 둘의 머리 위로 만들어낸 마법의 방패 역시 거의 깨지려 하고 있었다. 다른 주문은 시도할 틈도 없었다. 예니퍼는 지금 일어나고 있는 이 마법을 멈출 수 없다는 사실을, 감당할 수 없는 엄청난 힘들이 우연히 이곳에 모인 것을, 정점으로 가야 할 힘들이 제멋대로 뻗어 나왔다는 사실을 알았다. 그리고 곧 그 힘들은 정점에 이를 것이다.

적어도 그런 희망을 가지고 있었다.

번쩍번쩍, 갑작스럽게 천둥소리와 함께 쾅쾅거리는 소리가 울려 퍼졌다. 땅이 떨리며 신음하는 것 같았다. 우박은 지붕과 거리를 때리고, 사방으로 부서진 얼음 조각들이 온통 날아다녔다.

하늘이 조금 밝아졌다. 해가 반짝이더니 구름 사이로 뻗어 나온 햇살이 도시 위를 채찍처럼 때렸다. 트리스의 목에서는 신음 소리도 아니고 울음소리도 아닌 무언가가 터져 나왔다.

우박은 계속해서 내리고 있었다. 무엇이든 부수며 광장을 나이아몬드처럼 빛나는 얼음조각으로 메웠다. 하지만 우박은 점점 더 조금씩, 약하게 내리기 시작했다. 마법의 방패 위로 떨어지는 소리만 들어도 알 수 있었다. 이

윽고 쏟아져 내리던 우박이 그쳤다. 갑자기 칼로 자른 것처럼. 광장에는 무장한 이들이 나타나고, 말발굽 소리가 울렸다. 채찍으로 얻어맞고, 창대로 몰아세워지고, 칼등으로 위협당한 군중들은 소리를 지르며 도망쳤다.

"잘했어, 트리스. 이게 뭐였는지는 모르겠지만…… 아무튼 정말 잘했어."

예니퍼가 쉰 목소리로 말했다.

"지켜야 할 것이 있었으니까."

트리스 메리골드가 갈라지는 목소리로 말했다. 언덕 위의 영웅이었다.

"지켜야 할 무언가는 항상 있지. 달리자, 트리스. 이게 끝은 아니니까."

그것이 끝이었다. 여자 마법사들이 도시 위로 쏟아부은 우박이 모두의 들끓는 머리를 식혔다. 적어도 군대가 용기를 내어 질서를 유지할 정도로는 말이다. 그 전에는 군인들도 겁을 내고 있었다. 군인들은 알고 있었기 때문이다. 짐승이 되어버린 군중을 공격하는 것이 어떤 것인지, 피를 마시고 살인에 취해 아무것도 두려워하지 않고 눈앞에 무엇이 있든 물러서지 않는 군중들이 어떤지 잘 알고 있었다. 그러나 자연의 힘은 이 잔인한, 수많은 머리를 가진 괴물들을 진정시켰고 나머지 일은 군대가 했다.

우박 때문에 시내는 텅 비었다. 조금 전에 드워프 여자를 장대로 찌르고, 그 여자의 아이를 붙잡아 머리를 벽에 내리쳤던 한 인간은, 훌쩍거리며 눈물과 콧물을 삼키면서 무너진 자신의 집 지붕의 잔해를 바라보고 있었다.

리비아에는 평온이 찾아왔다. 만약 200여구에 달하는 시체와 열댓 채의 불탄 집이 아니었더라면, 아무 일도 없었던 것처럼 보일 지경이었다. 록 에스칼롯 호수 끝자락 비옹조보에는 아름다운 무지개가 걸리고 늘어지는 수양버들이 거울 같은 호수 표면에 그 모습을 비쳤다. 새들은 다시 노래하고,

젖은 이파리들은 향긋한 냄새를 풍겼다. 한가한 시골의 풍경이었다.

피 웅덩이에 누워 있는 게롤트와 그 옆에서 몸을 웅크리고 있는 시리마저도 한가한 시골 풍경처럼 보였다.

게롤트는 의식을 잃고 있었고, 마치 석회처럼 창백했다. 꼼짝도 하지 않고 누워 있었지만, 모두들 그의 곁으로 모여들자 기침을 하며 컥컥거리더니 피를 뱉었다. 몸을 심하게 떨어서 시리 혼자서는 도저히 붙들 수가 없었다. 예니퍼가 옆에 무릎을 꿇었다. 트리스는 예니퍼의 손이 떨리는 것을 보았다. 자신도 어린아이처럼 힘이 빠지는 것을, 눈앞이 캄캄해지는 것을 느꼈다. 그때 누군가가 자신을 부축해서 쓰러지는 것을 붙잡아주었다. 단델라이온이었다.

"전혀 안 돼. 선생님의 마법이 하나도 안 듣고 있어요, 예니퍼."

절망적인 시리의 목소리가 들렸다.

"우리가…… 우리가…… 너무 늦게 왔어."

예니퍼가 힘겹게 입술을 움직였다.

"선생님의 마법이 안 들어요. 그럼 도대체 당신들의 마법은 무슨 소용이 있어요?"

시리는 예니퍼의 목소리가 전혀 들리지 않는다는 듯 같은 말을 되풀이했다.

네 말이 맞아, 시리, 트리스는 목이 조여오는 것을 느끼며 생각했다. 우린 우박의 폭풍을 불러일으킬 수 있었지, 하시만 죽음을 쫓을 수는 없어. 보기엔 그것이 더 쉬워 보여도.

"의사를 불렀소. 하지만 아직 안 보이는……"

단델라이온 옆에 서 있던 드워프가 쉰 목소리로 말했다.

"의사가 살펴보기에는 이미 너무 늦었어요. 이 사람은 죽어요."

트리스는 차분한 자신의 목소리에 스스로도 놀라며 말했다.

게롤트는 또다시 헐떡이며 피를 뱉고는 몸을 쭉 뻗은 채 움직임이 없었다. 트리스를 붙들고 있던 단델라이온이 절망적인 한숨을 내쉬고, 드워프는 욕을 했다. 예니퍼는 신음하더니 얼굴이 일그러지면서 흉하게 변했다.

"여자 마법사가 우는 것처럼 흉한 건 없다고, 그렇게 가르치셨잖아요. 지금 정말 흉해요, 흉하다고요, 예니퍼. 당신도, 당신의 마법도, 아무것도 소용없어요."

시리가 날카롭게 쏘아붙였지만 예니퍼는 대답하지 않았다. 두 손으로 힘없는 게롤트의 손을 잡고서 갈라지는 목소리로 주문을 외우고 있었다. 예니퍼의 손과 게롤트의 뺨과 이마에 푸른 불꽃과 일렁이는 작은 불들이 일었다. 트리스는 이런 주문이 얼마나 많은 에너지를 필요로 하는지 알고 있었다. 그리고 이런 주문이 지금은 아무런 소용도 없다는 것을 알고 있었다. 트리스는 치료 마법사의 특별한 주문마저도 소용이 없다는 사실을 확신했다. 너무 늦은 것이다. 예니퍼의 마법은 예니퍼를 지치게 할 뿐이었고, 트리스는 예니퍼가 그렇게 오래 버티는 것이 신기할 따름이었다.

그러나 예니퍼가 다음 주문을 외우던 중 게롤트 옆으로 쓰러지는 것을 보고 신기해하던 것을 그만두었다.

또 다른 드워프가 욕을 했다. 그 옆에 있던 드워프는 고개를 푹 숙인 채 서 있었다. 단델라이온은 트리스를 붙들고 코를 훌쩍였다.

갑자기 굉장히 추워졌다. 호수 수면 위로 느닷없이 마녀의 솥처럼 연기가 피어오르더니 수증기로 가득해졌다. 안개가 차올라 물 위를 온통 뿌옇게 채우더니 파도처럼 땅으로 밀려와 모든 것을 하얀 우윳빛으로 뒤덮었다. 모든 소리들이 조용해지고 형체도, 모습도 안개에 뒤덮여 아무것도 보이지 않았다.

시리는 피로 물든 바닥에 무릎을 꿇은 채 천천히 말했다.

"나는 예전에 내 능력을 거부했어요. 그때 거부하지 않았더라면, 게롤트를 살릴 수 있었을 거예요. 게롤트를 치유했겠죠, 나도 알아요. 하지만 너무 늦었어요. 이미 난 그 능력을 거부했고, 난 이제 아무것도 할 수 없어요. 게롤트는 내가 죽인 거나 다름없어요."

침묵을 깬 것은 켈피의 히힝 하는 울음소리와 단델라이온의 절망적인 외침이었다.

모두가 깊은 침묵에 잠겼다.

안개 속에서 하얀 유니콘이 가볍고 날렵하게, 아무 소리도 내지 않고 우아하게 고개를 들고 달려왔다. 그건 아무렇지도 않았다. 모두들 전설을 알고 있었기 때문이다. 전설에 따르면 유니콘들은 가볍고 날렵하게, 아무 소리도 내지 않고 항상 우아하게 고개를 들고 있다고 이야기했다. 이상한 일이라면 유니콘이 호수의 수면 위를 달려온 것, 그리고 호수의 수면 위로 그어떤 파문도, 물결도 일지 않은 것이었다.

단델라이온은 신음 소리를 냈다. 이번엔 경탄의 소리였다. 트리스는 감격과 감동에 사로잡히는 것을 느꼈다. 형언할 수 없는 기쁨이었다.

유니콘은 돌로 된 길을 발굽으로 밟으며 길기를 흔들었다. 길게, 노래처럼 울었다.

"이후아라쿠악스, 네가 와줄 거라고 생각했어."

시리가 말했다.

유니콘은 더 가까이 다가와 다시 울고는 발굽으로 바닥을 세게 쳤다. 그리고 고개를 숙였다. 앞으로 나온 이마의 뿔 위로 갑자기 강렬한 빛이 불타오르며 순식간에 안개를 흩어버렸다.

시리는 유니콘의 뿔을 만졌다.

트리스는 시리의 눈이 우윳빛의 불길에 휩싸이며, 불꽃같은 오라가 시리를 둘러싸는 광경을 보고 작게 소리를 질렀다. 시리는 그 소리를 듣지 못했다. 아무도 듣지 못했다. 한 손은 유니콘의 뿔을 잡고, 다른 한 손은 움직이지 않는 게롤트에게로 뻗었다. 시리의 손끝으로 반짝거리는 리본처럼, 이글거리는 용암처럼 빛이 흘러나왔다.

얼마나 오랫동안 그렇게 있었는지는 아무도 알지 못했다. 그것은 너무나 비현실적이었기 때문이었다.

마치 꿈결 같았다.

점점 더 짙어지는 안개 속에서 희미해져 가는 유니콘이 히힝 하고 울더니 발로 바닥을 차며 여러 번 머리와 뿔을 흔들며 무언가를 가리켰다. 트리스는 유니콘이 가리키는 곳을 쳐다보았다. 호수 위에 휘장처럼 드리워진 버드나무 가지 사이로 검은 형체가 보였다. 배였다.

유니콘은 뿔로 다시 그쪽을 가리켰다. 그리고 재빨리 안개 속으로 사라지기 시작했다.

"켈피, 함께 가."

시리가 말했다.

켈피는 콧김을 뿜더니 머리를 흔들었다. 그리고 얌전히 유니콘을 따라가기 시작했다. 발굽은 잠시 동안 길 위에서 울리더니 더는 소리가 들리지 않았다. 켈피가 마치 하늘로 날아가 공기 중으로 사라지는 것 같았다.

안개가 걷힌 그 순간, 배는 호수 끝에 있었다. 트리스는 배의 모습을 똑똑히 볼 수 있었다. 마치 커다란 돼지 여물통처럼, 원시적으로 투박하게 만들어진 각진 조각배였다.

"날 도와줘요."

시리가 말했다. 시리의 목소리는 확신과 자신감에 차 있었다.

처음엔 시리가 뭘 말하는지, 뭘 도와달라는 것인지 아무도 알지 못했다. 처음 그 말을 이해한 사람은 단델라이온이었다. 아마도 그 전설을 알고 있었기 때문에, 언젠가 그 전설의 시적인 버전을 읽은 적이 있었기 때문일 것이다. 단델라이온은 여전히 정신을 잃은 채 쓰러져 있는 예니퍼를 안아 들었다. 지나치게 가녀리고 가벼웠기 때문에 그는 당황했다. 자신이 예니퍼를 안아 드는 것을 누군가가 도와주고 있다고 맹세해도 좋을 지경이었다. 자신의 팔 옆으로 카히르의 어깨를 느꼈다고 맹세해도 좋았다. 곁눈질로 밀바의 땋은 아마빛 머리칼을 보았다고 맹세할 수 있었다. 예니퍼를 배 위에 눕혔을 때, 단델라이온은 배를 붙들고 있는 앵글로메의 손을 보았다고 맹세해도 좋았다.

드워프들은 게롤트를 날라 왔고, 트리스가 머리를 붙잡으며 그들을 도왔다. 야르펜 지그린은 눈을 끔뻑거렸다. 잠시 동안 달베르그 형제 두 명을 모두 보았던 것이다. 졸탄 치베이는 게롤트를 배에 눕힐 때 캘럽 스트래튼이 도왔다고 맹세할 수 있었다. 트리스는 코랄이라고 불렸던 리티 네이드의 향수 냄새를 맡았다고 확신했다. 그리고 잠시 동안 안개 속에서 케어 모헨의 코엔을, 밝은 노란색이 감도는 코엔의 초록빛 눈을 보았다.

에스칼롯 호수의 짙은 안개가 감각에 이런 장난을 치는 것일까.

"준비가 됐어, 시리. 네 배가 기다리고 있어."

트리스가 먹먹한 목소리로 말했다.

시리는 이마에서 흘러내린 머리카락을 넘기며 코를 훌쩍였다.

"몬테칼보의 그분들에게 미안하다고 전해줘요, 트리스. 하지만 다른 방법은 없어요. 게롤트와 예니퍼가 떠나는 지금, 내가 남을 수는 없으니까요. 그럴 수는 없어요. 그분들도 이해해야 할 거예요."

"이해해야지."

"그럼, 잘 있어요, 트리스 메리골드. 안녕, 단델라이온. 모두들 잘 있어요."

"시리, 내 동생아…… 나도 함께 가게 해줘……."

트리스가 속삭였다.

"지금 뭘 부탁하는지 모르고 있군요, 트리스."

"그럼 언젠가 다시 너를……."

"반드시요."

시리의 목소리는 단호했다.

시리가 배 위에 올라타자, 배는 잠시 흔들리더니 흘러가기 시작했다. 그리고 안개 속으로 사라졌다. 호숫가에 서 있는 이들 모두 물이 출렁이는 소리도 듣지 못했고, 파도도, 물의 움직임도 전혀 보지 못했다. 배가 아니라 유령 같은 것이 나타났다가 사라진 것처럼.

아주 잠시 동안, 가녀리고 경쾌한 시리의 실루엣이 보였다. 기다란 장대로 호수 바닥을 미는 모습과 빠르게 나아가는 배를 보았다.

그리고 그곳에는 짙은 안개밖에 없었다.

나에게 거짓말을 한 거야, 트리스가 생각했다. 난 이제 다시는 시리를 보지 못할 거야. 다시는 보지 못해, 왜냐하면…… 바에세 데이레아드 아엡 에 이게안, 무언가는 끝나고…….

"무언가가 끝났군."

떨리던 목소리와 달리 어느새 단단해진 목소리로 단델라이온이 말했다.

"무언가는 시작되지."

야르펜 지그린이 말했다.

시내 쪽에서 수탉이 요란하게 우는 소리가 들렸다.

안개가 공중으로 사라지고 있었다.

게롤트는 눈꺼풀 위를 지나는 빛과 그림자의 장난에 눈을 떴다. 머리 위로 나뭇잎들과 햇빛 사이로 만화경처럼 움직이는 이파리들이 보였다. 사과가 잔뜩 열려 축 처진 가지도 보였다.

관자놀이와 뺨에 부드러운 손가락이 느껴졌다. 잘 알고 있는 손가락이었다. 아플 정도로 사랑한 손가락이었다.

배, 가슴, 갈빗대, 그리고 몸통까지 꽉 조인 붕대가 리비아와 세 갈래로 갈라진 쇠스랑이 악몽이 아니었음을 확인시켜주었다.

"편안히 누워 있어, 내 사랑. 편안히 누워 있어요, 움직이지 말고."

예니퍼가 부드럽게 말했다.

"여기가 어디지, 옌?"

"그게 중요한가? 우린 함께 있어. 당신과 나."

새들이 노래했다. 방울새거나 지빠귀였다. 풀과 약초들, 꽃들과 사과의 향기.

"시리는 어디 있지?"

"갔어요."

예니퍼는 몸의 위치를 바꾸어 게롤트의 머리 밑에서 조심스럽게 손을 빼고 풀밭 위에, 게롤트의 눈을 바라볼 수 있도록 누웠다. 그리고 게롤트를 빨아들일 듯, 마치 앞으로를 위해 미리 봐두겠다는 듯, 영원히 바라보겠다는 듯 그를 응시했다. 게롤트 역시 예니퍼를 바라보았고, 그리움에 목이 메어 왔다.

"우리는 시리와 함께 배에 있었는데. 호수에서, 그리고 강에서. 물살이 센 강이었지. 안개 속에……."

게롤트는 기억을 더듬었다.

예니퍼의 손가락이 게롤트의 손을 찾아내어 꼭 잡았다.

"편안히 누워 있어, 내 사랑. 편안히 누워 있어요. 내가 옆에 있어. 무슨 일이 있었는지, 어디에 우리가 있었는지는 중요하지 않아. 이제 난 당신 곁에 있어. 그리고 당신 곁을 절대로 떠나지 않을 거야, 절대로."

"사랑해, 옌."

"알고 있어."

"그래도 여기가 어디인지는 알고 싶군."

게롤트는 한숨을 쉬었다.

잠시 침묵이 흐르고 예니퍼가 작은 목소리로 대답했다.

"나도 그래."

"그럼 그게, 이 이야기의 끝인가요?"

잠시 후 갤러해드가 물었다.

"그게 무슨 말이에요? 이야기가 그렇게 끝났으면 좋겠어요? 하! 난 그런 건 싫다고요!"

시리는 한쪽 발로 다른 쪽 발을 비비며 손가락과 신발 밑창에서 말라버린 모래를 떼어냈다.

"그럼 그 다음에도 이야기가 있나요?"

"당연하죠. 결혼을 했어요."

시리는 콧김을 내뿜었다.

"이야기해줘요."

"할 얘기가 뭐가 있어요? 떠들썩하고 즐거웠죠. 모두들 모였어요. 단델라이온, 네네케 어머니, 이올라와 에우르네이드, 야르펜 지그린, 베스미어, 에스켈…… 그리고 코엔, 밀바, 앵글로메…… 그리고 나의 미슬도…… 그리고 나도 함께 있었어요. 꿀술과 포도주를 마셨다고요. 그리고 그들은, 그러니까 게롤트와 예니퍼는 나중에 자기 집도 짓고 행복하게, 아주 행복하게 살았어요. 동화 속 이야기처럼요, 알겠어요?"

"그런데 왜 우시나요, 호수의 여인님?"

"우는 게 아니에요. 바람에 눈이 시린 것뿐이지. 그뿐이에요!"

둘은 오랫동안 새빨갛게 달아오른 공 같은 태양이 산꼭대기에 닿는 것을 보며 침묵했다.

갤러해드가 마침내 침묵을 깨고 말했다.

"이 이야기는 정말 이상하고 진짜 신기한 이야기군요, 시리 아가씨. 당신이 왔다는 그 세상은 정말 놀라워요."

시리는 요란하게 코를 늘이마실 뿐 대납하시 않았나. 갤러해드가 시리의 침묵에 안절부절못하며 작게 헛기침을 하더니 말했다.

"하지만 여기, 우리 세상에서도 이상하고 신기한 모험들이 분명 있어요.

초록 기사와 함께 가웨인 경에게 일어난 일만 해도…… 아니면 제 매제인 보르스나, 트리스탄도…… 시리 아가씨, 보르스와 트리스탄은 어느 날 서쪽 틴타겔 쪽으로 갔어요. 그들이 가야 하는 길은 무서운 야생의 숲이었죠. 계속해서 말을 타고 가는데 새하얀 사슴이 서 있는 걸 본 거예요. 그리고 그 옆에는 새카만 옷을 입은, 검은색 중에서도 가장 검은 옷을 입은 한 여자가 있었죠. 그 여자는 너무 아름다워서, 그보다 아름다운 여자는 이 세상에 없으리라 맹세해도 좋을 만큼 아름다웠어요. 어쩌면 귀니비어 왕비나…… 아무튼 그 여자가 두 기사의 눈을 바라보며 손짓하더니 그들을 불러서…….”

“갤러해드.”

“왜요?”

“조용히 해요.”

갤러해드는 헛기침을 하고 켁켁거리더니 조용해졌다. 둘은 말없이 태양을 바라보았다. 아주 오랫동안 둘은 침묵과 함께했다.

“호수의 여인님?”

“그렇게 부르지 말라고 했죠.”

“시리 아가씨?”

“네.”

“저와 함께 카멜롯으로 갑시다, 시리 아가씨. 아서 왕은 분명, 아가씨에게 존경과 영예를 표할 겁니다…… 그리고 전…… 전 언제나 아가씨를 사랑하고 존경…….”

“자리에서 빨리 일어나요, 당장! 아니면 당신은 이미 그렇게 하고 있으니까 잠시 내 발 좀 문질러주는 게 어때요? 발이 너무 차가워졌어. 고마워요. 당신은 착하군요. 난 분명 발이라고 했어요! 발은 복숭아뼈에서 끝나는 거예요!"

"시리 아가씨?"

"어디 안 갔어요."

"해가 서쪽으로 기울고 있군요."

"그렇네요."

시리가 장화의 죔쇠를 잠그며 자리에서 일어났다.

"말에 안장을 올려요, 갤러해드. 여기 어딘가에 자고 갈 만한 장소는 있겠죠? 하! 당신 표정을 보니 이 동네에 대해서는 나만큼이나 모르는 것 같네요. 하지만 괜찮아요, 어쨌든 길을 떠나자고요. 하늘을 지붕 삼아 자게 된다면 뭐, 숲에서 자면 되죠. 이 호수에선 바람이 불어요⋯⋯ 왜 그렇게 쳐다보죠?"

시리는 갤러해드의 얼굴이 빨개지는 것을 보고 짐작했다.

"아하, 숲속의 덤불 밑, 이끼 담요 위에서 자는 게 좋은가 보죠? 요정의 품 안에서? 잘 들어봐요, 젊은 친구, 난 전혀⋯⋯."

시리는 갤러해드의 홍조와 빛나는 눈을 보고 말을 멈추었다. 사실 못생긴 얼굴은 아니었다. 위장과 아랫배가 조여드는 듯한 느낌은 꼭 배가 고파서만은 아닌 모양이었다.

나에게 무슨 일이 일어나고 있어, 시리는 생각했다. 이게 무슨 일이지?

"꾸물거리지 말고! 말에 안장을 올려요!"

시리는 소리를 질렀다.

안장 위에 앉았을 때 시리는 갤러해드를 보고 크게 웃었다. 갤러해드가 시리를 바라보았는데, 그 시선은 의아해하며 무언가를 묻는 것 같았다.

"아무것도, 아무것도 아니에요. 그냥 문득 어떤 생각이 떠오른 것뿐이에요. 가요, 갤러해드."

이끼 담요래, 시리는 웃음을 참으며 생각했다. 숲의 덤불 아래, 그리고 난 요정 역할이고, 히히.

"시리 아가씨……."

"왜요?"

"저와 함께 카멜롯에 가시겠습니까?"

갤러해드의 물음에 시리는 손을 뻗었다. 갤러해드도 손을 뻗었다. 나란히 달리며 둘은 손을 잡았다.

젠장, 시리는 생각했다. 안 될 건 뭐야? 이 세상에서도 여자 위쳐가 할 만한 일이 분명 있을 거야, 내기를 해도 좋아.

위쳐에게 일이 없는 그런 세상은 없으니까.

"시리 아가씨……."

"그건 더 이상 얘기하지 말아요, 가요."

두 사람은 지는 해를 향해 달렸다. 어두워지는 계곡을 뒤로한 채. 그 뒤로는 마법에 걸린 초록빛 사파이어 같은 호숫가가 있었다. 호숫가의 바위들과 소나무들을 뒤로하고 둘은 함께 달렸다.

모든 것이 그들 뒤에 남겨졌다.

그리고 그들 앞에는 모든 것이 있었다.

〈끝〉